Lisa Renee Jones

Shameless Lies –
Dunkles Begehren



MIX
Papier aus verantwortungsvollen Quellen
Paper from responsible sources
FSC® C105338
FSC
www.fsc.org

*Liebe Leserin, lieber Leser,*

herzlichen Dank, dass du dich für ein Buch von beHEARTBEAT entschieden hast. Die Bücher in unserem Programm haben wir mit viel Liebe ausgewählt und mit Leidenschaft lektoriert. Denn wir möchten, dass du bei jedem beHEARTBEAT-Buch dieses unbeschreibliche Herzklopfen verspürst.

Wir freuen uns, wenn du Teil der beHEARTBEAT-Community werden möchtest und deine Liebe fürs Lesen mit uns und anderen Leserinnen und Lesern teilst. Du findest uns unter be-heartbeat.de oder auf Instagram und Facebook.

Du möchtest nie wieder neue Bücher aus unserem Programm, Gewinnspiele und Preis-Aktionen verpassen? Dann melde dich für unseren kostenlosen Newsletter an:
be-heartbeat.de/newsletter

Viel Freude beim Lesen und Verlieben!

*Dein beHEARTBEAT-Team*

# Weitere Titel der Autorin

*»Amy's Secret«-Reihe:*
*Entfacht*
*Entflammt*
*Entfesselt*
*Enthüllt*

*»Tall, Dark and Deadly«-Reihe:*
*Riskantes Verlangen*
*Riskante Verführung*
*Riskante Hingabe*
*Riskantes Geheimnis*

*Hard Rules – Dein Verlangen*
*Hard Rules – Dein Begehren*
*Hard Rules – Dein Versprechen*
*Hard Rules – Deine Liebe*

*Dirty Rich – Verbotene Leidenschaft*
*Dirty Rich – Verbotenes Verlangen*
*Dirty Rich – Verbotene Sehnsucht*
*Dirty Rich – Verbotenes Begehren*
*Dirty Rich – Gefährliches Geheimnis*

# Über die Autorin

Mit ihren Liebesromanen hat Lisa Renee Jones eine große Leserschaft gewonnen und wurde mehrfach mit Genrepreisen ausgezeichnet. Die New-York-Times- und USA-Today-Bestsellerautorin hat bereits diverse Serien veröffentlicht, die ebenfalls bei beHEARTBEAT erschienen sind, darunter »Dirty Rich«, »Tall, Dark and Deadly« sowie »Amy's Secret« und »Dirty Money«. Jones lebt mit ihrer Familie in Colorado Springs, USA.

Lisa Renee Jones

# Shameless Lies – Dunkles Begehren

Aus dem Amerikanischen von Michaela Link

be HEARTBEAT

beHEARTBEAT
Deutsche Erstausgabe


Titel der amerikanischen Originalausgabe: »Provocative«
Originalverlag: Julie Patra Publishing, Colorado Springs

Dieses Werk wurde vermittelt durch die Michael Meller Literary Agency GmbH, München.


Textredaktion: Anne Pias
Lektorat/Projektmanagement: Annika Hartmann
Umschlaggestaltung: © Birgit Gitschier, Augsburg unter Verwendung von Motiven © nattah99 / shutterstock, © Sorawat.C / shutterstock
Satz: 3w+p GmbH, Rimpar
Druck: Books on Demand GmbH, Norderstedt

ISBN 978-3-7413-0312-8

be-heartbeat.de
lesejury.de

# Playlist

»Sugar« von Maroon 5
»Ain't My Fault« von Zara Larsson
»Whisper« von Chase Rice
»i hate u, i love u« von Gnash
»World Falls Away« von Seether
»Sugar« von Maren Morris
»Make You Miss Me« von Sam Hunt
»Sex and Candy« von Marcy Playground
»Take Me Away« von Seether
»Stay« von Rihanna
»Dreams« von Fleetwood Mac
»Human« von Rag 'n' Bone Man
»Love on the Brain« von Rihanna

# Kapitel 1

Tiger

Es gibt Momente im Leben, die schlicht provokativ sind und die sich auf ewig in unseren Geist eingraben und manchmal selbst in unsere Seelen. Sie verändern uns, prägen uns, retten uns vielleicht sogar. Aber einige dieser Momente sind dunkel und gefährlich. Wenn wir uns auf sie einlassen, beherrschen sie uns. Verführen uns. Zerstören uns vielleicht sogar.

Der Augenblick, in dem ich das Herrenhaus betrete, den Mittelpunkt des Weinguts Reid Winter, ist keiner dieser Momente. Noch sind es die, in denen ich mich in der Rotunde, die das große Foyer der Villa aus dem neunzehnten Jahrhundert bildet, durch das Gedränge von Anzugträgern und Frauen in Kleidern schlängele, unter meinen Füßen prächtige, mit Weinranken verzierte Fliesen.

Und auch nicht die, die ich mit drei Kellnern verbringe, die mir Gläser mit verschiedenen Weinen aus den berühmten Weinlagen in Sonoma servieren, um mich zu verleiten, Flaschen davon zu kaufen und der Wohltätigkeitsorganisation Geld zu spenden, die die Veranstaltung organisiert. Nicht einmal die Sekunde, in der ich die atemberaubende blonde Frau in dem hautengen schwarzen Kleid entdecke, das sich um ihre üppigen Kurven schmiegt, hat sich als einer dieser Momente erwiesen, aber ich würde ihn doch als verdammt interessant bezeichnen.

Der Augenblick, in dem ich beschließe, dass ihr goldenes, seidiges langes Haar in meine Hände und auf meinen Bauch gehört, ist ebenfalls ziemlich interessant. Und nicht weil sie geradezu danach schreit, gevögelt zu werden. Es gibt jede Menge Frauen in meinem Leben, die danach schreien und wissen, dass ich ihre Lust verstehe und sie ihnen definitiv verschaffe, jedoch nicht mehr.

Diese Frau ist zu anständig und geziert, um einem solchen Arrangement jemals zuzustimmen, und doch ertappe ich mich trotzdem dabei, dass ich ihr und ihrem herzförmigen Hintern durch das Gedränge folge. Ich bin auf mehr aus als einen interessanten Moment. Ich will diese provokative Frau.

Ich folge ihrem Pfad, der von Gruppen aus zwei, drei oder mehr Personen gesäumt wird, dränge mich durch die Menge näher, und als ich aufsehe, steht meine Schönheit einige Schritte entfernt mit dem Rücken zu mir und mit zwei Männern in blauen Anzügen vor sich.

Und obwohl sie scheinbar mit dem Rest der Anzugträger im Raum verschmelzen, haben sie die Haltung von Parasiten, wie ich sie im Gerichtssaal nur allzu oft kennenlerne, jenen Männern, die sich in den meisten Fällen als mein gegnerischer Anwalt herausstellen.

Meine blonde Schönheit verschränkt die Arme vor der Brust, ihr Rücken ist durchgedrückt, und wenn ich sie richtig durchschaue – und ich durchschaue die meisten Menschen richtig –, hat sie definitiv Ärger. Und zu ihrem Glück mag Ärger mich genauso wenig in seiner Nähe, wie ich ihn mag.

Ich überwinde den Raum zwischen mir und ihnen und nähere mich gerade rechtzeitig ihrem kleinen Dreieck, um sie sagen zu hören: »Werden Sie das wirklich hier und jetzt machen?«

»Ja, Ms Winter«, antwortet einer der Männer. »Werden wir.«

»Nein«, sage ich und trete neben *Ms Winter*, deren Blumenduft fast so süß ist wie die Herausforderung, ihre Gegner zu bezwingen, die jetzt auch meine sind. »Sie machen das *nicht* hier und jetzt.«

Alle Aufmerksamkeit verlagert sich auf mich, und Ms Winter wirft mir einen scharfen Blick zu, den ich mehr spüre als sehe, denn meine Konzentration gilt weiterhin den Männern, die ich loswerden will, nicht der Frau, die ich kommen lassen will. »Und Sie sind wer?«, verlangt der Typ im Anzug direkt vor mir zu erfahren.

Ich schätze, dass er kaum aus den Zwanzigern heraus ist, ohne Erfahrung, und das Glitzern in seinen Augen verrät mir, dass ihm dieser Mangel nicht bewusst ist, was ihn ungefähr so uninteressant macht wie ein Glas Billigwein, in das jeder einzelne Anwesende hier hineinspucken würde.

Der Eindruck wird von einer dreihundert Dollar teuren Krawatte aus italienischer Seide unterstrichen, die er zu einem Hundert-Dollar-Anzug trägt, zweifellos in der Hoffnung, dass die Krawatte den Anzug teuer wirken lässt und ihn selbst wichtig. Er irrt sich.

»Ich habe gefragt, wer Sie sind«, wiederholt er, da ich ihm anscheinend nicht schnell genug antworte. Seine Ungeduld gereicht mir zum Vorteil, während ich meine Rolle als Katze in diesem Katz-und-Maus-Spiel mühelos etabliere.

Ich bin nicht bereit, Worte für eine Antwort auf eine Frage zu vergeuden, die ich niemals stellen würde und die aber zugleich zu erwarten war. Ich greife stattdessen in die Tasche meines hellgrauen Dreitausend-Dollar-Anzugs, den ich mir damit verdient habe, Gegner zu schlagen, die das Zehnfache seiner Erfahrung und seiner Verhandlungstalente besitzen, und strecke dem unwichtigen Mistkerl meine Karte entgegen.

Er reißt sie mir aus der Hand und wirft einen Blick darauf, findet meinen Namen und die Kanzlei, die ich vor nunmehr einem Jahrzehnt gegründet habe, nachdem ich es gewagt hatte, eine sichere Partnerschaft in einer renommierten Kanzlei auszuschlagen. »Nick Rogers?«, fragt er.

»Steht auf der Karte noch ein anderer Name?«, gebe ich zurück, denn ich bin ein Klugscheißer, wann immer ich die Chance dazu bekomme.

Er sieht mich an und scheint seine Worte abzuwägen, bevor er weiterfragt: »Wie viele Pulloverwitze über Mr Rogers bekommen Sie so zu hören?«

Angesichts des albernen Scherzes ziehe ich eine Braue hoch. Vergleicht er mich doch tatsächlich mit dem kinderfreundlichen Fernsehmoderator Fred »McFeely« Rogers, dessen Markenzeichen die von seiner Mutter gestrickten Pullover waren. Das dient nur dazu, den Tiger in mir zu erwecken.

Anzug Nummer zwei, den ich vom Alter meinen eigenen sechsunddreißig Jahren näher schätze, erbleicht sichtlich, dann schnappt er dem anderen Mann die Karte aus der Hand und unterzieht sie einer schnellen Musterung, bevor er den Blick zu mir hochreißt. »*Der* Nick Rogers?«

»Ich erinnere mich nicht daran, dass meine Mutter das Wort ›der‹ vor meinen Namen gesetzt hat«, antworte ich trocken, aber andererseits hat sie meinen Vater auch nicht gebeten, meinen Nachnamen zu ändern. So sehr hat sie ihn gehasst.

»Der Tiger«, fügt er hinzu, und es ist keine Frage, sondern eher eine Feststellung.

»Stimmt.« Ich genieße die Früchte meiner Arbeit, die mir den Spitznamen eingetragen haben. Einen Spitznamen, den mir nicht meine Freunde gegeben haben.

»Wer oder was ist der verdammte *Tiger?*«, fragt Anzug Nummer eins.

»Halt die Klappe«, brummt Anzug Nummer zwei, konzentriert sich wieder auf mich und fragt: »Sie vertreten Ms Winter?«

»Was ich tue«, erwidere ich, »ist einfach: Ich stehe hier neben ihr und sage Ihnen, dass es in Ihrem besten Interesse ist zu verschwinden.«

»Seit wann beschäftigen Sie sich mit kleinen Zwangsvollstreckungen?«, fragt er und entblößt damit Ms Winters Situation.

»Ich beschäftige mich mit allem, womit ich mich beschäftigen will«, antworte ich gelassen und verziehe die Lippen, als ich hinzufüge: »Einschließlich der Prozedur, Sie beide von Sicherheitsleuten vom Grundstück geleiten zu lassen.«

»Das«, wagt Anzug Nummer eins zu erwidern, »würde mitten in einem überfüllten Saal nur unerwünschte Aufmerksamkeit auf Ms Winter lenken. Nicht dass Ms Winter überhaupt Sicherheitsleute hätte, die sie hinzuziehen könnte.«

»Glücklicherweise habe ich ein Handy, mit dem man den Notruf wählen kann. Und ich bin in der Lage, die Polizei zu verständigen, ohne Ms Winter danach zu fragen.«

»*Falls* sie Ihre Mandantin ist«, sagt Anzug Nummer eins und deutet damit offensichtlich an, dass sie das nicht ist, »sind Sie verpflichtet, ihr bestes Interesse im Sinn zu behalten.«

»Meine Entscheidungen«, antworte ich, ohne auch nur einen Herzschlag lang zu zögern und ohne zu bestätigen, dass Ms Winter eine Mandantin ist, »zielen immer aufs Gewinnen ab. Und ich versichere Ihnen, dass mir eine Menge Methoden einfallen, wie ich Ihre

Sache der Presse anbieten kann, die sicherstellen, dass ich gewinne, während Ms Winter gleichzeitig davon profitiert.«

»Das ist dann nicht unsere Sache, wie wir sie sehen«, bemerkt Anzug Nummer eins.

»Es wird Ihre Sache sein, wenn ich mit der Presse fertig bin«, versichere ich ihm, amüsiert darüber, wie mühelos ich ihn den Weg entlanggeführt habe, auf dem ich ihn haben will.

»Das hier ist eine kleine Gemeinschaft, die wenig anderes zu tun hat, als über *sie* zu reden«, sagt er und deutet auf Ms Winters. »Sie will ganz bestimmt nicht, dass ihre Zwangsvollstreckung auf der ersten Seite landet.«

Meine Lippen zucken. »Wenn Sie nicht wissen, wie mühelos ich Sie in schlechtem und Ms Winters in gutem Licht erscheinen lassen kann, werden Sie es schon merken.«

»Wir gehen«, wirft Anzug Nummer zwei schnell ein, und gerade als ich denke, er sei klug genug, zu erkennen, dass nicht mehr Ms Winter den Ärger hat, sondern er und sein Kamerad, sieht er sie an und fügt hinzu: »Wir melden uns«, und das mit einer nicht allzu subtilen Drohung in seinem Ton, bevor er Anzug Nummer eins einen Ellbogen in die Rippen stößt. »Komm.«

Anzug Nummer eins bewegt sich nicht von der Stelle, und er schnaubt ganz offensichtlich vor Wut. Sein Gesicht ist rot, und ein weißer Ring hat sich um seine Lippen gebildet.

Ich sehe Anzug Nummer zwei mit einer hochgezogenen Braue an, und er fügt hinzu: »*Jetzt*, Jordan.« Jordan, ehemals Anzug Nummer eins genannt, knirscht mit den Zähnen und wendet sich ab, während Anzug Nummer zwei ihm folgt.

Ms Winter dreht sich zu mir um. Als ihre hellgrünen Augen in meine schauen, werden jedwede Fragen, die ich in Bezug auf diese Frau habe, und die vielen Fragen, von denen ich vermute, dass sie sie jetzt mir stellen möchte, gedämpft von einer unerwarteten, potenziell problematischen, spürbaren Spannung zwischen uns.

»Danke«, sagt sie, ihre Stimme sanft und feminin, einen rauen Anflug in ihren Tiefen, der auf ein nicht mühelos gezähmtes Gefühl hindeutet. »Bitte, genießen Sie heute Abend alles, was Sie mögen. Es geht aufs Haus«, fügt sie hinzu. Das Raue ist jetzt verschwunden, und sie hat sich wieder unter Kontrolle.

*Bis ich ihr die Kontrolle raube*, denke ich. Aber kaum ist mir der Gedanke durch den Kopf gegangen, wendet sie sich ab und spaziert davon. Diese Reaktion erstaunt und fasziniert mich gleichzeitig, was beides bei mir ungefähr so häufig vorkommt wie Schnee in Sonoma, nämlich so gut wie nie.

Ms Winter taucht in der Menge unter, ich verliere sie aus den Augen. Ich weiß zwar nicht, ob ich sie jetzt wirklich als Maus bezeichnen würde oder ob ich das zu irgendeinem anderen Zeitpunkt jemals tun würde, da ich nun mal über sie weiß, was ich weiß, aber ich bin ganz eindeutig auf der Pirsch.

Ich schreite entschlossen durch den Raum, schlängele mich durch die Menge und suche nach dem nächsten provokativen Moment, halte links und rechts nach ihr Ausschau, in den Gruppen von umherschlendernden Gästen, bis ich die Menge hinter mir habe.

Jetzt stehe ich vor einer breiten Holztreppe, der mein Blick nach oben in das erste Stockwerk folgt, aber noch immer sehe ich keine Spur von Ms Winter. Eine kühle Brise weht heran, und als ich mich umdrehe, sehe ich, dass sie von einer hohen Bogentür herkommt. Die geöffnete Glastür führt zum Garten der Winters, dem Mittelpunkt des Weinguts und schon seit Jahrzehnten eine Touristenattraktion.

Durch den Luftzug fällt die Tür wieder zu. Da ich davon überzeugt bin, dass dies ihr Fluchtweg war, gehe ich in diese Richtung und drücke die Tür auf. Dann trete ich hinaus auf eine Terrasse mit Steinboden und Betonbänken. Sie wird umrahmt von Rosenbüschen.

Nicht weniger als vier sich windende Pfade begrüßen mich als Alternativen für verschiedene Ziele, was bedeutet, dass die Jagd auf diese Frau jetzt für sich genommen eine Provokation ist.

Ich habe gerade beschlossen, auf Ms Winters Rückkehr dort zu warten, wo ich bin, als der Wind auffrischt und mir der Duft vieler verschiedener Blumen, für die der Garten berühmt ist, in die Nase dringt, mit einem zusätzlichen weiblichen Parfüm.

Ich lächle in der Gewissheit, dass meine Beute bald mein Preis sein wird, und folge dem Hinweis, der meine Schritte zu dem Pfad rechts von mir lenkt. Einem schmalen, gewundenen und beleuchteten Weg, gesäumt von adrett zurechtgestutzten, gelb blühenden Büschen.

Der Weg führt an einem weißen hölzernen Pavillon vorbei, den links liegen zu lassen ich nicht die Absicht habe. Nicht, solange Ms Winter darin steht, mit dem Rücken zu mir, die Ellbogen auf das hölzerne Geländer gestützt, während sie den Blick über die Silhouette dessen gleiten lässt, was, wenn das nächtliche Dunkel sich hebt, als eine Hügellandschaft entblößt werden wird. So wie ich vorhabe, dafür zu sorgen, dass sie sich entblößt.

Ich überwinde die Entfernung zwischen uns, und sobald ich sie erreiche, dreht sie sich zu mir um, die Hände auf dem Geländer hinter ihr, die Brüste nach vorn gereckt, während jede einzelne ihrer üppigen Kurven meine Augen, meine Hände und meinen Mund in Versuchung führt.

»Kennen diese Männer Sie?«, verlangt sie zu erfahren. Offensichtlich hat sie mit mir gerechnet. »Kennen Sie diese Männer?«

»Nein und nein.«

»Und doch kennen sie den Spitznamen Tiger.«

»Mein Ruf eilt mir voraus.«

»Sie legen es darauf an, also bitte«, sagt sie. »Welcher Ruf?«

»Es heißt, dass ich meinem Gegner die Kehle aufreiße, wenn man mir die Chance gibt.«

»Tun Sie das?«, fragt sie, ohne auch nur blass zu werden oder zu blinzeln.

»Ja«, bestätige ich, eine simple Antwort auf eine simple Frage.

»Ohne jedwede Sorge darum, wen Sie verletzen«, stellt sie fest.

Ich ziehe eine Braue hoch. »Ist das eine Frage?«

»Sollte es eine sein?«

»Ja.«

»Es ist keine«, entgegnet sie. »Sie sind nicht an diesen Spitznamen gekommen, indem Sie nett waren.«

»Nette Kerle gewinnen nicht.«

»Dann bin ich ja gewarnt«, antwortet sie. »Sie sind kein netter Kerl.«

»Ist Nettigkeit eine Eigenschaft, die Sie sich von einem Mann wünschen? Denn als Ihr Anwalt für heute Abend, Ms Winter, gebe ich zu bedenken, dass Nettigkeit überbewertet wird.«

Sie sieht mich einen Moment lang an, bevor sie sich wieder den Bergen zuwendet, die Ellbogen auf das Geländer gestützt, eine Geste, in der ich eine stumme Aufforderung zu gehen sehen könnte. Ich entscheide mich dafür, die Geste stattdessen als Einladung zu betrachten, mich zu ihr zu gesellen.

Ich stelle mich neben sie, ganz nah, aber nicht annähernd so nah, wie ich ihr bald sein werde. »Sie haben die Frage nicht beantwortet«, bemerke ich.

»Sie gehen zu Unrecht davon aus, dass ich nach einem Mann Ausschau halte. Das tue ich nicht.« Sie sieht mich an. »Aber wenn ich es täte, dann Nein. Nettigkeit würde auf meiner Liste stehen, wenn auch nicht ganz oben, doch nirgendwo auf dieser Liste würden sich die Fähigkeit und die Bereitschaft finden, jemandem die Kehle aufzureißen.«

»Ich kann Ihnen versichern, Ms Winter, dass ein Mann mit Biss genauso unterschätzt wird, wie ein netter Kerl überbewertet wird. Und nicht nur, dass ich weiß, wie und wann ich meinen Biss platzieren muss. Wenn ich mich dafür entscheide, *Sie* zu beißen, was ich durchaus tun könnte, wird es zudem nur um Lust gehen, nicht um Schmerz.«

Ihre Wangen werden rot, und sie wendet sich ab. »Ich heiße Faith.« Sie schaut wieder zu mir herüber. »Soll ich Sie Nick, Tiger oder schlicht und einfach arrogant nennen?«

»Egal, nur nicht Mr Rogers«, sage ich. Ich genieße unser Geplänkel viel mehr, als ich es erwartet hätte, bevor ich heute Abend hergekommen bin, um sie aufzusuchen.

Sie lacht jetzt ebenfalls, und es ist ein zarter, süßer Laut, aber sie wirkt, als sei sie nicht nur über das Lachen überrascht, sondern als sei es nicht willkommen. Eine Sekunde später stößt sie sich vom Geländer ab, tritt einen Schritt zurück und verschränkt schützend die Arme vor sich, als wir uns einander zuwenden. »Ich muss mich um die Gäste kümmern.« Sie versucht, sich zu entfernen.

Ich halte sie sanft am Arm fest, und sie sieht mich durchbohrend an. Dabei flattert ihr Haar in einer plötzlichen Brise, und eine Strähne blonder Seide verfängt sich in den Stoppeln meines Ein-Tage-Barts. Sie schnappt nach Luft, und als sie die Hand heben will, komme ich ihr zuvor und streiche ihr die weiche Seide hinters Ohr.

»Warum berühren Sie mich?«, fragt sie, aber sie bewegt sich nicht weg, und diese Spannung zwischen uns ist jetzt zehnmal provokativer als vor einigen Minuten, weil meine Hand auf ihrem Gesicht liegt und ich an all die Stellen denke, die ich als Nächstes berühren möchte.

»Es ist erheblich besser, als Sie nicht zu berühren«, erwidere ich.

»Mein Pech könnte Sie mitreißen.«

»Mitreißen?«, wiederhole ich, und das Wort erinnert mich einmal mehr daran, warum ich hier bin, warum ich diese Frau wirklich vögeln will. »Mitreißen klingt ein bisschen extrem, wobei es eine interessante Wortwahl ist.«

»Pech ist meistens extrem, wenn auch uninteressant für alle Kreaturen außer den Tigern dieser Welt, die es erschaffen. Sie berühren mich immer noch.«

»Jeder braucht einen Tiger an seiner Seite. Vielleicht wird mein Glück Sie mitreißen.«

»Ihr Glück soll mich mitreißen?«, fragt sie.

»Viele Menschen würden alles für Glück tun, sogar sich mitreißen lassen.«

»Ja«, pflichtet sie mir bei und senkt die Wimpern, aber nicht bevor ich die Schatten in ihren Augen sehe. »Ich nehme an, da haben Sie recht.«

»Was würden Sie für Ihr Glück tun?«

Sie hebt die Wimpern und sieht mir wieder in die Augen. »Was haben Sie für Ihr Glück getan?«

»Ich bin heute Abend hierhergekommen«, sage ich.

Sie mustert mich mit schmalen Augen, als ob sie nicht ganz begreifen könnte, was ich mit meiner Antwort im Sinn habe. »Sie berühren mich immer noch«, bemerkt sie, diesmal schwingt ein Hauch von Tadel in ihren Worten mit.

»Ich halte nur das Glück fest«, sage ich.

»Es fühlt sich an, als würden Sie sich an meinem Pech festhalten.«

Mit dieser Beobachtung, die der Wahrheit, die zu offenbaren ich noch keine Lust habe, allzu nah kommt, lasse ich meine Hand langsam auf ihre hinabsinken und ergreife sie. Ihre üppigen, verführerischen Lippen öffnen sich, als ich ihre Wange freigebe. Sie sind viel zu perfekt für jemanden, von dem ich weiß, dass er es nicht ist. Ein Anflug von Erleichterung liegt in ihren Augen, der mir verrät, dass sie mich ebenso will, wie sie mich fürchtet.

In der Tat, ein überaus provokativer Moment.

»Trinken Sie etwas mit mir«, schlage ich vor.

»Nein«, antwortet sie, ihr Ton unerbittlich, und obwohl mir diese Entscheidung nicht gefällt, weiß ich es zu schätzen, wenn ein Mensch entschieden auftritt.

»Warum nicht?«

»Glück und Pech lassen sich nicht vermischen.«

»Sie würden vielleicht einfach Glück ergeben.«

»Oder Pech«, kontert sie. »Ich bin nicht in einer Lage, in der ich das Risiko eingehen kann, mir noch mehr Pech aufzuladen.« Sie senkt den Kopf. »Genießen Sie den Rest Ihres Besuches.« Sie hält inne, dann fügt sie hinzu: *»Tiger.«*

Ich reagiere nicht, überlege aber kurz, ob sie meinen Spitznamen zum Zeichen benutzt hat, dass sie bereits wusste, wer ich bin und warum ich hier bin. Ich verwerfe diesen Gedanken schnell. Ich hätte es in diesen hellgrünen Augen gesehen, und das habe ich nicht.

Aber als sie sich umdreht und davongeht, schaue ich ihr nach und verfolge ihre Schritte, während sie den Weg entlang verschwindet. Ihr schneller Abgang verwundert mich, genau wie die Furcht, die ich in ihren Augen gesehen habe. Waren die Wurzel dieser Furcht doch Schuldgefühle?

Dieser Gedanke sollte genügen, um das Feuer in mir erlöschen zu lassen, das diese Frau entfacht hat, aber stattdessen schürt er es nur noch. Alles Männliche in mir will ihr erneut folgen, und nicht weil ich aus einem Grund hier bin, der schon lange vor unserer Begegnung existiert hat, als es nur diesen Grund gab, nicht mehr.

Doch da ist mehr. Ich bin erregt und fasziniert von dieser Frau.

Sie hat mich verstanden, wie kein anderer mich versteht. Das ist keine gute Voraussetzung, wenn man bedenkt, dass ich hergekommen bin, um zu beweisen, dass sie meinen Vater getötet hat und vielleicht sogar ihre eigene Mutter.

# Kapitel 2

Faith

Ich stehe am Fenster der Bibliothek im ersten Stock des Herrenhauses, das ich mein Leben lang als mein Elternhaus bezeichnet habe, aber nicht als mein Zuhause.

Nick Rogers verlässt das Gebäude, strahlt puren Sex und Arroganz aus. Er bleibt stehen, um mit dem Pförtner zu sprechen, und beide Männer lachen, bevor Nick dem anderen Mann ein Trinkgeld in die Hand drückt und dann seinen glänzenden schwarzen BMW umrundet, der mit ziemlicher Sicherheit eine Sonderedition ist.

Er macht Anstalten einzusteigen, zögert jedoch und schaut sich auf dem Gelände unmittelbar um ihn herum um, dann hebt er zu meinem maßlosen Erschrecken den Blick und schaut zu meinem Fenster.

Ich bin benommen, und mein Herz beginnt von Neuem zu rasen, so wie eben, als er mich im Garten berührt hat, aber es ist unmöglich, dass er mich sieht. Ich weiß, dass es unmöglich ist, doch irgendwie steht außer Frage, dass er weiß, dass ich hier stehe.

Er richtet mehrere Herzschläge lang den Blick auf das Fenster, hinter dem ich stehe, eine Zeit, in der ich nicht atmen kann. Dann hebt er zwei Finger und winkt mir zu, bevor er in seinem Wagen verschwindet. Sekunden später fährt er davon, und ich stoße den Atem aus, den ich angehalten habe.

Ich schlinge die Arme um mich, und mir ist gleichzeitig heiß und kalt, ich bin erregt und beunruhigt, genau wie ich es war, als ich mich mit ihm im Garten aufgehalten habe. Jeder Blick und jedes Wort, die ich mit diesem Mann ausgetauscht habe, waren gleichzeitig erotisch und abstoßend.

Ich drehe mich um, hocke mich auf den Fenstersitz der großen Bibliothek, die einst meinem Vater gehörte und die voller Regale mit jahrzehntelang zusammengetragenen Büchern ist. Sie säumen die Wände links und rechts, und alle Bücher enthalten Antworten auf Fragen, die wir vielleicht niemals auch nur stellen werden.

Das ist der Grund, warum ich unablässig lese und warum ich wünschte, ich wüsste, welches Buch ich öffnen muss, um die richtigen Antworten auf die Frage zu finden, warum Nick Rogers sich so richtig und gleichzeitig so falsch angefühlt hat und warum so vieles irgendwie falsch ist und ich keine Ahnung habe, wie ich es in Ordnung bringen kann.

Aber einfach ein Buch öffnen wäre zu simpel, und ich fühle mich plötzlich an ein Gedicht erinnert, das ich vor langer Zeit in der Schule geschrieben habe. Es hat mit den Worten begonnen: *Die Äpfel fallen von den Bäumen. Der Wind bläst in die Bäume.*

Ich habe es stolz der Lehrerin überreicht und wurde schnell gescholten für mein simples Geschreibsel. Ich habe es nicht verstanden. Was war daran auszusetzen, simpel zu sein? Die Worte und die Vorgänge passten zusammen. Das ist es, was zählt. Das war wichtig für mich. Die Art, wie Einzelteile sich zusammenfügen. Die Art, wie sie einen Sinn ergeben.

Es kam mir so einfach vor, obwohl im Leben in Wahrheit nur wenig einfach ist. Und genau das ist der Grund, warum ich dieses Gedicht mit Reißzwecken an die Wand meines Schlafzimmers geheftet habe. Um mich daran zu erinnern, dass nichts einfach ist.

Bis auf den Tod, denke ich, und mein Hals schnürt sich zu. In der einen Minute ist man lebendig, und in der nächsten ist man tot. Tod ist so einfach wie nichts sonst. Zumindest für die Person, die er holt. Für jene von uns, die zurückbleiben, ist er kompliziert und quälend. Mysteriös und vielleicht sogar gefährlich. Und der Tod, so habe ich gelernt, ist niemals mit einem fertig, bis man ebenfalls gestorben ist.

Meine Gedanken kehren zu Nick Rogers zurück und wie er gewusst hat, dass ich am Fenster stand, wie er zu mir heraufgeschaut und mir dann zugewinkt hat. Jeder Instinkt, den ich besitze, sagt mir, dass Nick Rogers große Ähnlichkeit mit dem Tod hat. Er ist auch noch nicht mit mir fertig.

# Kapitel 3

Faith

Ich schnappe nach Luft und richte mich im Bett auf, eine Hand am Hals, bevor ich mein Herz dazu zwingen kann, sich zu beruhigen. Einatmen. Ausatmen. Atmen. Einfach atmen. Endlich werde ich ruhiger und schaue mich im Raum um, betrachte die schweren Vorhänge, die überall in dem Herrenhaus hängen, in dem ich aufgewachsen bin, und die es in Schatten hüllen.

Gleichzeitig versuche ich mir den Horror zu vergegenwärtigen, der mich mit seiner eigenen Art von Dunkelheit geweckt hat. Jedes Bild, von dem ich zuerst denke, ich könne es identifizieren, entzieht sich mir, dann verblasst der Albtraum einfach, wie allzu viele andere Dinge in meinem Leben momentan.

Plötzlich bin ich mir der allgegenwärtigen Kälte des alten Hauses bewusst, einer Kälte, der man unmöglich entfliehen kann und die tief in meine Knochen einzudringen scheint. Ich reiße mir die Decke bis ans Kinn hoch und nehme den Blumenduft des Gartens wahr, den meine Mutter so geliebt hat und der der Wäsche und mir unentrinnbar anhaftet.

Ich schaue zum Wecker auf dem schweren antiken weißen Nachttisch rechts von mir. Acht Uhr, ein neuer Morgen, der vor einer ganzen Weile über den gewellten Berggipfeln heraufgezogen ist und diese Region umhüllt, die sich meilenweit erstreckenden Weinberge beleuchtet, die uns umgeben. Es ist außerdem der Morgen meines dreißigsten Geburtstages, und warum sollte dieser nicht mit einem Albtraum beginnen? Ich schlafe im Bett meiner verstorbenen Mutter.

Es ist ein unbehaglicher Gedanke, aber kein emotionaler, ein Gedanke, der mich *noch* unbehaglicher fühlen lässt. Als mein Vater vor gerade erst zwei Jahren starb, habe ich geweint, bis ich nicht mehr weinen konnte, und dann wieder. Und wieder. Und wieder. Aber jetzt weine ich nicht.

Was stimmt nicht mit mir? Ich habe nicht einmal bei der Beerdigung geweint, aber ich bin mir sicher gewesen, dass ich danach, endlich allein, weinen würde. Jetzt, acht Wochen später, sind da immer noch keine Tränen. Ich hatte meine Probleme mit meiner Mutter, aber es ist nicht so, als würde ich nicht um sie trauern. Ich tue es, aber ich habe auch schon zu ihren Lebzeiten um sie getrauert, damals vielleicht zu sehr, um jetzt noch zu trauern. Ich weiß es einfach nicht.

Ich rolle mich auf die Seite, schalte das Licht ein und klicke auf meine Fernbedienung, die den Kamin direkt vor meinem Bett entzündet. Dann richte ich mich auf und starre in die Flammen, während sie prustend und stotternd zum Leben erwachen.

Aber ich finde die Antworten, nach denen ich suche, nicht dort, noch finde ich sie irgendwo sonst in diesem Raum, wie ich es mir erhofft hatte, als ich aus dem fast identischen Zimmer am anderen Ende des Flurs hierhergezogen bin. Ich war mir sicher, dass ich, wenn ich mich hier befände, mitten im persönlichen Raum meiner Mutter, umweht vom Duft des Gartens, den sie so geliebt hat und der buchstäblich allem anhaftet, mich eingeschlossen, endlich Tränen vergießen könnte.

Aber nein. Tage später weine ich immer noch nicht und habe Albträume. Und wovon auch immer diese Albträume handeln, sie lassen mich stets zornig erwachen. Tja, immerhin. Ich habe doch ein Gefühl, das ich benennen kann.

Zorn. Ich weiß nicht genau, worum es sich bei diesem Zorn dreht, aber im Moment kann ich nichts anderes hören als meine Mutter, die mich anschreit: *Du bist genau wie dein Vater.* Ihrer Meinung nach eine Beleidigung, aber die Worte trafen nicht zu. Ich war nie wie mein Vater. Ich habe immer gesehen, wer und was sie war, wohingegen er nur die Frau gesehen hat, die er dreißig Jahre lang geliebt hat, die ganze Zeit, die ich auf der Welt gewesen bin.

Schließlich schlage ich die Decke zurück, setze mich auf und stelle die Füße auf den Hocker, der notwendig ist, um aus dem Bett zu steigen. Mein Blick fällt auf Nick Rogers' Visitenkarte, die ich am vergangenen Abend auf dem Nachttisch liegen gelassen habe, nachdem ich die Minuten vor dem Einschlafen damit verbracht hatte, im Geiste noch einmal jedes Wort Revue passieren zu lassen, jeden Blick und jede Berührung dieses Mannes.

Ich gestehe mir ein, was ich gestern Abend nicht zugeben konnte. Er hat mich aufgerüttelt, und seinetwegen ist da zumindest noch ein weiteres Gefühl, das ich empfinden kann: *Lust.* Wenn Lust überhaupt als Gefühl betrachtet werden kann. Aber es gibt kein anderes Wort für das, was die Luft zwischen mir und diesem Mann aufgeladen hat, für das, was ich empfunden und in seinen Augen gesehen habe, als er mich berührt hat. Es gibt dafür kein anderes Wort als *Lust.*

Und je mehr ich über diese Begegnung nachdenke, umso klarer wird mir, dass an unserer Verbindung nichts Romantisches oder Süßes war. Sie fühlte sich dunkel und hart an. Es war eine Anziehung, die in ihren Forderungen unversöhnlich ist. Eine Anziehung, die alles verzehrt, was die Tatsache bescheinigt, dass ich selbst jetzt, noch Stunden nach unserer Begegnung, seine Hand auf meinem Arm fühlen kann. Eine Berührung, die sich durch mich hindurchgebrannt hat. Ich kann das Summen meines Körpers immer noch spüren, das er und nur er allein erschaffen hat.

Und obwohl ich nicht sagen kann, ob dieser Mann mein Freund oder mein Feind ist, weiß ich doch, wohin ein solcher Kollisionskurs aus dunkler, harter Lust führt.

Ich habe dort gelebt, und es ist kein Ort, an den man mit jemandem gehen will, dem man nicht vertraut. Ich bin mir nicht sicher, ob es ein Ort ist, den man mit jemandem, dem man wirklich vertraut, überhaupt finden kann. Ich glaube, der Ort ist dunkel, weil er geboren ist aus etwas Dunklem in einem oder in beiden Personen, und dass sie diese Dunkelheit vielleicht beim anderen hervorlocken.

Das bedeutet, dass es ein Ort ist, an den sich niemand begeben sollte, und doch weiß ich, dass man der Dunkelheit, wenn man sie spürt, nicht widerstehen kann. Man kann ihr nicht entfliehen, ebenso wenig wie der Person, die das Gefühl in einem weckt.

Das ist genau der Grund, warum ich weiß, dass ich Nick Rogers, obwohl ich ihn gestern Abend zurückgewiesen habe, wiedersehen werde, was meine Gedanken erneut zu einem Wortwechsel zwischen uns lenkt, der in meinem Kopf in einer Endlosschleife läuft.

*Sie berühren mich immer noch.*

*Vielleicht wird mein Glück Sie mitreißen.*

Logischerweise hat er angedeutet, die Begegnung mit mir sei ein Glücksfall. Er hatte bereits verkündet, dass es Glück gewesen sei, dass er hierher auf das Weingut gekommen war. Es war ein schlichtes Geplänkel gewesen, ein Flirt. Warum also hat dieser Flirt mich gestern berührt, und warum berührt er mich jetzt?

Zufallsbegegnung oder nicht? Das Timing ... die Männer ... die dunkle Lust. So etwas kommt niemals von ungefähr. Vielleicht irre ich mich in ihm. Ich habe im Moment jede Menge eigene Dunkelheit in mir. Vielleicht hat meine Energie unsere gemeinsame Energie genährt. Aber es spielt keine Rolle. Er ist gefährlich. Er ist tabu.

Er wird mich nicht wieder berühren.

Mein Handy klingelt, und ich greife danach, während ich darum bete, dass es sich nicht um irgendeine Krise auf dem Weingut handelt. Dann schaue ich auf die Nummer des Anrufers auf dem Display. Beim Anblick der Nummer meines Rechtsanwalts und in dem Wissen, dass seine Kanzlei gerade erst geöffnet hat, rast mein Herz, und ich nehme den Anruf entgegen. »Frank? Hast du Neuigkeiten für mich?«

»Ich bin es, Betty«, höre ich. Betty, Franks Sekretärin. »Frank will wissen, ob Sie um elf hier sein können.«

»Gibt es ein Problem?«

»Er ist bei Gericht. Er will Sie sehen, und er hat gesagt, es müsse heute sein. Mehr weiß ich nicht. Können Sie um elf hier sein?«

»Kann er mich früher empfangen?«, frage ich, denn meine Nerven liegen bei den Worten »es muss heute sein« blank.

»Er ist bei Gericht.«

»Ja, klar. Also dann um elf.«

Mein Handy klingelt abermals, und ich betrachte die unbekannte Telefonnummer und klicke auf *Anruf ablehnen.* Zumindest haben die Gläubiger bis heute Morgen gewartet. Drei Sekunden später fängt es von Neuem an zu klingeln, und diesmal ist es eine Nummer aus San Francisco. Ich wiederhole, was ich zuvor getan habe, und klicke auf ablehnen, und diesmal gönne ich mir den Luxus, die Nummer zu sperren.

Ich brauche nicht mit dem Anrufer zu reden, um zu wissen, dass er ein Stück von mir haben will, das er nicht kriegen kann, und ein weiterer Wortwechsel mit Tiger fällt mir ein. Ich hatte gefragt: *Ihr Glück soll mich mitreißen?*

*Viele Menschen würden alles für Glück tun, sogar sich mitreißen lassen.*

Ist das nicht das, was mein Vater getan hat? Sich mitreißen lassen? Und sich dann hinreißen lassen?

Und warum habe ich das Gefühl, dass im Moment ich selbst mitgerissen werde?

Und warum erinnert mich dieser Gedanke an Tiger?

Ich schaue auf meine geballte Faust hinunter, öffne sie und stelle fest, dass ich seine Visitenkarte in der Hand zu einem Ball zerknüllt habe.

Mein Telefon hat fünf weitere Anrufe von Unbekannt aufgezeichnet, als ich nach der fünfzehnminütigen Fahrt bei der Kanzlei meines Rechtsanwalts ankomme, die einer meiner Lieblingsorte in der Stadt ist. Sie liegt im malerischen Stadtzentrum, wo gepflasterte Gehwege, überdacht von Bögen mit Hängepelargonien, an Läden, Restaurants und einigen Geschäften entlangführen.

Ich parke am Straßenrand direkt vor der Gasse zu Franks Kanzlei, aber ich steige nicht aus, denn ich bin nervös und das aus gutem Grund. Das Weingut hat meinem Vater alles bedeutet, und um es zu retten, habe ich Dinge getan, die ich nicht tun wollte, Dinge, die ich bereue. Und die Schuldgefühle, die ich empfinde, sind überwältigend. Vielleicht kann ich nicht weinen, weil sie mich auffressen wie Säure, die einfach nicht aufhören will, meine Gefühle wegzuätzen.

Ich zupfe meinen beerdigungsschwarzen Bleistiftrock zurecht, den ich mit einem beerdigungsschwarzen Pullover und schwarzen kniehohen Stiefeln kombiniert habe und mit dicken Strumpfhosen, um gegen die Kälte eines Oktobertages in den Bergen gewappnet zu sein.

Aber nichts kann die Kälte des Todes vertreiben, die der Grund ist, warum ich heute Trauerkleidung gewählt habe. Ich erinnere mich nicht an den Tag, die Woche oder den Augenblick, als ich aufgehört habe, mich nach dem Tod meines Vaters so anzuziehen. Das passiert wohl, wenn es sich richtig anfühlt, und das tut es diesmal noch nicht.

Wieder klingelt mein Handy, und ich nehme es aus meiner abgegriffenen, ebenfalls schwarzen Aktenmappe, die mir auch als Portemonnaie dient. Das Display verrät mir, dass der Teilnehmer aus San Francisco mich jetzt anscheinend schon zweimal angerufen hat. Genau wie diese blockiere ich eine weitere Nummer, nach zwei Wochen in der Hölle fest davon überzeugt, dass jede Sekunde ein weiterer Anrufer auf meinem Display auftauchen wird.

Ich stelle das Telefon stumm und lasse es zurück in sein Fach in der Mappe gleiten. Mein Blick fällt auf das goldene Chanel-Logo auf ihrer Außenseite, und ich streichele die Buchstaben. Die Aktenmappe war ein Geschenk meines Vaters, als ich mit meinem Studium an der University of California in L.A. fertig war, in der Absicht, meine Kunstwerke zu verkaufen und jede Menge Dinge von Chanel zu erwerben.

Mein Vater hat diese Mappe als einen »Vorgeschmack von Luxus« bezeichnet, um mich zu inspirieren. Und sie war eine Inspiration, aber dann ist einiges passiert und …

»Verdammt«, murmele ich und presse die Augen zusammen. »Jetzt kommen mir die Tränen? Was stimmt nicht mit mir?«

Ich hänge mir meine Tasche über die Schulter und öffne die Tür meines schwarzen BMWs, den ich von meinem Vater geerbt habe, während der weiße Mercedes meiner Mutter immer noch in der Garage des Herrenhauses steht. Selbst ihre Autos waren gegensätzlich, denke ich. Sie waren in allen Dingen gegensätzlich.

Ich richte mich auf, und die Karte, die ich vorhin in der Hand zerknüllt habe, fällt aufs Pflaster. Ich bücke mich und hebe sie auf und lese: *Nick Rogers, Rechtsanwalt.* Mr Rogers. Genau. Nun, er ist definitiv kein süßer, Pullis tragender Fernsehtyp für Kindersendungen.

Nachdem ich beschlossen habe, meinen Anwalt nach dem berüchtigten »Tiger« zu fragen, schiebe ich die Karte in ein Fach meiner Aktenmappe und setze mich in Bewegung. Ich steige aus dem Wagen, eile durch einen der Bögen mit Hängepelargonien, an einem Süßigkeitenladen und einem Kerzenladen vorbei, bis ich endlich die Kanzlei erreiche. Ich betrete das Büro und werde von der Empfangsdame begrüßt.

»Hallo, Süße«, sagt Betty, deren Haar kastanienbraun glänzt, während es in der vergangenen Woche eher einen Orangeton aufgewiesen hat. Ihr gewagter Stil steht im Kontrast zu dem ihres Chefs – ein Fall von Gegensätzen, die sich anziehen.

Aber meine Gedanken kehren zum Tiger und mir zurück. Ich glaube nicht, dass wir Gegensätze sind. Daher die dunkle Energie.

»Frank hat gerade eine Konferenzschaltung«, sagt sie und holt mich damit ins Hier und Jetzt zurück, weg vom vergangenen Abend. »Er sollte jeden Moment fertig sein.«

»Danke«, antworte ich und setze mich in einen der sechs Ledersessel in dem kleinen vertrauten Warteraum. In meiner Jugend war ich oft mit meinem Vater hier und habe hier gewartet, bis er mit seinen Besprechungen fertig war und wir uns ein Eis geholt haben. Für gewöhnlich, wenn meine Mutter mal wieder nirgends zu finden war. Bei dieser Erinnerung schnürt sich mein Hals zu.

Ich will gerade meine Tasche auf den Boden stellen, als Frank in der Tür erscheint. Er sieht sportlich aus und jünger als seine sechzig Jahre in seinem gut sitzenden schwarzen Anzug, mit adrett geschnittenem grauem Haar und seinem von feinen Fältchen durchzogenen Gesicht.

»Komm herein, Faith.« Er kehrt in sein Büro zurück, um mir Platz zu machen, damit ich eintreten kann.

Ich bin auf den Beinen, bevor er mit diesem Satz fertig ist, durchquere den Warteraum und trete in sein bescheidenes Büro, das mit einem Schreibtisch und zwei Stühlen möbliert ist. Es ist schlicht, hat jedoch mit einer Sammlung von Erinnerungsstücken von der Universität von Texas und seinem Diplom einen persönlichen Touch. Aber er braucht kein schickes Büro. Er ist in Sonoma aufgewachsen und hat die renommierte Kanzlei seines Vaters übernommen, die ungefähr zur Zeit meiner Geburt als die beste in der Region galt.

Frank bleibt zögernd hinter mir stehen und schließt die Tür, was meine Nervosität steigert. Immerhin. Ich empfinde durchaus etwas. Ich bin nur taub, wenn es um den Tod meiner Mutter geht. Mit dieser Erkenntnis nehme ich Platz, und Frank umrundet den Schreibtisch, um sich ebenfalls zu setzen, dann stützt er die Ellbogen auf die Holzplatte und mustert mich aus seinen grauen Augen. »Wie geht es dir?«

»Besser, sobald ich weiß, worum es bei diesem Treffen geht«, sage ich. »Hat der Staat dich endlich als Nachlassverwalter meiner Mutter anerkannt?«

»Ich fürchte, nein«, antwortet er. »Die Bank hat einen förmlichen Widerspruch eingelegt, weil ich dein Anwalt bin, was, wie sie behauptet, gegen ihre Interessen verstoßen würde.«

Ich rutsche bis zur Kante meines Stuhls vor. »Aber ich bin die rechtmäßige Besitzerin des Gutes, mit dem Testament meiner Mutter oder ohne. Sie hat das Gut von meinem Vater geerbt, mit der schriftlichen Anweisung, dass ich es als Nächstes erbe.«

»Die Bank behauptet etwas anderes«, erwidert er.

»So steht es in seinem Testament.«

»Die Leute bei der Bank behaupten, die Schulden würden es ihnen erlauben, diese Anweisung zu übergehen.«

»Die Verbindlichkeiten, die mein Vater eingegangen ist, sind erheblich, aber nicht annähernd so hoch wie der Wert des Weinguts. Können sie diesen Anspruch überhaupt erheben?«

»Sie können behaupten, das Weiße Haus gehöre ihnen«, erklärt er. »Das heißt nicht, dass es so ist. Dass deine Mutter kein Testament gemacht hat, verkompliziert die Angelegenheit, aber das Testament deines Vaters legt unzweifelhaft fest, dass sie das Gut unter der Bedingung geerbt hat, dass du die Nächste in der Reihe sein würdest. Aber du musst die Bankschulden bezahlen, die deine Mutter hinterlassen hat. Wir liegen damit sechs Monate im Rückstand.«

»Fünf«, korrigiere ich ihn. Meine Rolle als amtierende CEO unterscheidet sich nicht sehr von meiner Rolle während der vergangenen beiden Jahre. Nur eine Sache ist merkwürdig. Ich habe immer noch keinen Zugang zu den geleerten Bankkonten. »Ich habe eine Zahlung geleistet.«

»Wirft das Weingut Geld ab?«

»Ja. Ich leite das Gut seit dem Tod meines Vaters und führe auch seine Bücher.«

»Warum war deine Mutter dann vier Monate mit ihren Zahlungen an die Bank im Verzug, als sie gestorben ist?«

»Ich weiß es nicht. Und es geht nicht nur um den Kredit meines Vaters. Es geht um alles. Jeder unserer Lieferanten will Geld. Ich kann nicht jeden sofort zufriedenstellen. Ich brauche Zeit. Oder ich brauche Zugang zu den persönlichen Konten meiner Mutter. Dort muss das Geld sein.«

»Ich habe ein Gesuch bei Gericht eingereicht, einen neutralen Nachlassverwalter zu ernennen, der der Bank nicht verbunden ist«, berichtet er. »Aber es kann jederzeit jemand benannt werden, den wir dann zurückweisen müssen.«

»Was genau das ist, was die Bank will«, mutmaße ich, und plötzlich sehe ich ein Licht am Ende des Tunnels. Noch nicht zwangsläufig eine Lösung, aber ein Licht. »Die Bank spekuliert darauf, dass ich mit der Zeit solche Schulden anhäufe, dass ich das Gut aufgeben muss. Das wäre verrückt, und das bin ich nicht. Es wäre einfacher, wenn wir an das Geld meiner Mutter kämen, aber wie gesagt: Das Weingut wirft Geld ab. Wenn wir genug Zeit gewinnen können, werde ich den Kredit ablösen können. Zögern wir es hinaus.«

»Bist du dir sicher?«

»Hundertprozentig«, antworte ich entschieden.

»Hattest du auch nur das geringste Glück dabei, das Geld zu finden, das sie aus der Firma abgezogen hat?«

»Keine Chance«, antworte ich. »Hattest du Glück dabei, irgendetwas zu finden, was in die richtige Richtung deutet?«

Er greift in seine Schublade und legt eine Karte vor mich hin. »Du brauchst einen Privatdetektiv. Er ist gut und bezahlbar.«

»Ich kann es mir nicht leisten, einen Privatdetektiv zu engagieren.«

»Du kannst es dir nicht leisten, das nicht zu tun«, kontert er.

»Wir verdienen Geld. Ich brauche dich nur, damit du mir Zeit verschaffst.«

»Was ist, wenn noch eine Überraschung auf dich wartet, mit der du nicht rechnest?« Er schiebt die Karte näher zu mir heran. »Ruf ihn an. Rede mit der Bank über einen Ratenzahlungsplan.«

Ich greife nach der Karte und stecke sie ein. »Ich werde mich mit ihm in Verbindung setzen.« Meine Gedanken wandern zu meiner neuesten Überraschung. »Kennst du Nick Rogers?«

Er zieht eine Braue hoch. »Den Anwalt?«

»Ja. Den meine ich.«

»Warum?«

»Gestern Abend sind zwei Typen von der Bank aufgetaucht, und er war auf dem Weingut. Er hat eingegriffen und sie verschreckt.«

»Er ist ein guter Freund und ein übler Feind.«

»Könnte es sein, dass es eine eingefädelte Sache war und er ein Feind ist?«

»Nick Rogers hat es nicht nötig, solche Spielchen zu spielen. Er hat den Mut eines …«

»… eines Tigers.«

»Ja«, bestätigt Frank. »Ein Tiger. Er wird …«

»… einem die Kehle aufreißen, wenn man ihm oder seinem Mandanten in die Quere kommt«, ergänze ich. »Ich kenne seinen Ruf, aber ich verstehe nicht, warum ausgerechnet er als so überdurchschnittlich gilt.«

»Er ist einer der fünf staatlichen Rechtsberater im Land, und er stammt aus unserer Region.« Er mustert mich mit schmalen Augen. »Aber zurück zu dir. Hast du irgendwelche anderen Fragen zu dem, was ich dir heute mitgeteilt habe?«

»Im Moment nicht.«

»Dann lass uns zu wichtigen Dingen kommen. Alles Gute zum Geburtstag, Faith.«

»Danke«, sage ich, und meine Stimme bricht, sodass ich mich räuspern und wiederholen muss: »Danke.«

»Es ist kein schöner Zeitpunkt für einen Geburtstag, ich weiß«, fährt er fort. »Du hast deinen Vater ungefähr zur selben Jahreszeit verloren.«

»Das stimmt. Aber zumindest konzentriert sich das alles jedes Jahr auf einen Zeitraum.«

»Deinen Geburtstag.«

»Geburtstage sind etwas für Kinder.«

»Geburtstage sind dazu da, das Leben zu feiern«, entgegnet er. »Etwas, was du unbedingt tun musst. Ich bin froh, dass du deine Teilnahme an der Kunstausstellung nicht wegen des Todes deiner Mutter abgesagt hast. Es wird Zeit, dass du zu deiner Kunst zurückfindest und die Welt sehen lässt, was du tust. Und eine dreimonatige Ausstellung hier in der Stadt ist großartig, um wieder wahrgenommen zu werden.«

*Wieder.*

Ich vermeide, an die Geschichte zu denken, an die mich dieses Wort erinnert. Nicht heute.

»Dein Agent hat das Richtige getan«, fügt er hinzu.

»Josh hätte nicht zusagen dürfen, und hätte er nicht bereits schriftlich gemacht, bevor ich davon erfahren habe, hätte ich das Ganze wieder abgesagt. Er sollte lediglich meine bereits vereinbarten Ausstellungen managen.«

»Abgesagt?«, fragt er ungläubig. »Das ist eine großartige Chance.«

»Die Galerie Le Sun befindet sich im Besitz eines unserer Konkurrenten, eines Weinguts, über das sich meine Mutter ziemlich aufgeregt hat.«

»Deine Mutter war egoistisch und hatte unrecht«, erwidert er. »Ich weiß, sie ist tot, aber ich sage nichts, das wir nicht beide wissen. Und Le Sun gehört einem Rockstar in der Kunstwelt und den Paten besagten Rockstars. Jeder Kunstliebhaber, der Sonoma besucht, will Chris Merits Werke in dieser Galerie sehen, und wenn die Leute seine sehen, werden sie auch deine sehen. Und du hast viel zu lange nicht richtig gelebt. Wenn du also das Weingut behalten willst …«

»Das werde ich«, unterbreche ich ihn. »Es ist das Vermächtnis meiner Familie.«

»Bist du dir sicher, dass dein Onkel keinen Anteil daran haben will?«

»Ja«, bestätige ich. »Sehr sicher.« Und selbst wenn er es wollte, ergänze ich im Stillen, würde mein Vater sich im Grab umdrehen, wenn dieser Mann jemals wieder einen Fuß auf das Gut setzen würde. »Wenn eins klar ist«, füge ich energisch hinzu, »dann, dass ich das Weingut behalte.«

»Triff diese Entscheidung, wenn du mal durchgeatmet hast. Nach deiner Ausstellung und wenn du die Möglichkeit hast, dich an deine Träume zu erinnern, nicht an die deines Vaters.« Er greift wieder in die Schublade, holt eine Klappkarte heraus und hält sie hoch. »Und nachdem du das hier gelesen und dir ein wenig Zeit gegeben hast, es zu verarbeiten.« Er legt die Karte vor mich hin.

Mein Blick fällt auf meinen Namen und Glückwünsche zum Geburtstag, in der vertrauten Schrift meines Vaters. Ich schlucke, und mein Magen schlägt Purzelbäume, bevor ich den Blick hebe. »Was ist das?«

»Er hat mich gebeten, dir das an deinem dreißigsten Geburtstag zu geben, falls er davor sterben sollte.«

Ich lege meine Hände in den Nacken, unter mein Haar. Mein Hals ist wie zugeschnürt. Ich muss den Kopf abwenden und die Augen schließen, weil mich eine Woge der Gefühle überwältigt. »Und doch hatte meine Mutter nicht einmal ein Testament«, murmele ich.

»Manche Menschen wollen nicht glauben, dass sie sterben werden«, sagt er. »Das ist ziemlich weit verbreitet.«

Ich fahre wieder zu ihm herum, und Wut brennt in mir, Wut auf meine Mutter und Wut auf ihn, weil er sie beschützt. Wieder einmal. »Wenn man einen Besitz von diesem Wert hat, tut man, was verantwortungsbewusst ist. Man tut es einfach.« Ich greife nach der Karte, die mein Vater mir hinterlassen hat. »Bitte, verschaff mir einfach Zeit.«

Ich stehe auf und gehe auf die Tür zu, und gerade als ich den Raum verlassen will, sagt er: »Faith.«

Ich halte inne, drehe mich aber nicht um. »Ja?«

»Ich weiß, du bist wütend auf sie, und das bin ich auch, aber diese Wut wird wieder vergehen.«

Ich will ihm glauben. Ich will es wirklich. Aber er wäre nicht so zuversichtlich, wenn er alles wüsste, was es zu wissen gibt, was ich niemals zulassen werde. Und so nicke ich nur einfach zur Antwort und verlasse den Raum. Ich bin dankbar, dass Betty am Telefon ist und einen Boten vor sich stehen hat, was es mir ermöglicht, an ihr vorbeizugehen ohne obligatorische Nettigkeiten.

Als ich die Kanzlei verlasse, ist die kühle Luft ein willkommener Schock, etwas, worauf ich mich konzentrieren kann, abgesehen von dem Gefühlschaos, das die Karte in meiner Hand auslöst. Vielleicht will ich doch nicht wieder etwas fühlen.

Ich habe das Verlangen, allein zu sein, weswegen ich meinen Schritt beschleunige. Ich überquere die Straße unter einem Bogen mit Hängepelargonien und bleibe erst stehen, als ich auf der anderen Seite bin. Dann wende ich mich nach links.

Ich sehe mein Auto, das in der Querstraße parkt. Meine Lippen öffnen sich, während sich meine Füße beim Anblick von *Mr Rogers*, der daran lehnt, keinen Schritt weiterbewegen. Er lehnt nicht nur am Auto. Er lehnt an der Fahrertür, als wolle er mir sagen, dass ich hier nicht wegkomme, ohne vorher mit ihm gesprochen zu haben.

# Kapitel 4

Faith

Ich weiß jetzt, dass die dunkle Lust und die ebenso dunkle Energie, die ich mit Nick Rogers verspürt habe, sich nicht nur aus Erotik speiste. Sondern aus Verrat.

Denn die Tatsache, dass Mr Rogers, nein, *Tiger*, hier ist, vor der Kanzlei meines Anwalts, dass er arrogant an meinem Wagen lehnt und mich mit vor der Brust verschränkten Armen und verkreuzten Knöcheln beobachtet, kann nur eins bedeuten. Er arbeitet für die Bank.

Und er tut es in einem maßgeschneiderten dunkelblauen Anzug, den ich nicht aus der Nähe zu sehen brauche, um zu wissen, dass er teuer ist. Anscheinend erfordert es Stil, jemandem die Kehle aufzureißen.

Und er versteht es, diesen Anzug zu tragen, nicht etwa dass er sich davon aufwerten lässt. Seine Art, alles um sich herum in Besitz zu nehmen, habe ich am vergangenen Abend tatsächlich attraktiv gefunden. Ich habe mir gestattet, mich in einen Flirt mit ihm hineinziehen zu lassen. Und es wäre mir vielleicht peinlich, wenn ich nicht so verdammt wütend auf mich selbst wäre, weil ich so dumm war, und auf ihn, weil er ein Arschloch ist.

Ich laufe auf ihn zu, und er verfolgt jede meiner Bewegungen mit diesen auffallenden marineblauen Augen. Am vergangenen Abend habe ich mich doch wirklich in ihnen verloren, deshalb möchte ich, dass er sie nun niederschlägt. Er wirkt intelligent und voller Hochmut. Als ich die Straße überquere, halte ich erst inne, als ich vor ihm stehe. »Weg von meinem Auto«, sage ich, bevor ich hinzufüge: *»Mr Rogers.«*

Seine Lippen, die viel zu hübsch und zu voll für einen Mann sind, aber trotzdem irgendwie brutal wirken, zucken jetzt vor Erheiterung. »Wie ich sehe, nehmen Sie Bitten nicht ernst, *Ms Winter*«, erklärt er. »Ich habe Ihnen gesagt, dass es mir egal ist, wie Sie mich nennen, sofern Sie mich nicht Mr Rogers nennen.«

»Mir fallen im Moment *viele* Namen für Sie ein«, gebe ich zurück. »Aber Mr Rogers war der freundlichste. Es gefällt mir nicht, wenn man mit mir spielt.«

Er zieht eine Braue hoch. »Und … Sie denken, ich spiele mit Ihnen?«

»Ich weiß, dass Sie es tun.«

»Sie irren sich«, widerspricht er sofort.

»Wenn ich mich irre, woher haben Sie dann gewusst, dass ich hier sein würde?«

»Von Ihrem Personal«, antwortet er schlicht.

Mein Zorn entbrennt, und ich spüre geradezu, wie meine Wangen heiß werden. »Gewinnen Sie alle Ihre Fälle mit Lügen? Denn mein Personal wusste nicht, dass ich hier bin.« Ich wende mich von ihm ab, öffne mit meiner Fernbedienung den Wagen und ziehe die Tür auf, obwohl er daran lehnt.

Er tritt ohne Widerrede beiseite, aber mein Sieg ist kurzlebig. Sein erdiger, männlicher Duft wogt über mich hinweg, und als ich herumwirbele, stelle ich fest, dass ich zwischen seinem heißen, harten Männerkörper und dem harten Stahl des Autos gefangen bin.

»Reden Sie mit meinem Anwalt«, befehle ich, bevor er etwas sagen kann. »Nicht mit mir.«

»Ich habe kein Interesse an einem Gespräch mit Ihrem Anwalt«, verkündet er. »Ich arbeite weder für Ihre Bank, noch bin ich ihr verpflichtet.« Er tritt näher, so nah, dass wir einander beinahe berühren. So nah, dass ich die Wärme seines Körpers spüren kann und wenn ich wollte, die Umrisse seines leichten Kinnbarts nachzeichnen. »Und ich lüge nicht«, fügt er mit harter Stimme und einem geheimnisvollen Glitzern in seinen Augen hinzu. »Ehrlich gesagt hasse ich Lügner, und ich benutze das Wort ›hassen‹ nicht leichtfertig.«

»Das stimmt nicht«, sage ich und *hasse* mich, weil ich mich an ihn lehnen will. »Mein Personal …«

»… hat mir mitgeteilt, dass Sie ein Meeting hätten«, beendet er meinen Satz. »Und nach dem gestrigen Abend war ziemlich offensichtlich, dass es sich um ein Treffen mit Ihrem Anwalt handeln würde, und ich bin clever genug, hierherzukommen.«

»Und warum?«

»Sie interessieren mich, *Faith*«, antwortet er leiser und mit rauer und trotzdem verführerischer Stimme, mein Name intim auf seiner Zunge, und mit etwas in seinem Tonfall und in seinen Augen, das ich nicht ganz deuten kann. »Und wenn mich nicht alles täuscht, interessiere ich Sie ebenfalls.«

»Sie arbeiten nicht für die Bank?«, frage ich. Mein Ärger nimmt ab, löst sich aber nicht auf.

»Nein«, bestätigt er. »Ich arbeite *nicht* für die Bank, und um das klarzustellen, ich arbeite für niemanden, der Interesse an Ihrem Unternehmen hat. Ich arbeite für mich selbst, und ich habe Interesse an *Ihnen.*«

»Wenn das alles wahr ist, dann erklären Sie mir, wie Sie auf die Idee gekommen sind, hier aufzutauchen, wenn Sie das über meine Situation wissen, was Sie gestern Abend erfahren haben. Ist das Ihre Art, meine Ablehnung zu umgehen?«

Er legt die Hand auf das Fenster neben mir und lässt meinen kleinen persönlichen Raum irgendwie schrumpfen, erzeugt noch mehr Intimität zwischen uns. »Sie waren gestern Abend außer sich vor Wut, das wissen Sie selbst.«

»Das ist keine Antwort.«

»Das ist kein Nein, aber ich werde Ihre Frage beantworten. Wenn ich heute auf dem Weingut aufgetaucht wäre, hätten Sie sich wieder genauso zurückgezogen, wie Sie es gestern Abend getan haben. Ich war nicht bereit, Sie noch einmal weglaufen zu lassen.«

»Ich bin nicht weggelaufen«, sage ich. »Ich bin lediglich zu dem Schluss gekommen, dass Sie gegen mich spielen könnten. Und ich brauche nicht mehr Feinde als Freunde.«

»Und jetzt?«, fragt er mich sanft. »Bin ich ein Freund oder ein Feind?«

»Das habe ich noch nicht entschieden.«

Etwas flackert in seinen Augen und erlischt, bevor ich es benennen kann. »Also schön. Ich bin mit beidem einverstanden, solange Sie das alte Sprichwort über Feinde im Kopf behalten.«

»Feinde sind nie nett.«

»Wenn Sie einen Feind haben, der ein netter Kerl ist, ist das nichts anderes, als hätten Sie einen Anwalt, der ein netter Kerl ist. Sie könnten ihn genauso gut als Freund bezeichnen.«

»Aber Sie sind kein netter Kerl. Das haben Sie selbst gesagt.«

»Ich bin der Mann, der dafür gesorgt hat, dass die Mauer um Sie herum Risse bekommt, als ich Sie gestern Abend berührt habe.« Er senkt den Blick auf meinen Mund und lässt ihn dort verweilen, bevor er wieder aufschaut. »Und ich denke seither daran, Sie noch einmal zu berühren. Daran, diese Mauer einzureißen und dafür zu sorgen, dass sie nicht wieder errichtet wird.«

»Diese Mauer dient dazu, Männer wie Sie fernzuhalten.«

Er mustert mich mit schmalen Augen. »Wer hat Sie verletzt, Faith? Und welche Narben hat er hinterlassen?«

Meine Mauer hatte tatsächlich Risse bekommen, ohne dass er mich berührt hat. Er ist gefährlich. Er sieht zu viel. Dinge, die ich niemals wieder jemandem zeigen wollte.

»Ich fahre«, sage ich und drehe mich wieder zu meinem Wagen um. Aber währenddessen rutscht der Riemen meiner Handtasche von meiner Schulter. Ich versuche, die Tasche aufzufangen, denke jedoch nicht daran, dass ich noch immer die Karte von meinem Vater in der Hand halte, und sie fällt zu Boden.

Ich schnappe nach Luft und hasse den Gedanken, dass sie im Dreck liegt, aus Gründen, die ich später analysieren werde. Ich gehe in die Hocke und will sie aufzuheben, aber Tiger kommt mir zuvor. Ich schwanke und drücke instinktiv eine Hand auf seine muskulöse Brust, um Halt zu suchen. Diese Berührung ist elektrisierend, und meine Mauer stürzt augenblicklich ein. Mein Herz rast. Ich versuche, die Hand zurückzuziehen, aber er hält sie fest.

Mir stockt der Atem. Ich hebe den Blick, und seiner trifft mich wie ein Hieb in die Brust. Hitze wogt zwischen uns, und diese dunkle Lust lädt die Luft auf. Ich befehle mir, mich aufzurichten, aber ich tue es nicht. Ich befehle mir, die Hand, die auf seiner Brust ruht, zurückzureißen. Aber er riecht so gut, ein Kokon erdiger Männlichkeit, der mich dazu verführt, genau dort zu bleiben, wo ich bin, und mich in diesen tiefen blauen Augen zu verlieren.

»Es ist noch besser als beim ersten Mal, Sie zu berühren«, sagt er, seine Stimme so männlich und warm wie sein Duft, »oder diesmal vielmehr von Ihnen berührt zu werden.« Er hält mir die Karte hin. »Alles Gute zum Geburtstag, Faith.«

Ich frage ihn nicht, woher er weiß, dass ich heute Geburtstag habe. Es steht auf der Karte. Es findet sich außerdem in Dokumenten, die er zweifellos studiert hat, bevor er heute hergekommen ist.

Ich greife nach der Karte, doch er lässt sie nicht los. Er hält sie fest und hält mich fest. Mich trifft die Erkenntnis, dass die beiden Dinge im Leben, von denen ich gelernt habe, dass man sie weder erklären noch beherrschen kann, kollidiert sind: *Tod und Lust.* Und ich habe noch nie in meinem Leben Beherrschung dringender nötig gehabt als gerade jetzt.

Tiger hebt die Hand und streicht mir das Haar aus den Augen, und seine Finger verweilen auf meiner Wange. Ein Fremder, der sich irgendwie besser anfühlt als alles andere seit sehr langer Zeit. Und genau wie ich befürchtet habe, erinnert es mich daran, was für eine großartige Flucht diese dunkle Lust sein kann, wie süchtig sie macht.

Er hat recht. Ich habe tatsächlich Angst. Ich habe Angst davor, das bisschen Beherrschung, das ich noch besitze, auch noch zu verlieren.

Ich richte mich auf und schalte in den Angriffsmodus. »Sie haben Nachforschungen über mich angestellt wie über einen Mandanten oder jemanden, den Sie verklagen«, beschuldige ich ihn, wohl wissend, dass es ein lächerlicher Grund ist, sauer zu sein.

Ich hätte ebenfalls Nachforschungen über ihn angestellt, wäre der gestrige Abend nicht so lang gewesen, aber trotzdem gefällt es mir nicht. Es gefällt mir nicht, wie er mich einfach überrumpelt hat. »Sie haben gewusst, dass ich heute Geburtstag habe, bevor Sie hierhergekommen sind.«

»Ich habe Nachforschungen über Sie angestellt wie über eine Frau, die ich kennenlernen will. Ich will Sie kennenlernen, Faith.«

Er spricht meinen Namen aus, als wolle er ihn liebkosen. Seine Stimme klingt sanft, aber doch rau und irgendwie nach Sex. ER schreit nach Sex. »Hören Sie auf, meinen Namen auf diese Weise zu sagen.«

»Auf welche Weise?«, fragt er, und in diesem Moment ist er aus keinem logischen Grund mit seiner tiefen, rauen Stimme eine Gefahr für mich.

»Als hätten wir ein intimes Verhältnis«, sage ich. »Als würden Sie mich kennen. Aber das Internet sagt nichts darüber, wer oder was ich bin.«

»Dann zeigen Sie mir, wer Sie sind.«

»Warum?«, frage ich herausfordernd. »Sie lesen bereits in mir wie in einem Buch. Ich muss wieder an die Arbeit.« Ich drehe mich um und steige in meinen Wagen, wie ich das schon vor einigen Minuten hätte tun sollen.

Er hockt sich neben mich, und ich mache mich auf eine Berührung gefasst, die nicht folgt, was mich gleichzeitig erleichtert und enttäuscht. Ich sehe ihn an.

»Das ist meine Art«, erklärt er ungerührt, während ich das nicht bin. »Ich treibe Dinge immer weiter voran, um zu bekommen, was ich will.«

Ich sehe ihn an, bevor ich mich daran hindern kann. »Sie übertreiben es.«

»Wenn Sie immer noch wegrennen, habe ich es nicht energisch genug vorangetrieben.«

»So läuft das bei mir nicht.«

»Gut. Bei mir auch nicht.«

Ich blinzele, verwirrt über eine Antwort, die im Gegensatz zu seinen Annäherungsversuchen steht. »Was soll das denn heißen?«

»Um es zu vereinfachen, unser gemeinsamer Gemütszustand erklärt die Anziehung zwischen uns. Mit anderen Worten: Wir beide müssen einfach eine Menge Sex haben, um ein paar Sachen zu vergessen – einschließlich uns gegenseitig.«

»Wer sagt so etwas zu jemandem, den er gar nicht kennt?«

»Ich, Faith. Ich mag nicht immer meine Karten offen auf den Tisch legen, aber wie gesagt, mir gefallen Lügen nicht. Wenn ich etwas sage, ist es ehrlich. Es ist echt.«

»Sie denken, es sei keine Lüge, wenn Sie Ihre Karten nicht offen auf den Tisch legen?«

»Tun Sie es?«, kontert er.

»Gutes Ausweichmanöver, Herr Anwalt«, sage ich. »In Ihnen steckt mehr, als man auf den ersten Blick sieht, Nick Rogers.«

»Das Gleiche könnte ich von Ihnen sagen, nicht wahr, Faith Winter?«

»Ja«, gebe ich zurück, denn er weiß inzwischen wahrscheinlich bereits, dass das die Wahrheit ist, und es abzustreiten, würde ihn herausfordern, das Gegenteil zu beweisen. »Das könnten Sie.«

Er zieht eine Braue hoch. »Ich habe damit gerechnet, dass Sie es abstreiten würden.«

»Anscheinend haben Sie im Internet nicht alles über mich herausgefunden.«

In seinen Augen glitzert eine Regung, die ich nicht benennen kann. »Das Internet hätte mir ohnehin niemals das gebracht, was ich von Ihnen will.«

Ich sage mir, dass ich darauf nicht hereinfallen werde, dass ich es gar nicht wissen will. Allerdings spüre ich förmlich, dass ich es wissen muss. Und so wage ich es zu fragen, genau wie er es von mir will.

»Und das wäre?«

»Sie. Nicht die Faith, die Sie der Welt zeigen. Die Faith Winter hinter der Mauer, die mich gestern Abend und jetzt fasziniert hat. Ihr wahres Ich, Faith, entblößt und nicht nur bloßgestellt. *Willentlich* entblößt.« Er steht auf, weicht zurück und schließt die Autotür.

# Kapitel 5

Faith

Beim Verlassen des Stadtzentrums bekomme ich Nick oder Tiger, oder wie immer ich den Mann nennen sollte, nicht aus dem Kopf. Er bleibt hartnäckig in meinen Gedanken. Fünf Minuten nach meiner Begegnung mit ihm kann ich zu meinem großen Missfallen die Berührung dieses Mannes immer noch spüren, genau wie die Wärme, die sein Körper abgestrahlt hat. Zehn Minuten später ist es noch genauso. Fünfzehn. Unverändert.

Das war natürlich seine Absicht, als er vorgeschlagen hat, dass wir miteinander schlafen, bevor er dann ohne ein weiteres Wort verschwunden ist. Er wollte, dass ich mich nach seiner Berührung verzehre. Er wollte, dass ich für das nächste Mal bereit sein würde, wovon wir beide wissen, dass es kommen wird. Und sein Kalkül ist aufgegangen.

Ich erreiche die Zwanzig-Minuten-Marke, dass Tiger mich in Gedanken verfolgt. Aber, welch Segen, ich kann mich endlich ablenken, als ich in die lange, gewundene Auffahrt einbiege, die zu meinem Zuhause führt.

Das weiße, im Landhausstil gehaltene Gebäude habe ich sechs Monate nach dem Tod meines Vaters von meinem Erbe gekauft. Ich hatte endlich akzeptiert, dass meine Mutter das Weingut herunterwirtschaften würde, wenn ich mein Leben in L.A. nicht hinter mir ließ. Ich hatte damals die verrückte Idee, dass meine Welt mit der des Weinguts verschmelzen könnte. Das war ein Irrtum. Doch heute ist mein Geburtstag, und ich schenke mir ein Wochenende mit meiner Kunst, nehme mal wieder einen Pinsel in die Hand.

Ich parke in der Einfahrt statt in der Garage, greife mir schnell meine Tasche und eile die Holztreppe zur Veranda hinauf, die sich an die gesamte Front des Hauses schmiegt. Sobald ich die Tür hinter mir geschlossen habe, gehe ich durch die Diele und über die dunklen Holzböden des offenen Wohnbereichs in mein Schlafzimmer.

Ich betrete den stilvollen und schlichten, in Creme- und Karamelltönen gehaltenen Raum, in dem ich seit einem Monat nicht mehr geschlafen habe. Ein mit cremefarbenem Leder bezogenes Bett steht auf einem flauschigen, ebenfalls cremefarbenen Teppich. Cremefarbene Nachttische. Ein cremefarbener Sessel mit einem karamellfarbenen Fußhocker.

Ein Gemälde, ein von mir gemaltes Landschaftsbild von Sonoma, ist das Herzstück über dem Kopfteil des Bettes, denn einen Chris Merit kann ich mir nicht leisten, obwohl Josh mir einzureden versucht, ich könne der nächste Chris Merit sein. Ich wäre glücklich darüber, auch einfach ein neues Ich zu sein und tatsächlich zu wissen, was das bedeutet, was mich an die Karte von meinem Vater erinnert.

Ich lege meine Tasche aufs Bett, hole die Karte heraus und betrachte die Handschrift meines Vaters. Ich streiche mit den Fingern darüber und vermisse ihn so sehr, dass es wehtut. Aber ich erinnere mich daran, dass er meine Kunst als Hobby betrachtet hat und das Weingut als meine Zukunft.

Ich habe dieses Schicksal akzeptiert und unsere Familiengeschichte und seine Anstrengungen gewürdigt. Aber ich will heute nicht die Karte lesen und riskieren, mich selbst zu quälen. Ich hatte mir vorgenommen, den Abend gut zu überstehen.

Ich lege die Karte beiseite und flüstere: »Ich habe dich lieb und werde dafür sorgen, dass du stolz auf mich bist.«

Meine Augen brennen, und die Schuldgefühle, weil ich um meine Mutter immer noch nicht geweint habe, treiben mich zu dem Ankleideraum hinter dem Bad, um mich umzuziehen.

Ich muss malen. Ich muss mich mit einem Pinsel in der Hand selbst verlieren. Ich wende mich vom Bett ab und gehe ins Bad, das in den gleichen Farbtönen gehalten ist wie das Schlafzimmer, die im Schachbrettmuster verlegten Fliesen eingeschlossen. An der eiförmigen, in den Boden eingelassenen Wanne vorbei gelange ich in meinen begehbaren Kleiderschrank. Sobald ich dort bin, ziehe ich Jeans und ein T-Shirt an, dazu Sneakers.

Einige Minuten später stehe ich im ersten Stock des Hauses, den ich zu meinem Atelier umgebaut habe, mit einem Kittel über meinen Kleidern und einer leeren Leinwand vor mir. Zum ersten Mal seit Monaten habe ich einen Pinsel in der Hand. Mein Telefon liegt auf dem Tisch neben mir.

Und überraschenderweise geht mir Nick Rogers immer noch durch den Sinn. Ich mag Arroganz nicht. Ich mag Männer mit langem Haar nicht. Ich mag Männer wie Nick Rogers nicht. Und doch verfolgt mich dieser Mann.

Ich mache mich an die Arbeit, fest entschlossen, ihn durch Malen, mit langen, schweren Strichen, aus meinem Kopf zu verbannen. Schon bald erwacht meine Kreation zum Leben, ein Werk, das wie kein anderes ist, das ich je erschaffen habe, und ich bin getrieben, sogar besessen, es zu vollenden.

Die Zeit verstreicht, eine Stunde, vielleicht mehr, da klingelt mein Handy. Ich lege den Pinsel beiseite und wische mir die Hände am Kittel ab, bevor ich nach dem Telefon greife. »Hallo, Josh«, sage ich, nachdem ich die Nummer meines Agenten auf dem Display gesehen habe.

»Ah, endlich.« Er klingt verärgert.

»Endlich? Wie viel Uhr ist es?«

»Fünf«, sagt er. »Und warum weißt du das nicht, Faith? Heute ist ein großer Abend für dich. Chris Merit wird nicht da sein, aber er hat ein noch nie zuvor gezeigtes Gemälde für die Wohltätigkeitsauktion gespendet. Das Event ist seit Monaten ausverkauft. Und es ist auch dein Event.«

»Es ist sein Event. Ich zeige nur meine Werke.«

»Es ist auch dein Event, und ich werde dir deinen hübschen kleinen Hintern versohlen, wenn du wieder einmal etwas anderes behauptest.«

»Du solltest so etwas nicht sagen.«

»Weil dich das schockiert? Wir wissen beide, dass das nicht ernst gemeint ist. Außerdem würdest du mir a) die Eier zerquetschen, wenn ich jemals irgendetwas bei dir versuchen würde. Was ich nicht tun würde, weil ich b) unterwürfige Frauen mag. Du bist so weit davon entfernt, dass es geradezu lachhaft ist. Wenn du unterwürfig wärst, hätte ich dir den Quatsch, du könntest malen und gleichzeitig das Unternehmen deiner Familie weiterführen, bereits gründlich ausgetrieben.«

Ich verziehe das Gesicht. »Worauf genau willst du hinaus?«

»Du solltest beim Kosmetiker sein und eine Gesichtsbehandlung machen lassen oder was immer ihr Frauen vor solchen Veranstaltungen so tut und was einem Mann noch nicht einmal in den Sinn kommen würde.«

»Ehrlich gesagt«, antworte ich und stoße einen Atemzug aus, »habe ich …« Ich bremse mich, weil ich ihn nicht auf falsche Ideen bringen möchte, worauf das hier hinausläuft, »mich gerade auf den Weg ins Bad gemacht, um zu duschen.«

»Bitte sag mir, dass dieser Satz mit dem Wort ›gemalt‹ enden sollte, denn das ist meiner Meinung nach die einzig akzeptable Antwort.«

Ich begutachte das Projekt, an dem ich stundenlang gearbeitet habe und zu dem ich völlig unerwartet inspiriert worden bin.

»Faith?«

»Ja. Ich habe gemalt.«

»Danke, Gott«, sagt er mit übertriebener Erleichterung. »Ich muss sehen, was immer es ist, bevor ich am Sonntag aufbreche.«

»Nein«, widerspreche ich schnell. »Das ist etwas ganz anderes als die Schwarz-weiß-Landschaften, für die ich bekannt bin. Dieses Bild ist nur für mich.«

»Jetzt bin ich erst recht neugierig. Und nach dem heutigen Abend wirst du eine heiße Nummer im Kunstzirkus sein. Vielleicht ist dieses neue Projekt das eine, mit dem wir zusammen reich werden.«

»Du weißt, dass es keine Rolle für mich spielt«, sage ich. »Ich musste nur meine unverschämte Miete in L.A. bezahlen, und dabei hat mir der Verkauf meiner Werke geholfen.«

»Willst du gerade deinen früheren Traum kleinmachen, im Kunstmuseum zu kündigen und jede Chance zu ergreifen, um nur noch zu malen? Ich habe es dir schon so oft gesagt. Es gibt *nichts* daran auszusetzen, großen Träumen nachzuhängen und sich für seine Arbeit bezahlen zu lassen. Ich brauche neue Werke, um diesen

Traum am Leben zu erhalten. Du hast seit einem Jahr nichts mehr geliefert.«

»Ich habe nichts für dich«, antworte ich, obwohl das Dutzend abgedeckter Staffeleien überall im Raum etwas anderes sagt.

»Lügnerin. Wir wissen beide, dass du nicht ohne Pinsel in der Hand leben kannst. Ich will sehen, was du gemalt hast, bevor ich abfahre.«

»Nein«, protestiere ich. »Nein, dieses Bild ist allein für mich.«

Er schweigt einen Moment. »Weißt du, wie lange ich darauf gewartet habe, dich sagen zu hören, dass du wieder für dich selbst malst?«

Ich atme ein und stoße zittrig die Luft aus. »Josh …«

»Zähl mir nicht die Gründe auf, warum du nicht malen kannst, denn ich weiß, dass es dir im Blut liegt. Für dich ist es wie atmen, und ich weiß auch, dass du heimlich gemalt hast. Aber heute Abend geht es nicht darum, dass ich dich zum Malen dränge. Es geht darum, den Erfolg der Werke zu feiern, die du mir bereits zur Verfügung gestellt hast, mir und den Kunstliebhabern dieser Welt. Dieser Abend ist mein Geburtstagsgeschenk für dich. Also. Alles Gute zum Geburtstag, Faith.«

»Danke«, murmele ich, stets erstaunt darüber, dass er sich an diesen Tag erinnert, während andere, die das hätten tun sollen, es oft vergessen haben. »Wie kommt es, dass du so miserabel im Umgang mit Frauen bist und so gut im Umgang mit deinen Klienten?«

»Ich bin nicht Single, weil ich muss. Sondern weil ich mich dazu entschieden habe. Ich will, was ich will, und mich häuslich niederlassen will ich eben nicht. Was du – wie wir beide wissen – gut verstehst.«

Der Mann weiß viel mehr über mich als die meisten der Menschen, die ich in L.A. meine Freunde genannt habe, aber andererseits lebt er in der Kunstwelt, genau wie ich damals. »Ich fahre gut damit.«

»Ja. Wir treffen uns um halb sieben im Hotel. Bis dann.« Er legt auf, und ich schließe die Augen, spüre Wärme in Brust und Bauch, wo sich Gefühle geformt haben, die ich nicht empfinden will. Gefühle, die ich unbedingt empfinden wollte, als ich ins Schlafzimmer meiner Mutter übergesiedelt bin.

Ich habe mich geirrt. Gefühle schwächen mich. Sie bringen mich dazu, zu empfinden statt zu denken. Sie beeinträchtigen mein Urteilsvermögen. Ja. Es war definitiv ein Fehler, sie wieder in meiner Welt willkommen zu heißen. Genauso wie es vor zwei Jahren ein Fehler war, dass ich dieses Haus gekauft habe, weil ich dachte, ich könne gleichzeitig malen und auf dem Weingut helfen, ohne etwas aufzugeben.

Ich kann nicht beides tun, und wenn ich wieder einen Fuß in die Tür der Kunstwelt bekommen will, muss ich meine ganze Kraft hineinstecken. Ich wünschte, der heutige Abend würde nicht stattfinden. Ich hätte lieber Nein sagen sollen. Und doch muss ich mich umziehen gehen und mich in Schale werfen.

Das Handy noch immer am Ohr schüttele ich meine Grübeleien ab und schiebe mir das Telefon in die Jeanstasche. Ich muss duschen. Nachdem ich mir den Kittel ausgezogen habe, werfe ich ihn auf den Holzhocker neben dem Tisch.

Dann verlasse ich das Atelier, eile die Treppe hinunter zurück durch mein Schlafzimmer und erreiche endlich meinen Ankleideraum. Ich knipse das Licht an und halte erst an der gegenüberliegenden Wand inne, wo meine Partykleider hängen. Ich nehme zwei heraus, beide noch immer mit Preisschildern versehen, beide Ergebnisse von Kauforgien, und für Ausstellungen bestimmt, die ich kurz vor dem Tod meines Vaters hatte besuchen wollen.

Eins der Outfits ist in einem dunklen Königsblau und aus Spitze, mit einem V-Ausschnitt und zauberhaften durchsichtigen langen Ärmeln. Ich liebe diese Ärmel, aber für mich ist das Schönste an dem Kleid, dass es knöchellang ist und einen klassischen Schlitz auf der Vorderseite hat.

Ich mag klassische Kleidungsstücke. Mir gefällt, dass ich mich darin fühle wie die Frau, die ich vergessen hatte, bis ich Nick Rogers begegnet bin. Ich habe keine Ahnung, warum er mich aufgerüttelt hat. Allerdings bin ich mir ziemlich sicher, dass ich mir später wünschen werde, er hätte es nicht getan. Doch heute Abend muss ich mich wie ich selbst fühlen, wie Faith Winter, nicht wie eine Angestellte des Weinguts.

Ich konzentriere mich auf das zweite Kleid, das … Nun, es ist ein schwarzes Kleid. Darin besteht das Problem. Ganz gleich, was es ansonsten aussagt, seine Farbe ist abschreckend, steht für mich für Tod, eine Erinnerung an alle Verluste. An die Menschen, die ich liebe. An Hoffnung. An Träume. An so viele Dinge.

Ich weiß nicht, ob ich diesen Abend überstehe, wenn ich an all die Gründe erinnert werde, warum ich meiner Vergangenheit nicht erlauben kann, meine Gegenwart zu sein. Aber heute Abend geht es um diese Vergangenheit und um meine Kunst, obwohl ich wirklich nicht mehr weiß, was mir das bedeutet. Es ist ein Hobby, nicht mehr. Es kann nicht mehr sein. Es ist …

Moment mal. Ich richte mich auf. Josh hat gesagt, der heutige Abend könnte mir gutes Geld einbringen, und ich weiß bereits, dass eine zweite Hypothek für mich nicht infrage kommt. Aber könnte meine Kunst, meine Vergangenheit, mir helfen, aus diesem Loch herauszukommen, in dem ich wegen des Weinguts stecke? Oder dass meine Kunst mir zumindest ein wenig Zeit verschafft, um das Geld zu finden, das meine Mutter irgendwo versteckt haben muss? Ich hoffe es.

Ich lege das blaue Kleid auf die Bank mitten im Ankleideraum und drehe mich um, dann renne ich durchs Bad und ins Schlafzimmer. Ich laufe weiter die Treppe hinauf in mein Atelier und mache mich daran, Laken von Staffeleien zu ziehen und jedes einzelne der zwölf Werke zu betrachten, die ich vollendet habe, eins nach dem anderen. Ich suche jene aus, von denen Josh vielleicht denken würde, sie seien es wert, von ihm präsentiert zu werden.

Ehrlich gesagt denke ich niemals, dass irgendeins meiner Werke würdig ist, gezeigt zu werden. Warum also versuche ich überhaupt, welche auszusuchen? Doch ich habe Werke für siebentausend Dollar verkauft. Okay, nur zwei der Arbeiten, und sie zu verkaufen hat seine Zeit gedauert, aber wenn ich nur einige wenige dieser Bilder verkaufen könnte, könnte ich mir damit die Zeit verschaffen, die ich brauche.

Und wenn ich nicht so verdammt verwirrt wäre, was die Frage

betrifft, wie meine beiden Welten zusammenpassen könnten, wäre ich vielleicht schon früher auf diese Idee gekommen. Ich werde Josh einfach alle Bilder zeigen. Ich eile in das Eckbüro, gehe an dem gläsernen Schreibtisch in der Mitte vorbei zu einem Schrank, um meine Kamera herauszuholen.

Als ich wieder im Atelier bin, schieße ich einige Fotos von meinen Werken. Ich will gerade wieder nach unten gehen, lande aber irgendwie vor dem frisch gemalten Werk auf der Staffelei. Es ist ein Porträt. Ich male niemals Porträts und das nicht deshalb, weil ich keinen Spaß an ihnen habe oder keinerlei Fähigkeiten auf diesem Gebiet, sondern vielmehr, weil der Pinsel Geheimnisse einer Person entblößt, die sie vielleicht nicht entblößt sehen will, und Privatsphäre ist mir heilig.

Es ist mir viel wert, dass meine Geheimnisse meine Geheimnisse bleiben, und ich nehme an, dass andere genauso empfinden. Aber ich will herausfinden, welche Geheimnisse Nick Rogers hat, und ich weiß, dass er Geheimnisse hat. Was der Grund ist, warum ich nicht im Internet nach Antworten gesucht habe, weil ich dort nur Fakten finden werde.

Stattdessen habe ich ihn gemalt, und die harten, attraktiven Linien seines Gesichtes sind wohldefiniert, aber es sind seine dunkelblauen Augen, die mir zu schaffen gemacht haben. Augen, die zusammen mit dem, was ich an ihm gespürt und mit ihm gesprochen habe, eine Geschichte erzählen, die ich nicht ganz verstehe, die ich aber eines Tages verstehen werde.

Ich werde das Wochenende nicht auf dem Weingut arbeiten, ein Geschenk an mich selbst, und ich habe vor, das Gemälde fertigzustellen. Ich habe vor, diesen Mann besser kennenzulernen und ihn zu durchschauen, bevor ich ihn wiedersehe.

Es fühlt sich wichtig an, das zu tun, aus Gründen, die ich im Moment nicht recht benennen kann. Vielleicht ist er mein Feind, vielleicht genießt er auch einfach die Dynamik dieses Spiels. Möglicherweise versuche ich lediglich, mir vorzumachen, die Situation zu beherrschen, indem ich danach strebe, das Unbekannte herauszufinden, das ich bei diesem Mann schlicht nicht ertrage. Ich überlege, ob er weiß, dass er so etwas an sich hat.

Was immer der Fall sein mag, es spielt heute Abend keine Rolle. Wie Josh gesagt hat. Die Veranstaltung ist seit Monaten ausverkauft. Niemand, nicht einmal der arrogante Tiger, kann eine Eintrittskarte ergattern. Und da ich erst Sonntagabend auf das Weingut zurückkehren werde, vermute ich, dass er sich bis dahin dort aufhalten wird, wo immer er seine Kanzlei hat.

Vielleicht irre ich mich auch in der Annahme, ihn wiederzusehen. Wenn er zu seiner Arbeit zurückkehrt und alle Hände voll zu tun hat, vergisst er unter Umständen sogar die Herausforderung, die ich darstelle. Mein Gemälde wird vielleicht tatsächlich das Letzte sein, was ich von dem Mann zu sehen bekomme. Es sollte eine Erleichterung sein. Ist es aber nicht.

Als ich Josh die Fotos gemailt habe, bleibt mir noch eine Stunde, um zu duschen und mich umzuziehen. Bis es so weit ist, dass ich mir Gedanken über Unterwäsche und Strumpfhosen mache, als würde Tiger auftauchen und sie mir herunterreißen, und das blaue Kleid zweimal gegen das Schwarze eingetauscht habe, bin ich bereits spät dran.

Doch endlich kehre ich zu dem blauen Kleid zurück und beeile mich mit meinem Make-up und locke mir die Haare, die ich normalerweise glatt lasse. Selbst die Auswahl der Schuhe wird zu einem Martyrium, aber ich entscheide mich für schwarze High Heels mit Riemchen und eine kleine schwarze Handtasche mit ein paar Glitzersteinchen, die ebenfalls von Chanel ist und ein Geschenk von jemandem, an den ich lieber nicht denken möchte.

Ich sitze zehn Minuten vor meinem vereinbarten Treffen mit Josh im Wagen und lasse den Motor an, und bis dorthin ist es eine dreißigminütige Fahrt. Nach einer Viertelstunde ruft er an: »Wo bist du?«

»Der Verkehr ist heftig.«

»Ist er nicht. Faith …«

»Ich habe dir Fotos von den Werken geschickt, die ich angefertigt habe.« Von allen, bis auf ein spezielles Porträt.

»Ach ja?«, fragt er. »Ich werfe jetzt einen Blick darauf. Dir ist verziehen.«

»Dafür hast du gar keine Zeit mehr. Das weiß ich.«

»Ich werde mir die Zeit nehmen. Wir treffen uns dann in der Galerie statt im Hotel. Geh zur Hintertür. Denk daran, dass Sicherheitsleute da sein werden.« Er legt auf.

Ich stoße den Atem aus, von dem mir nicht bewusst war, dass ich ihn angehalten habe. Er sieht sich die Fotos jetzt an. Wieder schnappe ich nach Luft. Was, wenn er die Bilder schlecht findet? Was, wenn die mangelnde Konzentration auf die Malerei dazu geführt hat, dass ich vergessen habe, worum es dabei überhaupt geht?

»Was habe ich mir nur gedacht?«

Ich halte vor einer Ampel, und ich weiß genau, was ich tun muss, damit ich mich in Bezug auf diese Entscheidung wieder wohlfühle. Ich schnappe mir mein Handy und gehe auf meinen Anrufbeantworter, dann tippe ich ihn an, um alle Nachrichten abzuspielen.

Eine nach der anderen ertönen unfreundliche Nachrichten von der Bank oder von einem Lieferanten, dessen Bezahlung längst überfällig ist. Jede Nachricht ist eine brutale Erinnerung daran, warum ich mich dafür entschieden habe, meinem Agenten diese Fotos zu schicken. Ich muss alle der Reihe nach bezahlen, und dafür habe ich gearbeitet.

Es ist Punkt sieben, als ich auf das Gelände des Wein-Chateaus fahre, das die Galerie beherbergt. Es handelt sich bei dem Chateau buchstäblich um eine steinerne Burg, berankt mit Efeu und einem Tor im Kerkerstil. Allein der Anblick zerrt an meinen Nerven, und ich verspüre ein Flattern in Brust und Bauch – und das nicht nur, weil ich spät dran bin. Ich habe noch nie in einer so hochkarätigen Ausstellung meine Bilder gezeigt.

Und während ich mir sage, dass dieser Abend ein Schwanengesang ist, biege ich auf den Parkplatz ein, doch alle Lücken sind besetzt. Ich kann an nichts anderes denken als daran, dass dies hier mein Traum ist. Dies ist immer noch mein Traum.

Ich fahre um das Gebäude herum auf die Rückseite und stelle fest, dass der Parkplatz dort genauso überfüllt ist. Die Nervosität verschlimmert sich, doch ich gestatte mir auch ein wenig Vorfreude. Wie umwerfend wäre es, wenn mein Traum den meines Vaters retten würde?

Ich quetsche mich irgendwo dazwischen und habe gerade den Motor abgestellt, als jemand an mein Fenster klopft. Ich fahre es herunter und sehe Josh. Sein dunkles Haar ist wie immer adrett geschnitten und sein attraktives Gesicht glatt rasiert.

»Man wartet auf dich, damit die Reden gehalten werden können.«

»O nein. O Gott. Ich hätte diese Fotos nicht heute Abend machen sollen.«

Ich fahre die Scheibe wieder hoch, und er zieht die Tür auf und hält mir die Hand hin. Einen Moment später habe ich mir meine Tasche geschnappt und meine Hand in seine gelegt. Mir wird bewusst, wie gut er in seinem Smoking aussieht und wie kalt mich seine Berührung trotzdem lässt.

Er mustert mich prüfend von oben bis unten mit seinen dunkelbraunen Augen. »Sie sind umwerfend, Faith Winter.« Er lässt mich los und wedelt mit einer Hand. »Ich sehe es vor mir. Dich in einer Badewanne auf dem Cover einer Zeitschrift, und die Überschrift lautet: *Sexy, erfolgreich und talentiert.*« Er gibt mir keine Zeit zu antworten, sondern schließt meine Autotür und fasst mich am Arm. »Lass uns gehen.«

Ich habe Mühe, mit ihm Schritt zu halten. »Ich werde mich niemals nackt auf einer Zeitschrift wiederfinden.«

»Nicht wenn du weiter Trauben zerquetschst, statt zu malen.«

Mir wird schwer ums Herz. »Du findest die Bilder schlecht. Du denkst, ich habe mein Talent verloren.«

Er bleibt stehen und legt beide Hände auf meine Arme. »Die Bilder sind genauso großartig, wie du es bist. Geh dort hinein und sei eine Malerin, denn ich vertrete keine Winzer.«

Die Tür wird geöffnet, und eine Frau kommt heraus. »Josh. Jetzt.«

»Also los«, sagt Josh, nimmt meine Hand und führt mich hinein in den Trubel.

Es folgen Begrüßungen und Händeschütteln, und bevor ich weiß, wie mir geschieht, sitze ich im Rampenlicht auf einem Stuhl auf einer Bühne, zusammen mit zwei anderen Künstlern links und rechts von mir. Ich kenne sie nicht persönlich, aber bewundere ihr

Werk. Die Galerie um uns herum ist in Dunkelheit getaucht, die Menge steht.

»Ich heiße Sie alle willkommen«, beginnt der Moderator auf dem Podium vor uns. »Wie Sie wissen, möchten wir Ihnen heute Abend drei neue Künstler vorstellen. Aber weil mir klar ist, dass Sie alle darauf brennen, das neue Werk von Chris Merit zu sehen, möchte ich erklären, wie das hier ablaufen wird. Wir enthüllen das Gemälde in genau einer Stunde. Der Höchstbietende gewinnt, und alle Einkünfte, hundert Prozent, werden dem Kinderkrankenhaus gespendet. In der Zwischenzeit haben wir heute Abend unsere drei begabten Künstler hier. Sie werden ebenfalls zwanzig Prozent aller Verkäufe heute Abend an das Kinderkrankenhaus spenden. Bitte suchen Sie sie auf. Bitte besuchen Sie ihre Ausstellungen und unsere zahlreichen anderen.«

Er lässt jeden von uns einzeln aufstehen, und nach einigen weiteren Worten geht das Licht an. Ich erhebe mich und schaue nach links, wo Josh an der Treppe auf mich wartet, aber etwas Intensives, etwas Vertrautes zwingt mich, nach rechts zu blicken, und mir bleibt der Atem weg. Nick Rogers steht dort und sieht in seinem Smoking verrucht und sexy aus.

# Kapitel 6

Tiger

Ich lüge nicht. Das habe ich ernst gemeint, als ich es Faith am Morgen dieses Tages gesagt habe.

Sie fasziniert mich wirklich, und die Gründe dafür sind zahlreich. Zunächst einmal schätze ich Herausforderungen, und genau das ist sie, sowohl durch ihren Charakter als auch ihren vollkommenen Körper.

Sie sieht nicht aus wie eine Mörderin, sondern vielmehr wie eine wunderschöne Frau, die irgendwie gleichzeitig zart und stark ist. Sie riecht auch nicht wie eine Mörderin, sondern eher wie der Garten, in dem ich sie das erste Mal berührt habe. Sie wirkt nicht wie der klassische Killer, aber das wusste ich schon, als ich sie aufgesucht habe.

Und in dem Moment, als sie auf der Bühne steht und mich ansieht, atemberaubend schön in einem blauen Kleid, schwöre ich mir, ihren Körper genauso gut kennenzulernen wie ihren Geist. Ich schwöre mir, jede Kurve zu spüren, um die sich dieses Kleid schmiegt, sie bei mir zu haben, bevor diese Nacht vorüber ist. Und zwar unmittelbar nachdem ich herausgefunden habe, ob sie wie eine Mörderin schmeckt und wie eine Feindin, denn bedauerlicherweise habe ich immer noch den Verdacht, dass sie genau das sein könnte.

Jetzt beobachte ich, wie sie sich von der Überraschung über mein Auftauchen hier erholt, der schockierte Ausdruck auf ihrem herzförmigen Gesicht verschwindet. Sie findet bemerkenswert schnell ihre Fassung wieder. Sie kommt anmutig auf mich zu, und ihre langen Beine lugen unter dem Schlitz ihres Kleides hervor und reizen damit meinen Schwanz aufs Schärfste.

Beine, die ich um meine Hüften geschlungen haben will, aber nicht bevor ich jeden einzelnen Zentimeter von ihnen und von ihr mit meiner Zunge verwöhnt habe. Sie bleibt am Rand der Bühne stehen, auf der obersten Treppenstufe, während ich unten bin. Ihre vollen, üppigen Lippen sind in einem hellen Rosa geschminkt, dezent und doch wunderschön, so wie sie einen Pinsel auf einer Leinwand benutzt.

Sie ist so talentiert wie nur wenige Menschen und imstande, allein ihren Lebensunterhalt zu verdienen, ohne sich an der Erpressung meines Vaters oder seiner Ermordung beteiligt zu haben.

»Sie sehen wunderschön aus«, sage ich, und ich erlaube meinem Verlangen nach dieser Frau sich in einem tiefen rauen Unterton meiner Stimme widerzuspiegeln. »Sie *sind* wunderschön.«

Zu meiner Überraschung röten sich ihre Wangen, und im Senken ihrer Lider zeigt sich Schüchternheit, als sie sich für mein Kompliment bedankt, und erneut beweist sie, dass sie ein Widerspruch in sich ist, ein wunderschöner, komplizierter verdammter Widerspruch, den ich ergründen muss. Aber diese Kompliziertheit zu ergründen ist nicht alles, was ich will. Ich will sie *verstehen.*

Ich trete auf die unterste Treppenstufe, sodass nur noch zwei uns voneinander trennen, und halte ihr die Hand hin. Sie betrachtet meine Hand und dann mich, und als mich der Blick dieser grünen Augen trifft, dringt er mir bis in mein Herz.

Ich würde mich darüber freuen, wie lebendig ich mich in der Nähe dieser Frau fühle, wie sehr ich mir wünsche, sie zu vögeln, wenn ich nicht dächte, dass eine neunzigprozentige Wahrscheinlichkeit besteht, dass sie eine Erpresserin und Mörderin ist. Die Fakten sind eindeutig.

Sie hebt trotzig das Kinn, doch sie bietet mir Unterwerfung an und legt ihre Hand auf meine. Ihre Augen flackern bei der Berührung, und mein Schwanz zuckt. Ihre Hand gleitet über meine, zart und klein, und ich schließe meine Finger um ihre.

»Freiwillig«, sage ich. »Genau das, was ich von Ihnen wollte.«

»Ich wollte keine Szene machen«, kontert sie und erlaubt mir, sie die Treppe hinunter von der Bühne zu führen.

»Das ist eine gezierte Antwort«, werfe ich ihr vor und wage es, eine Hand auf ihre schmale Taille zu legen. Ich freue mich, dass *ihre*

Hand auf meinem Arm landet, statt mich wegzustoßen. »Sie ist unter Ihrer Würde.«

»Sie haben recht«, sagt sie zu meiner Überraschung. »Es war geziert, und ich bin sonst nie so. Sie haben mich berührt, weil ich es Ihnen erlaubt habe.«

»Das ist wahr«, pflichte ich ihr bei. »Sie erlauben es mir. Warum?«

»Weil es besser ist, wenn Sie mich berühren, als wenn Sie mich nicht berühren.«

Hitze durchströmt meine Adern, vielleicht weil ich ein gefährliches Spiel mit einer wunderschönen Frau spiele, die mich möglicherweise einfach ebenfalls töten wird. Oder vielleicht einfach, weil ich Faith Winter so sehr will, wie ich seit Ewigkeiten niemanden mehr gewollt habe.

»Wieso sind Sie überhaupt hier?«, fragt sie. »Die Tickets waren ausverkauft.«

»Ich kenne Chris Merit.«

»Wie konnte es auch anders sein.«

Ich ziehe eine Braue hoch. »Was soll das bedeuten?«

»Sie scheinen jeden zu kennen, oder die Leute kennen Sie.«

»Warum ist das ein Problem?«

»Es ist keins.«

Und doch kann ich beinahe hören, wie sie ihre Mauer hochzieht. Ich ziehe sie dichter zu mir. »Was ist gerade passiert?«

»Nichts Wichtiges.«

»Und wenn ich es für wichtig halte?«

»Dann werde ich es anders formulieren. Nichts, was ich zu erklären gedenke.«

»Ich mag keine Geheimnisse.«

»Etwas ist nicht unbedingt ein Geheimnis, nur weil jemand sich dafür entscheidet, es Ihnen nicht mitzuteilen«, antwortet sie. »Es ist einfach das Recht dieser Person auf Privatsphäre. Und im Übrigen: Sie wollten mich nackt. Das erfordert keine tiefschürfende Konversation.«

»Ich habe nicht gesagt, dass ich Sie nackt will«, kontere ich. »Ich habe gesagt, ich wolle Sie entblößt und nicht nur bloßgestellt. *Willentlich* entblößt. Das sind zwei absolut unterschiedliche Dinge.«

»Und was genau haben Sie vor, zu entblößen?«, erwidert sie.

Ich senke den Kopf, meine Wange ihrer ganz nah, ohne sie zu berühren. »Sie, alles von Ihnen«, antworte ich und lasse meinen Atem warm über ihre Wange und ihr Ohr streichen.

»Wir werden sehen«, sagt sie und legt mir beide Hände auf die Brust, als wolle sie mich wegstoßen oder mich näher an sich ziehen, aber bevor sie das eine oder das andere tun kann, hören wir eine Männerstimme rufen: »Faith.«

Beim Klang ihres Namens von rechts hinter ihr beiße ich die Zähne zusammen, und Faith durchfährt ein Ruck. Ihre Hände fallen von mir herunter. Gleichzeitig drehen Faith und ich uns um, während ich ihr eine Hand besitzergreifend auf den Rücken lege und sie und alle anderen daran erinnere, die sich vielleicht etwas anderes erhoffen, dass ich heute Abend hier bin, um zu bleiben.

»Josh.« Faith begrüßt den hochgewachsenen, dunkelhaarigen Mann, den ich aus meinen Nachforschungen als ihren Agenten kenne, Josh Miller. Alter achtunddreißig, Vermögen – nicht so reich wie ich, aber reich genug, um seinen Erfolg zu belegen.

»Du hast dich während deiner Vorstellung wunderbar gehalten«, beglückwünscht er sie und sieht mich an. Dann richtet er den Blick wieder auf Faith, bevor er hinzufügt: »Aber du musst dich unter die Leute mischen.«

»Das hier ist Nick Rogers«, sagt sie, so als sei er auf eine Vorstellung aus gewesen, die er jedoch vermutlich lieber vermieden hätte. »Ihm gehört eine Kanzlei in San Francisco.«

»Ich kenne Ihren Namen«, wirft er ein und sieht mich an. »Sie haben unseren Top-Footballspieler vertreten, als er uns verklagt hat, um aus seinem Vertrag mit unserer Sportabteilung rauszukommen.«

»Um wen geht es?«, fragt Faith.

»Connor Givens«, setze ich sie ins Bild. »Verdammt guter Quarterback.«

»Und was ist passiert?«, hakt Faith nach.

»Er hat die Agentur verlassen«, sage ich. »Wir haben gewonnen.«

»Und wir haben verloren«, wirft Josh ein und schaut zwischen Faith und mir hin und her. »Was auch immer davon zu halten ist.«

»Es ist ein Geschäft«, sage ich. »So wie Faith ein Geschäft für Sie ist.« In diesen Worten steckt eine Botschaft. Ich weiß, dass er mit ihr schlafen will, sonst hätte er nicht seine Hände überall auf ihr gehabt, als sie heute Abend zusammen die Galerie betreten haben.

Josh mustert mich mit schmalen Augen. »Ein Geschäft, das ich ernst nehme«, gibt er zurück mit einer offensichtlichen Warnung in seinen Worten. Er wäre gut beraten, ihr keine Aktivitäten folgen zu lassen. Das wird er bald herausfinden, aber jetzt wagt er es, mir einen kurzen Blick zuzuwerfen, bevor er sich wieder Faith zuwendet. »Mischen wir uns unter die Leute.«

»Ja, natürlich.« Sie sieht mich an, ihren Körper in meine Richtung geneigt, eine stumme Frage in dieser Haltung.

Ich greife nach ihrer Hand und ziehe sie an meinen Mund. »Ich bleibe in der Nähe«, verspreche ich und küsse ihre Knöchel, und mir entgeht das winzige Beben ihrer Hand in meiner nicht.

Sie nickt, und ich lasse sie los. Ihr Zögern bei ihrem Aufbruch verrät mir, dass ihre Ablehnung einer Zuwendung gewichen ist. Das ging leichter als erwartet, aber die unglaubliche Anziehung und Spannung zwischen uns kann auch keiner leugnen.

Sie geht davon, und Josh fasst sie am Arm, berührt sie abermals, aber sie berührt ihn nie. Sie scheint nicht zu wissen, dass er sie vögeln will. Vielleicht ist er sogar in sie verliebt. Mich erstaunt ihre Unbedarftheit, wenn man bedenkt, wie intelligent sie ist. Aber andererseits erkennen Frauen, die die Gefühle eines Mannes nicht erwidern, häufig nicht, was Sache ist. Ich dagegen habe meine Absichten klargemacht. Sie nackt. Ich nackt. Jede Menge verschwitzter, heißer, dreckiger Sex.

Ich beobachte, wie sie sich mit einem Gast unterhält und dann mit dem nächsten. Mir kommt mein Gespräch mit dem Star des Abends in den Sinn, dem Maler, den ich kennengelernt habe, als ich einen beiderseitigen Freund vertreten habe.

*»Chris Merit, Künstler und Superstar«, sage ich. »Ich brauche eine Eintrittskarte für ein Event heute Abend in der Le Sun Galerie.«*

*»Ich wusste gar nicht, dass Sie auf Kunst stehen.«*

*»Ich habe einen Chris Merit an meiner Wand.«*

*»Wirklich? Sie haben nie ein Wort darüber verloren. Aber hey, Mann. Ich fühle mich immer geehrt, wenn ich höre, dass jemand meine Kunst der eines anderen vorgezogen hat.«*

*»Sie sind verdammt bescheiden.«*

*»Und Sie sind es definitiv nicht.«*

*Ich lache, und er lacht ebenfalls, aber er lacht nicht mehr, als ich hinzufüge: »Wie wäre es mit einer Eintrittskarte im Gegenzug für eine Spende über fünfzigtausend Dollar für Ihre Wohltätigkeitsorganisation?«*

*Er stößt einen Pfiff aus. »Ich schenke Ihnen eine Eintrittskarte.«*

*»Ich spende gern. Es ist kein Problem, sonst hätte ich es nicht angeboten.«*

*»Also gut. Das ist wahnsinnig großzügig. Ich werde meine Patentante anrufen und veranlassen, dass eine Eintrittskarte für Sie bereitliegt. Oder brauchen Sie zwei?«*

*»Nur eine.«*

*»Verstanden. Dann ist es also etwas Geschäftliches.«*

*»Ich würde sie nicht etwas Geschäftliches nennen. Was wissen Sie über Faith Winter?«*

*»Persönlich nicht viel, aber meine Frau und ich sind der Grund, warum ihre Werke in dieser Ausstellung hängen. Ich habe ihre Arbeiten in L.A. gesehen und mich daran erinnert, dass ich sie vor zehn Jahren etliche Male bei Le Sun gesehen habe, mit großen Träumen in ihren Augen. Sie ist talentiert, und wer ihre Werke betrachtet, dem ist klar, dass sie von meinen inspiriert wurde, was ich schmeichelhaft finde. Sie malt nicht nur sehr gut, sondern hat auch einen eigenen Stil.«*

*»Den meisten Menschen würde diese Inspiration missfallen.«*

*»Die meisten Menschen sind unsicher.« Dann lacht er. »Eine witzige Anekdote zu Faith. Sie hatte das Gefühl, ihre Familie zu verraten, als sie mich auf Katies und Mikes Weingut besucht hat. Ich habe ihr gesagt, dass Katie und Mike nicht nur ihren Vater gut kannten, sondern dass sie wissen, dass mir Wein scheißegal ist. Sie hat mir gesagt, es ginge ihr genauso.«*

*»Es ginge ihr genauso?«, hake ich nach.*

*»Wein war ihr scheißegal, und doch habe ich gehört, dass sie jetzt*

*das Weingut ihrer Familie leitet. Und das, mein Freund, könnte der Punkt sein, an dem ihr Traum stirbt, wenn sie es zulässt. Meine Frau hat mich daran erinnert, wie leicht mir das hätte passieren können, als ich das Kosmetikunternehmen meiner Mutter geerbt habe.«*

*»Das ist also der Grund, warum Sie dafür gesorgt haben, dass Faith' Werke heute Abend ausgestellt werden.«*

*»Genau.«*

*»Weiß sie das?«*

*»Nein, und belassen Sie es dabei. Ich habe ihr eine Chance geboten. Es liegt bei ihr zu entscheiden, was sie daraus machen will.«*

Ich kehre in die Gegenwart zurück und beobachte Joshs verdammte Hand, wie sie sich auf Faith' Rücken legt, als sie mit zwei älteren, distinguiert aussehenden Männern reden. Besitzgier steigt in mir auf, und ich widerstehe dem Drang, zu ihm zu gehen und ihm seinen verdammten Arm zu brechen. Ich rufe mir ins Gedächtnis, dass ich Faith vögeln und dann noch mal vögeln will, nicht sie heiraten.

Verärgert über mich selbst wende ich mich ab und gehe zu Chris Merits Arbeiten. Ich bewundere sein Talent, diese wirklich besonderen Werke, die alle die Skylines von San Francisco in Schwarz-Weiß zeigen. Selbst ein für Kunst fast blindes Auge würde erkennen, dass sie brillant sind. Da ich mich für Chris' Hinweis auf Faith' Inspiration interessiere, gehe ich über den weiß gefliesten Boden der Galerie zu einem Gang mit Faith' Namen, zwei hohen, mit Glas abgeschirmten Wänden, an denen ihre Bilder aufgereiht sind.

Als ich ihren Ausstellungsbereich betrete, finde ich ungefähr zehn Gäste dort vor, die sich irgendwelche Gemälde ansehen, und beschließe, an ihnen vorbei zur entlegensten Ecke zu gehen, um mich vom Ende der Präsentation nach vorn vorzuarbeiten. Dort bin ich allein.

Ich betrachte ein Gemälde des Herrenhauses von Reid Winter, dahinter gewellte Hügel. Die meisten würden mit den strahlenden Farbtönen von Sonomas vielen Trauben, Blumen und Bäumen arbeiten, Faith tut das nicht. Stattdessen ist dieses Werk in Schwarz und Weiß gehalten, eine Technik, die auch Chris bevorzugt, aber es gibt durchaus Unterschiede zwischen den beiden.

Chris hält sich an verschiedene Grau- und Weißschattierungen, wie sie auch auf diesem Gemälde zu sehen sind, aber Faith fügt immer einen Spritzer Rot hinzu. In diesem Fall ist es ein blutroter Mond.

»Ich habe Angst, zu fragen, was Sie davon halten.«

Beim Klang von Faith' Stimme drehe ich mich um und sehe sie einige Schritte entfernt stehen, das blonde Haar hinter die Schultern gestrichen, ihr Hals so weiß und zart wie alles an ihr.

»Sie wissen, dass Sie talentiert sind«, sage ich.

»Nein, eigentlich weiß ich das nicht«, erwidert sie, und in ihren Augen flackert es. »Ich habe nie ...« Sie hebt eine Hand. »Ich weiß es einfach nicht.«

Ich überwinde die Entfernung zwischen uns und bleibe dicht vor ihr stehen, ohne sie zu berühren. »Nun, Sie haben Talent.«

Ihr Gesicht nimmt eine hübsche Rosaschattierung an, passend zum Pink ihrer Lippen. »Vielen Dank.«

Links von uns ertönen Schritte, dann hören wir: »Ms Winter.«

Beim Klang ihres Namens dreht Faith sich zu mehreren Gästen um, die jetzt neben uns stehen und die ihrerseits von Faith' Arbeit schwärmen. Sie gibt ihnen Autogramme, und sie tun ihre Absicht kund, eins ihrer Gemälde zu kaufen. Mit diesen Worten ziehen sie sich zurück, aber ein anderes Paar tritt vor. So geht es weiter, ein Gast nach dem anderen, und das eine gute halbe Stunde oder länger.

»Sie kommen nicht besonders gut mit Komplimenten klar«, bemerke ich, als die Gänge sich wegen einer Ankündigung zur Chris-Merit-Auktion leeren und Faith und ich wieder allein sind.

»Es kann nicht jeder so arrogant sein wie Sie«, antwortet sie in einem unverkennbar neckenden Tonfall.

»Selbstbewusstsein ist keine Arroganz«, kontere ich.

»Ist es das, was Sie sind? Selbstbewusst?«

»Nein. Sie haben recht. Ich bin arrogant, aber es hilft mir gegen meine Gegner.«

»Sie würden einen üblen Feind abgeben«, bemerkt sie. »Das sagt jedenfalls mein Anwalt.«

Ich überwinde die Entfernung zwischen uns und lege ihr eine

Hand auf die Hüfte. Das leichte Beben ihres Körpers daraufhin entgeht mir nicht. »Und was denken Sie, Faith?«, frage ich.

»Dass mir im Moment eine Million Gründe einfallen, warum das mit Ihnen eine schlechte Idee ist.«

»Warum berühre ich Sie dann in diesem Moment?«

Sie überrascht mich mit ihrer schnellen, direkten Antwort: »Weil es sich immer noch besser anfühlt, wenn Sie mich berühren, als wenn Sie mich nicht berühren. Und weil ich mir heute Abend die Freiheit gestatte, jemand zu sein, der ich morgen nicht sein kann. Das ist meine harte Grenze. Nur heute.«

»Harte Grenze«, wiederhole ich. Der Ausdruck deutet auf ein Wissen um eine Welt hin, die ich gut kenne, von der ich aber nicht erwartet habe, dass sie sie kennt.

»Ich weiß, wo meine Grenze ist«, bemerkt sie, und weder leugnet noch bestätigt sie ihr Verständnis einer allgemeinen oder speziellen Bedeutung.

»Egal«, sage ich. »Ich akzeptiere diese Grenze nicht.«

»Es ist meine harte Grenze.«

»Ich akzeptiere diese Grenze nicht«, wiederhole ich.

»Dann endet das mit uns, bevor es anfängt«, antwortet sie, tritt zurück und lässt mir zwei Optionen: die Hand von ihrer Hüfte zu nehmen oder sie an mich zu ziehen.

»Es hat in der Minute begonnen, in der wir uns kennengelernt haben«, sage ich und lasse die Hand sinken, statt sie an mich zu ziehen. Weil ich nach dieser Freiwilligkeit strebe, von der ich ihr erklärt habe, dass ich sie ebenso haben will wie haben werde. »Und wenn wir wirklich miteinander fertig sind«, füge ich hinzu, »warum stehen Sie dann immer noch einen Schritt entfernt, statt wegzugehen? Und warum denken wir beide, dass es eine verdammt gute Idee ist, miteinander zu Sex zu haben?«

»Eine einzige Nacht«, haucht sie.

Ich gehe den einen Schritt, den sie zurückgewichen ist, wieder auf sie zu, aber ich berühre sie nicht. Meine Stimme ist leise, nur für ihre Ohren bestimmt. »Ich könnte eine einzige Nacht nur mit meiner Zunge an deinem Körper verbringen und niemals in dich eindringen. Wenn du es mir erlaubst, würde ich dein Kleid hochschieben, und ich würde genau jetzt herausfinden, wie süß du bist.«

»Das war …«, hebt sie zu sprechen an.

»Unanständig?«, ergänze ich. »Ja. Das war es. Und das bin ich. Und das bist du auch, sonst würdest du nicht wissen, was eine harte Grenze ist.« Ich senke den Kopf, meine Lippen dicht an ihrem Ohr, lasse meinen Atem absichtlich über ihren Hals streichen. »Du hast ja keine Ahnung, wie unanständig ich sein kann«, spreche ich weiter, »aber du wirst es erfahren. Und das bald.«

»Meinst du …«, beginnt sie, nur um unterbrochen zu werden, als wir hinter uns ein »Faith« hören.

Als ich Joshs Stimme höre, beiße ich die Zähne zusammen, denn sein Erscheinen verwehrt mir das Ende dieses Satzes. Ich hebe den Kopf, als Faith sich zu ihm umdreht, und trete neben sie. »Man wird in weniger als zwanzig Minuten das Werk von Merit enthüllen«, sagt er, ganz auf Faith konzentriert. »Es würde sich gut machen, wenn du dort wärst.« Er schaut zu mir herüber. »Werden Sie dafür bieten?«

»Kommt darauf an, wie es aussieht«, antworte ich.

Seine Miene wird säuerlich. »Es ist ein Gemälde von Chris Merit.«

»Und wenn es gut zu dem passt, das bereits an meiner Wand hängt«, sage ich, »werde ich es ersteigern.«

»Sie besitzen bereits ein Bild von ihm?«

»Er kennt Chris persönlich«, schaltet Faith sich in das Gespräch ein. »Ich bin mir ziemlich sicher, dass er ein Gemälde kaufen kann, wenn er eins will.«

Josh zieht eine Braue hoch. »Stimmt das?«, fragt er und sieht sie an. Ich beobachte, wie er die Augen zusammenkneift. Die hinterhältige Absicht spiegelt sich in ihnen wider, bevor er mich ansieht und hinzufügt: »Sehen Sie, da Sie offensichtlich versuchen, Faith für sich zu gewinnen, würde es Ihren Wünschen entgegenkommen, ihre Arbeit zu unterstützen. Wenn Sie sich dieses Gemälde von Chris Merit leisten können, warum kaufen Sie dann nicht all ihre Werke, die hier hängen?«

Faith schnappt nach Luft. »Nein«, widerspricht sie energisch.

»Nein, das wird er nicht tun.« Sie sieht mich an. »Ich möchte nicht, dass du das tust. Bitte, mach es nicht.«

Ihre Reaktion, weit entfernt von der einer skrupellosen, geldgierigen Mörderin in einer finanziellen Zwickmühle, gefällt mir, aber ich muss wissen, dass es keine Show ist. »Ich finde, es wäre eine großartige Idee, deine Werke zu kaufen.«

»Nein«, blafft sie und schaut zwischen mir und Josh hin und her. »Nein. Das ist keine großartige Idee.« Sie dreht sich zu mir um und wendet Josh den Rücken zu. »Ich *will nicht*, dass du das tust.«

»Ein Teil des Verkaufs geht an die Wohltätigkeitsorganisation«, bemerke ich.

»Du hast mit dem Kauf deiner Eintrittskarte der Wohltätigkeitsorganisation Geld gespendet«, argumentiert sie. »Und ich werde den Galeristen beauftragen, nicht an dich zu verkaufen.«

»Ebenso gut könntest du ihnen sagen, sie sollen eine Spende ablehnen.«

»Nein«, wiederholt sie. »Du wirst das *nicht* tun.« Ihre Kinnpartie verhärtet sich, und sie mustert mich mit schmalen Augen. »Ich verstehe nicht, was du damit beabsichtigst, aber ich bin *nicht* käuflich.« Sie dreht sich um und marschiert davon. Diese Reaktion ist höchst ungewöhnlich. Wenn man bedenkt, dass sie bereits zugestimmt hat, mit mir zu schlafen, habe ich offensichtlich einen Nerv getroffen.

Und nach dem Grinsen, mit dem Josh mich mustert, weiß er es und hat es vorausgesehen. »Sie sollten wohl lieber bei der Merit-Auktion bieten«, schlägt er vor, bevor er Faith folgt und das zweifellos mit der Gewissheit tut, dass er mich jetzt los ist.

Aber ich lasse mich nicht von dem abbringen, was ich will. Niemals. Und ich will Faith Winter. Und in Wahrheit hat Josh mir ein Geschenk gemacht, eigentlich sogar mehrere. Er hat mir einen Einblick gewährt, wie Faith tickt, und in ihrem Herzen scheint Stolz zu sein, nicht Habgier.

Das beweist nicht ihre Unschuld an dem Verbrechen, dessen ich sie verdächtige, und tatsächlich könnte es sie einfach zu einer perfekten Kriminellen machen, die sich hinter einer Fassade der Unschuld zu verstecken weiß.

Das zweite Geschenk, das Josh mir gemacht hat, war die Erkenntnis, dass meine ursprüngliche Absicht sich verändert hat, vielleicht von diesem ersten Moment an, als ich das erste Mal Blickkontakt mit Faith hatte.

Ich habe aufgehört, nach Möglichkeiten zu suchen, ihre Schuld zu beweisen, und angefangen, nach Wegen zu suchen, um ihre Unschuld zu beweisen. Das mag so erscheinen, als wäre es vorteilhaft für sie, aber in Wahrheit ist es das nicht. Denn wenn ich an jemanden glauben will und er mich im Stich lässt, mich verrät, ist mein Zorn zügellos.

Ich setze mich in Bewegung und folge Faith meinerseits, denn ich habe nicht die Absicht, sie entkommen zu lassen. Am Ende des Gangs stelle ich fest, dass der Bereich unmittelbar dahinter verwaist ist. Der Hauptraum der Galerie hat sich geleert.

Über Lautsprecher ertönt eine Ankündigung: *Die Chris-Merit-Auktion beginnt in zwanzig Minuten in Raum 4C. Das Gemälde wird in zehn Minuten zur Verfügung stehen, damit Sie es sich ansehen können.*

Mit anderen Worten, die Gäste pilgern jetzt alle in Raum 4C, und Faith wahrscheinlich ebenfalls. Ich will gerade zu ihr gehen, als ich Faith dabei beobachte, wie sie durch einen Flur zu der Tür geht, auf der die Worte *Zutritt nur fürs Personal* stehen. Offensichtlich versucht sie, die zwanzigminütige Lücke vor der Auktion zu nutzen, um zu fliehen und sich wieder zu fangen. Ich beschließe, ihr dabei zu helfen.

Mit langen Schritten folge ich ihr und erreiche die Tür, durch die sie verschwunden ist, kurz nach ihr. Ich öffne sie, trete ein und schließe sie hinter mir. Nun befinde ich mich in einem Vorraum. Vor mir liegt der Ausgang, und ich will gerade einen Schritt in diese Richtung machen, als ein Geräusch meine Aufmerksamkeit erregt.

Ich schaue nach rechts, wo Faith durch einen schmalen Flur eilt. Wieder folge ich ihr, und als ich mein Tempo beschleunige, wirft sie mir einen schnellen Blick über die Schulter zu, bleibt aber nicht stehen. Kurz bevor ich sie einhole, wendet sie sich zur Seite und tritt durch eine Tür.

Ich werfe auf das Schild mit der Aufschrift *Damen* nur einen beiläufigen Blick und bin überzeugt, dass sie weiß, was ich tun werde. Dann drücke ich die Tür auf und trete ein.

# Kapitel 7

Tiger

Ich betrete den mit zwei Toilettenkabinen bestückten Waschraum, und Faith wirbelt zu mir herum und schaut mich an. Offensichtlich hat sie auf diesen Moment gewartet. »Ich meine es ernst«, erklärt sie mit vor Zorn blitzenden Augen. »Ich bin nicht käuflich. Und warum willst du es überhaupt versuchen? Ich versteh das nicht. Ich habe gesagt, dass ich mit dir schlafe – und du tust das trotzdem? Ist das ein Machtspielchen? Eine Methode, dein Ego zu streicheln?«

Ich verschließe die Tür, trete auf Faith zu und erwarte, dass sie zurückweicht, aber sie bleibt furchtlos stehen. Diese Frau wird von Sekunde zu Sekunde interessanter. Sie macht es mir so leicht, ihr Handgelenk zu umfassen und sie an mich zu ziehen. Sie legt mir beide Hände auf die Brust.

»Wie Menschen mit dem Geld anderer umgehen, erzählt eine Geschichte darüber, wer sie sind«, teile ich ihr mit.

Ihre Finger schließen sich um mein Revers. »Ich habe dir keinen Grund gegeben zu glauben, ich sei an deinem Geld interessiert.«

»Ich kenne dich nicht«, entgegne ich. »Und du kennst mich nicht. Aber ich weiß, dass ich so manche Diebin gesehen habe, die vollkommen unschuldig wirkte.«

»Du meinst, du hast schon mal schlechte Erfahrungen gemacht. Nun, ich bin nicht sie, wer immer sie war, und warum spielt das überhaupt eine Rolle? Du willst lediglich Sex mit mir und mich dann vergessen.«

»Ich will Sex mit dir. Aber ich will nicht verarscht werden«, sage ich. »Ein Motto, nach dem ich lebe, und ich habe nicht die Absicht, das für dich oder irgendjemand anderen zu ändern.«

»Klingt für mich, als hättest du Schwierigkeiten, Menschen zu vertrauen«, bezichtigt sie mich. »Das ist aber nicht mein Problem.«

»Das ist so, wie wenn du denkst, ich hätte versucht, dich zu kaufen, als du bereits zugestimmt hattest, mit mir zu schlafen«, sage ich, schiebe die Finger in ihr Haar und zwinge sie nicht allzu sanft, mir in die Augen zu sehen. »Ich bin nicht er«, füge ich hinzu, »wer immer er war. Aber wie du gesagt hast: Warum spielt es eine Rolle? Du willst lediglich Sex mit mir und mich dann vergessen.«

»Warum will ich Sex mit dir?«, haucht sie. »Du bist so ein arroganter Arsch.«

»Der arrogante Arsch, der dich besser vögeln wird, als du je gevögelt worden bist«, verspreche ich und presse meinen Mund auf ihren, und ich kann spüren, wie sie daraufhin ausatmet, als sei mein Kuss das, worauf sie gewartet hat. Es törnt mich total an. Fuck. Viel zu sehr, wenn man bedenkt, dass ich sie aufgesucht habe, um sie zu vernichten.

Zornig auf mich selbst, dass ich meinen Fokus verloren habe, und auf sie, dass sie so eine verdammte Ablenkung darstellt, reiße ich meinen Mund von ihrem los und lege ihr die Hände auf die Hüften. Ich starre auf ihre geschwollenen Lippen, deren Lippenstift unberührt wirkt, aber sie wird es nicht sein, in keiner Hinsicht, wenn ich mit ihr fertig bin. »Du willst eine einzige Nacht?«, frage ich. »Das ist deine harte Grenze?«

»Ja«, bestätigt sie, umklammert abermals mein Revers und hebt das Kinn, um hinzuzufügen: »Das ist meine harte Grenze. Das ist die Bedingung.«

»Dann ist Folgendes meine harte Grenze«, erwidere ich. »Wir kommen überein, dass ich deine Meinung dazu ändern werde.«

»Nein«, antwortet sie sofort. »Das würde meine Grenze obsolet machen.«

»Deine Grenze steht«, antworte ich. »Aber ich sage es dir von vornherein. Ich werde deine Meinung ändern. Und damit fange ich jetzt an.«

»Bittest du mich um meine Zustimmung, oder verlangst du sie?«

»Es ist eine Tatsache. Und ich erspare uns Zeit, wenn man bedenkt, dass wir noch ungefähr zehn Minuten haben, bevor die Auktion beginnt und man dich vermissen wird.«

»Na schön«, sagt sie. »Ich werde dir überflüssige Anstrengungen ersparen, während du uns Zeit ersparst. Du kannst meine Meinung nicht ändern.«

Ich reagiere auf die Absolutheit in ihrer Stimme, greife ihre Hüften fester und drehe sie mit dem Gesicht zum Waschtisch. Sie legt die Hände darauf, und mein kräftiger Körper hält ihren von hinten gefangen. Ihre Reaktion besteht darin, das Kinn vorzurecken. Unsere Blicke treffen sich im Spiegel, Trotz flackert in den Tiefen ihrer Augen.

»Eine einzige Nacht«, wiederholt sie und fügt ein übermäßig betontes »Tiger« am Ende des Satzes hinzu, als wolle sie den Tiger anstacheln, als den sie mich gerade bezeichnet hat.

»Weißt du, wie sehr ich Herausforderungen genieße?«, frage ich, ziehe ihr das Spitzenkleid bis zu den Hüften hoch und spüre ihren fast nackten Hintern jetzt unter meinen Händen.

»Sehr«, antwortet sie und klingt nicht einmal atemlos. »Man könnte sagen, es sei ein Hinweis darauf, dass du im Innersten unsicher bist.«

Erheitert, *herausgefordert*, versetze ich ihrem Hintern einen spielerischen Schlag, der mir einen spitzen Aufschrei einträgt, bevor ich sie zu mir umdrehe. »Sag mir, wenn es zu viel ist, dann höre ich auf.«

Ich hebe sie hoch, setze sie auf den Waschtisch und spreize ihre Beine, dann schiebe ich die Hüften zwischen ihre Knie und lege die Hände auf ihr Strumpfband aus Spitze.

»Andererseits«, sage ich, während ich die Finger an ihrem nackten Schenkel emporgleiten lasse, bis sie direkt am Rand ihres Seidenhöschens ruhen, »da ich so ein arroganter Arsch bin, wird es mir vielleicht egal sein, wenn du mir sagst, es sei *nicht* genug. Aber ich werde versuchen, bei alldem höflich zu bleiben.«

»Höflich?«, wiederholt sie und stößt ein ersticktes Lachen aus. Sie legt ihre Hände über meine auf ihren Oberschenkeln. »Du?«

»Ich bin so verdammt höflich«, sage ich, »dass ich einen Preis für Wohlanständigkeit verdiene.« Ich streichele die Seide zwischen ihren Beinen, und sie drückt den Rücken durch. »Ich werde deine Tasche für dich tragen«, fahre ich fort. »Ich werde dir die Tür aufhalten.«

Ich beuge mich vor und drücke meine Wange auf ihre, dann flüstere ich ihr ins Ohr: »Ich werde dich feucht machen.« Ich schiebe ihren Slip beiseite und streichele die feuchte heiße Haut. Meine Belohnung ist das leise Stöhnen, das ihr entschlüpft. »Ich werde dich kommen lassen, wenn ich bereit dafür bin, dass du kommst. Ich warne dich sogar, unmittelbar bevor ich dir deinen Slip herunterreiße.«

Ich greife nach der Seide und zerfetze sie, dann stopfe ich mir den Slip in die Tasche, bevor ich mich auf ein Knie vor ihr niederlasse. »Und jetzt werde ich dich genau an der Stelle lecken, an der du geleckt werden willst, aber ich werde dich nicht kommen lassen.« Ich beuge mich vor und lasse meine Zunge über die entblößte Haut direkt neben dem Strumpfband gleiten, dann liebkose ich sie bis zu ihrer empfindlichsten Stelle, gerade so weit, dass mein Atem sie kitzelt, mein Schwanz so verdammt hart, dass es wehtut.

Sie gibt einen verzweifelten kurzen sexy Laut von sich, ihre Hüften stoßen kaum merklich vor, sie drängt näher an meinen Mund. Ich lecke kaum merklich über ihre Knospe. Faith stöhnt, und ich schwöre, dass ich diesen Laut wie eine Berührung ihrer Zunge auf meinem Schwanz spüre.

Aber ich halte mich gern zurück, denn ich will ihre Befriedigung, und aus diesem Grund sauge ich sanft an ihr, dann reize ich sie mit meiner Zunge. Und verdammt, ich will mehr, ich will alles, gleich hier und jetzt. Aber es geht nur um einen Vorgeschmack, um Unterwerfung, *ihre* Unterwerfung. Ich will auf den süßen Geschmack ihres Orgasmus warten und auf diesen perfekten Augenblick, in dem ich mich tief in ihr vergrabe.

Ich ziehe mich zurück und halte ihre Schenkel fest. Ihre Augen weiten sich, etwas Gequältes flackert in ihrem Blick, als sie begreift, dass ich sie wirklich nicht kommen lassen werde. »Du bist gemein«, sagt sie, als ich aufstehe und sie auf den Boden stelle.

»Aber höflich«, rufe ich ihr ins Gedächtnis. »Ich habe dich vorher gewarnt.« Ich streiche ihr Kleid herunter. »Ich ziehe dich sogar wieder an.«

Ihre Augen blitzen auf, sie greift in meine Tasche und holt ihren

Slip heraus. »Den da wirst du nicht behalten«, erklärt sie, schießt an mir vorbei und geht zum Mülleimer, in den sie den Slip wirft.

Ich halte ihren Arm fest und ziehe sie an mich, ihre Hände auf meiner Brust, meine Hand auf ihrem Hinterkopf. »Ich wollte den Slip nicht«, sage ich. »Ich wollte das hier.« Ich drücke meinen Mund auf ihren, entdecke mit der Zunge ihren Mund und gebe ihr keine Zeit, Einwände zu erheben oder sich zu unterwerfen. »Jetzt schmecken wir dich beide für den Rest dieser Veranstaltung«, sage ich. »Bis wir am Ende der Nacht beide nach dir schmecken werden.«

»Wie gesagt«, flüstert sie. »Du bist gemein.«

»Deine Folter ist meine«, verkünde ich. »Ich bin verdammt hart und will nichts mehr, als in dich eindringen, aber ohne Grenzen. Und dieser Waschraum ist eine einzige Grenze.«

Wie um meine Bemerkung zu beweisen, klopft es laut an der Tür. »Faith! Bist du da drin?«

Beim Klang von Joshs Stimme reißt Faith die Augen auf, und sie krallt abermals die Finger um mein Revers. Ich lege ihr die Hände auf die Schultern und beuge mich dicht zu ihrem Ohr vor. »Ganz ruhig. Antworte ihm.« Ich lehne mich zurück, und sie holt tief Luft und nickt mir zu.

»Ich bin hier«, ruft sie.

»Bist du ins Klo gefallen, oder was?«, fragt er. »Die Auktion fängt gleich an.«

»Ich komme«, sagt sie, ihre Stimme ein wenig lauter jetzt, und als ich lächele, funkelt sie mich an und fügt hinzu: »Ich bin gleich so weit.«

Ich kann nur mit Mühe ein Lachen zurückhalten, und sie muss denken, dass ich gleich lospruste, denn sie stellt sich auf die Zehenspitzen und drückt mir zwei Finger auf die Lippen. Das Auflodern von Hitze zwischen uns kommt prompt, und ich greife nach ihrer Hand und beuge mich vor, um mit den Lippen darüberzustreifen, bevor ich den Mund an ihr Ohr lege. »Das hier ist unser Geheimnis. Geh. Ich komme nach.«

Ich lehne mich zurück, und sie nickt, aber als ich beiseitetreten will, packt sie mich am Ärmel und wirft mir einen verwirrten Blick zu, der kurz darauf Dankbarkeit ausdrückt, bevor sie flüstert: »Danke.«

Wieder einmal ist sie nicht so, wie ich erwartet habe. Aber es scheint genau das zu sein, was ich will. Ich neige den Kopf und trete um die Ecke in eine der Toilettenkabinen. Ich kann sie umhergehen hören, wie sie sich richtet, bevor ich das Schloss klicken höre und die Tür sich öffnet. »Verdammt, Faith!«, sagt Josh scharf. »Du musst …«

Die Tür schließt sich, aber ich höre trotzdem ihre Antwort: »Du hast mich in Verlegenheit gebracht.« Ihre Stimme zittert anklagend. »Warum hast du ihn aufgefordert, meine Arbeiten zu kaufen?«

Ich höre seine Erwiderung nicht, weil ihre Stimmen sich entfernen, aber ich habe vernommen, was wichtig war. Es ist ihr unangenehm. Aber ist sie es wirklich, oder ist es Schauspielerei?

»Scheiße«, murmele ich. Ich wünsche mir, dass es echt ist. Ich wünsche mir zu beweisen, dass sie unschuldig ist, aber die Fakten sind unwiderlegbar. Verdammt, es hat Schecks gegeben, insgesamt fast über eine Million Dollar, ausgestellt auf ihre Mutter von meinem Vater, und Briefe, die eine Erpressung vermuten lassen. Und mein Vater und ihre Mutter sind unerwartet an Herzinfarkten gestorben, mein Vater nach ihrer Mutter.

Das weist darauf hin, dass Faith ihre Mutter hintergangen hat, aber wenn sie es um des Geldes willen getan hat, wo ist dann das verdammte Geld?

Ich stoße mich von der Wand ab und drücke mir die Finger auf die Schläfen. Vielleicht hatte ihre Mutter einen weiteren Partner, der das Geld genommen hat.

Vielleicht steckt Faith auch mit diesem Partner unter einer Decke, und er versteckt das Geld. Ich knöpfe mein Jackett zu und lege die Hände auf meine Hüften. Ich bin nicht dumm und werde auch jetzt nichts Dummes tun. Mein Vater hat Frauen verschlissen, meine Mutter war eine davon. Er hat ihnen keine Schecks ausgestellt, und verdammt, er hätte auf keinen Fall einer einzigen Frau fast eine Million Dollar bezahlt.

Niemand beweist Schuld, während er versucht, Unschuld zu beweisen. Ich darf meinen Fokus nicht verlieren. Ich muss Faith küssen, um die Mörderin unter der Frau zu schmecken, und ich muss ihre Mauern einreißen, damit sie sich nicht dahinter verstecken kann. Ich bin nicht hier, um sie zu retten. Ich bin hier, um sie bloßzustellen, sogar sie zu vernichten. Und ich muss dafür sorgen, dass jedes Stöhnen, das ich ihr entlocke, mich einem dieser Ziele näher bringt oder vielleicht sogar beiden.

Ich gehe zur Tür, reiße sie auf und trete in den Flur, meine Schritte maßvoll und zielorientiert. Ich will Faith finden. Sie hier wegbringen und mit ihr allein sein. Sie vögeln. Sie entblößen. *Sie besitzen.*

Mit dieser Absicht suche ich Raum 4C auf, wo das Publikum größtenteils in einem Halbkreis vor einer weiteren Bühne sitzt. Die zur Schau gestellte Staffelei dort ist noch verhangen. Als ich den Blick über die Stühle in der Mitte, links und rechts der Bühne ebenso wie über die Reihen von stehenden Personen gleiten lasse, entdecke ich Faith. Sie steht hinter den Stühlen in der mittleren Reihe, Josh an ihrer Seite, und ich beobachte, wie er ihre Schulter tätschelt und die Hand dann dort liegen lässt. Und sie erlaubt es ihm.

Ich sauge mit einer weiteren Woge von Besitzgier Luft in meine Lunge, und ich würde am liebsten an Faith' Seite gehen, damit ich sie an mich ziehen kann. Aber ich mag überstürztes Handeln nicht, ich tue nichts ohne Berechnung. Mein Berater in L.A., ein knallharter Mistkerl, pflegte zu sagen, wenn du einen Vogel fliegen lässt und er kehrt nicht zu dir zurück, gehörte er niemals dir.

Er hat von Mandanten und verlässlichen Zeugen gesprochen, aber ich habe festgestellt, dass dieser Spruch weise ist. Ich habe Faith von ferne verfolgt. Jetzt ist es an der Zeit, sie zu mir kommen zu lassen. Als ich an diesem Punkt meiner Gedanken angelangt bin, betritt eine elegante Frau, die ich auf Ende fünfzig oder Anfang sechzig schätze, die Bühne. Sie trägt ein geblümtes Kleid, und ihr Haar ist lang und grau.

»Hallo alle zusammen«, sagt sie. »Ich bin Katie Wickerman, Chris Merits Patentante, und ich bin ungemein stolz darauf, ihnen sein jüngstes Werk präsentieren zu dürfen. Es ist etwas Besonderes für ihn, und obwohl ich glaube, dass Sie feststellen werden, dass es sich stark von seinen anderen Werken unterscheidet, finde ich auch, dass es sein bisher brillantestes Werk ist. Aber ich werde Ihnen jetzt nicht zu viel erzählen …« Sie streckt die Hand nach dem Laken aus. »Hier zeige ich Ihnen *Rebecca.*«

Beim Namen des Gemäldes richte ich mich auf, und als das Laken heruntergleitet, erfüllt ein Raunen den Raum, während die vertraute Szene, die das Werk abbildet, auf mich wie ein Boxhieb in die Magengrube wirkt. Es ist ein Strand in einer pechschwarzen Nacht, und doch kann man Hunderte von Menschen ausmachen, die sich dort mit Kerzen in den Händen versammeln. Zu Ehren einer Frau namens Rebecca, die, nachdem sie monatelang vermisst wurde, für tot erklärt worden ist.

»Und jetzt werde ich die Bühne Kenneth Davis überlassen, unserem Auktionator«, sagt Katie, und ein ziemlich kleiner Mann mit einem langen Bart gesellt sich zu ihr.

»Wir setzen als Mindestgebot fünfzigtausend Dollar an«, verkündet er, aber ich höre gar nicht richtig zu. Ich bin wieder am Strand und durchlebe noch einmal jene Nacht, die noch kein Jahr zurückliegt. Der kalte Wind, die tiefen Gefühle. Die erschütternde Weise, wie eine einzige Frau eine Stadt zusammengebracht und so viele Herzen und Menschenleben berührt hat. Meins hat sie jedenfalls berührt.

»Einhunderttausend«, ruft der Auktionator und reißt mich in die Gegenwart zurück. Mein Blick wandert nach links, auf der Suche nach Faith, die immer noch neben Josh steht, und der Umstand, dass seine Hand nicht mehr auf ihrer Schulter liegt, beschert mir erheblich größere Befriedigung, als es das tun sollte.

Ich atme ein und schaue wieder das Gemälde an, und plötzlich fühle ich mich den vielen dunklen Geheimnissen von Rebeccas Leben, jenen Geheimnissen ihres Todes und ihrer Ermordung, erheblich näher als je zuvor. Ich will dieses Gemälde.

Als meine Entscheidung getroffen ist, gehe ich zu dem Tisch an der Tür und lasse mich als Bieter registrieren. Faith erscheint neben mir. Mein wunderschöner Vogel kehrt im selben Moment zu mir zurück, in dem von der Bühne der Ruf »dreihunderttausend Dollar« ertönt.

»Du willst mitbieten?«, fragt sie.

»Ich werde den Zuschlag erhalten«, sage ich ihr und nehme mein Schild im selben Moment entgegen, als ich »vierhunderttausend Dollar« höre. Da ich nicht die Absicht habe, zuzulassen, dass der Zuschlag erteilt wird, bevor ich bieten kann, nicke ich Faith zu und setze mich in Bewegung, auf der Suche nach einem Platz in der Nähe der Bühne.

Einen Moment später holt Faith mich ein, jetzt verfolgt sie mich, und deshalb und nur deshalb nehme ich ihre Hand in meine und führe sie an den rechten Rand der Bühne, so nah, dass der Auktionator mich sehen und hören kann. »Fünfhunderttausend Dollar«, ruft er. »Nein«, korrigiert er sich schnell, als jemand anderer ein Schild hebt, »schon sechshunderttausend.«

Ich lasse Faith' Hand los, und beim Anblick der Dollarzahl murmelt sie: »Mein Gott«, und hakt sich bei mir unter. Sie entscheidet sich dafür, mich zu berühren, und diese Freiwilligkeit, die sie demonstriert, führt dazu, dass ich den Zuschlag sofort erhalten will, um möglichst schnell hier wegzukommen. Ich halte mein Schild hoch und rufe: »Eine Million Dollar.«

Alle Anwesenden im Raum scheinen aufzustöhnen, aber der Auktionator lässt sich nicht beirren. »Wir sind bei einer Million Dollar«, sagt er. »Haben wir eine Million einhunderttausend?«

»Eine Million fünfzigtausend«, ruft eine Frau.

Ich lasse den Blick über die Menge wandern. Eine Frau in den Vierzigern, die ein rotes Kleid trägt, sitzt mir direkt gegenüber und winkt mir zu, einen selbstgefälligen Ausdruck auf ihrem hageren, übertrieben geschminkten Gesicht, der besagt, dass sie glaubt, gewonnen zu haben.

»Eine Million einhunderttausend«, sage ich laut und hebe mein Schild.

Die Frau blickt finster drein, und der Raum füllt sich mit Raunen, bevor der Auktionator sagt: »Höre ich eins Komma zwei Millionen?«

Meine Konkurrentin schiebt ihre schon zuvor geschürzten Lippen weiter vor und lässt ihr Schild sinken, dann setzt sie sich zurecht. Der Auktionator spricht die Formeln vor dem Zuschlag, dann fällt der Hammer. Ich habe mein Gemälde gewonnen. Faith tritt vor mich hin, dann umfasst sie mein Revers, wie sie das im Waschraum bereits getan hat. »Du hast gerade eine Million Dollar für ein einziges Gemälde geboten.«

Eine Million einhunderttausend, denke ich, weise sie aber nicht darauf hin. »Es ist eine Spende für eine wohltätige Organisation«, sage ich stattdessen.

Josh erscheint an unserer Seite und geht zum Angriff über. »Wie zur Hölle kann ein Anwalt das Geld für ein derartiges Gebot haben?«

»Josh«, blafft Faith ihn an. »Hör auf damit.«

»Ich habe gut investiert und viel geerbt«, eröffne ich ihm. »Nicht dass Sie das irgendetwas angeht.«

»Ich will auch dort investieren, wo Sie investieren«, knurrt er.

»Ich gebe Ihnen den Namen meines Bankberaters«, sage ich trocken, »aber ich muss Sie warnen. Ich wähle die meisten meiner Investments selbst aus.«

»Wie konnte es auch anders sein.« Er wiederholt die genauen Worte, die Faith vorhin darüber verloren hat, dass ich Chris Merit kenne. Ich ziehe eine Braue hoch, und er grinst. »Ich verstehe: Sie haben genug Geld, um damit um sich zu werfen, und heute haben Sie sich dafür entschieden, es zu benutzen, um Faith zu beeindrucken.«

Er versucht, an unser Geplänkel vorhin anzuknüpfen. Ich hätte ihn zum Schweigen gebracht, wenn Faith nicht vorher eingegriffen hätte. »Josh«, tadelt sie ihn und sieht mich an. »Es tut mir leid.«

»Du brauchst dich nicht zu entschuldigen«, sage ich. »Ich will dich beeindrucken, aber nicht mit meinem Geld.« Ich sehe Josh an. »Aber dein Agent kann nicht verstehen, dass kluge Leute sich nicht mit jenen umgeben, die es auf ihr Geld abgesehen haben oder die irgendwelche irregeleiteten Ziele verfolgen.«

Seine Augen blitzen vor Hass, bevor er zurückschlägt: »Mein Ziel besteht darin, Faith zu beschützen und zu unterstützen.«

»Mir war gar nicht bewusst, dass wir überhaupt über Ihr Ziel gesprochen haben«, sage ich und mache damit sein Tappen in die Falle offensichtlich.

Genau in diesem Moment entscheidet Katie sich dafür, sich zu uns zu gesellen. Sie schenkt uns allen ein Lächeln und begrüßt zuerst Josh und Faith, bevor sie sich ganz auf mich konzentriert. »Nick Rogers«, sagt sie und hält mir die Hand hin. »Danke, dass Sie so großzügig waren.«

»Es ist auch ein ganz besonderes Bild.« Ich schüttele ihr die Hand. »Es hat mich überrascht, positiv überrascht. Ich musste es einfach haben.«

»Als Chris mich wegen Ihrer Eintrittskarte angerufen hat, hat er gesagt, Sie würden es auf eine Weise verstehen, die anderen nicht zugänglich sei.«

»Rebecca bedeutet mir viel«, bestätige ich. »Außerdem war ich in der Nacht, die das Gemälde zeigt, auch am Strand.«

»Du hast die Frau gekannt, die Chris zu dem Gemälde inspiriert hat?«, hakt Faith nach.

»Ja, ich habe sie gekannt«, sage ich und denke an die vielen Male, da ich Rebecca mit meinem Mandanten gesehen habe, in dem Etablissement, das jetzt mein Sex-Club ist. Sie war ganz die Seine. Er wollte nur nicht wahrhaben, wie ernst es ihm mit ihr war. Aber das ist keine Information für Faith oder irgendjemand sonst. »Ich war in die Ermittlung bezüglich ihres Verschwindens verwickelt und habe jemanden vertreten, der ihr nahe stand.«

Sofort stürzt Josh sich auf diese Bemerkung. »Jemand, der unter Verdacht stand, sie ermordet zu haben?«

»Rebecca ist von einer Frau getötet worden, die eifersüchtig auf die Liebe meines Mandanten zu ihr war«, berichte ich.

»Sie wurde ins Meer geworfen«, wirft Katie ein, »Chris' Ehefrau hat ihre Tagebücher gefunden, und so hat sie dabei geholfen, das Verbrechen aufzuklären.«

»Wirklich?«, fragt Faith. »Das ist ja … unglaublich. Wie muss sie sich fühlen als Teil einer solchen Tragödie?«

»Sie war ihr nahe«, erklärt Katie. »Chris hat Rebecca nicht gekannt, und es quält sie beide, dass sie tot ist. Obwohl ich zugebe, dass ich immer noch hoffe, Rebecca würde eines Tages auftauchen, und es würde sich herausstellen, dass sie irgendwo auf einer Insel war und ein gutes Leben geführt hat.«

»Das hoffen wir alle«, füge ich hinzu, »einschließlich jeder Person an diesem Strand in jener Nacht. Auch wenn die Menschen sie nicht gekannt haben, kannten sie ihre Geschichte.«

»In der Tat«, pflichtet Katie ihm bei. »In der Tat.« Sie atmet tief ein. »Lasst uns über etwas Fröhlicheres sprechen.« Sie dreht sich zu Faith um, während Josh davongeht und hoffentlich beschämt genug ist, um sich fernzuhalten. »Faith«, sagt Katie und greift nach ihrer Hand, um sie zu streicheln. »Sie sind so ungeheuer talentiert. Es ist uns eine Ehre, Ihre Werke hier zu haben.«

»Danke«, sagt Faith. »Mir ist es eine Ehre, sie hier ausstellen zu dürfen.«

»Ihr Vater wäre stolz auf Sie«, fügt sie hinzu. »Reid *war* stolz auf Sie.«

Ich beobachte, wie Faith' zarte kleine Stirn sich in Falten legt. »Sie haben meinen Vater gekannt?«

»Ja«, antwortet sie. »Und Ihre Mutter. Unsere Nachbarn sind für uns wie eine Familie. Wir haben es geliebt, wenn Ihr Vater Geschichten über die vielen Reid Winters vor ihm erzählt hat. Wir haben uns schon gekannt, als Sie noch ein kleines Mädchen waren.«

Ich beobachte, wie ein Ausdruck der Verwirrung über Faith' Gesicht gleitet. »Aber ich dachte, Sie wären Konkurrenten. Meine Mutter hat gesagt ...«

»Dass wir Konkurrenten sind? Ich meine, im Prinzip ja, aber Konkurrenz belebt das Geschäft. Es heißt nicht, dass es nur einen von uns geben kann.«

»Ich bin jetzt sehr verwirrt. Mein Vater ...«

»... hat Ihre Mutter sehr geliebt, und wir hatten ein Zerwürfnis mit Ihrer Mutter, als Sie noch nicht mal ein Teenager waren. Aber Reid und Mike haben sich regelmäßig unterhalten. Und nur damit Sie es wissen, mein Mann wollte heute Abend ebenfalls hier sein, aber wir hatten auf dem Weingut eine private Party, bei der es ein wenig heftig zuging. Vielleicht können Sie eines Abends ja mal zum Essen vorbeikommen.« Sie sieht mich an. »Natürlich zusammen mit Ihnen.«

Eine Frau in einem Kostüm, die offensichtlich nicht wegen der Party hier ist, taucht neben uns auf und richtet ihre Aufmerksamkeit auf Katie. »Entschuldigen Sie, Katie, aber es gibt ein Problem.«

»Worum geht es denn, Laura?«

»Die Dame, die zum Schluss überboten worden ist, besteht darauf, dass Mr Rogers bezahlt, bevor sie nach Hause geht.«

Katie, der das offensichtlich peinlich ist, errötet. »Das ist nicht üblich.«

»Es ist völlig in Ordnung«, sage ich. »Ich werde sofort bezahlen.«

»Es ist nicht notwendig«, versichert Katie mir.

»Es ist wirklich kein Problem«, beteuere ich und sehe Laura an. »Wo kann ich das erledigen?«

»Ich kann Ihnen behilflich sein«, erbietet sie sich.

Ich sehe Katie an. »Ich werde die Bestie in Rot für Sie zähmen.« Dann konzentriere ich mich wieder auf Faith. »Ich bin gleich wieder da.«

Sie nickt, ich gebe Laura ein Zeichen, und sie führt mich aus dem Raum hinaus und durch die Galerie zu einem Büro, wo ein Angestellter im College-Alter sich um die Abwicklung kümmert. Ich fülle eine Überweisung mit meinen Bankdaten aus und stelle die Verbindung zwischen ihm und meinem persönlichen Bankberater her. »Ein letztes Formular«, sagt der Mann und schiebt sich seine dicke Brille auf der Nase hoch. »Hierbei geht es um den Versand und die diesbezüglichen Anweisungen.«

Meine Gedanken wandern zu Faith, und ich trage meine Daten ein, setze aber ganz unten eine riesige Notiz hinzu: *Es bleibt so lange in der Galerie hängen, wie Faith Winters Ausstellung läuft.* Ich reiche dem Mann das Formular, und er sieht mich an. »Sind Sie sich da sicher?«

»Absolut. Lassen Sie Ihre Kunden die Ausstellung genießen.« Ich kann es kaum erwarten, zu Faith zurückzukehren, und als ich wieder die Ausstellungsräume betrete, hat sich die Menge zerstreut, sodass ich zu Katie hinübergehe.

»Papierkram ist erledigt«, eröffne ich ihr. »Lassen Sie es mich wissen, wenn Sie sonst noch etwas brauchen.«

»Natürlich«, erwidert sie. »Noch einmal, es tut mir leid.«

»Es ist wirklich nicht der Rede wert.«

Sie lächelt. »Aber Sie wollen nur zu Faith zurück. Ich kenne diese Energie, die Sie verströmen. Sie ist im Ausstellungsbereich von

Chris Merit.« Sie tätschelt meinen Arm und geht um mich herum, aber ich bleibe wie angewurzelt stehen.

Ein Muskel in meinem Kinn zuckt. Was ist das für eine Energie, die ich verströme? Verdammt, diese Frau geht mir viel zu tief unter die Haut, wenn jemand mich als Mann auf der Jagd durchschaut. Ich muss sie mir wirklich aus meinen Gedanken vögeln, und es gibt keinen besseren Zeitpunkt als diese Nacht.

Ich setze mich in Bewegung und durchquere die Galerie, bis ich einen Raum entdecke, der einzig Chris gewidmet ist, doch außer Faith treffe ich dort niemanden an. Sie steht vor einem Gemälde, in dem ich die Pariser Skyline erkenne, aber falls Faith spürt, dass ich hier bin, dreht sie sich nicht um. Ich überwinde die Entfernung zwischen uns, trete neben sie, lege ihr eine Hand auf den Rücken, und die Berührung dieser Frau entflammt mich, wie etwas derart Einfaches es nicht sollte.

Sie schaut zu mir herüber. »Die Dame in Rot hat dich doch nicht angegriffen, oder?«

Ich lache. »Nein. Die Dame in Rot hat mich nicht angegriffen.«

»Es ist ein unglaubliches Gemälde«, bemerkt sie. »Ganz offensichtlich etwas Besonderes. Rebeccas Geschichte hat mich berührt, und ich kenne diese Geschichte kaum.«

»Es ist auch nicht leicht zu verkraften, diese Geschichte zu kennen«, gestehe ich.

Sie mustert mich einen Moment lang. »Kein netter Kerl, aber er hat ein Herz.«

Ich verziehe die Lippen. »Ich bin ein Mensch, auch wenn ich mir alle Mühe gebe, übermenschlich zu sein.«

»Keine Sorge«, tröstet sie mich. »Dein Geheimnis ist bei mir sicher.« Ihre Wimpern senken sich, als hätten ihre Worte einen Nerv getroffen, und sie wendet sich schnell ab und wechselt das Thema. »Es ist unglaublich. Ich kann der Dame in Rot wirklich nachfühlen, dass sie das Gemälde unbedingt haben wollte. Und er hat so viel Unterstützung von seinen Pateneltern.«

»So viel Sehnsucht in nur wenigen Worten«, bemerke ich, davon überzeugt, dass sie in Gedanken noch immer bei diesem Gespräch mit Katie ist. Auf der Suche nach Enthüllungen füge ich hinzu:

»Menschen haben Geheimnisse, Faith. Das gehört zum Menschsein dazu.«

»Meine Mutter hatte ganz sicher welche.«

Ich drehe sie zu mir um. »Was für Geheimnisse, Faith?«

»Ihre Geheimnisse. So wie du Geheimnisse hast. *Tiger.*«

»Meine Feinde nennen mich Tiger. Nenn mich Nick.«

»Warum habe ich immer noch das Gefühl, du seist ein Feind?«

»Warum suchst du nach einem Feind?«

»Warum stehen wir hier und reden, wenn wir übereingekommen sind, dass es um Sex geht und es dann Lebewohl heißt? Denn was auch immer wir hier machen, das will ich nicht.«

»Also schön«, sage ich. »Lass uns vögeln gehen.« Ich greife nach ihrer Hand und setze mich in Bewegung, in dem Bewusstsein, dass sie Sex als Ablenkung benutzt, eine weitere Facette der Mauer vor ihren Gefühlen. Ihr Verständnis von »harter Grenze« bedeutet garantiert, dass für sie Sex ein Mittel zur Flucht ist, nicht zu einer Bindung. Man könnte sagen, ich sei perfekt für diese Frau. Nur dass ich es nicht bin, denn die Wahrheit wartet. Ich muss sie nur noch enthüllen.

# Kapitel 8

Faith

Nick.

Nicht Tiger.

Freund.

Kein Feind.

Ich weiß immer noch nicht, ob »kein Feind« zutreffend ist. Nick hat die Art unserer Beziehung, abgesehen davon, wie er von mir genannt werden will, nicht klargestellt. Tiger ist für seine Feinde. Nick ist für mich. Im Prinzip macht mich das zu einer Freundin.

Aber als wir auf den Hauptraum der Galerie zugehen, nachdem wir bereits festgestellt haben, dass wir beide hinter dem Gebäude geparkt haben, hält er sich dicht an meiner Seite, seinen Arm um meine Taille gelegt, und ich bin sicher, dass ich weder Freundin noch Feindin bin.

Für Nick Rogers stelle ich lediglich eine Herausforderung dar. Und er hat erklärt, wie sehr er Herausforderungen genießt. Sobald ich von der Herausforderung zur Eroberung geworden bin, wird er nach San Francisco zurückkehren, wo er lebt und arbeitet, und ich gehe davon aus, dass er mich bald vergisst.

Das ist mir recht. Es ist der Grund, warum ich aufgehört habe, ihn wegzustoßen. Ich bekomme meine eine Nacht mit ihm, eine Nacht mit einem Mann, der so groß ist, so kühn, männlich und fordernd. Er hat bereits bewiesen, dass er keinen Raum für irgendetwas anderes lassen wird. Keine Schuldgefühle, kein Zorn, keine Gedanken an die neuen Enthüllungen über meine Eltern, die jeden Tag hinzukommen.

Nur Nick.

Nur Leidenschaft.

Nur Flucht.

Nick und ich gehen mitten durch die Galerie hindurch, und glücklicherweise werden wir nicht aufgehalten. Es ist kaum noch jemand da, nur wenige Leute schlendern ohne Interesse an uns umher, und wir benutzen den Hinterausgang für die Angestellten, zu dem man mir Zugang gewährt hat.

Wir gehen auf den schwach beleuchteten Parkplatz hinaus, und eine kühle Brise fährt mir ins Haar und unter mein Kleid. Ich erschauere und presse die Schenkel zusammen, denn ich erinnere mich daran, dass nicht nur meine Stola im Wagen liegt, sondern dass Nick einen entscheidenden Teil meiner Kleidung zerrissen hat.

»Anscheinend dienen Slips noch einem anderen Zweck, als hübsch auszusehen«, murmele ich und schlinge die Arme um mich.

Er lacht, tief und sexy, und plötzlich ist diese kalte Stelle zwischen meinen Beinen heiß. »Das ist nicht witzig«, tadele ich ihn und erschauere abermals, heftiger jetzt.

Er bleibt stehen und überrascht mich, als er aus seinem Smoking-Jackett schlüpft. »Das hier sollte helfen«, sagt er, während er es um mich legt, aber er tritt nicht zurück, sondern umfasst das Revers, das ich zuvor ergriffen hatte, und sein kräftiger, breiter, wunderbarer Körper drängt sich an meinen. Die kühle Luft um uns herum ist plötzlich so warm wie die Stelle zwischen meinen Schenkeln.

»Besser?«, fragt er mit rauer, sexy Stimme. Die Parkplatzbeleuchtung lässt die Wärme in seinen blauen Augen aufleuchten.

»Ja«, sage ich. Die Intimität, sein Jackett zu tragen, macht ganz seltsame Dinge mit meinem Magen. Ich schlucke hörbar. »Vielen Dank. Aber ich dachte, du wärst kein netter Kerl?«

»Ich bin kein netter Kerl«, bestätigt er, seine Stimme stahlhart, wie ich es inzwischen so gut bei ihm kenne. »Allerdings«, fügt er hinzu und blickt beinahe verschmitzt. »Ich bin ein sehr höflicher Kerl. Erinnerst du dich?«

»Deine schlechten Manieren sind der Grund, warum mein Slip im Mülleimer liegt und nicht in deiner Tasche«, gebe ich zurück und finde seine Neckereien ziemlich charmant, trotz der Art, wie er mich in diesem Badezimmer gequält hat.

Seine vollen Lippen, von denen ich jetzt weiß, wie gut sie sich auf meinem Mund und anderen Teilen meines Körpers anfühlen, verziehen sich. »Solange du keinen Slip trägst, bin ich ein glücklicher Mann.« Er legt mir einen Arm um die Schultern und dreht uns zu den ungefähr zehn verstreut stehenden Wagen herum.

»Meiner ist in der rechten hinteren Reihe«, sage ich, und wir gehen schnell in diese Richtung, während ich meine Schlüssel aus der Handtasche krame und mein Auto aufschließe. Er beweist erneut, dass er höflich ist, denn er öffnet mir die Tür. Ich muss meine Neugier seine Mutter betreffend bezähmen, denn wenn ich Fragen stelle, wird er welche stellen, die ich nicht beantworten will.

Ich trete in die Ecke zwischen Karosserie und Tür, und als ich mich zu Nick umdrehe, um zu fragen, wo wir hinfahren, bin ich wieder zwischen diesem harten, heißen Mann und kaltem Stahl gefangen. Aber anders als beim letzten Mal will ich nicht fliehen. Ich will mich darin verlieren, wie er riecht, wie er sich anfühlt und …

»Zu mir oder zu dir, Faith?«, fragt er.

Ich befeuchte mir die Lippen, herausgerissen aus einer Fantasie, in der er aufregend nackt war. Jetzt bin ich wieder in der harten Realität angekommen: die Entscheidung zwischen einer Einladung dieses Mannes an meinen persönlichen Rückzugsort und dem Wagnis, in sein Hotel zu gehen.

Die Entscheidung ist leicht. »In Kleinstädten wird viel getratscht«, stelle ich fest. »Und das kann ich im Moment wirklich nicht gebrauchen, bei alldem, was ich … Ich will das nicht.«

»Ich habe privat ein Haus gemietet«, verkündet er. Er scheint meine Gedanken zu lesen. »Wir können dort hinfahren, wenn du dir Gedanken über dein Personal machst.«

Ein privat gemietetes Haus sollte sicher sein, aber in diesem Moment weiß ich, dass ich die Vertrautheit meines Zuhauses brauche, um das Unbekannte auszubalancieren und die gewaltige Macht, die dieser Mann ausstrahlt. »Mir gehört ein Haus, das sich in der Nähe des Weinguts befindet, und dort wohne ich an diesem Wochenende. Da können wir hinfahren.«

Er betrachtet mich kurz mit scharfem Blick, der mir sagt, dass er mein Verlangen nach Kontrolle durchschaut, und ich warte darauf, dass er darauf besteht, sich den Ort vorzubehalten. Vielleicht ist das hier keine gute Idee, aber er bedrängt mich nicht. Stattdessen tut er das Gegenteil. Er zieht eine Braue hoch. »Interessant. Ich dachte, du würdest mein Haus auswählen.«

»Warum das?«

»Es hätte zu deiner Grenze von einer Nacht gepasst.«

»Mein Raum. Mein Herrschaftsgebiet.«

Seine Hand gleitet zu meiner Hüfte, und er zieht mich an sich, seine Hüfte an meiner, während ich ihm eine Hand aufs Herz lege und überrascht bin, das Pochen unter meinen Fingern zu spüren.

»Süße«, sagt er. »Ich werde die Kontrolle verlangen, denn so bin ich, und das brauche ich. Ich kann dich einschätzen, genau wie du mich.«

Er hat recht. Ich kann ihn einschätzen. Weil ich mich zu Männern mit solchen Vorlieben hingezogen fühle. Denn anscheinend bin ich nun mal so. »Ja, ich weiß das über dich. Aber unterm Strich habe ich die Kontrolle. Ich sage Ja oder Nein.«

»Wie es sich gehört. Aber ich werde dafür sorgen, dass du nicht Nein sagen willst und dass du mich niemals vergessen wirst. Das ist ein Versprechen.« Er legt seine Hand auf meine, die auf seiner Brust ruht, und hebt mein Handgelenk an die Lippen, um es küssen, bevor er sich meine Hand ans Gesicht drückt, als wolle er mich daran gewöhnen, ihn zu berühren.

Aber er beugt sich so vor, als würde er die Berührung ersehnen, und dann küsst er meine Handfläche, und es verfehlt seine Wirkung nicht. Die Geste ist zärtlich und sinnlich und wahrscheinlich das Erotischste, was jemals jemand mit mir gemacht hat, und ich habe reichlich Erfahrung. Aber er hat zweifellos eine Wirkung auf mich. Eine intensive, tiefe Wirkung.

Mit offensichtlichem Widerstreben lässt er mich los und tritt einen Schritt zurück, seine Hand auf meiner Tür. »Ich stehe zwei Reihen weiter und werde den Wagen herfahren, um dir zu folgen. Mein Auto ist ein …«

»… schwarzer BMW, eine Sonderedition«, ergänze ich, um ihn wissen zu lassen, dass ich in sehr wohl vom Fenster aus beobachtet habe. Ich lassen mich in den Wagen gleiten, in der festen Absicht, ihm ausnahmsweise einmal eine Enthüllung zuteilwerden zu lassen.

Aber ich hätte wissen sollen, dass Nick Rogers nicht zulassen würde, dass jemand seine Neugier anstachelt, ohne die Sache aufzuklären.

Er geht neben mir in die Hocke. »Du warst tatsächlich am Fenster.«

»Ja«, bestätige ich und wende mich ihm zu. »Woher hast du gewusst, dass ich da war?«

»Ich habe gespürt, dass du mich beobachtet hast.« Er senkt die Stimme, und sie klingt rau. »So wie ich dich jetzt fühlen kann, Faith, und dabei berühre ich dich nicht einmal.« Und wieder ist er verschwunden, genau wie heute Morgen, mit einem Satz wie eine Bombe, der mit mir macht, was mir wenige Sekunden zuvor misslungen ist.

Er steht bereits und schließt die Tür, und ich bleibe, wie es seine Absicht war, in einem Meer einfacher Worte zurück, die überhaupt nicht einfach sind. Und diesmal sind mir nicht Stunden mit einem Pinsel vergönnt, um mir einen Reim darauf zu machen, warum dieser Mann mir so mühelos unter die Haut geht, warum mein Herz in ebendiesem Moment in meiner Brust donnert.

Er kann mich spüren, ohne mich zu berühren. Ich kann ihn spüren, ohne ihn zu berühren. Ich denke an meine Vergangenheit zurück, an die Beziehung, die mich dazu gebracht hat, an Grenzen festzuhalten, eine aufregende, obsessive und für mich völlig falsche Beziehung.

War es so wie das hier, und ich kann mich einfach nicht erinnern? Ich glaube es nicht, und doch war die Beziehung durchaus leidenschaftlich. Sie war intensiv. Aber es war nicht wie jetzt. Und doch ist dies keine Romanze. Es ist Sex. Verdammt, wir hätten um ein Haar in den Toiletten Sex gehabt. Also, was macht Nick Rogers anders?

Ich habe nach wie vor dieses Gefühl, dass da zwischen uns etwas Dunkleres ist als nur unsere Leidenschaft. Ich weiß nicht, ob er mein Freund und Feind ist, was mich hätte verschrecken sollen. Heute Morgen hätte es das getan.

Jetzt leuchten Scheinwerfer hinter mir auf und sagen mir, dass mir die Zeit davonläuft und ich keine Antworten habe. Das lässt sich nicht ändern, es sei denn, ich habe vor, ohne Slip und unbefriedigt zu bleiben, und das habe ich nicht.

Schnell starte ich meinen Wagen, ich versuche es zumindest. Die Zündung klickt, aber der Motor erwacht nicht zum Leben. Ich versuche es noch einmal. »Nein«, flüstere ich. »Nein. Nein. Nein.« Die Lichter sind aufgeflammt, als ich den Türöffner betätigt habe. Die Batterie ist nicht leer.

Ich versuche es noch einmal, mit demselben Ergebnis. Die Scheinwerfer hinter mir bewegen sich, und Nick fährt neben mir vor. Ich versuche es noch einmal mit der Zündung, doch der Wagen startet nicht. Es klopft an meinem Fenster. Ich seufze und öffne meine Tür.

Nick setzte sich neben mich. »Ist dir das schon mal passiert?«

»Nein«, antworte ich, »aber es ist mir äußerst peinlich, weil es total verantwortungslos wirkt, was ich *nicht* bin, aber ich erinnere mich nicht daran, wann ich ihn das letzte Mal zur Inspektion gebracht habe. Und das ist ein BMW. Die müssen regelmäßig gewartet werden.«

»Ja, das müssen sie«, bestätigt er, und zu meiner Überraschung vermittelt er mir nicht das Gefühl, noch dümmer zu sein, als ich mich ohnehin schon fühle. »Aber sie kommen wie keine andere Marke mit den Hügeln von San Francisco zurecht und den Kurven von Sonoma. Wir werden morgen früh herfahren und uns darum kümmern. Lass uns meinen Wagen nehmen.«

*Morgen früh.*

Der Rückschluss ist, dass er nicht die Absicht hat, heute nach Hause zu fahren, aber das erschüttert mich erheblich weniger als die Tatsache, dass er mich spüren kann, ohne mich zu berühren. Doch erst mal muss ich mich um mein Auto kümmern. »Ja«, sage ich. »In Ordnung.« Ich steige aus, und er nimmt meine Hand, um mir hochzuhelfen, und plötzlich drückt er mich an sich, und legt beide Hände auf meine Taille.

Und während er mich Sekunden zuvor mit Worten gefangen gehalten hat, mit der Vorstellung, ihn zu berühren, ist es jetzt das Gefühl, wenn er mich berührt. Dass ich kaum atmen kann, es sei denn, er atmet mit mir, wenn wir einander so nah sind. »Ich gehe hinein und sage Bescheid, dass wir deinen Wagen stehen lassen«, sagt er mit Wärme in der Stimme.

»Und schon wieder bist du höflich«, bezichtige ich ihn.

»Meine Mutter hat mich wohl überaus gut erzogen«, stellt er fest und streicht mir eine widerspenstige Haarsträhne aus der Stirn, und ich kann mein Erschauern kaum bezähmen. Und ich kann mich kaum beherrschen, nicht nach seiner Mutter zu fragen.

Allerdings lässt er mir keine Zeit dazu. »Komm«, sagt er oder befiehlt es vielmehr, was für ihn offenbar so natürlich ist wie dieses Verlangen nach Kontrolle, über das wir gerade gesprochen haben, und es macht mir nichts aus.

Ehrlich gesagt finde ich Kontrolle sexy, wenn sie zur richtigen Zeit und am richtigen Ort ausgeübt wird, von einem Mann, der diese Zeit und diesen Ort kennt, vorzugsweise wenn wir nackt sind. Und in meiner Vorstellung sind wir bereits beide entkleidet.

Ich gehe schnell zu seinem BMW hinüber und steige ein. Weiches cremefarbenes Leder umfängt mich, während mich dieser erdige Duft des Mannes einhüllt. »Ich bin gleich wieder da«, versichert mir Nick und schließt die Tür, und ich atme diesen verlockenden Duft von ihm wieder ein und schnalle mich an. Der Klang leiser Musik schürt Neugier in mir. Als ich die Lautstärke höher drehe, stelle ich fest, dass es klassische Musik ist, die ich gut kenne. Irgendwie passt sie zu Nick.

Die Fahrertür wird geöffnet, und er setzt sich neben mich. Dieser Mann hat eine Energie, die selbst die Luft um ihn herum verzehrt. Und mich. Es überwältigt mich. Plötzlich ist das Auto kleiner, intimer, und mir ist wärmer, mein Herz schlägt schneller. »Das ging aber fix«, sage ich.

»Genau in dem Moment ist ein Wachmann aufgetaucht«, erklärt er. »Er sagt Katie Bescheid.« Er streckt die Hand nach der Gangschaltung aus, hält aber inne und scheint zu lauschen oder nachzudenken, bevor er mir einen Seitenblick zuwirft. »Du hast meine Musik gefunden, wie ich höre.«

»Ja«, bestätige ich. »Die *Fünfte Sinfonie*. Ich kenne sie gut. Sie passt zu dir.«

»Lass dich davon nicht täuschen«, sagt er, startet den Motor und fährt los. »Ich hätte genauso gut Kid Rock oder Keith Urban im Radio hören können. Das hängt von meiner Stimmung ab und wo ich gerade mit meinem Kopf bin.«

»Und heute Abend war dir nach Klassik zumute. Warum?«, frage ich und sehe ihn neugierig an.

»Es entspricht meinem Gemütszustand für meine Arbeit«, erklärt er. »Wenn ich mich aufs Gericht vorbereite, insbesondere auf Eröffnungs- und Abschlussplädoyers, lenken Worte mich ab, aber Instrumentales hilft mir, im Geiste den richtigen Ton zu finden.«

»Arbeitest du gerade an Eröffnungs- oder Abschlussplädoyers?«

»In diesem Fall«, sagt er, während er über den schmalen Weg fährt, der die Galerie mit dem Weingut verbindet, »handelt es sich um Vorbereitungen für ein Abschlussplädoyer nächste Woche. Wenn man es richtig macht, und das tue ich, überzeugt man den Feind davon, dass man vor Gericht gewinnen wird, und der Feind ist zu einem außergerichtlichen Deal bereit.«

»Da ist es wieder, dieses Wort«, sage ich und lasse den Blick über die Burg der Wickermans wandern, als wir auf die Ausfahrt zurollen.

»Welches Wort?«, fragt Nick und biegt auf den Highway ein.

»Feind«, sage ich. »Es gefällt mir nicht, aber ich nehme an, für dich ist das kein Wort, sondern Lebensprinzip. Du hast immer einen neuen Feind, oder?«

»In den meisten Fällen«, sagt er, »habe ich Gegner.«

»Du hast von Feind gesprochen.«

»Diesmal trifft der Ausdruck Feind die Sache. Ich habe damals in L.A. mit dem gegnerischen Anwalt zusammengearbeitet. Wir haben den Fall eines angeblichen Insidergeschäfts für einen der größten Klienten der Kanzlei betreut.«

»Und was ist passiert, dass aus ihm ein Feind geworden ist?«

»Ich gewinne gern«, antwortet er, »aber ehrlich. Mit meiner Cleverness. Er gewinnt ebenfalls gern. Mit schmutzigen Tricks.«

»Und du benutzt niemals schmutzige Tricks? Es heißt, du würdest jemandem die Kehle aufreißen, wenn er dir in die Quere kommt.«

»Wenn mich jemand beauftragt, ist es mein Job zu gewinnen.

Nicht Mitleid mit der Person zu haben, die es auf meinen Mandanten abgesehen hat, oder mit jemandem, der mit der Person zu tun hat, die es auf meinen Mandanten abgesehen hat. Mein Mandant muss wissen, dass er oder sie beschützt wird, wenn er oder sie in meiner Obhut ist.«

»Und was ist, wenn ein Zeuge in den Fall hineingezogen wird, ohne dass er es will?«, frage ich. »Bist du diesem Zeugen gegenüber dann trotzdem so kaltherzig?«

»Ja«, sagt er sofort. »Absolut. Denn ich habe diese Person nicht in den Fall hineingezogen. Die Person, die meinen Mandanten angreift, hat das getan, und mein Mandant hat das Recht, sich selbst zu schützen. Und glaub mir, wenn du diejenige bist, die diesen Schutz braucht, wärst du froh, wenn ich derjenige an deiner Seite wäre.«

»Das klingt unerbittlich.«

»Es ist unerbittlich, und ich entschuldige mich nicht dafür. Aber es besteht ein Unterschied zwischen einem kaltherzigen Arschloch und einem Rechtsverdreher. Und der Mann, den ich als Feind bezeichnet habe, hat Gesetze gebrochen, für die wir beide aus der Anwaltskammer hätten hinausgeworfen werden können.«

»Was hast du getan?«

»Ich war gezwungen, etwas unter den Tisch fallen zu lassen, was einen guten Beweis abgegeben hätte, wenn wir mit legalen Mitteln da rangekommen wären. Dann habe ich versucht, einen anderen Weg zu finden, um den Fall zu gewinnen.«

»Und dieser Feind von dir, er war damit einverstanden, den Beweis nicht zu benutzen?«

»Nein. Ich habe ihm gedroht, mich an den Inhaber der Kanzlei zu wenden, und er hat meine Bereitschaft, das wirklich zu tun, korrekt gedeutet.«

»Und du hast den Fall gewonnen?«

»Ja. Ich habe gewonnen.«

Ich drehe mich zur Seite, um ihn anzusehen. »Kannst du mir davon erzählen?«

Er schaut zu mir herüber. »Du willst etwas über den konkreten Fall hören?«

»Ich will etwas darüber hören, wie du unter diesen Umständen gewonnen hast, ja.«

»Warum?«

Weil ich etwas darüber hören muss, wie jemand anderer die Verbrechen einer anderen Person überwunden und gewonnen hat. Aber laut sage ich: »Weil du mich faszinierst«, und das ist wahr. Er fasziniert mich.

Er lacht über meine Anspielung auf seine Worte, und die vorbeiziehenden Lichter draußen erhellen sein attraktives Gesicht. »Soll das ein Witz sein, Ms Winter?«

»Eigentlich bezeichnen mich nicht viele Menschen als witzig.«

»Wirklich? Denn diese schlagfertige Antwort im Waschraum, als du mich unsicher genannt hast, war ziemlich witzig.«

»Das war Sarkasmus.«

»Also, bist du bekannt für deinen Sarkasmus?«

»Nein«, antworte ich, »aber ich bin bekannt für exzellente Pfannkuchen und ein unglaubliches Talent, fertige Mac and Cheese so zu verfeinern, als wären sie selbst gemacht.«

»Du bist bekannt für deinen Pinselstrich«, bemerkt er.

»Ich bin *beinahe* bekannt«, korrigiere ich ihn, bevor ich mich bremsen kann, aber ich habe es so betont, als sei ich einfach auf dem Weg dahin. »Was, wie ich vermute, für dich so ist, als hättest du einen Fall beinahe gewonnen.«

»Du spielst deine Leistungen herunter«, sagt er. »Chris Merit wollte dich in seiner Ausstellung haben. Das ist in der Kunstwelt verdammt viel wert.«

»Unsere Familien kennen sich«, berichte ich. »Anscheinend mehr, als mir bewusst war.« Ich wechsele das Thema, von dem ich mir wünschte, ich hätte es nicht angeschnitten. »Erzähl mir, wie du den Fall gewonnen hast.«

»Ich würde lieber mehr über dich erfahren. Erzähl mir etwas über deine Kunst.«

»Du hast mich mit dem Anfang der Geschichte neugierig gemacht. Ich will wirklich hören, wie du den Fall gewonnen hast.«

Sein Handy klingelt, und er reicht es mir. »Sag mir, wer anruft, damit ich uns nicht gegen einen Felsen fahre.«

Es fühlt sich ziemlich privat an, als ich nach dem Handy greife und einen Blick auf das Display werfe. »Da steht *North*, und warum benutzt du nicht Bluetooth?«

Er schnappt sich einen Ohrhörer aus dem Handschuhfach und steckt ihn in sein Ohr. »Hacker lieben Bluetooth, und ich habe es mit vertraulichen Informationen für mächtige Menschen zu tun. Und ich muss diesen Anruf entgegennehmen, Süße. Es ist mein Mitarbeiter, der mit mir an dem Abschlussplädoyer arbeitet, mit dem wir eine außergerichtliche Einigung erzielen wollen.«

»Natürlich«, sage ich, und das Kosewort macht ganz seltsame Dinge mit meinem Bauch.

»Drück für mich auf den Knopf, ja, bevor er auflegt?«, bittet er mich, während er mit seinem Headset ringt.

»Ja.« Ich drehe das Radio für ihn leiser. »Aber nimm die nächste Ausfahrt nach rechts, und von da aus sind es dann noch ungefähr fünf Meilen, bevor wir wieder abbiegen.«

»Verstanden«, sagt er, und ich drücke auf den Knopf, um den Anruf anzunehmen, dann schaue ich nach vorn und lasse mich in meinen Sitz sinken. Ich habe das Gefühl, als würde ich jetzt in seine Welt eindringen, obwohl ich nicht einmal im Internet oder sonst wo Informationen über ihn eingeholt habe, wie er es bei mir gemacht hat.

Es ist ein Gedanke, der mir nicht behagt. Ich will ihn wirklich nicht in meiner Welt haben, nur in meinem Bett. Ich will im Moment niemanden bei mir in dieser Hölle haben.

Ich atme ein, schließe die Augen und höre ihm zu. Ich erinnere mich nicht daran, mich jemals so zu der Stimme eines Mannes hingezogen gefühlt zu haben. Aber da ist irgendetwas an seinem tiefen, männlichen Timbre, das fast melodisch für mich ist, und nach der warmen Schwere in meinem Körper zu urteilen, ist es ein Klang, der sich für mich genau richtig anhört.

»Nein«, sagt Nick zu der Person, die er in seinem Handy als *North* gespeichert hat. »Fragen Sie ihn das nicht. Er wird einen Riesenbogen um das Thema machen, und Sie werden ihn darauf hinweisen, was als Nächstes kommt.« Er hält inne. »Nein. Erklären Sie

Ihre Gründe, aber es würde mich sehr wundern, wenn Sie mich dazu bringen, dem zuzustimmen.«

Während sein Gespräch weitergeht, erstaunt es mich, wie sicher sich Nick in allem ist, was er sagt und tut, und ich überlege, wie lange es her ist, dass ich das war.

Und das war ich. Es gab eine Zeit in meiner Jugend, als ich dachte, ich könnte mit einem Pinsel die Welt erobern, damals, als ich so selbstbewusst war, wie er es heute ist. Als ich gedacht hatte, große Träume und harte Arbeit würden mir einen solchen Erfolg bescheren, wie Nick ihn jetzt genießt.

Aber ich war nicht Nick. Ich war nicht hart genug. Das Leben hat an mir genagt, und im Moment macht mich das zornig. Allerdings ist mir klar, dass es nicht wirklich die Schuld meiner Mutter ist. Sie hat getan, was sie getan hat, aber sie hat keine Entscheidungen für mich getroffen. Das war ich. Ich habe entschieden, wie ich mich behandeln lasse.

»Fertig«, verkündet Nick.

»Ist alles gut?«, frage ich.

»Es ist alles gut, wenn ich eine außergerichtliche Einigung erzielt habe.« Er zieht die Brauen hoch und überrascht mich, indem er das Radio wieder hochdreht und meine Kenntnisse der Musik testet. »Kennst du dieses Stück?«

»Der *Sonnenaufgang* aus *Also sprach Zarathustra*, Richard Strauss. Hast du gewusst, dass das die Eröffnung für den Film *2001: Odyssee im Weltraum* ist?«

»Hast *du* gewusst, dass Elvis es gespielt hat, wenn er bei Konzerten auf die Bühne gegangen ist?«

»Ja, das habe ich gewusst«, bestätige ich. »Nämlich weil ich eine Kunstlehrerin hatte, die nicht nur dachte, das Malen zu klassischer Musik würde dem Bild Tiefe verleihen, sie war außerdem wahnsinnig verliebt in Elvis. Zu Elvis malen gab dem Werk Erotik.«

Er lacht, ein tiefes Dröhnen, das sich für mich echt anfühlt, was in letzter Zeit selten geworden ist. Vielleicht ist das der Grund, warum ich diesen Mann so sehr brauche. Diese Lust, die wir teilen, lässt sich nicht vortäuschen. Sie ist real.

Er holt mich zurück in die Gegenwart: »Ist diese Kunstlehrerin der Grund, warum du dich mit klassischer Musik auskennst?«

»O ja. Ihretwegen kenne ich mich mit klassischer Musik aus und außerdem jedes Wort jedes Elvis-Songs, der je aufgenommen wurde. Kennt nicht eigentlich jeder die Worte jedes Elvis-Songs, der je aufgenommen wurde?« Ich lache, denn seine hellere Stimmung hellt meine ebenfalls auf.

Jedenfalls, bis er fragt: »Malst du immer noch zu klassischer Musik und Elvis?«

Ich fühle mich sofort in die Zeit zurückversetzt, zu der Aufregung, mit der ich einst jeden Tag erwacht bin, bei dem bloßen Gedanken, einen Pinsel in der Hand zu halten. »Manchmal habe ich die Musik einfach eingeschaltet und Songs durchlaufen lassen, bis mich einer inspiriert hat.« Nur nicht heute, denke ich. Er war meine Inspiration gewesen.

»Warum hast du diese Aussage in der Vergangenheitsform formuliert?«

»Das ist kompliziert.«

»Ich denke, ich habe ziemlich klargemacht, dass ich mit komplizierten Dingen gut umgehen kann«, kontert er.

»Aber ich nicht. Und nimm die Nächste rechts. Du musst danach ungefähr eine halbe Meile fahren, dann kannst du bei dem weißen Tor in der Einfahrt parken. Es gehört zu meinem Haus. Ich habe den Garagentoröffner in meinem Wagen gelassen, außerdem klemmt das Tor ohnehin meistens.«

»Zurück zu komplizierten Dingen.«

Mein Handy gibt den Ton für eine Textnachricht von sich, und ich schiebe sein Jackett zur Seite und suche unter dem Meer aus Stoff nach meiner Handtasche. Als ich sie gefunden habe, gibt mein Handy erneut einen Nachrichtenton von sich, und ich ziehe den Reißverschluss meiner Handtasche auf, krame das Telefon hervor und werfe einen Blick auf eine Nachricht von Josh: *Wo bist du? Dein Auto steht immer noch hier, aber dich kann ich nicht finden.*

»O nein«, murmele ich. »Ich habe mich nicht von Josh verabschiedet.« Ich drehe mich zu Nick um. »Was habe ich mir dabei nur gedacht? Er ist mein Agent, und ich habe nichts zu ihm gesagt.«

»Schick ihm eine Nachricht, sonst werden wir morgen früh niemals zusammen Pfannkuchen essen.«

»Wer sagt, dass du zum Frühstück bleibst?«

»Ich sage das.«

»Weißt du, ich mag keine arroganten Männer.«

»Da uns beiden klar ist, dass ich mit Arroganz meinen Lebensunterhalt verdiene, worin liegt mein Reiz sonst? In meinem Geld. Meinem guten Aussehen.« Er verzieht die Lippen. »Ich bin einfach so verdammt höflich, dass du nicht anders kannst, als deinen Slip zu verlieren?«

»Du bist boshaft.«

»Unanständig. Und boshaft. Also, ist das der Reiz?«

»Dein Geld ist es definitiv nicht«, sage ich, als er in die Einfahrt vor meinem Haus einbiegt und die fahle Beleuchtung uns in ihren Schein hüllt.

»Den meisten Frauen gefällt das Geld«, bemerkt er und stellt den Motor ab.

»Was bedeutet, dass du niemals wissen kannst, ob eine Frau dich wegen deines Geldes oder um deinetwillen will. Es gibt einen Grund dafür, dass du mit fünfunddreißig oder sechsunddreißig weder geschieden noch verheiratet bist.«

»Sechsunddreißig«, sagt er und dreht sich zu mir um. »Ich habe nie geheiratet und plane, nie zu heiraten. Ich halte nichts von der Ehe.«

»Dann sind wir wohl wie geschaffen füreinander«, erwidere ich.

»Ach ja? Sind wir das?«

»Für heute Nacht«, bestätige ich, und als seine Lippen zucken und seine Augen aufleuchten, füge ich schnell hinzu: »Das ist keine Herausforderung.«

»Natürlich nicht«, sagt er, und er wirkt, als ob er etwas weiß, was ich nicht weiß.

»Was soll das heißen?«

»Was immer ich will, dass es heißt«, antwortet er mit einem leisen Lachen, bevor er hinzufügt: »Ich komme auf die Beifahrerseite und helfe dir beim Aussteigen«, und er steigt bereits aus dem Wagen.

Ich drehe mich zu meiner Tür und versuche, sie zu öffnen, aber sie gibt keinen Zentimeter nach. Stirnrunzelnd versuche ich es noch einmal, und noch immer bewegt sich das Ding nicht. Nick öffnet sie von außen, und ich setze ein Bein hinaus, um auszusteigen und mich dem Rest meines Tages zu stellen, aber mein Rock verfängt sich an meinem hohen Absatz. Der Schlitz in der Mitte meines Kleides reißt bis zu meinem nackten Schritt auf, als ich mich auf dem Sitz drehe.

Ich schnappe nach Luft, und sosehr ich mir wünsche, mich zu bedecken, mein Absatz und mein Rock sind immer noch nicht dort, wo sie hingehören. Aber als ich gerade verlegen werde, hockt sich Nick plötzlich vor mich, seine Hand auf meinen Knien, während sein Blick über meine intimste Stelle wandert, verweilt und sich dann zu meinem Gesicht hebt. Sein Blick verschlägt mir den Atem.

»Wenn du versuchst, mich zu verführen«, sagt er mit angespannter, leidenschaftlicher Miene und fügt hinzu: »Dann funktioniert es.«

Es ist kalt draußen, und mir ist am ganzen Körper heiß. »Ich … das war nicht meine Absicht.«

Er beugt sich vor und küsst meinen Oberschenkel, dann beugt er sich zu meinem Erschrecken vor und leckt über meine Klitoris, bevor er mit seiner Zunge langsam darum kreist, und jetzt kann ich wirklich kaum mehr atmen. Ich stütze mich auf dem Armaturenbrett ab, und gerade als ich denke, ich werde gleich hier in diesem Wagen dahinschmelzen, zieht Nick sich zurück, steht auf und nimmt mich mit sich.

Der Aufprall entlockt mir ein Keuchen. »So was kannst du nicht noch mal mit mir machen«, flüstere ich. »Im Ernst. Das ist …«

Er beugt sich vor und küsst mich, eine Hand auf meinem Hinterkopf, während seine Zunge jetzt die gleiche langsame, sexy Neckerei vollführt wie kurz zuvor an einer viel intimeren Stelle. Schließlich spricht er: »Nächstes Mal werde ich nicht aufhören. Ich verspreche es.«

# Kapitel 9

Faith

Nick schiebt seine Finger zwischen meine und führt mich vom Wagen weg, nachdem er die Tür geschlossen hat. Doch irgendwie stehen wir wieder dicht einander gegenüber, statt weiterzugehen.

Als unsere Blicke sich treffen, nehme ich ein Flattern in meiner Brust wahr, das sich irgendwie in Hitze verwandelt, die meinen Oberkörper erfasst und meinen Arm hinabläuft, dorthin, wo sich unsere Finger berühren. Dorthin, wo er meine Hand hält. In diesem Moment spüre ich, welches Risiko ich eingehe, was ich sexuell wage, ob mit guten oder schlechten Folgen, alles, wovon ich weiß, dass er es mir zumuten wird, wirkt sich in diesem Moment auf mich aus.

»Du hältst mich fest, als würdest du denken, dass ich weglaufe«, murmele ich. »Du wärest nicht hier, wenn das mein Plan wäre.«

»Ich halte dich fest wie ein Mann, der nicht aufhören will, dich zu berühren.« Er hebt eine Hand und liebkost zärtlich meine Wange. Mein Körper reagiert darauf, meine Brüste fühlen sich schwer an, meine Brustwarzen werden unter der Spitze meines BHs hart. Da ist erneut dieses Flattern in meiner Brust. »Lass uns reingehen, wenn du das wirklich willst«, fügt er hinzu.

»Ja«, sage ich. »Bitte.«

Er verzieht die Lippen. »Bitte.«

»Ich bin auch höflich«, erwidere ich, aber ich füge nicht hinzu, dass meine Mutter mich gut erzogen hätte, denn das hat sie nicht. Das war mein Vater.

»Ich frage mich, ob du auch noch so höflich sein wirst, wenn ich dich endlich nackt vor mir habe.«

»Verlass dich lieber nicht darauf«, sage ich, und die Worte sollen spielerisch klingen, aber ein Adrenalinschub in mir lässt alles rauer und bedürftiger wirken.

Und er weiß es. Ich sehe es daran, wie seine Augen sich verdunkeln. »Komm«, murmelt er, legt mir einen Arm um die Schultern und wendet sich der Tür zu. Er lässt meine Hände frei, damit ich sein Jackett um all meine hervorblitzenden nackten Stellen drapieren kann, während ich daran denke, mit diesem Mann wirklich nackt zu sein.

Und mit jedem unserer Schritte wächst mein Bewusstsein, wie unsere Beine sich zusammen bewegen, Hüfte an Hüfte. Wie er mich an sich drückt, mich berührt, genau wie er gesagt hat: als wolle er nicht aufhören, mich zu berühren.

Wir haben gerade die acht Stufen erreicht, die auf die schwach beleuchtete Veranda führen, als mein Handy in der Tasche seines Jacketts klingelt, das ich immer noch trage, und ich bleibe wie angewurzelt stehen. »O nein«, sage ich und greife in die Tasche. »Ich habe diese Nachricht an Josh nicht abgeschickt. Jetzt ruft er sicher an, und wo ist mein Handy? Hier ist es nicht, aber ich höre es.«

Nick tritt auf die Stufe vor mir, fasst in die andere Tasche des Jacketts und holt mein Handy heraus, das aufgehört hat zu klingeln. »Danke«, sage ich und greife danach. Ich habe keine Ahnung, wie dieser Mann es schafft, dass es zu etwas Erotischem wird, wenn er mir mein Handy reicht. Er hält es fest, zusammen mit meiner Hand.

»Ich habe dich immer noch nicht im Haus«, murmelt er leise und geht rückwärts, um mich auf die Veranda zu führen, nur Schritte entfernt von der Tür. »Ich habe dich immer noch nicht nackt vor mir.«

Und das ist der Moment, in dem mein Handy wieder zu klingeln beginnt.

Nick seufzt. »Langsam habe ich das Gefühl, dass das hier ein Dreier ist.« Er lässt mich los. »Rede mit dem Mann, damit ich dich dann endlich für mich allein habe.«

»Tut mir leid.«

»Es braucht dir nicht leidzutun. Mach einfach.«

Ich nicke und nehme den Anruf entgegen. »Josh.« Und dann sage ich wieder diese Worte: »Tut mir leid. Ich habe deine Nachricht gerade erst gesehen.«

Nick geht zur Tür und lehnt sich dagegen, und obwohl ich die

Absicht habe, zu dem Türöffner zu gehen, um meinen Code einzutippen, ertappe ich mich stattdessen dabei, dass ich direkt oben an der Treppe stehen bleibe. Ich nutze die Chance, Nick wirklich zu betrachten, ohne einen Anzug oder eine Smoking-Jacke. Sein weißes Hemd spannt sich über eine beeindruckend breite Brust, seine Arme, die, soweit ich das erkennen kann, ebenfalls beeindruckend sind, verschränkt er vor besagter beeindruckender Brust.

Er bemerkt meine Musterung natürlich, wie könnte es auch anders sein. Er zieht eine Braue hoch, und der Ausdruck auf seinem Gesicht ist eine Einladung.

Josh sagt etwas über den Parkplatz, dann: »Und ich habe dir Nachrichten geschickt und versucht, dich anzurufen«, wobei ich keine Ahnung habe, was er sonst noch gesagt hat.

Ich wende meinen Blick von Nick ab und antworte ihm: »Es hat nicht geklingelt«, dann trete ich vor das Tastenfeld an der Wand, direkt neben der Stelle, an der Nick lehnt.

»Und du hast nicht daran gedacht, nach mir zu suchen, bevor du gegangen bist?«, fragt Josh mit einer gewissen Schärfe.

»Ich hatte Probleme mit meinem Auto, um die ich mich kümmern musste.« Ich tippe meinen Code ein, woraufhin das Gerät piept. Der Code war falsch.

»Und dann bist du gegangen, ohne noch einmal mit mir zu sprechen«, sagt er anklagend.

Ich gebe es auf, den richtigen Code einzutippen, und wünschte jetzt, ich hätte mich von der Sicherheitsfirma nicht überreden lassen, dieses Keypad-System zu benutzen. Stattdessen drehe ich mich um und lehne mich neben Nick an die Wand. Dann konzentriere ich mich darauf, dieses Gespräch mit Josh irgendwie hinter mich zu bringen. »Du warst irgendwo zwischen den ganzen Leuten.«

»Wo bist du jetzt?«, fragt er. »Brauchst du Hilfe bei deinem Wagen?«

»Jemand hat mich nach Hause gebracht.«

»Jemand mit Namen Nick Rogers«, sagt Josh mit unüberhörbarer Missbilligung.

»Josh …«

»Das ist ein Ja«, fällt er mir ins Wort. »Er ist ein arroganter Mistkerl, der dich vögeln und dann verlassen wird. Das weißt du, oder?«

Ein leises Unbehagen gleitet bei den harten Worten durch mich hindurch, Worten, die nicht zu Josh passen, aber andererseits ist er der Vergangenheit, die ich hinter mir gelassen habe, immer noch nah. Einem Mann, den ich hinter mir gelassen habe, und ich werde mit ihm nicht darüber sprechen, während Nick hier steht, auch sonst niemals, wenn es nach mir geht.

»Danke für den Rat«, sage ich und versuche, die professionelle Distanz zwischen uns wieder herzustellen. »Und für alles andere heute Abend. Ich freue mich total, dass dir meine neuen Arbeiten gefallen haben, und ich kann kaum erwarten, zu sehen, was daraus wird.« Ich kann Nicks Blick spüren, musternd, interessiert.

»Mit anderen Worten«, sagt Josh, »er ist bei dir, und du willst nicht reden.«

»Das ist jetzt kein guter Zeitpunkt«, bestätige ich.

»Na schön.« Er schweigt einen Moment lang. »Sei einfach vorsichtig.«

»Das bin ich immer.«

»Wir sprechen uns, bevor ich nach L.A. zurückfahre.« Er legt auf, und ich stopfe mein Handy zurück in die Tasche des Jacketts. »Das ist erledigt«, sage ich und sehe zu Nick hinüber. »Und ich muss die Sicherheitsfirma anrufen. Ich habe keinen Schlüssel. Ich benutze das Keypad.«

Nick stößt sich von der Wand ab und tritt vor mich. Groß und überwältigend männlich, aber er lässt Überwältigung wundervoll erscheinen. »Wie lautet der Code?«, fragt er.

»Acht, acht, neun, eins, aber ich habe es schon zweimal probiert. Es funktioniert nicht.«

Er tippt den Code ein, und die Tür klickt. »Natürlich, für dich öffnet sie sich«, murmele ich.

»Du warst zu sehr auf Josh konzentriert«, sagt er. Statt durch die Tür zu treten, legt er eine Hand auf die Wand über meinem Kopf, und seine blauen Augen blicken intelligent und forschend, als er Joshs Worte wiederholt. *»Ein arroganter Mistkerl, der dich vögeln und dann verlassen wird«*, sagt er.

»Du hast es gehört. Offensichtlich.«

»Ich habe es gehört. Und *offensichtlich* weiß er nicht, dass die Beschreibung als ›arroganter Mistkerl, der dich benutzen und dann verlassen wird‹ mich für dich perfekt macht. Ich frage mich, wie das kommt.«

»Ich könnte dir die gleiche Frage stellen.«

»Könntest du«, pflichtet er mir bei, »aber im Moment reden wir über dich. Soll ich raten, welche Gründe du hast, warum deine Männer immer wieder von der Bildfläche verschwinden?«

»Soll ich raten, welche Gründe du hast, warum deine Frauen immer wieder von der Bildfläche verschwinden?«

»Nur zu«, sagt er, und die Herausforderung ist unüberhörbar. Wenn ich rate, kann er das Gleiche tun, ich kann dann nichts dagegen einwenden. Aber ich habe Einwände, und ich will verhindern, dass dieser Mann, der ohnehin schon zu viel sieht, noch mehr sieht als meinen Körper. Der Rest ist tabu.

»Nein«, entscheide ich. »Ich will nicht wissen, wen du in deinem Bett hast oder in deinem Leben. Es sei denn, du wärst verheiratet, aber du hast gesagt, das wärst du nicht. Alles andere geht mich nichts an. Und wir haben diese Nacht bereits mit zu vielen Worten gefüllt. Heute Abend geht es nicht um Konversation.«

Ich husche von ihm weg zur Tür und öffne sie, aber ich weiß auch, dass ich mich nicht zu beeilen brauche. Er wird nicht hinter mir herlaufen. Er ist ein Mann der Kontrolle. Ein dominanter Mann, der in seinem eigenen Tempo folgen wird, auf seine Art und Weise. Und er wird mich einholen, aber er wird es nicht wegen eines Gesprächs tun, was genau der Grund ist, warum ich ihn dazu bringe, mir zu folgen.

Als ich das Haus betrete, brennt das Licht, obwohl ich mich nicht daran erinnern kann, die Lampe angelassen zu haben, aber andererseits war heller Tag, und ich hatte es eilig. Ich tue es als belanglos ab und gehe durch den Flur, und ich habe fast das Wohnzimmer erreicht, als ich Nicks Schritte in der Diele höre, die Tür, die hinter ihm zufällt, das Schloss, das gedreht wird.

Adrenalin rauscht durch mich hindurch, nicht nur als kleiner Energieschub, sondern als gewaltige Woge. Aber wie könnte es auch anders sein? Was ist Nick Rogers, wenn nicht eine Injektion mit Adrenalin? Und obwohl ich ihn als dominant bezeichne, ist das nicht einfach ein Charakterzug.

Er ist sexuell dominant, und wie ich das erwartet habe, als ich den Ausdruck »harte Grenze« fallen lassen habe, hat er Erfahrung in einer Welt, in der dieser Ausspruch eine besondere Bedeutung hat. Dieses Wissen hätte mir genügen sollen, um die Begegnung mit ihm abzulehnen, aber es genügte nicht.

Ich habe keine Ahnung, was das darüber aussagt, wer ich bin oder was ich will oder brauche, und ich habe so etwas jetzt seit zwei Jahren nicht mehr getan. Vielleicht habe ich es früher gebraucht, und vielleicht ist die Erkenntnis darüber ein Geschenk, das Nick mir machen wird. Ich werde es mit ihm in Erfahrung bringen.

Als ich das Wohnzimmer betrete, drehe ich den Dimmer so, dass das Licht sanft aufscheint. Dem Raum haftet eine gewisse Kühle an. Nicks Schritte kommen näher, und ich gehe tiefer in den Raum hinein, vorbei an der Küche zu meiner Rechten und um das zu dick gepolsterte, schokoladenbraune Sofa mit den dazugehörigen Sesseln herum. Mein Ziel ist der Kamin direkt vor ihnen.

Sobald ich dort bin, lege ich den Schalter um, um den Raum zu heizen. Ich spüre, dass Nick neben mich tritt, spüre seine Energie, seine Dominanz. Sie knistert und knackt, so wie das Gasfeuer es nicht tut, berührt meine Haut. Plötzlich bin ich mir mit allen Sinnen des Risses in meinem Kleid bewusst, der mir fast bis zum Bauchnabel reicht.

Mit einem tiefen Atemzug drehe ich mich zu Nick um, und ich benutze sein Jackett nicht, um mich zu bedecken. Ich lasse es aufklaffen, mein Unterkörper ist entblößt. Er lehnt sich mit seiner breiten Schulter an die Wand direkt in dem Türbogen, der in den Raum hineinführt, und mir genau gegenüber. »Ich dachte, du würdest nicht vor mir davonlaufen, Faith.«

»Wie gesagt. Ich laufe nicht vor dir davon, sonst wärest du nicht hier.«

»Warum bin ich dann hier, und du bist dort drüben?«

»Das ist deine Entscheidung, nicht meine.«

»Ach ja?«

»Ja.« Ich schlüpfe aus seinem Jackett und werfe es auf einen braunen Hocker vor dem Kamin, unter dem ein flauschiger cremefarbener Teppich liegt. Entblößt richte ich mich auf, sodass Nick mich sehen kann – ein stummer Befehl von mir an ihn, dass er mich ansehen soll.

Aber er tut genau das, was ich erwarte, was jeder wahrhaft dominante Mann tun würde, nämlich nicht das, worum ich gebeten habe. Sein Blick ist fest auf mein Gesicht gerichtet. Seine Art, mir mitzuteilen, dass er die Kontrolle hat, dass er schaut und berührt, wie es ihm beliebt. Es ist einfach seine Art, ein Teil seiner Persönlichkeit und sogar ein gewaltiger Teil dessen, was mich an ihm antörnt.

Aber eine Erinnerung durchzuckt mich, eine Erinnerung an die Zeit, als ein anderer dominanter Mann in meinem Leben war. Als ich nackt und entblößt war, gefesselt. Unterworfen, und ich empfand Lust, doch dann irgendwann nicht mehr. Und das hat nichts mit Nick zu tun und alles mit meinen Entscheidungen und meiner eigenen Selbstentdeckung. Ich bin keine Sub, aber ich will diesen Mann, der das von mir wollen wird, und ich verstehe mich selbst in diesem Moment überhaupt nicht.

Ich bin davon überzeugt, dass Nick meine Furcht bemerken wird, wenn man das überhaupt so nennen kann. Deshalb brauche ich etwas anderes, um den Raum auszufüllen, etwas anderes als ihn und meine aufgestaute, verrückte Energie. Nachdem ich den Fernseher hinter mir über dem Kamin verworfen habe, entscheide ich mich für Musik und gehe schnell zu dem schicken Entertainment-Center in der Ecke.

Sobald ich dort bin und vor einem der Dutzend Regale stehe, die allmählich nach oben hin schmaler werden und an Tiefe verlieren, kann ich spüren, dass Nick sich wieder bewegt. Ich kann ihn spüren, genau wie er behauptet hat, er könne mich spüren. Selbst wenn er mich nicht berührt. Das ist genau der Grund dafür, warum er ganz anders ist als alles, was ich bisher erlebt habe. Nichts hat damals solche Gefühle in mir geweckt. Niemand hat solche Gefühle in mir geweckt.

Ich strecke die Hand nach dem CD-Player aus, schalte ihn ein und drücke dann auf »Play«. Ich habe eine CD mit heruntergeladenem Zeug darin, irgendwelche x-beliebige Musik, und die ungefähr so exzentrisch ist wie der Geschmack, über den wir im Wagen gesprochen haben.

Musik erfüllt die Luft, ein Song von Ed Sheeran. Mit einem weiteren tiefen Atemzug drehe ich mich um und sehe Nick auf dem Hocker vor einem der Sessel sitzen, mir zugewandt. Obwohl es auf den ersten Blick eine unterwürfige Position sein mag, ist es das in Wirklichkeit nicht.

Dieser Mann beobachtet mich. Dieser Mann sitzt wie auf einem Thron, während ich vor ihm stehe. Deswegen setze ich mich auf einen anderen Hocker, der neben dem Regal steht und der dazu gedacht ist, an die Bücher in der obersten Reihe heranzukommen. Ich setze mich mit sittsam zusammengepressten Knien und in dem Bewusstsein, dass zwar mein Unterleib, meine Beine und meine Schenkel entblößt sind, dass ich ihm aber den Blick auf das, was dazwischen ist, verwehre.

Wir sehen uns in die Augen und halten Blickkontakt. Kann er mich dazu bringen, mich zu unterwerfen? Aber es ist keine echte Frage. Wir wissen beide, dass er es kann. Und ich brauche nicht zu befürchten, dass das nicht alles ist, was zwischen uns sein wird, dass er denken wird, er könne meinen Willen in jedem Moment, den er mit mir verbringt, brechen. Es gibt nur diesen Moment, nur diese Nacht.

Der nächste Song beginnt, und gerade als ich befürchte, dass ich diesen Zauber mit Nick stören und etwas anderes auflegen muss, ertönt ein alter Hit aus den Neunzigern: Marcy Playground, *Sex and Candy*. Die Stimme, die die Luft erfüllt, erzählt von Sex und Süßigkeiten und einem Unbekannten, der sich in einem Sessel lümmelt.

Nick zieht bei den ziemlich passenden Worten eine Braue hoch und wiederholt: »Sex und Süßigkeiten?«

Ich drücke die Hände auf das Kissen links und rechts von mir. »Manchmal braucht man einfach nur Sex und Süßigkeiten.«

»In der Tat, so ist es.« Er beugt sich vor, die Unterarme auf die Knie gestützt, die Ärmel aufgekrempelt, sodass mehrere Tattoos entblößt werden, die ich nicht erkennen kann. Ich versuche es auch gar nicht, nicht, solange sein durchdringender Blick auf meinem Gesicht verweilt und der Song weitergeht.

»Und da war sie«, wiederholt er den Text, und in seinen Augen brennt diese dunkle Lust. »Wie eine hohe Kirschtorte«, fügt er hinzu, und befiehlt: »Spreiz die Beine, Faith.«

Mir stockt der Atem, und ich weiß nicht, was geschieht. Ich will es tun. Ich habe vor, es zu tun, aber meine Nervosität explodiert in mir, als sei ich ein unerfahrenes Schulmädchen. Ich bin kein Schulmädchen, noch bin ich gehemmt. Ich habe keine schlechten Erfahrungen gemacht. Ich habe keine Angst vor Sex oder verabscheue ihn. Und doch habe ich seit langer Zeit keinen mehr gehabt.

Und wieder rast mein Herz, oder vielleicht hat es nie aufgehört zu rasen, und mein Mund ist trocken. So schrecklich trocken. Irgendwie stehe ich auf, ohne bewusst diese Entscheidung getroffen zu haben, und laufe in den Küchenbereich des Raums. Ich öffne den Edelstahlkühlschrank, schnappe mir eine Flasche Wasser, schraube sie auf und leere sie zur Hälfte.

Nick steht plötzlich vor mir, greift nach der Flasche und nimmt einen Schluck, dann legt er eine Hand auf meine Hüfte und zieht meine Beine an seine. »Wasser?«, fragt er und betrachtet die Flasche. »Ich dachte, du würdest dir Mut antrinken, aber ich hätte nicht erwartet, dass du das mit Wasser machst.«

»Ich benebele meinen Verstand nicht gern mit Alkohol«, antworte ich. »Wenn ich nervös werde, kriege ich einen trockenen Mund, und ich …«

Er küsst mich, und die Berührung seiner Zunge ist kalt von dem Wasser und frisch, und ich habe keine Ahnung, warum, aber es beruhigt mich. Dass er mich berührt und mich beobachtet, beruhigt mich, aber der Kuss ist so kurz, und seine nächste Frage kommt zu schnell. Er zieht sich zurück, betrachtet mich und stellt die Wasserflasche dann in den Kühlschrank. »Warum bist du nervös?«

»Keine Ahnung.«

»Harte Grenze«, sagt er. »Zu dieser Ausdrucksweise gehört Erfahrung.« Er schließt mit einem Tritt die Kühlschranktür. »Du hast dich in einer Welt aufgehalten, die nicht zu deiner Nervosität passt.«

Er hat recht. Es stimmt. »Es ist lange her.«

»Wie lange?«

»Zwei Jahre.«

»Seit du in dieser Welt warst oder seit …?«

»Zwei Jahre lang nichts.«

»Es ist genau wie Fahrradfahren«, flüstert er, »nur dass du mich reiten wirst.« Er dreht mich um und drückt mich gegen die Kücheninsel, dann lässt er mich los und presst die Hände auf das dunkle Holz der Arbeitsplatte hinter mir. »Warst du die Sub von irgendjemandem?«

»Nein. Ich bin keine Sub.«

»Aber du warst mit jemandem zusammen, der das wollte.«

»Ja.«

»Ich will es nicht von dir.«

»Aber du bist dominant.«

»Ich will keine Sub, und du spürst das, sonst wärst du nicht mit mir zusammen.«

»Du denkst, ich könne das *spüren?*«

»Ich finde, dass wir bemerkenswert aufeinander eingespielt sind, wir sind uns nicht wirklich fremd. Was der Grund ist, warum wir jetzt beide hier sind. Ich mag Kontrolle. Du magst es, mich dazu zu zwingen, sie mir zu verdienen. Aber wie wir festgestellt haben, liebe ich Herausforderungen. Und du, Faith, bist so eine Herausforderung und noch so viel mehr. Was bedeutet, dass es in Ordnung für mich ist, mir die Kontrolle verdienen zu müssen, und du bekommst so viel Kontrolle, wie du willst, denn du entscheidest, wann ich meine bekomme.«

Und da sind sie. Die vielen Gründe, warum ich diesen Mann will. Seine Macht. Sein Streben nach Kontrolle. Die Herausforderung, die ich ihm nur allzu gern biete und die er nur allzu gern annimmt. Aber da ist doch noch mehr. Da ist der Grund, warum mich seit einiger Zeit eine Nervosität beherrscht, auch im Moment. Und es hat nichts damit zu tun, wer in der Vergangenheit versucht hat, mich zu kontrollieren, zumindest nicht in sexueller Hinsicht.

Er sieht zu viel. Er weiß zu viel, obwohl er eigentlich gar nichts wissen dürfte. Es ist unlogisch, doch er hat recht. Ich habe ihn wirklich erkannt, ohne ihn zu kennen, und er erkennt mich, ohne mich zu kennen. Und das macht ihn und diese ganze Sache gefährlich. Aber jetzt, da ich weiß, was passiert und warum ich wegrennen sollte, verspüre ich weniger denn je das Verlangen danach.

Ich will ihn. Und als sei ihm das Gleiche durch den Kopf gegangen, sagt er: »Ich will dich, Faith«, und dann beugt er sich vor und reißt mir mein Kleid ganz auf. Ich schnappe erschrocken und erregt nach Luft, mehr erregt als erschrocken.

Dann sind seine Hände auf meinen Knien, wo mein Kleid zu den Seiten hinunterfällt. Aber seine Hände bleiben nicht dort. Sie gleiten an meinen Knien hinauf, meinen Oberschenkeln und über meine Hüften bis zum vorn liegenden Verschluss meines BHs, den aufzuhaken ihm gelingt. Er klafft auf wie mein Kleid und wird ersetzt durch seine Hände.

»Ich will dich, Faith«, wiederholt er. Mit den Daumen streichelt er meine Brustwarzen. Er drückt seine Wange an meine. »Ich kann mich nicht daran erinnern, jemals in meinem Leben etwas so sehr gewollt zu haben.«

Ich könnte diesen Worten keinen Glauben schenken, aber in seiner Stimme liegt etwas Rohes und beinahe Gequältes, was mir sagt, dass er das, was immer zwischen uns geschieht, genauso wenig will wie ich. Es verrät mir, dass auch er eine Vergangenheit hat, genau wie ich. In mir hallen widersprüchliche Gefühle wider, die von jetzt und die jeder Nacht, in der ich nicht schlafen konnte.

Er zieht sich zurück, sieht mir in die Augen, und obwohl sein Gesichtsausdruck leidenschaftslos ist, sind da Schatten in seinem Blick, die er nicht verbirgt, die er mich sehen lässt. Ich denke, er tut es, um mich wissen zu lassen, dass ich nicht allein bin. Aber ich bin allein, und mich verwirrt, dass ich mich mit diesem Mann nicht allein fühle, nicht in dieser einen Nacht, in der wir wagen, zusammen zu sein.

Er hebt mich hoch und setzt mich auf die Arbeitsplatte, legt seine Hände auf meine Knie, die ich jetzt zusammengepresst habe. Mein Kleid hängt an mir herab.

»Jetzt öffne dich für mich«, befiehlt er sanft, aber er drückt meine Beine nicht selbst auseinander. Er wartet darauf, dass ich es tue, überlässt mir die Initiative und übernimmt sie gleichzeitig.

Der Ausdruck auf seinem Gesicht, die Wärme in seiner Berührung auf meinen Beinen versprechen mir wunderbare Belohnungen. Es pocht tief in meinem Innersten, und ich spreize die Beine. Er legt die Hände auf meine Schultern, brandmarkt meine Haut unter der Seide und Spitze meines Kleides und meines BHs.

Er senkt den Blick, lässt ihn über meine Brüste wandern, eine erregende Liebkosung, und meine Brustwarzen werden hart und es pulsiert zwischen meinen Beinen.

Langsam zieht er den Stoff herunter, zieht ihn mir über den Rücken, und als das Kleid hinter mir herunterfällt, lasse ich die Hände hinausgleiten. »Ich habe dieses Kleid besonders gern gemocht«, sage ich.

»Ich werde dir ein neues kaufen«, erwidert er.

»Nein«, protestiere ich sofort und lege meine Hände auf seine, die auf meinen Oberschenkeln ruhen. »Nein. Ich will nicht, dass du mir ein Kleid kaufst. Ich will dein Geld nicht, versuch es gar nicht erst. Ich brauche nichts anderes von dir als einen Orgasmus. Oder zwei oder drei, falls du dem gewachsen bist.«

Das Blau in seinen Augen brennt – heiße Kohlen und siedende Hitze. »Eine Herausforderung, die wir beide annehmen können.«

»Aber ich finde trotzdem, dass du für mein Kleid bezahlen solltest.«

Seine Augen werden schmal. »Du hast gesagt …«

»… dass ich dein Geld nicht will, aber ich will, dass wir quitt sind.« Ich greife in die Schublade unter mir und schnappe mir ein Messer.

Ich kann es nicht einmal herausholen, da packt Nick meine Hand und zieht sie mitsamt der Klinge zwischen uns, sein Kiefer verkrampft, seine Stimme gepresst. »Was machst du da, Faith?«

# Kapitel 10

Tiger

Meine Finger legen sich um Faith' schlankes Handgelenk, dieses Messer zwischen uns. Aber als ich sie ansehe, denke ich, dass sie, falls sie Böses im Schilde führt, eine viel bessere Schauspielerin ist als jeder andere Gegner, mit dem ich es je zu tun hatte. Ich sehe keine Absicht in ihrem Gesicht, noch spüre ich eine solche in ihrer Ausstrahlung oder erkenne etwas in ihren Augen.

Aber dieser Moment erinnert mich verdammt noch mal daran, dass ich nicht hier bin, weil diese Frau meine Welt erschüttert wie keine andere, obwohl genau das der Fall ist. Ich bin hier, weil mein Vater und ihre Mutter tot sind. Weil sie die einzige Person ist, zu der diese Morde führen, selbst wenn es sich jetzt für mich unlogisch anfühlt.

»Probleme, Menschen zu vertrauen, Nick?«, fragt sie herausfordernd. »Wer war sie? Sie hat offensichtlich bei dir ein paar Spuren hinterlassen.«

»Du bist diejenige, die mit Messern spielt.«

»Ich spiele nicht mit Messern«, widerspricht sie. »Du hast mich inspiriert.«

»Verzeih mir, wenn ich nicht geschmeichelt bin.«

»Bedeutet dir dieses Hemd etwas?«

»Eigentlich schon. Es ist eins meiner Lieblingshemden.«

»Gut. Das Gleiche habe ich für mein Kleid empfunden. Du schuldest mir meine Rache.«

»Rache ist kein Wort, das ein Mann von einer Frau mit einem Messer in der Hand hören will.«

»Vertrau mir, und lass mich los. Ich weiß, das fällt einem dominanten Mann wie dir schwer, aber Angst ist kein guter Ratgeber, Tiger. Und damit du dich besser fühlst: Wenn ich dich töten wollte, würde ich vorher diesen Orgasmus haben, den du mir nicht einmal, sondern zweimal verwehrt hast.«

»Mein Name ist Nick.« Ich lasse den Blick über das Messer wandern, das zufällig vor ihren wunderschönen Brüsten ist, bevor ich mich wieder auf ihr Gesicht konzentriere und hinzufüge: »Es sei denn, du versuchst, mich zu erstechen. Dann lernst du Tiger kennen.« Ich denke, ich verliere meinen Verstand, denn ich habe beschlossen, dass es ein guter Test ist, ihr das Messer zu lassen. Ich gebe sie frei und presse meine Hände links und rechts neben ihr auf die Insel.

»Was jetzt?«, frage ich herausfordernd. Die Luft knistert vor Spannung, der Kampf um Kontrolle zwischen uns ist verdammt kurz davor zu eskalieren.

Ihre Augen werden schmal, Verspieltheit in ihren Tiefen, aber nach wie vor entdecke ich dort keine Grausamkeit. Verführung und verspielte Erotik, an der ich selten teilhabe. Ich mag Sex. Ich mag Vögeln. Ich mag keine Spielchen, die ich nicht diktiere, und meine Spiele sind nicht spielerisch. Aber diese Frau ist nicht wie die anderen, sie hat eine andere Wirkung auf mich, und die Geschworenen beraten darüber, ob das gut oder schlecht ist.

Sie packt mein Hemd und zieht es mir aus der Hose, dann legt sie das Messer auf den letzten Knopf. Er springt ab und fliegt durch die Luft, fällt auf den Boden. Dann hebt sie den Blick, sieht mir in die Augen und sagt: »Hast du immer noch Angst?«

»Stachele den Tiger nicht an, Süße. Die Ergebnisse werden dir nicht gefallen.«

»Ich habe keine Angst«, verspricht sie und schneidet noch einen Knopf ab und dann noch einen, ihre freie Hand auf meinem Bauch, und wenn sie in der anderen kein Messer hielte, würde ich diese Hand auf meinen pochenden Schwanz ziehen. Stattdessen macht sie das Pochen nur noch schlimmer, diese Hand, die dem Pfad des Messers höher hinauf folgt und weiter weg von der Stelle, an der ich die Hand und die Frau haben will.

Ich ertrage die Folter, sie nicht zu berühren, und ich ertrage sie geduldig, bis Faith endlich meine Krawatte erreicht, ein wenig zu nah an meinem Hals, um es angenehm zu finden. Wieder umfasse ich ihr Handgelenk, und diesmal nehme ich ihr das Messer weg und schiebe die Finger in ihr Haar. »Wirst du mir ein neues Hemd kaufen?«

»Du kannst dir selbst ein Hemd kaufen«, sagt sie und krallt die Finger in das Haar auf meiner Brust, und zwar keineswegs sanft. Dieser Schmerz, das Adrenalin in meinen Adern, ihre Entschlossenheit, mich herauszufordern, all das erweist sich als gnadenlos. »Und wir wissen beide, dass du es nicht anders wollen würdest«, fügt sie hinzu.

Ich werfe das Messer in das Spülbecken links von mir, und noch bevor es überhaupt landet, küsse ich sie, sauge sie auf, und diesmal halte ich mich nicht zurück, anders als bei dem Kuss am Kühlschrank, und sie tut es auch nicht.

Unsere Zungen stoßen aufeinander, streicheln einander, kämpfen miteinander … aber es ist ein Kampf, den ich gewinnen werde. Ich werde alles verlangen, was sie mir zu geben hat. Freiwillig. Ich will sie entblößt, wie ich es mir geschworen habe, und zwar nicht, um zu beweisen, dass sie eine Mörderin ist. Ich tue es für mich. Für den Mann in mir, der diese Frau nicht nur besitzen will, sondern besitzen wird.

Und als sie versucht, sich zu widersetzen, als ich spüre, dass sie versucht, mir auch nur ein winziges Stückchen ihres Selbst vorzuenthalten, lege ich eine Hand auf eine ihrer Brüste. Meine Finger streicheln ihre Brustwarze mit zarten, sinnlichen Berührungen, die immer rauer und rauer werden.

Sie keucht in meinen Mund, und zufrieden mit der Erkenntnis, dass diese Mauer, die sie gerade hochzuziehen versucht hat, in sich zusammengestürzt ist, knabbere ich an ihren Lippen, fahre mit der Zunge über sie, bevor ich mich zurückziehe, meine Finger immer noch in ihrem Haar vergraben.

Ich zerre an meiner Krawatte und öffne die beiden letzten Knöpfe, die noch intakt sind, aber ich bewege mich nicht von ihr weg. Noch nicht. Ich küsse sie abermals, hart und schnell, und obwohl der Widerstand erloschen ist, verbleibt der Geschmack der Herausforderung auf ihren Lippen, aber es wird bald Unterwerfung sein. Sie weiß es nur noch nicht.

Meine Hände wandern zu ihren Hüften, und ich hebe sie von der Küchenzeile und ziehe sie an mich, schmiege jede weiche, perfekte, feminine Stelle von ihr an meinen härteren Körper, während ich mit einer Hand ihren süßen kleinen Arsch umfasse.

Meine Lippen verweilen unmittelbar über ihren, und verdammt, da ist dieser tiefe Schmerz in mir, die Sehnsucht nach dieser Frau, die unbekannt ist, unwillkommen. Die Lügen, die ich ihr aufgetischt habe, sind ein Stachel in meiner Brust. Aber ich muss die Wahrheit erfahren, und es ist keine Wahrheit, die jemand einfach erzählt.

Ich drücke ihren Hintern und versetze ihm dann einen Schlag, stelle sie auf die Probe, erkunde die Tiefe dieser Nervosität, die sie mir offenbart hat, ihre Komfortzone, die ich ihr nehmen will. Ich komme zu einem Urteil darüber, wohin sie will, dass ich sie führe. Sie zuckt bei dem Schlag nicht zusammen. Sie wirkt nicht erschrocken oder zornig. Sie lehnt sich an mich, und ihr Körper unterwirft sich mir bereits, auch wenn ihr Geist das noch nicht getan hat und ihre Hand über meiner auf ihrer Brust ruht.

Ihre Botschaft ist klar: Sie will diese Flucht, die ich ihr gerade angeboten habe. Sie will, dass ich sie dazu dränge, an Orte zu gehen, die alles verzehren, um für nichts anderes Raum zu lassen als das Hier und Jetzt. Keine Ängste. Keine Nervosität. Keine Emotionen, die sie jetzt noch verspürt, von denen ich wirklich hoffe, dass sie keine Schuldgefühle sind.

Was sie auch an Sünden begangen hat, denen sie entfliehen möchte – und für mich sind Gefühle, die uns kontrollieren, Sünden –, sie will nicht nur jemanden, der sie vögelt. Sie will dieses unsichtbare Etwas, von dem sie glaubt, ich könne es ihr geben.

Nachdem sie zwei Jahre niemandem vertraut hat, hat sie sich für ein Glücksspiel mit einem Mann entschieden, der hier ist, um mehr zu entblößen als ihre Leidenschaft. Wenn sie sich des Mordes oder der Erpressung schuldig gemacht hat oder beides, bin ich in jedem Sinne des Wortes ein Meister. Wenn sie unschuldig ist, bin ich in jedem Sinne des Wortes ein Mistkerl. Ich küsse sie abermals, und diesmal ist Ärger auf meiner Zunge, Anklage, meine eigenen Lügen und vielleicht ihre.

Und als ich mich zurückziehe, haben mein Zorn, meine eigene

Qual wegen meiner Taten, ihr Vertrauen, ihre möglichen Sünden und meine die Stimmung zwischen uns verändert. Eine Intensität, die Sekunden zuvor noch nicht da war, pulsiert zwischen uns, etwas Lebendiges, ein Band, das uns umschlingt und uns näher zueinander hinzieht, aber auf eine dunkle, schwer fassbare Weise.

Sie umklammert meine Arme und drückt mir die Finger hinein. Unser Atem geht stoßweise, schwer. Ich hebe sie hoch, in dem Bewusstsein, wie nackt sie ist, bis auf ihre Strümpfe und ihr Strumpfband und ihre High Heels, in dem Bewusstsein, dass sie jetzt mir gehört. Sie gehört mir, ich kann sie vernichten, wenn es mir gefällt. Und sie weiß es nicht.

Diese Vorstellung hat etwas ziemlich Machtvolles und Erregendes, was mich definitiv zum Arschloch macht, allerdings bezichtige ich sie, nicht besser zu sein, sie weiß es nur nicht. Aber ich lehne die Schuldgefühle ab, die einen winzigen Teil meines bösen, kalten Herzens für sie und nur für sie allein durchdringen. Ich werde dafür sorgen, dass es sich für sie gut anfühlt, in Besitz genommen zu werden.

Ich trage sie ins Wohnzimmer, aber ich bringe sie nicht zum Sofa. Ich bringe sie zu dem Teppich vor dem Kamin und lasse sie vor mir auf die Füße nieder. Sie streckt die Hände nach mir aus, und verdammt, so gern ich diese Finger auf meiner Haut spüren möchte, ich widerstehe der Versuchung und halte ihre Handgelenke fest.

»Von jetzt an berührst du mich, wenn ich sage, dass du mich berühren darfst.«

Ihre Augen blitzen trotzig auf. »Und wenn ich nicht zustimme?«

»Dann werde ich dich nicht berühren.« Ich ziehe sie zu mir heran greife nach ihren Ellenbogen und halte so ihre Arme zwischen uns fest. »Wir wissen beide, was du von mir willst.«

»Und das wäre?«, fragt sie mit einem Anflug von Verletzlichkeit in ihrer Stimme, den ich höllisch sexy finde.

»Einen Adrenalinrausch. Einen der dich an deine Grenzen treibt, der aber morgen ein Verlangen nach mehr mit sich bringt. Einen Rausch ohne Bedauern, der deine Nerven erzittern lässt, wie ich es will. Denn deine harte Grenze drängt auf genau das. Sie besagt, heute Nacht alles oder nichts. Sie besagt, fang an, sonst besteht keine

Chance mehr, es später zu tun. Ich werde aber jetzt nicht anfangen, nur um deiner harten Grenze gerecht zu werden.«

»Ich habe keine Grenze gesetzt. Ich habe ein Zeitlimit gesetzt.«

»Wenn du kein sexuelles Limit hättest, hättest du dich vorhin nicht erschreckt, und du wärst nicht zwei Jahre lang unberührt geblieben.«

»Diese zwei Jahre haben nichts mit uns zu tun, nichts mit heute Nacht.«

»Für mich schon. Du hast Grenzen. Irgendjemand hat sie verletzt.«

»Heute Nacht habe ich keine Grenzen.«

»Mit Ausnahme der, dass es bei einer einzigen Nacht bleibt. Und das erschafft für mich eine Grenze. Ich werde dich nicht zu sehr fordern und feststellen, es war zu viel, zu spät, um etwas zurückzunehmen. Betrachte dies als meine neue harte Grenze, zusätzlich zu meinem Versprechen, dich dazu zu bringen, mehr als die heutige Nacht zu wollen. Denn das halte ich.«

»Wenn du vorhast, mich wie ein zartes Pflänzchen zu behandeln, endet das hier und jetzt.«

»Ich habe nichts übrig für zarte Pflänzchen, Süße. Ängstliche Frauen törnen mich nicht an. Aber du bist nicht ängstlich, und du törnst mich an. Du erregst mich. Unterwerfung ist nicht schwach. Sie ist furchtlos. Sie ist Lust. Aber sie ist auch Vertrauen. Du musst mir vertrauen, so wie ich dir mit dem Messer vertraut habe. Vertrauen gegen Vertrauen.«

»Deshalb hast du mir erlaubt, dieses Messer zu benutzen.«

»Ich habe dir gegeben, was ich sonst niemandem gebe. Meine Unterwerfung.«

Sie lacht. »Das war keine Unterwerfung.«

»Näher an Unterwerfung wirst du bei mir nie kommen. Aber das ist es ohnehin nicht, was du von mir willst, oder?«

»Nein«, flüstert sie. »Das ist es nicht.«

»Und ich will dein Vertrauen, aber ich verlange es nicht. Ich bitte dich, mir zu erlauben, es mir zu verdienen.«

»Du bittest darum?«

»Ja. Ich bitte darum. Tu, was ich sage, trotzdem kannst du mir zu jeder Zeit sagen, ich soll aufhören. Sag einfach Stopp. Oder Nein. Oder was immer du für ein Code-Wort benutzen willst. Ich bin nicht der Mann, der dir sagen wird, dass Nein Ja bedeutet. Verstanden?«

»Ich verstehe, dass du nicht das bist, was ich erwartet habe.«

»Ist das gut oder schlecht?«

»Das habe ich noch nicht entschieden.«

»Das ist eine gute Antwort. Denn du solltest es nicht entschieden haben, und wenn du es doch getan hättest, wärest du nicht die Frau, die mich so verdammt hart macht.« Ich beuge mich vor, streife ihre Lippen mit meinen und lecke über ihren Mund, bevor ich hinzufüge: »Du schmeckst nach Versuchung, und ich fühle mich niemals versucht.« Ich atme ein. »Und du riechst nach Amber und Vanille. Nicht nach Blumen heute Abend. Das passt besser zu dir als die Blumen.«

Bei diesen Worten stößt sie den Atem aus und senkt den Kopf, als hätte ich ihr einen Schlag in die Magengrube versetzt. Ich lasse ihr Handgelenk los und umfasse ihr Gesicht. »Was ist?«

»Du redest zu viel und stellst Fragen, um die ich dich nicht gebeten habe. Fick mich, oder geh.«

Ihr Ton ist defensiv. Ich habe viele Menschen beobachtet und dazu getrieben, sich zu verteidigen, und im Gerichtssaal erkenne ich Pein, wenn ich sie sehe. Es gefällt mir nicht, wohin Pein uns führt. Dahin will ich mit ihr jetzt nicht. »Du hast recht. Zu viele Worte.« Ich drehe sie um, drücke ihr die Hände auf die Schultern, trete dicht hinter sie und senke den Kopf. »Vertrauen gegen Vertrauen. Knie dich hin, Faith.«

Sie atmet tief ein, tut aber, was ich befohlen habe, sie kniet sich vor mich hin. Ihr Rücken ist gerade, und ihre Hände liegen auf ihren Knien. Eine unterwürfige Position, und mehr und mehr macht mich ihre Vergangenheit neugierig, ihr sexuelles Coming-out, und warum sie danach vermieden hat, es auszuleben – bis heute Nacht.

Ich hocke mich hinter sie und streiche ihr das Haar aus dem Nacken, meine Hand auf ihrer nackten Schulter, meine Lippen an ihrem Ohr. »Für den Rest der Nacht gehört deine Lust mir.« Ich streife mit den Lippen ihr Ohrläppchen. »Und wir werden damit anfangen, dich das Denken vergessen zu lassen.« Meine Lippen gleiten an ihrem Hals hinunter zu ihrer Schulter, wo ich mit den Zähnen über ihre Haut kratze, bevor meine Zunge diesen Biss lindert. »Ein netter Kerl beißt nicht.«

»Und du bist kein netter Kerl«, flüstert sie.

»Nette Kerle sind langweilig«, sage ich und liebkose noch einmal ihren Arm, hinab und wieder hinauf, und fahre mit den Fingern die Umrisse ihrer Brüste nach, hin und her. »Aber das weißt du bereits, nicht wahr?«

»Aber harmlos. Sie sind harmlos.«

»Wie gesagt«, antworte ich, während ich sanft ihre Brustwarze reize, »du wolltest keinen netten Kerl.« Ich umfasse ihre Brust, während ich mit zwei Fingern an ihrer Brustwarze zupfe. Sie hebt den Arm, um nach meiner Hand zu greifen, etwas, von dem mir aufgefallen ist, dass sie es oft tut, und ich halte dagegen. »Du berührst mich nicht, es sei denn, ich sage es dir.«

»Ich will dich berühren, Nick.«

»Und ich will, dass du mich berührst, Süße. Aber noch nicht. Jetzt erlaube mir, dich dort hinzubringen, wo du hinwillst. Leg die Hände auf den Hocker.«

Sie stößt einen keuchenden Atemzug aus und gehorcht, legt die Handflächen auf den Hocker. Ich bemerke ihre Fingernägel, ein einfacher Glanz, nicht manikürt und unecht. Ich glaube nicht, dass irgendetwas an ihr unecht ist. Sie ist nur auf der Hut.

Ich umfasse ihr Gesicht und beuge mich zu ihr hinunter. »Beweg dich nicht«, murmele ich dicht an ihren Lippen und küsse sie. Unsere Zungen berühren sich langsam, bevor ich sie loslasse, aufstehe und ein Kondom aus meiner Brieftasche hole.

Ich reiße die Verpackung so laut auf, dass sie es hört, damit sie weiß, dass sie nicht zu denken braucht. Ich beschütze sie. Ich stopfe das Päckchen zurück in meine Tasche, ziehe den Reißverschluss meiner Hose herunter und streife das Kondom über meinen schmerzhaft dicken Schwanz. Aber ich lasse die Hose an und verdränge, wie es wäre, in sie zu gleiten – eine Versuchung. Doch noch ist nicht die Zeit dafür.

Ich gehe neben ihr auf ein Knie, meine Hand weit unten auf ihrem Rücken, die andere auf ihrem flachen Bauch. »Ellbogen auf den Hocker«, befehle ich, und sobald sie gehorcht, hebe ich ihre Hüften an, bis sie auf allen vieren vor mir kniet, meine Hand auf ihrem Rücken, während ich die Lippen zwischen ihre Schulterblätter drücke. Sie beugt sich nach vorn, und ich greife unter sie, necke ihre Brustwarzen, lasse die Hand zu ihrem Hintern wandern. »Weißt du, was ich mit dir machen werde?«

»Mir den Hintern versohlen«, flüstert sie.

»Ja«, bestätige ich und drücke ihre Kehrseite. »Ich werde dir den Hintern versohlen, aber ich werde dir nicht wehtun.«

»Wo bleibt da der Spaß?«

Da ist wieder diese Herausforderung, und ich liebkose mit einer Hand ihre Schulterblätter, während ich ihr mit der anderen in die Brustwarze kneife und grob daran ziehe. Sie senkt ihren Oberkörper, während sich ihr Hintern in die Luft hebt, genau wie ich erwartet habe. Sofort ziehe ich noch einmal an ihrer Brustwarze und bewege die andere Hand an ihrem Hintern hinab und darüber hinweg, halte direkt an der Stelle, an der ich ihre Erregung heiß und feucht spüre. Ich versetze ihr dort einen leichten Schlag, der nicht dazu bestimmt ist, Schmerz zu verursachen, nur Lust. Ich verdiene mir ein Aufkeuchen und kann jetzt ihren Atem hören.

»Wo liegt deine Grenze, Faith?«

»Ich weiß es nicht.«

Aber sie weiß es sehr wohl. Niemand spielt in dieser Welt und verlässt sie, ohne seine Grenzen zu kennen. Sie will sich mir nur nicht überlassen. Diese Antwort, das Messer, keine sexuellen Grenzen. Sie ergeben ein Muster, das ihre harte Grenze zeigt. Eine einzige Nacht. Nichts anderes bekomme ich, bekomme sie heute Nacht nicht einmal ganz, aber diese Sache hat noch eine weitere Ebene. Eine Ebene, die Missbrauch schreit.

Ich hebe sie an und lege sie auf den Hocker, dann ziehe ich ihre Hände auf meine Knie.

»Deine Grenze, Faith. Ich werde nicht …«

»Ich weiß es nicht«, zischt sie. »Verstehst du es nicht? Ich weiß es nicht, Nick. Das ist eine ehrliche Antwort. Ich weiß nicht, was gut für mich ist. Ich weiß nicht, was sich angefühlt hat, als sei es zu viel, und das liegt an dem Mann, mit dem ich zusammen war, weil er nicht wusste, welche Knöpfe er bei mir drücken musste. Ich weiß nur, dass ich diese Nacht wollte. Und ich will, dass du mich wieder auf die Knie hinunterlässt und ausnahmsweise einmal beendest, was du begonnen hast.«

Typisch. Sie fordert mich heraus, aber ich lasse mich von niemandem bedrängen. Ich mustere sie, betrachte forschend ihr Gesicht, und sie sagt: »So ehrlich war ich schon seit sehr langer Zeit zu niemandem mehr, Nick. Ich brauche …«

Ich ziehe sie rittlings auf meinen Schoß, meine Hand an ihrem Gesicht. »Ich weiß, was du brauchst«, sage ich, küsse sie, schmecke dieses Verlangen, schmecke, was ich auf ihren Lippen schmecken wollte, wann immer ich sie geküsst habe. Ehrlichkeit. Hunger. Verlangen. Aber jetzt ist es so. Sie ist ganz da, zumindest ein Teil ihrer Mauer ist eingestürzt. »Und ich werde es dir geben.«

Ich stehe zusammen mit ihr auf und trage sie zum Sofa, wo ich mich neben die Armlehne setze, sie auf meinem Schoß, ihre zauberhaften Beine über mir gespreizt. Ihre Hände drücken sich auf meine Schultern, und ich fülle meine Hände mit ihren Brüsten, während ich mit den Daumen ihre Brustwarzen streichele und den Kopf senke. Meine Zunge gleitet zuerst über eine steife Knospe, dann über die andere.

»Bitte sag mir, warum du immer noch angezogen bist«, flüstert sie und klingt verzweifelt, atemlos, und ich mag sie atemlos.

»Wenn es anders wäre, wäre ich bereits in dir«, sage ich.

»Was ist daran auszusetzen, in mir zu sein?«

Ich lege ihr eine Hand um die Taille. »Es ist nicht der richtige Zeitpunkt«, sage ich und lasse den Blick über sie hinwegwandern, ihr langes blondes Haar, das ihr über die Schultern und bis zum Ansatz ihrer vollen Brüste fällt. Ihre harten Brustwarzen sind rosarot. »Knie dich neben mich hin, und dann leg dich quer über meine Beine, Faith.«

# Kapitel 11

Faith

Ich will, dass er mir den Hintern versohlt. Ich will seine Hand auf meinem Arsch fühlen. Ich will dieses Brennen und den Schock, der keinen Raum für irgendetwas anderes lässt. Keine Sorge. Keinen Verlust. Keinen Tod. Keine Schuldgefühle. Und keinen Raum dafür, dass Nick mich zu viel fühlen lässt. Dass Nick zu viel sieht. Dass er Schichten abzuschälen scheint, von denen ich nicht will, dass sie entfernt werden. Dass er mich emotional entblößt. Ich will nur, dass er mich vögelt. Ich will, dass das hier ist, was es sein sollte. Namenloser, leerer Sex.

Ich will mich über seine Beine beugen, aber er hält mich an den Hüften fest und sieht mir forschend und eindringlich in die Augen, und ich will den Blick abwenden, aber ich habe gelernt, dass das nur dazu führen wird, dass er mich genauer anschaut, tiefer forscht. Also halte ich seinem Blick stand und verberge meine Gefühle, die ich nicht einmal benennen kann.

Er kneift die Augen zusammen, in ihren Tiefen ein Flackern von etwas, das ich ebenfalls nicht benennen kann. Er lässt die Hände sinken, ein stummes Angebot von Freiheit und dieser Freiwilligkeit, die bei mir hervorzurufen er mir geschworen hat. Und es ist ihm gelungen. Ich will das hier und ihn. Ich kann es nicht leugnen. Ich kann ihn nicht mehr zurückweisen, wobei das auch nicht meine Intention war, als ich ihn hierher eingeladen habe.

Und so nehme ich diesen freien Willen und knie mich seinen Beinen zugewandt auf das Sofa. Aber nichts mit Nick ist einfach nur Sex, das weiß ich wohl. Er legt mir einen Arm um die Taille, greift in mein Haar, führt meinen Mund zu seinem, und dann küsst er mich, bis ich denke, dass ich gleich zerspringen werde. »Ich werde dich vorwarnen, bevor ich dir den Hintern versohle«, sagt er. »Verstanden?«

»Ja«, flüstere ich, und allein von den Worten »dir den Hintern versohlen« aus seinem Mund pulsiert meine empfindlichste Stelle und meine Brustwarzen kribbeln. Als würde er das begreifen, als könne er meine Gedanken lesen oder vielleicht einfach nur meinen Körper, beugt er sich vor und leckt über eine der steifen Knospen, umkreist sie mit der Zunge und saugt sie dann tief in seinen Mund, lässt die Zähne ganz sachte darüberfahren, wobei das Ziehen an meinem Nippel ein Ziehen in meinem Innersten hervorruft.

Seine Hände bewegen sich zu meinen Hüften, sein Mund wandert tiefer hinab und immer tiefer, und plötzlich will ich nicht mehr so sehr, dass er mir den Hintern versohlt. Noch mehr will ich seinen Mund auf dem intimsten Teil von mir.

Aber er hält inne und drückt den Mund auf meinen Bauch, um dort zu verweilen, züngelnd, leckend, bevor er mich ansieht und sagt: »Noch nicht, Faith. Ich will dich quer über meinen Beinen, auf deinen Ellbogen, den Hintern in die Luft gestreckt.« In seiner Stimme ist ein Befehl, dem ich mich andern gegenüber widersetzt habe, den ich sogar verübelt habe, aber aus Gründen, die ich nicht erklären kann, bin ich mit diesem Mann erregt, widerstandslos genau in dem Maße, in dem er auf mich einwirkt.

Aber das Bemerkenswerteste ist der Moment, in dem ich es wage, mich zu unterwerfen, mich über ihm auszustrecken, eine seiner Hände auf meinem Bauch eine auf meinem Rücken. Es kribbelt, und ein Flattern fährt durch mich hindurch, aber kein Grauen, keine Angst.

Dinge, die ich als Vorspiel zu Schmerz kenne, der zu Vergessen führt. Dinge, die ich heute Nacht vielleicht wollte, weil ich das Gefühl habe, sie zu verdienen. Aber so ist es jetzt nicht, und ich weiß nicht, warum. Ich kenne diesen Mann nicht. Ich kann diesem Mann nicht vertrauen, doch mein Körper scheint da anderer Meinung zu sein.

»Ah, Faith«, murmelt er und streicht mir mit einer Hand die Wirbelsäule hinauf. »Wie hast du es geschafft, zwei Jahre unberührt zu bleiben? Du bist zu schön, um unberührt zu bleiben.« Seine Stimme ist leise, rau.

Ich war zu verstört, verletzt, um berührt zu werden, denke ich. Ich brauchte eine Pause. Ich brauchte etwas, was ich nicht haben konnte. Ich brauchte etwas, was sich so richtig anfühlte wie die Hände dieses Mannes auf mir. Seine Zähne fahren über meine Hüfte, seine Zunge folgt ihnen, und ich fange wirklich an, diese Kombination zu mögen. Diese Zunge, von der ich weiß, dass sie so aufregend und magisch ist, die mir aber immer die Belohnung dieser Magie verweigert.

Er liebkost einen Pfad zu meinem Hintern, und gleichzeitig findet seine andere Hand mein Geschlecht und umfasst es. Und dann streichelt er meinen Hintern zur gleichen Zeit, zu der er meine Klitoris streichelt, neckt mich, berührt mich, bis ich so feucht und erregt bin, dass es fast so schmerzt wie der Schlag, von dem ich weiß, dass er kommen wird.

»Faith«, haucht er, und ich weiß nicht, warum, aber es fühlt sich wie eine Frage an. Bin ich bereit? Bin ich okay? Bin ich mir sicher?

»Ja«, sage ich. »Ja. Und ja.«

Seine Antwort kommt nicht in Form von Worten. Er tätschelt meinen Hintern, während geschickte Finger durch die feuchte Hitze meines Körpers gleiten, ein Angriff auf meine Sinne aus allen Richtungen. Und wir werden die Schläge auf den Hintern nie erreichen, denn ich werde kommen.

Vielleicht ist das der Gedanke dahinter. Er will, dass ich komme. Er will, dass das Brennen in der Lust untergeht. Aber ich will das nicht. Ich will das Brennen. Ich will … »Nick«, keuche ich abermals, so nah dran, dass ich gleich von der Klippe stürzen werde.

Seine Hände erstarren, und er antwortet mit: »Das ist es, was ich gewollt habe, Süße.« Er scheint genau zu verstehen, was ich ihm sage. »Du stehst kurz davor. Ich werde dir jetzt auf den Hintern schlagen, Faith. Sieben Schläge. Die beiden ersten werden die härtesten sein, aber von da an werden sie sanfter werden. Zähl mit. Wiederhole es.«

»Ich soll mitzählen«, sage ich, und das Adrenalin lässt mein Herz galoppieren. »Zuerst härter, dann sanfter.«

»Und dann werde ich dich vögeln, Faith. Ich werde dich umdrehen, und du wirst mich reiten. Verstanden?«

»Ja. Bitte, hör auf zu reden, sonst zerspringt mein Herz.«

»Tief durchatmen. Das hier ist für dich nichts Neues, aber ich bin etwas Neues. Und ich werde dich nicht verletzen.«

Diesmal mache ich keine schnippische Bemerkung. Seine Hand liebkost meine Pobacken und wärmt sie, wie sie das tun sollte, aber allzu oft habe ich eine harte Hand ohne Vorbereitung erlebt. Doch er hat es nicht eilig. Eine Sekunde. Zwei. Drei. Vier. »Nick«, flehe ich.

»Jetzt, Süße«, sagt er, und ich habe kaum Zeit, die Wucht dieser Liebkosung zu begreifen, als seine Hand auch schon auf meinem Hintern ist, ein hartes Brennen, das meinen Rücken wölbt, und oh Gott. Noch einmal. »Zähl mit«, befiehlt er.

»Zwei«, hauche ich.

Und noch ein Schlag. »Drei.« Ich bekomme keine Luft, und Finger streicheln meine feuchte Mitte. Ich vergesse mitzuzählen, aber er tut es für mich. »Vier«, sagt er, dann ein weiterer Schlag, sanfter jetzt, genau wie er versprochen hat.

»Fünf«, flüstere ich.

»Sechs«, sagt er, und dieser raue Ton ist wieder in seiner Stimme. Dann folgt die Wucht seiner Hand auf meiner Haut.

»Sieben«, murmele ich, und es ist vollbracht. Er schlägt mir auf den Hintern, und dann ist zu meinem Erschrecken sein Mund darauf, küsst ihn, und dieser Akt hat eine seltsame Zärtlichkeit, die mich so atemlos macht wie die Schläge selbst.

Er dreht mich zu sich um, drückt mich an sich, und sein Mund senkt sich auf meinen herab, und auch er ist zärtlich. Seine Zunge berührt meine. Ich kann seine Leidenschaft spüren, das Verlangen, das er kontrolliert, so wie er mich kontrolliert hat.

»Sag mir, dass es dir gut geht«, verlangt er.

»Es geht mir gut«, bestätige ich, schockiert darüber, dass er danach gefragt hat, dass ich glaube, dass es ihm wichtig ist.

»Wirklich?«

»Ja«, bestätige ich, meine Hand auf seinem Gesicht. »Es hat mir gefallen. Es hat mir so gut gefallen, dass es …«

Dann küsst er mich abermals, und dieser Kuss ist anders. Dieser Kuss ist hungrig, sogar gierig, und unerbittlich. Süchtig machend. Verführerisch. Und er schließt diese Empfindungen in mir auf. Ich küsse ihn meinerseits und küsse ihn und küsse ihn. Und er berührt mich, und ich berühre ihn, harte, sehnige Muskeln unter meinen Handflächen.

Ich kann nicht genug bekommen, und das ist es, was ich von ihm spüre. Es ist nicht genug, aber wir versuchen, da hinzufinden, wo es genug ist, wo es genug sein wird. Und irgendwie weiß ich, dass er mir gegeben hat, was ich will. Es gibt nichts anderes als diesen Mann, und doch ist die Erfahrung mit ihm nichts, was ich erwartet habe. Jetzt ist es gut.

Ich bin so verloren in Nick, dass ich mich kaum daran erinnere, wie er mich umgedreht hat, damit ich auf ihm sitze, oder wie er seine Hose ausgezogen hat. Aber sie ist weg, und sein großer Schwanz ist zwischen uns. Ich beuge mich vor und streichele ihn, und ich genieße das leise Stöhnen, das ihm entschlüpft.

»Ich habe das Gefühl, als hätte ich das hier gebraucht, noch bevor ich dich überhaupt kennengelernt habe.« Seine Hände wandern zu meiner Taille, und er hebt mich hoch, während ich seinen Schwanz dirigiere. Er ist so hart, so groß, dass er mich vollkommen ausfüllt. Es ist so lange her, und ich kann kaum atmen. Ich atme aus, während ich ihn ganz aufnehme, und endlich haben wir erreicht, wo wir hinfinden mussten, wie auch immer.

Aber wir bewegen uns nicht. Wir sehen einander an, und da ist dieser magnetische Sog zwischen uns, der nichts mit Sex zu tun hat. Oder vielleicht doch. Ich weiß es einfach nicht. Aber ich fühle diesen Mann innerlich und äußerlich. Ich fühle ihn und sehe ihn, so wie er mich fühlt und sieht, und es ist nicht das, was ich wollte, und doch hypnotisiert mich dieser Moment, hypnotisiert er mich.

Eine elektrische Entladung scheint plötzlich zwischen uns Funken zu sprühen, und wir schnappen nach Luft. Er bewegt sich als Erster, oder vielleicht bewegen wir uns zusammen, aber er umfasst mit einer Hand meinen Kopf, mit der anderen meine Brust, und unsere Lippen kollidieren.

Ich greife in seine Haare und ziehe an ihnen und benutze sie als

Ventil für all die verrückten Gefühle, die durch mich hindurchpulsieren.

Nick küsst mich leidenschaftlich, und dann bewegen wir uns. Langsam. Schnell. Wieder langsam. Unsere Münder einen Atemzug voneinander entfernt, bevor wir erneut in Ekstase ausbrechen.

Ich will nicht, dass das aufhört. Ich will nicht in die Realität zurückkehren. Ich will in diesem Mann verloren bleiben. Und ich kämpfe darum, das wahr werden zu lassen, hier bei ihm zu bleiben, aber meine Lust steigert sich und steigert sich, und die Leidenschaft seiner Zunge, die Leidenschaft seiner Berührung verzehren mich, und ich war so lange kurz davor. Und als er mich hart an sich zieht und dabei in mich hineinstößt, in diesem süßen Moment, in dem sich alles in meinen Körper anspannt, bin ich da.

Im nächsten Augenblick stürze ich über die Klippe, mein Innerstes zieht sich um ihn herum zusammen, und mein Kopf vergräbt sich an seiner Schulter. Er legt mir einen Arm um die Taille und stößt wieder zu, und ein kehliger Laut entschlüpft ihm, während er unter mir erschauert.

Die Zeit wirbelt umher, bis wir ineinander verschlungen loslassen, und ein Weilchen bewegt sich keiner von uns. Wir liegen einfach nur da und atmen zusammen, schwer und dann langsamer und leiser. Und noch immer verweilen wir.

Es ist Nick, der diese Stille bricht. »Faith, Süße«, sagt er leise und umfasst mein Gesicht. »So gern ich dich für den Rest der Nacht weiter im Arm halten würde, das werde ich auch noch einmal tun, sollte ich mich besser um dieses Kondom kümmern, bevor wir Tigerbabys machen.«

Das werden wir nicht, denke ich. Das können wir nicht, aber das sage ich ihm nicht. »Ja. Natürlich.« Ich mache Anstalten wegzurücken, aber er bewegt uns beide und rollt mich auf den Rücken, und er zieht sich zurück, dann sagt er: »Immer versuchst du wegzurennen.«

Ich ziehe die Brauen zusammen. »Inwiefern war das wegrennen?«

»Es war in deinen Augen.«

»Es war nicht in meinen Augen.«

»Nein?«

»Nein.«

Ich fasse in sein Haar. »Wie kommt ein Rechtsanwalt von deinem Ansehen mit so ungebändigtem Haar durch?«

»Ich bin nichts, was irgendjemand erwartet. Und das funktioniert für mich. Funktioniert es auch für dich, Faith?«

Ich lasse sein Haar los und schlinge meine Finger um sein von Bartstoppeln bedecktes Kinn. »Es hat mich wütend gemacht«, antworte ich aufrichtig, denn ich will diesen Mann immer noch nicht wollen. Und ich bin so weit davon entfernt, ihn vergessen zu können, nachdem wir Sex hatten, wie er das ursprünglich vorgeschlagen hat, dass es fast lächerlich ist.

Seine Augen verdunkeln sich. »Das genügt mir fürs Erste.« Er bedeckt meine Hand mit seiner, hebt sie an den Mund und küsst sie. »Wo ist das Badezimmer?«

»Du musst durch mein Schlafzimmer«, sage ich. »Die Tür direkt hinter dir.« Er küsst mich und schnappt sich eine Decke von der Rückenlehne des Sofas, um mich zuzudecken. »Damit du es warm hast, bis ich zurückkomme.« Er steht auf und richtet seine Hose.

Ich setze mich auf. »Du hast dich nicht einmal ausgezogen.«

»Die Nacht ist noch jung«, sagt er und zwinkert mir zu, eine Geste, die dieses Flattern in meinem Bauch wieder zum Leben erweckt, bevor er ins Schlafzimmer geht.

Ich beobachte, wie er den Raum durchquert, wie die Muskeln in seinem Rücken spielen, Selbstbewusstsein in jedem seiner Schritte. Er ist in jeder Hinsicht unglaublich attraktiv und außergewöhnlich. Mit ihm bin ich außergewöhnlich.

Ich bin verkrampft gewesen, geprügelt, ausgepeitscht, entblößt, in die Ecke gedrängt worden und vieles mehr. Und mit der Zeit hat es mich nicht mehr erregt oder mich niedergezwungen. Die Männer haben mich wütend gemacht. Sie haben mich dazu gebracht, mich zurückzuziehen, aber nicht aus Angst. Aus Selbstachtung, etwas, was ich in den vergangenen Monaten verloren habe, wie mir jetzt klar wird.

Und so habe ich Nick eingeladen und mir gesagt, dass er mich zurückbringen würde zu diesen Empfindungen, aber er hatte recht. Irgendwie wusste ich, dass ich mir etwas vorgemacht habe.

Er ist außergewöhnlich.

Anders als alles, was ich bisher kannte. Und ich bin anders mit ihm. Er hat mich nicht hart geschlagen, er hat mich nicht in eine unbehagliche Lage gebracht, und doch hat er mich gedrängt. Ich habe mich mit ihm entblößt und verletzbar gefühlt, auf eine Weise, wie mir das noch nie passiert ist. Ich will nicht entblößt sein.

Ich schaue zum Schlafzimmer hinüber, und im Licht dieser Gedanken frage ich mich, warum ich ihn allein zu meinem privatesten Ort geschickt habe. Ich stehe auf, und die Riemchen an meinen Knöcheln schneiden sich in meine Haut und erinnern mich daran, dass ich noch immer meine High Heels trage. Ich setze mich wieder hin, öffne schnell ihre Schnallen und schleudere sie von den Füßen. Dann schlage ich mir die leichte Decke um meine Schultern und eile durchs Wohnzimmer.

Als ich das Schlafzimmer betrete, höre ich Nick telefonieren. »Es ist fast Mitternacht. Ich gebe dir eine Eins fürs Engagement, aber eine Fünf für Strategie. Du machst das immer noch nicht richtig.«

Erleichterung breitet sich in mir aus, als mir klar wird, dass sein Ausbleiben seinen Grund nicht darin hat, dass er in meinem Zimmer herumwühlt – als würde ein Mann wie Nick sich für meine persönlichen Besitztümer interessieren. Er redet wieder mit seinem Mitarbeiter.

»Okay«, sagt Nick. »Lass uns das auf eine andere Weise probieren. Was meinst du, wie er sich selbst wahrnimmt? Das musst du bei seiner Befragung herausfinden und das dann benutzen, um sie zum Ende zu bringen.« Er schweigt einen Moment, bevor er hinzufügt: »Wie er sich selbst wahrnimmt, offenbart Stärken und Schwächen, und wir müssen wissen, welche das sind.«

Bei Nicks Bemerkung ziehe ich die Brauen zusammen. Wie nehme ich mich wahr? Ich denke darüber nach. Eine ganze Weile, aber ich weiß keine Antwort. Ich kenne mich selbst nicht mehr. Vielleicht ist das der Grund, warum ich die Frau nicht kenne, die Nick gerade in vielerlei Hinsicht auf die Knie gezwungen hat. Die Nick zu kennen schien, während sie selbst sich nicht kennt.

Mein Blick fällt auf die Klappkarte auf dem Bett. Angesichts der Schrift meines Vaters verkrampft sich mein Magen. Ich hebe die Karte auf und setze mich aufs Bett. Als mir die Decke von den Schultern rutscht, versuche ich nicht einmal, sie festzuhalten. Ich starre nur auf die Karte und will mich dazu zu bringen, sie zu öffnen.

Aber welchen Sinn hat das? Es wird mich nichts überraschen, nicht so wie Nick mich überrascht hat. Ich weiß, was drinsteht. Ich weiß, was er über mich denkt und was er erwartet. Diese Gedanken und Erwartungen haben zwei Jahre lang jeden Augenblick meines Lebens angetrieben. Ich will einfach nicht die Bestätigung, dass er es aus seinem Grab wiederholt, nicht an diesem besonderen Tag.

»Faith.«

Ich schaue auf und sehe Nick vor mir stehen. Ich habe ihn überhaupt nicht kommen hören. Er lässt sich auf ein Knie nieder und legt mir meinen rosafarbenen Seidenmorgenmantel um die Schultern. »Ich dachte, du würdest den hier vielleicht haben wollen.«

Sein Ton hat etwas Beschützendes, wiederum erstaunlich und überraschend in jeder Hinsicht. Niemand beschützt mich, und ich weiß nicht, was ich tun soll, wie ich reagieren soll. Es macht mir Angst, wie gut es sich anfühlt, jemanden zu haben, der wirklich auf mich achtgibt, den es interessiert, was ich fühle oder brauche. Ich weiß, dass ich mir nicht gestatten kann, etwas zu wollen oder zu brauchen.

Aber es ist eine Auszeit, eine einzige Nacht, und ich bereue sie nicht, genauso wenig wie, dass ich heute Abend meine Kunst ausgestellt habe.

Ich schiebe einen Arm in den Morgenmantel und nehme die Karte in meine andere Hand, dann schlüpfe ich auch mit dem zweiten Arm in den Mantel. Nick bückt sich und greift nach der Seide, und sein Blick wandert über meine Brüste, eine Berührung, die keine Berührung ist, doch meine Brustwarzen und meine empfindlichste Stelle beginnen ganz von Neuem sich zusammenzuziehen.

Aber er fasst mich nicht an. Für ihn geht es nicht um schlichten, einfachen Sex. Er zieht den Morgenmantel zu und verknotet ihn für mich, und unsere Blicke treffen sich, während er das tut. In diesem

Moment sehe ich die Schatten in den Tiefen seiner Augen, und zum ersten Mal, seit ich ihn kennengelernt habe, sehe ich über die Arroganz und Sexualität des Mannes hinaus.

Ich sehe seine eigene Qual. Ich sehe einen Mann, der genauso verletzt worden ist wie ich, und ich denke, dass das vielleicht, nur vielleicht der Grund ist, warum unsere Verbundenheit so überaus intensiv ist. Dass etwas von dem, was ich gefühlt habe, als wir nackt waren und uns ineinander verloren hatten, wieder zwischen uns ist, etwas Lebendes, Atmendes, was uns umfängt. »Ist sie von ihm?«

Ich stelle mich nicht unwissend. Er meint die Karte, und er weiß, dass da jemand in meinem Leben war. »Nein«, antworte ich, und ich sollte nicht mehr sagen, aber ich tue es trotzdem. »Ich rede nicht mit ihm.«

»Niemals?«

»Niemals.«

»Wie lange schon?«

»Fast die ganzen zwei Jahre.«

»Aber die Karte …«

»Sie ist von meinem Vater. Er ist vor zwei Jahren gestorben, aber er hatte sie bei Frank für meinen dreißigsten Geburtstag hinterlegt.«

Nick wirft einen Blick auf seine Rolex, aber ich betrachte die Kunstfertigkeit des schwarz-orangefarbenen Tiger-Tattoos, das seinen ganzen rechten Unterarm bedeckt. »Du hast immer noch fünfzehn Minuten Zeit, um sie an deinem Geburtstag zu lesen.«

Ich stoße ein freudloses Lachen aus und lege die Karte aufs Bett. »Wenn ich die lese, musst du mir vielleicht noch einmal den Hintern versohlen, aber diesmal härter und länger.«

»Dann solltest du sie lesen, bevor ich Sonntagabend nach San Francisco zurückkehren muss.«

Die Anspielung entgeht mir nicht, dass er bis dahin bei mir bleiben wird, aber jegliche Empfindung – ob ich das gut oder schlecht finde – wird von der Tatsache gedämpft, dass er fort sein wird. Dies wird vorüber sein.

Er setzt sich neben mich, und als er mir die Hand aufs Knie legt, erlaubt mir das, einen weiteren Blick auf sein Tattoo zu werfen, das schwarz-orangefarbene Motiv ist jetzt unübersehbar. Neugierig strecke ich die Hand nach seinem Arm aus und drehe ihn um, um die Details des wunderschönen, detaillierten, blauäugigen Tigers zu studieren. »Er hat deine Augen«, sage ich und sehe zu ihm auf. »Tiger.«

»Das war die Idee des Künstlers.«

»Wer hat es gemacht?«

»Ich habe es vor einem halben Jahr von jemandem machen lassen, den Chris in Paris kennt. Von einem Mann namens Tristan.«

»Er ist unglaublich. Ich hätte zu große Angst, um jemanden zu tätowieren.«

»Deine Tätowierungen wären genauso unglaublich wie deine Kunst, Faith.«

Ich schaue zu ihm auf. »Du brauchst mir keine Komplimente mehr zu machen.«

»Ich schmeichle niemandem, Faith. Das solltest du inzwischen wissen. Du bist talentiert, und wie mein Tattoo ein Teil von mir ist, ist deine Kunst ein Teil von dir, Faith.«

Ich verdränge die vielen Gedanken, die diese Worte in mir aufrühren, und greife schnell nach seinem anderen Arm, um die Tätowierung dort zu betrachten. Nur Worte: *Auge um Auge.*

»Das habe ich im College machen lassen«, sagt er, aber ich höre ihn kaum sprechen, denn die Worte wiederholen sich in meinem Kopf: *Auge um Auge.* Die Worte bohren sich wie Krallen in mich, bis ich das Gefühl habe, innerlich zu bluten. Ich kann das Aufkeimen von Gefühlen spüren, obwohl ich erst gestern Angst hatte, weil ich nichts fühlen konnte. Ich springe auf und versuche, vor Nick zu fliehen, aber er hält mich am Arm fest und dreht mich zu sich um.

»Was ist da gerade passiert, Faith?«

»Ich weiß nicht, ob ich dich bewundern oder fürchten soll, Nick Rogers. Tiger.«

Seine Augen werden schmal, sein Fokus schärft sich, und er zieht mich zwischen seine Beine, seine Hände auf meinen Hüften. »Warum solltest du mich fürchten, Faith?«

# Kapitel 12

Tiger

Ich sehe Faith an und warte auf ihre Antwort, und obwohl ich ihr den Namen meines Vaters nicht mitgeteilt habe, kann ich die Möglichkeit nicht außer Acht lassen, dass ihre Reaktion auf mein Tattoo bedeutet, dass sie weiß, wer ich bin. Dass sie es immer gewusst hat und dass sie eine verdammt gute Schauspielerin ist. Dass sie weiß, dass die Worte *Auge um Auge*, die in meinen Arm geritzt sind, mich dazu motiviert haben, nach ihr zu suchen, und sie versucht, mich zu manipulieren, wie ihre Mutter vermutlich meinen Vater manipuliert hat.

Und die Vorstellung, dass er und ich, Männer, die sonst definitiv nicht manipuliert werden, von einer Mutter und ihrer Tochter vorgeführt werden, sorgt dafür, dass meine Nerven bis zum Zerreißen gespannt sind.

Vielleicht wecken mein Tattoo und der Schriftzug auch einfach Schuldgefühle in Faith wegen der Sünden, derer ich sie verdächtige, was nicht viel besser ist. Oder es könnte etwas ganz anderes sein. Wenn man bedenkt, auf welche Weise sie meine Welt erschüttert hat, bete ich zu Gott, dass es so ist.

Sie steht nach wie vor zwischen meinen Beinen, ich streife über ihre Hüften und wiederhole meine Frage. »Warum solltest du mich fürchten, Faith?«

»Ich habe gesagt, bewundern oder fürchten.« Ihre Hände legen sich auf meine. »Warum konzentrierst du dich auf die Furcht?«

»Es ist eine seltsame Feststellung, Süße.«

»Nenn mich nicht Süße, nicht in diesem herablassenden Ton. Und dich schockiert das Wort Furcht? Wirklich? Das aus dem Mund eines Mannes, der im Waschraum der Galerie mir gegenüber zugegeben hat, dass Menschen ihn fürchten?«

»Aber nicht du. Du hast gesagt, dass du dich nicht vor mir fürchtest.«

»Ich fürchte mich nicht vor dem Nick Rogers, der jetzt bei mir ist. Aber die Worte ›Auge um Auge‹ lassen vermuten, dass du vielleicht voller Intensität liebst, aber noch stärker hasst. So bist du eben, nicht wahr? Wirst du mir die Kehle aufreißen, wenn ich dir je in die Quere komme? Vermutlich ist es nur gut, dass ich diese Grenze habe. Wir haben Sex. Du gehst. Jetzt, wenn du willst.«

Eine Welle der Erleichterung durchflutet mich, und die Intensität meines Verlangens, dass sie unschuldig sein möge, erschüttert mich bis ins Mark. Ich halte mich emotional immer aus solchen Sachen raus. Aber andererseits schlafe ich auch nicht mit meinen Freunden oder Feinden. Ich benutze Sex als Ventil. Ich habe Sex aus Lust. Mit ihr ist es persönlich. Mehr als ich erwartet habe. »Ich will nicht gehen, und bis du mein Tattoo gesehen hast, wolltest du auch nicht, dass ich gehe.«

»Ich will deine Unerbittlichkeit nicht in meinem Leben.«

»Du hast gewusst, dass ich der Tiger bin, lange bevor du mich hierher eingeladen hast. Aber lass mich erklären, wer der Tiger ist. Wer Nick Rogers ist. Ich hasse nicht. Hass ist ein gefährliches Gefühl, das irrationale Taten nährt. Und was das ›Auge um Auge‹ betrifft … Ich habe meine Karriere im Strafrecht begonnen und zwei Jahre Dienst bei der Staatsanwaltschaft getan, schon als Jurastudent. Ich habe mir mein Tattoo stechen lassen, nachdem ich einen Mann in die Todeszelle gebracht habe, weil er brutal ein fünfzehnjähriges Mädchen vergewaltigt und getötet hatte. Also, verdammt, ja. Auge um Auge. Nur dass er noch nicht tot ist, aber du kannst darauf wetten, dass ich in der ersten Reihe sitzen werde, wenn er stirbt.«

Sie atmet aus. »Oh.«

»Ja. Oh.« Ich balle die Hand zur Faust und zeige ihr noch einmal meinen Unterarm. »Diese Worte«, sage ich. »Sie bedeuten mir etwas. Ich lese sie oft, wenn ich jemanden beschütze, dem Unrecht getan worden ist. Ich sorge für Gerechtigkeit.«

Sie starrt eine Weile auf meinen Arm, bevor sie sich vorbeugt und eine Hand auf das Tattoo legt. Unsere Blicke treffen sich. »Es tut mir leid. Ich befürchte, dass ich vorschnell reagiert und dich für die Sünden eines anderen verurteilt habe.«

»Für seine«, sage ich und meine damit den Mann in ihrer Vergangenheit, und ich vermute stark, dass er der Künstler ist, mit dem sie in L.A. zusammengelebt hat.

»Du kommst immer wieder auf ihn zurück.«

»Weil er jetzt im Raum ist, und er war auch bei uns, als wir gevögelt haben, Faith.«

»Das hier ist eine einzige Nacht«, argumentiert sie.

»Das ist, wozu es auch immer werden mag«, korrigiere ich sie. »Und damit das klar ist, ich übernachte nicht bei Frauen oder erlaube ihnen, bei mir zu übernachten, aber ich werde nicht kampflos gehen, nicht ohne mindestens drei weitere Orgasmen. Deine. Nicht meine. Und was ihn betrifft, komme ich immer wieder auf ihn zurück, weil er der Grund ist, warum du vielleicht versuchst, darauf zu bestehen, dass ich gehe. Er ist der Grund, warum du gerade versucht hast, mich wegen meines Tattoos von dir zu stoßen. Und wenn ich recht habe, ist er der Grund, warum du alle Menschen von dir fernhältst.«

»Du kennst mich nicht gut genug, um eine solche Aussage zu treffen.«

Ich habe sie drei Wochen lang studiert, habe zwanghaft über die Details ihres Lebens nachgedacht, wie ich das bei jedem Fall mache, den ich übernehme, den ich gewinne. Ich gewinne immer. Ich kenne sie besser, als sie denkt. Aber ich begnüge mich mit: »Ich weiß genug.«

Sie betrachtet mich kurz, und ihr Gesichtsausdruck ist angespannt, ihre Stimme noch angespannter, als sie sagt: »Macom Maloy. Das ist sein Name, und ›Auge um Auge‹ war seine Rechtfertigung dafür, etwas zu tun, das ich als unverzeihlich betrachte.«

»Unverzeihlich«, wiederhole ich. »Das klingt nach etwas Persönlichem.« Und, so füge ich im Geiste hinzu, vielleicht nach Mord und Erpressung.

»Ich werde nicht darüber oder über ihn reden«, erklärt sie energisch und sieht mir in die Augen, ohne jede Geziertheit. Ohne sich zu ducken, ohne gesenkte Wimpern und abgewandten Kopf. Einfach geradeheraus. Ende des Gesprächs. Sie lässt es nicht zu.

»Ich werde es dabei bewenden lassen.« Ich gebe nach, denn ich weiß, wenn ich sie bedränge, werde ich vor der Tür landen. »Aber ich bin nicht er.« Ich balle die Hand zur Faust und zeige ihr noch einmal das Tattoo. »Ich glaube an diese Worte. Ich lebe nach dem Motto ›Auge um Auge‹, aber ich wende es auf eine kontrollierte Weise an, und ich kämpfe für jene, die ich beschütze.«

Sie legt abermals eine Hand auf das Tattoo, aber sie sieht mir forschend ins Gesicht, studiert mich, sucht nach der Wahrheit in meinen Worten, bevor sie sagt: »Ich glaube dir, aber manchmal gerät das Verlangen zu bestrafen – *Auge um Auge* – außer Kontrolle, Nick. Vielleicht ist das bei dir nicht vorgekommen. Vielleicht doch. Aber sei vorsichtig. Es könnte passieren.«

Ich bedecke ihre Hand mit meiner, die auf meinem Arm liegt, ohne den Blick auch nur für eine Sekunde von ihren Augen abzuwenden. »Das ist ein Zeichen von Schwäche, und ich bin nicht schwach.«

»Bis du es doch bist.«

»Das wird nicht passieren. Ich habe ein Rückgrat aus Stahl.«

»Da ist wieder diese Arroganz.«

»Ja. Da ist sie. Wie gesagt. Für mich genau richtig.« Mein Kiefer verspannt sich von dem Verlangen, ihr weitere Fragen zu stellen, obwohl ich versprochen habe, das nicht zu tun. »Was ist eigentlich mit diesen Pfannkuchen? Ich habe seit ungefähr drei Uhr heute Nachmittag nichts mehr gegessen.«

»Das war's?«, fragt sie und klingt maßlos verwirrt. »Du wirst mich nicht bedrängen, damit ich mehr sage? Ich bin daran gewöhnt, dass du zu viel und zu hart drängst.«

»Wie gesagt, ich lasse es dabei bewenden.« Ich stehe auf und umfasse ihr Gesicht. »Ich habe dich dazu gedrängt, Ja zu mir zu sagen, Faith. Ich habe darauf gedrängt, hierherkommen zu dürfen. Ich werde nicht darauf drängen, hinausgeworfen zu werfen. Und freiwillig, Süße, gilt nicht nur für Sex. Also.« Ich halte inne und wiederhole meine Frage: »Was ist mit den Pfannkuchen?«

Sie blinzelt mich an, anscheinend verblüfft darüber, dass ich wirklich tue, was ich angekündigt habe, was mir mehr über Macom verrät. Ich mag ein Mistkerl sein, aber nicht so einer wie er. »Ich kann dir keine Pfannkuchen machen, Nick«, antwortet sie energisch.

»So wütend habe ich dich gemacht, hm? Du wirst mich verhungern lassen?«

Sie lächelt, und verdammt, sie ist hübsch, wenn sie lächelt. »Ich habe ehrlich gesagt weder Eier noch Milch im Haus. Ich bin nicht oft hier.«

»Ich verstehe. Was hast du denn?«

»Müsli.«

»Aber keine Milch.«

»Genau.« Ihre Augen leuchten auf. »Aber ich habe jede Menge Eis. Hier nehme ich mir meine Auszeiten. Hier esse ich nichts Gesundes.«

»Also dann, Eis.«

Sie zeigt aufs Badezimmer. »Aber ich gehe zuerst dort hinein. Ich bin gleich wieder da.«

»Ich gehe kurz zum Wagen, um mir ein T-Shirt zu holen.«

»Du hast ein T-Shirt in deinem Wagen?«

»Ich habe im Auto immer einen zusätzlichen Anzug, Jeans und ein T-Shirt.« Ich zwinkere ihr zu. »Man kann nie wissen, wann jemand einem alle Knöpfe abschneidet.« Ich ziehe sie an mich, küsse sie und gehe zur Tür, während mir ihr Lachen folgt. Im Türrahmen bleibe ich stehen, und sie bleibt ebenfalls im Eingang zum Bad stehen.

Sie lacht abermals. »Du hättest dein Gesicht sehen sollen, als ich das Messer hervorgeholt habe, Nick. Ich meine, ich kann es verstehen. Ich hätte wissen müssen, dass du deshalb ausflippen würdest. Ich bin eine Fremde, aber du hast ausgesehen, als wäre dir gerade klar geworden, dass du mit einer Mörderin nach Hause gegangen bist.« Sie wird ernst. »Aber keine Sorge. Ich lasse mich nicht so leicht provozieren.« Wieder lacht sie, dann verschwindet sie im Bad und lässt mich stehen.

Ich kratze mir das Kinn und fahre mir mit einer Hand durchs Haar. *Verdammte Scheiße.* Sie macht Witze darüber, eine Mörderin zu sein, und ich will nicht darüber nachdenken, wie sie mich damit verhöhnen könnte.

Ich gehe ins Wohnzimmer und weiter durch den Flur, und als ich in der Diele ankomme, bleibe ich wie angewurzelt stehen, als mich Dunkelheit begrüßt. Das Licht hat gebrannt, als wir ins Haus gekommen sind. Vermutlich ist die Glühbirne kaputt. Da ich einen starken Beschützerinstinkt der Frau gegenüber habe, die mich ironischerweise veranlasst hat herzukommen, um zu beweisen, dass sie eine Mörderin ist, und die gerade ironischerweise einen Scherz darüber gemacht hat, eine zu sein, gehe ich zu dem Schalter und lege ihn um. Stirnrunzelnd komme ich zu dem Schluss, dass er mit einem Timer verbunden sein muss, den die Sicherheitsfirma installiert hat.

Ich schließe die Tür auf, trete auf die Veranda hinaus und gehe zu meinem Wagen. Ich öffne den Kofferraum, und als ich mir meine Reisetasche schnappen will, fühle ich mich stattdessen zu der identischen Tasche hingezogen, die danebensteht.

Ich öffne den Reißverschluss und hole die beiden obenauf liegenden Totenscheine hervor, beide mit derselben Todesursache: Herzinfarkt. In einem Abstand von zwei Monaten.

Außerdem befindet sich in der Tasche jedes Detail von Faith' Leben und dem Leben ihrer Familie, mit einem deutlichen Fokus auf ihrer Mutter, und nichts von allem führt mich zu einer klaren Antwort.

Aber ich habe mehr als einem Mörder in die Augen gesehen, und ich würde meine Kanzlei darauf verwetten, dass Faith keine Mörderin ist, aber nicht mein Leben. Noch nicht. Denn ich bin klug genug, um zu wissen, dass mein Verlangen nach dieser Frau jedes vernünftige Maß übersteigt. Aber wenn ich recht habe und sie unschuldig ist, dann weiß ich nicht, wohin diese Schlussfolgerung mich führt. Aber die Frau, sie führt mich direkt zurück durch die Tür, zu ihr.

Ich schnappe mir meine Reisetasche, öffne sie und hole ein weißes T-Shirt heraus, streife es mir über den Kopf, ziehe dann den Reißverschluss der Tasche zu und hänge sie mir über die Schulter.

Als ich den Kofferraum schließe, verschwende ich keine Zeit und kehre ins Haus zurück.

Ich schließe zu und schalte das Licht aus, da ich nicht die Absicht habe, heute Nacht noch irgendwo anders hinzugehen als in Faith' Bett. Auf dem Weg durch den Flur entdecke ich Faith im Küchenbereich. Sie steht mit dem Rücken zu mir vor der Anrichte, und beim Anblick ihres BHs, der am Schrankgriff hängt, ziehen sich meine Mundwinkel in die Höhe.

Ihr Kleid liegt auf dem Abfalleimer, und ich nehme mir vor, ihr ein neues zu kaufen. Ich bin mir sicher, dass der gute alte Macom hinter ihrer Abneigung gegen das Geld anderer Menschen steckt. Was nicht gerade für die Annahme spricht, dass Faith mit einer Erpressung zu tun haben könnte.

Als ich in Faith' Schlafzimmer trete, lasse ich meine Tasche einfach hinter der Tür fallen und kehre dann in die Küche zurück. Diesmal hört sie mich offensichtlich und schaut über ihre Schulter, wendet den Blick von der Anrichte ab, die sie immer noch betrachtet. »Ich habe Pop Tarts mit Kirschgeschmack«, sagt sie und dreht sich zu mir um. »Doritos, Proteinriegel und Mikrowellen-Popcorn.«

»Die Proteinriegel passen nicht dazu, dass du dir eine Auszeit nehmen willst, wenn du hier bist.«

»Manchmal kriege ich ein schlechtes Gewissen nach all den Doritos und dem Eis und zwinge mich, Proteinriegel zu essen.«

»Ah«, sage ich. »Verstehe.« Es lässt sie umso entzückender wirken, und sie scheint es nicht zu wissen. »Nichts gegen Delikatessen wie Pop Tarts mit Kirschgeschmack, Doritos, Proteinriegel und Popcorn«, fahre ich fort, »Aber was ist aus dem Eis geworden?«

»Von meiner Lieblingssorte ist reichlich da«, antwortet sie, öffnet den Tiefkühlschrank und wedelt mit einer Hand. »Ich habe nur Häagen-Dazs, weil das mein Lieblingseis ist. Meine bevorzugte Sorte: Pralinen und Sahne, die wirklich, *wirklich* unglaublich gut ist.«

»Zweimal wirklich. Das klingt ernst.«

»Das ist es auch. Es macht süchtig.«

Wie sie, denke ich, obwohl ich normalerweise den Sex mit einer schönen Frau nur so lange süchtig machend finde, bis er vorbei ist.

»Ich habe außerdem welches mit Rumrosinen da«, fährt Faith

fort, »und ich sage dir: Mit Rumrosinen kannst du nichts falsch machen.«

»Verstanden«, antworte ich mit ernster Stimme. »Mit Rumrosinen kann man niemals etwas falsch machen.«

Sie lächelt. »Mach keine Witze darüber. Ich nehme Rumrosinen sehr ernst.«

»Nur ein einziges ›ernst‹«, bemerke ich. »Ich würde davon ausgehen, dass du Praline-Sahne gewählt hast.«

»Ich bin noch unentschlossen«, sagt sie. »Und du auch, denn ich habe außerdem zwei Becher Kokosnuss-Ananas, was unspektakulär klingt, aber es ist sahnig und süß und macht süchtig.« Sie stemmt die Hände in die Hüften. »Und jeder dieser Becher enthält mehr als meinen Kalorienbedarf für einen Tag, aber ich habe den ganzen Tag noch nichts gegessen, daher ist es mir egal.«

»Nervosität wegen der Ausstellung?«

»Ja. Nervosität und dann mein Geburtstag. Du weißt schon. Man analysiert sich selbst und tut alles Mögliche, was man wegen runder Geburtstage so tut. Aber es ist vorbei. Genug davon.« Sie zeigt auf den Gefrierschrank, aber ich sehe ein Gefühl in ihren Augen aufflackern, das ich nicht benennen kann. »Was ist deine Sünde?«, fragt sie und sieht mich wieder an, ihr Gesichtsausdruck jetzt verschlossen.

*Du*, denke ich, aber laut sage ich: »Ich werde das Kokosnuss-Ananas-Eis nehmen.« Dann greife ich nach einem Becher davon, bevor ich hinzufüge: »Weil süß und süchtig machend im Moment genau das ist, was ich will.« Ich beobachte, wie ihr bei dieser Bemerkung die Röte in die Wangen schießt, was ihr bei ihrem kühnen Befehl, ihr den Hintern zu versohlen, nicht passiert ist. Schön, sündhaft im Bett und süß, wenn sie nicht sündhaft ist. Ich könnte mich verliebt haben. »Was ist mit dir?«, frage ich. »Was ist deine Sünde, Faith?«

»Ich bin mir ziemlich sicher, dass du es bist«, wagt sie zu sagen. »Aber reden wir vom Eis. Praline-Sahne.« Sie greift nach ihrer Lieblingssorte, schließt den Gefrierschrank und geht dann zu einer Schublade, um zwei Löffel herauszuholen, die sie hochhält. »Keine Messer, versprochen.« Sie knallt ihren Becher auf die Theke. »Obwohl ich fürchte, dass ich das hier vielleicht zerschneiden muss, weil es so hart gefroren ist.«

Ich deute aufs Wohnzimmer. »Der Kamin wird es weich machen.«

»Und mich aufwärmen«, sagt sie erschauernd. »Vor dem Tiefkühlschrank wurde es mir jetzt doch langsam kalt.« Sie flitzt an mir vorbei, und mein Blick folgt ihr.

Ich sehe, dass ihre Beine nackt sind und dass sie flauschige rosa Pantoffeln trägt. Wirklich entzückend. Ich bin schon wieder so hart, dass sie ebenso gut Leder und einen Tanga hätte tragen können, was genau der Grund ist, warum ich diese rosa Flauschpantoffeln tragende Frau von der Messerschublade fernhalten muss, bis ich hundertprozentig davon überzeugt bin, dass sie keine Mörderin ist.

# Kapitel 13

Tiger

Ich folge Faith, etwas, was ich tue, seit ich von ihrer Existenz erfahren habe, aber sie weiß das einfach nicht, und kurz nach ihr trete ich in den Wohnbereich. Sie kuschelt sich unter eine cremefarbene Decke, die ich auf einem der Sessel habe liegen sehen, und ihr Eis steht bereits neben dem Feuer. Ich geselle mich zu ihr und setze mich, den Rücken an den Hocker gelehnt, über den sie sich kurz zuvor gebeugt hat. Dann stelle ich meine Eispackung neben ihre vor das Feuer.

Sie wirft mir einen nachdenklichen Blick zu. »Weißt du«, sagt sie, »ich glaube dann, dass du bleibst, wenn du deine Schuhe ausziehst.«

Ich lache. »Erkennst du daran, dass ein Mann über Nacht bleibt?«

»Es scheint mir ein guter Fingerzeig zu sein«, antwortet sie. »Nicht dass ich in der jüngeren Geschichte irgendwann diesen Schluss hätte ziehen müssen.«

Weder tut es mir leid, nicht im Mindesten, noch lache ich weiter. »Willst du, dass ich bleibe, Faith?«

»Meine Grenze«, erwidert sie mit leicht rauer Stimme. »Nur eine Nacht.« Und als ich die Brauen bei dieser weniger als erschöpfenden Antwort hochziehe, fügt sie hinzu: »Ja. Ich will es.« Unmissverständlich. Ohne jedwede Schüchternheit.

Ich versuche nicht einmal, die Befriedigung in meinem Blick zu verbergen. Ich bücke mich und öffne den Schnürsenkel eines meiner Schuhe. Sie löst den anderen für mich und zieht mir den Schuh aus. Ich werfe den zweiten durch den Raum. »Besser?«

»Besser«, erklärt sie und unterzieht mich einer gründlichen Musterung. »Irgendwie macht es dich weniger anmaßend und lockerer.«

»Anmaßend«, wiederhole ich trocken. »Das ist so ziemlich das Gleiche wie arrogant.«

»Aber Arroganz steht dir«, stellt sie fest. »Das hast du selbst gesagt.« Sie legt die Stirn in Falten. »Und wieder bist du hier, obwohl du nächste Woche einen großen Fall hast?«

»Ich bereite mich am besten vor, wenn ich mich vom Rest der Welt abkapsele«, erkläre ich. »Ich habe hier noch etwas anderes zu erledigen. Ich habe für drei Monate ein Haus gemietet.«

»Drei Monate«, wiederholt sie, und diesmal wendet sie den Blick ab und streckt die Hand nach ihrem Eis aus, aber ich lege mich neben ihr auf die Seite und stütze mich auf den Ellbogen. »Faith.«

Sie holt Luft und sieht mich an, ihr Gesichtsausdruck reserviert. »Ja?«

»Das Eis hatte noch nicht genug Zeit, um aufzutauen, und worüber du im Moment wirklich nachdenkst, ist die Tatsache, dass ich drei Monate lang hier bin.«

Sie stellt das Eis wieder beiseite. »Das hast du mir nicht erzählt.«

»Ich erzähle es dir jetzt.«

»Ich weiß nicht, was ich darauf sagen soll.«

»Das ist eine Premiere. Normalerweise fauchst du sofort zurück.«

»Ich weiß immer noch nicht, was ich dazu sagen soll.«

»Nun, dann merk dir Folgendes. Du kannst mich morgen früh problemlos hassen, ganz gleich, ob ich ein Haus hier gemietet habe oder nicht.«

»Werde ich dich hassen, Nick?«

»Nein, Faith. Wirst du nicht.«

Sie mustert mich sekundenlang, dann sagt sie: »Du schuldest mir eine Geschichte.«

»Eine Geschichte? Ich dachte, ich würde dir einen Orgasmus schulden.«

»Ich bin mir ziemlich sicher, dass du mir drei Orgasmen schuldest, aber nur eine einzige Geschichte.«

»Über welche Geschichte reden wir?«, frage ich, und mir wird bewusst, dass sie nicht einmal errötet, wenn wir über Sex reden, und doch, ihre Kunst, ihre Schönheit … diese Dinge lassen sie erröten.

Sie ist abgebrüht bei Sex, gar nicht so viel anders als ich selbst. Es ist rein körperlich. Es ist nicht emotional.

»Die Geschichte über deine Verhandlung«, erwidert sie. »Die Geschichte, durch die dein gegenwärtiger gegnerischer Anwalt zu deinem Feind geworden ist. Du hast erzählt, du hättest gute Beweise wegwerfen müssen, weil er sie auf illegale Weise an sich gebracht hat, aber du hättest den Fall damals trotzdem gewonnen.«

»Was interessiert dich so an dieser Geschichte?«

»Abgesehen von der Tatsache, dass ich Geschichten mag, in denen Menschen Unmögliches erreichen, scheint es für dich ein bedeutender Punkt in deiner Karriere gewesen zu sein, wie du mit diesem Fall umgegangen bist. Du hast dich entschlossen, einen steinigen Weg zu wählen, statt einen glatten, und du hattest trotzdem Erfolg.«

Ich betrachte sie mit schmalen Augen. Ich bin davon überzeugt, dass das ein verborgener Hinweis auf sie selbst ist, vielleicht sogar darauf, dass sie Erpressung und Mord den Rücken zugewandt hat.

»Was für ein Fall war es?«, hakt sie nach.

»Insider-Geschäfte«, sage ich. »Wir haben den CEO einer großen Computerfirma vertreten. Ich werde dir die schmutzigen Details ersparen, aber ein Rivale hatte ihn reingelegt. Es ist mir gelungen, jemanden zu finden, der nicht nur eine Aussage zu dem Betrug gemacht hat. Die Frau, um die es geht, hatte auch Dokumente und Unterlagen, die das bewiesen haben. Aber ich habe sie in der allerletzten Minute gefunden.«

»Und du und dein Co-Anwalt seid Feinde für die Ewigkeit geworden.«

»Wenn man bedenkt, dass ich mich anschließend an unsere Chefs gewandt und ihnen davon berichtet habe, ja.«

»Nachdem du ihm gesagt hattest, du würdest das nicht tun?«

»Ich habe ihn nicht belogen. Ich habe ihm nie versprochen, mich nicht an die Chefs zu wenden. Aber er hat mich belogen. Er hat mir gesagt, er würde die illegal erworbenen Beweise vernichten, doch er hat sie bis zum Tag des Abschlussplädoyers behalten. Und wie gesagt: Ich ertrage Lügner nicht, und ich hätte ihm todsicher keine weitere Chance gegeben, mich oder die Kanzlei reinzureiten.«

»Und wegen deines Einschreitens ist er gefeuert worden«, mutmaßt sie.

»Das ist das Irre an dieser Geschichte. Die Chefs haben sich dafür entschieden, ihm eine Abmahnung zu geben, statt ihm zu kündigen.«

Sie erbleicht. »Nachdem er das Gesetz gebrochen hatte?«

»Ja. Nachdem er das Gesetz gebrochen hatte. Außerdem haben sie mir die Partnerschaft angeboten, und mit achtundzwanzig hätte mich das zum jüngsten Partner in der Geschichte der Kanzlei gemacht.«

»Und du hast abgelehnt.«

»Innerhalb von genau zwei Sekunden. Wenn sie sein Verhalten angemessen fanden, hatte ich verdammt noch mal nicht die Absicht, einen Vertrag mit einem derart großen Haftungsrisiko zu unterzeichnen.«

»Und er ist immer noch bei der Kanzlei?«

»Sie haben ihm meinen Platz als Partner gegeben, was dir verrät, dass sie aus demselben Holz geschnitzt sind wie er.«

»Also ist dieser Fall etwas Persönliches für dich«, fügt sie hinzu.

»Ich nehme keinen Fall persönlich«, widerspreche ich. Meine eigenen Worte sind eine unfreundliche Erinnerung an die Tatsache, dass ich diese Frau zu etwas Persönlichem für mich gemacht habe. Ich fasse es als Warnung an mich selbst in Worte: »Wenn man persönlich wird, dann bist du ganz unten, und alle anderen sind oben.«

»Ja«, pflichtet sie mir bei, und als sie sonst nichts mehr sagt, sondern nur wieder nach ihrem Eis greift, bekommt das eine Wort eine besondere Bedeutung.

»Ja?«, hake ich nach, während sie den Deckel von ihrem Eis nimmt und ihren Löffel hineinstößt.

»Ja«, wiederholt sie und bietet mir nicht mehr an als meinen Becher Eis, den sie mir in die Hand drückt. »Es ist gut.« Und bevor ich weiter in sie dringen kann, nimmt sie die Geschichte wieder auf: »Bist du weggegangen und hast deine eigene Kanzlei gegründet, oder ist das später gekommen?«

Ich ziehe den Deckel von meinem Eisbecher. »Ich bin gegangen und habe meine eigene Kanzlei gegründet. Im nächsten Monat sind es genau zehn Jahre.«

Sie reicht mir einen Löffel. »Warum San Francisco und nicht L. A.?«

»Ich kann alles, was ich dort tun kann, auch in San Francisco tun, mit weniger Arschlöchern und nicht so heftigem Verkehr.«

»Ja«, sagt sie. »Das stimmt.«

»Sehr liebenswürdig«, sage ich und beobachte, wie sie einen Löffel Eiscreme isst.

»Mmm«, seufzt sie. »Ich liebe dieses Zeug.« Sie deutet mit ihrem Löffel auf mich. »Probier mal deins. Ich bin sehr gespannt, ob es dir schmeckt.«

Ich beuge mich vor und nehme einen Löffel von ihrem. »Ja. Es ist köstlich.«

Sie lächelt und bohrt ihren Löffel in mein Eis, nimmt einen Bissen davon und sagt: »Löffel um Löffel.«

»Wie Vertrauen um Vertrauen?«, frage ich.

Ihre Stimmung ist sofort ernst. »Vertrauen spielt eine große Rolle für mich, Nick.«

Ich spüre bei diesen Worten einen Hieb in die Magengrube und angesichts meines Verrats, aber ich muss mich davon überzeugen, dass sie unschuldig ist. Hier geht es um Mord. Beweise sind alles. »Keine Lügen«, sage ich in der Hoffnung, dass meine die einzigen zwischen uns sind. »Erzähl mir etwas von dir.«

Sie kuschelt sich wieder unter ihre Decke, und ihr Rückzug ist leicht durchschaubar, noch bevor sie antwortet: »Du weißt bereits über mich Bescheid. Du hast Nachforschungen über mich angestellt.«

»Erzähl mir etwas, was Dokumente und das Internet mir nicht erzählen können. Etwas Wichtiges. Wer bist du, Faith?«

Sie isst einen Löffel Eis, und ich tue dreimal das Gleiche. Es ist leichter zu schlucken als die Vorstellung, dass sie vielleicht nicht ist, was sie zu sein scheint, was ich mir wünsche, das sie sein möge. »Faith?«, sage ich, als sie nicht sofort antwortet.

»Ich überlege nur, was ich dir erzählen kann, abgesehen von

dem, was du bereits weißt. Mein Vater ist vor zwei Jahren gestorben. Meine Mutter ist vor zwei Monaten gestorben.«

»Darüber definierst du dich?«

»Der Tod trägt eine Menge dazu bei, uns zu definieren.«

»Da bin ich anderer Meinung«, antworte ich. »Das Leben definiert uns. Und ja, bevor du danach fragst. Auch ich habe den Tod kennengelernt. Meine Mutter ist bei einem Autounfall ums Leben gekommen, als ich dreizehn war. Mein Vater ist vor einem Monat gestorben.«

Sie sieht mich an, ihr Gesichtsausdruck bemerkenswert leidenschaftslos. »Ich werde dir nicht mein Beileid bekunden.«

»Das weiß ich zu schätzen, aber die meisten Leute sprechen mir kein Beileid aus.«

»Ich nehme an, das ist der Unterschied zwischen Frauen und Männern, was ziemlich bescheuert ist.«

»Der Unterschied ist, dass ich meinem Vater nicht nur nicht nah gestanden habe, sondern dass niemand um mich herum ihn überhaupt gekannt hat. Und ich bin offensichtlich ein ziemlich verschlossener Typ.«

»Meine Mutter war in Sonoma sehr bekannt«, berichtet sie. »Du hast gesagt, du hättest deinem Vater nicht nah gestanden? Hat er dich nicht großgezogen, nachdem deine Mutter gestorben war?«

»Die vielen Nannys, die mein Vater vögeln wollte, haben mich großgezogen, nachdem ich wieder bei ihm gelandet war.«

»Ich verstehe«, sagt sie, und ich spüre, dass sie noch etwas fragen oder sagen will, aber sie ist zu beschäftigt damit, ihre Mauer wieder hochzuziehen, um es sich zu gestatten.

»Warum hast du L.A. verlassen?«, frage ich, bevor sie mich endgültig ausschließt.

»Mein Vater ist gestorben, und meine Mutter hatte große Probleme damit, das Weingut zu führen. Ich bin zurückgekommen, um zu helfen.«

»Zwei Jahre lang?«

»Es sollte eigentlich nur für ein paar Monate sein. Nach einem halben Jahr ist mir klargeworden, dass sie einfach nicht damit fertig wurde.«

»Und du hast dieses Haus gekauft.«

»Ja. Ich habe mein Erbe darauf verwandt, was rückblickend eine schlechte Verwendung meines Geldes war. Aber damals brauchte ich etwas, was mir gehörte. Ich habe es sogar umbauen lassen. Die ganze obere Etage ist mein Atelier.«

»Weil dir deine Kunst alles bedeutet.«

Sie stellt ihr Eis beiseite und legt ihren Löffel weg, und ich tue das Gleiche, und als sie sich wieder auf mich konzentriert, sagt sie: »Du hast immer noch nicht gefragt, warum ich dich vielleicht bewundere.«

»Ich habe versprochen, dich nicht weiter zu bedrängen.«

»Also gut. Ich werde es dir erzählen. Als ich das Tiger- und das andere Tattoo gesehen habe, haben sie mir eine Geschichte über dich erzählt. Mal abgesehen davon, dass ich jetzt die Bedeutung kenne und die Geschichte des *Auge-um-Auge*-Tattoos. Sie haben erzählt, dass du weißt, wer du bist. Du stehst dazu. Du erhebst einen Anspruch darauf. Du hast die Tattoos, die es beweisen.«

»Du bist Malerin, Faith.«

Sie greift wieder nach ihrem Eisbecher. »Ich denke, ich werde den Rest dieses Bechers aufessen, bevor ich darauf antworte.«

»Diese Feststellung war eine Tatsache. Sie verlangt keine Antwort. Warum schwarz, weiß und rot?«

»Schwarz und Weiß sind die reinste Form eines jeden Bildes für mich. Sie lassen den Betrachter die Geschichte erschaffen.«

»Und das Rot?«

»Der Beginn der Geschichte, wie ich sie sehe. Ein Führer für die Imagination des Betrachters, dem er folgen kann. Ich weiß, es klingt dumm, aber so denke ich, wenn ich ein Bild erschaffe.«

Das Rot ist kein Blut, es ist nicht der Tod. Es ist das Leben. »Du hast Josh gegenüber neue Bilder erwähnt.«

»Eigentlich sind sie sechs Monate bis ein Jahr alt«, berichtet sie. »Er denkt nur, sie seien neu. Ich habe in letzter Zeit nichts gemalt.«

»Du malst Bilder über das Leben.«

»Ja.«

»Und doch hast du dich gerade selbst durch den Tod definiert. Kein Wunder, dass du nicht malen kannst.«

Sie reißt die Augen auf. »So … so habe ich das noch gar nicht betrachtet.« Sie wendet den Blick von mir ab, dann sieht sie mich wieder an. »Ich habe heute gemalt. Es war unglaublich.«

»Und zu welcher Musik hast du heute gemalt? Elvis?«

»Kein Elvis heute. Überhaupt keine Musik heute. Ich war schon inspiriert, bevor ich nach dem Pinsel gegriffen habe.«

Da ist etwas in ihren Augen, in ihrer Stimme, was ich nicht deuten kann, was ich aber verstehen will. »Was hat dich denn inspiriert, Faith?«

»Das Leben«, sagt sie und deutet auf mein Eis, ihre Stirn besorgt gerunzelt, mit einem niedlichen Grübchen in der Mitte. »Du hast kaum etwas davon gegessen. Willst du die Doritos?«

»Nein.« Ich lache. »Ich will die Doritos nicht. Ich werde mich an das Eis halten.« Ich stelle meinen Becher weg und lege den Löffel daneben, dann rücke ich näher an sie heran und nehme ihr abermals ihren Löffel ab. »Ich werde mir deins mit dir teilen.«

»Okay.« Eine Spannung baut sich zwischen uns auf. »Ich teile ihn mit dir.«

Ich nehme einen Bissen von dem Eis, und süße Sahne und Pralinengeschmack explodieren in meinem Mund. Ich umfasse Faith' Wangen und ziehe sie an mich, bis mein Mund auf ihrem liegt. Ich lecke in ihren Mund hinein, und sie seufzt, wie ich es vorhergesehen habe, als sei der Kuss alles, worauf sie gewartet hat. Und er ist höllisch heiß. Ich küsse sie leidenschaftlicher, sauge sie auf wie die Droge, die sie ist, dann ziehe ich mich langsam zurück. »Du schmeckst gut«, flüstert sie und streichelt die Umrisse meiner Lippen.

»Du auch, Süße.« Ich ziehe die Decke weg, wobei ihr Morgenmantel verrutscht und eine rosige Brustwarze aus der Seide herausragt, und ich bin inspiriert. Ich nehme einen Bissen Eiscreme, stelle den Becher beiseite und ziehe Faith mit der kalten Süßigkeit in meinem Mund zu mir auf den Boden herunter, bis wir Seite an Seite daliegen und mein Mund ihren entblößten Nippel findet.

Ich sauge daran, während sie nach Luft schnappt und die Hände nach meinem Kopf ausstreckt. »Es ist kalt.« Sie keucht und wölbt den Rücken.

»Ich werde dich aufwärmen«, verspreche ich, esse noch einen

Löffel Eiscreme und küsse sie abermals. Jedes Stöhnen und jeder Seufzer, jeder Laut, den sie von sich gibt, hat eine Wirkung auf mich. Sie hat eine Wirkung auf mich. Ausnahmsweise einmal bin ich mit einer Frau zusammen und denke nicht an Brüste und Ärsche und Sex, lediglich um mich ein bisschen zu vergnügen, bevor ich zu dem zurückkehre, was wirklich wichtig ist: zu meiner Arbeit.

Ich denke an Faith' nächstes Stöhnen und Seufzen. Und mein Mund und meine Hände sind auf einer Erkundungsreise nach mehr von allem, was Faith mir zu geben bereit ist. Es ist eine Reise, die mich zu dieser süßen Stelle zwischen ihren Beinen führt und zu einem Versprechen, das ich gegeben habe: Beim nächsten Mal werde ich nicht aufhören.

Und ich tue es nicht. Ich lecke ihre Klitoris. Ich dringe mit der Zunge in sie ein. Ich vögele sie mit dem Mund und ziehe mich zurück. Dann lecke ich sie abermals zärtlich und reize uns damit beide. Und tue alles noch einmal.

Es bereitet mir Vergnügen, sie an den Rand des Orgasmus zu treiben, aber diesmal finde ich noch größeres Vergnügen in diesem letzten verzweifelten Anheben ihrer Hüften und darin, wie sie mit meinen Fingern in sich zittert, unmittelbar bevor sie unter meiner Zunge kommt.

Und was mir bleibt, ist eine Reise, deren Ziel sich nicht verändert hat. Es ist immer noch die Mission, mehr zu erkunden. Ich will mehr von dieser Frau, die möglicherweise buchstäblich meinen Tod bedeuten könnte, wenn ich nicht vorsichtig bin. Und doch spielt das keine Rolle.

Ich will trotzdem mehr.

# Kapitel 14

Tiger

Ich erwache blinzelnd, geweckt vom Duft von Vanille und Amber und von den seidigen Strähnen von Faith' blondem Haar, die meine Nase kitzeln, und dem sanften Druck ihrer nackten Haut an meiner. Zu meiner Rechten brennt der Kamin, der Teppich liegt unter mir, und die Sonne scheint blendend hell durchs Fenster. Darüber hinaus drückt jemand mit seinem verdammten Finger auf die Türklingel.

Faith schreckt aus dem Schlaf und richtet sich auf, und die Decke fällt genau auf die richtige Stelle, um ihren cremeweißen Rücken zu entblößen, und um meine Morgenlatte zu verdecken, die sie beanspruchen würde, wäre da nicht das unablässige Klingeln an der Tür. »Irgendeine Ahnung, wer dieses Arschloch ist?«, frage ich gereizt, denn ich hätte es vorgezogen, auf eine ganz andere Weise neben dieser Frau zu erwachen.

»Ich kümmere mich darum«, sagt Faith und weicht meiner Frage aus. Ihre Finger tauchen tief in ihr Haar hinab, bevor sie aufspringt und die Decke mitnimmt. Das Ergebnis: Meine Erektion wird offiziell zur Schau gestellt, während jemand jetzt an die Tür hämmert.

Faith stößt einen leisen, frustrierten Laut aus. »Ich muss mir irgendwelche Kleider überwerfen«, murmelt sie und eilt zu ihrem Schlafzimmer, traurigerweise ohne besagte Erektion wahrzunehmen, was meinen Ärger auf das unablässige Klopfen noch verstärkt, das jetzt den ganzen verdammten Raum erfüllt.

Ich erhebe mich und schnappe mir meine Hose, und in den dreißig Sekunden, die ich brauche, um sie anzuziehen, hat es aufgehört zu klingeln und wieder angefangen. Ich fahre mir mit den Händen durch mein Haar und gehe in ihr Schlafzimmer, wo mein Blick auf diese Karte auf dem Bett fällt, bevor ich ins Badezimmer blicke.

In dem Ankleideraum dahinter steht Faith, zupft ein T-Shirt zurecht und greift dann nach einer schwarze Jogginghose.

»Wer zur Hölle ist das?«, frage ich noch einmal.

»Ich weiß es nicht«, antwortet sie und lässt die Füße in Stoffturnschuhe gleiten, »aber so dringlich, wie es klingt, muss es wohl einer der Geldeintreiber wegen des Weinguts sein.«

»Geldeintreiber im Plural?«, hake ich nach. »Es gibt mehr als eine Bank, die Geld von dir will?«

Ihre Züge verkrampfen sich. »Ja. So ziemlich jeder unserer Zulieferer, und niemand würde so lange und so unhöflich klingeln, es sei denn, er wäre hier, um Geld einzutreiben.«

Beschützerinstinkt, so unvertraut wie die Besitzgier, die sie in mir weckt, steigt in mir auf, und ich lasse es geschehen. »Ich regele das«, erkläre ich, gehe zurück ins Schlafzimmer und weiter Richtung Diele, während mein Verstand die Konsequenzen von Faith' Verlegenheit und ihren Lebensumständen verarbeitet. Ich komme zu dem offensichtlichen Schluss, dass das nichts mit meinem schnell wachsenden Interesse an dieser Frau zu tun hat.

Niemand mit Zugang zu dem Vermögen, das mein Vater ihrer Mutter überschrieben hat, würde sich ohne eine echte emotionale Reaktion einer solchen Situation aussetzen. Wenn Faith etwas mit dem Betrug zu tun hatte, was ich stark bezweifle, hat sie jedenfalls das Geld definitiv nicht. Denn wenn sie das Geld hätte nehmen und verschwinden wollen, warum setzte sie sich dann etwas Derartigem aus? Warum überließ sie das Weingut nicht der Bank?

»Nick«, ruft Faith mir nach, und ihre Stimme hallt aus der Ferne hinter mir her. »Nick. Stopp.«

»Nie im Leben«, murmele ich, obwohl ich bezweifle, dass sie mich überhaupt hören kann, aber meine Taten sprechen für sich.

Das Hämmern wird ungefähr im selben Moment lauter, in dem ich die Diele erreiche, als hätte das Arschloch gerade mit dem Stiefel gegen die Tür getreten oder mit der Faust dagegen geschlagen. Ich schalte die Alarmanlage aus und schließe die Tür auf, und gerade, als ich sie öffnen will, ruft Faith hinter mir: »Du hast keine Schuhe an, kein Hemd und keine Unterwäsche, und der Reißverschluss deiner Hose ist offen.«

Ich öffne die verdammte Tür, und da stehen die beiden Handlanger, die ich an dem Abend vor zwei Tagen im Weingut Anzug Nummer eins und zwei genannt habe. Diesmal tragen sie identische Khaki-Hosen, von denen sie wohl hoffen, sie seien einschüchternd, und Hemden mit weißem Kragen. »Mr Rogers«, sagt Handlanger Nummer eins, und obwohl ich mich an seinen Namen erinnere, habe ich einfach keine Lust, ihm irgendein Interesse entgegenzubringen. »Ich … wir …«

Handlanger Nummer zwei versucht, die Leerstellen auszufüllen. »Wir wussten nicht, dass Sie persönlich in diese Sache involviert sind.«

»Karten«, verlange ich.

Beide Männer blinzeln mich an, als hätte ich gerade eine Fremdsprache gesprochen, die sie ebenso wenig verstehen wie ihre eigene.

»Die verdammten Visitenkarten. Sofort.«

Beide Männer nesteln in ihren Taschen herum, und mir werden zwei Karten hingehalten. Ich schnappe mir eine davon und betrachte sie. Dann die andere. Beide Angestellte einer Inkassofirma, von der ich zufällig weiß, dass die Bank sie beauftragt, bei der Faith einen Kredit hat.

»Wir wissen beide, dass Sie das Gesetz gebrochen haben«, stelle ich fest. »Tun Sie das nicht noch einmal.« Und mit diesem Befehl schlage ich ihnen die Tür vor der Nase zu und schließe ab. Ich wende mich nicht sofort zu Faith um, die zaudernd in der Nähe steht, sondern trete zu dem schmalen Fenster neben der Tür und beobachte, wie die Handlanger praktisch zu ihrem Auto rennen.

Als ich mich umdrehe, steht Faith unter dem Bogen, der den Eingangsbereich vom Wohnzimmer trennt. »Sie werden nicht zurückkommen. Ich werde dir bei der Bank etwas Zeit verschaffen, aber wir müssen uns hinsetzen und reden. Ich muss alle Informationen haben, wenn ich mit der Bank spreche.«

»Nein«, protestiert sie. »Nein. Ich kann dich nicht bezahlen.«

Ich unterziehe sie einer Musterung. Ihre Brustwarzen zeichnen sich unter ihrem rosa T-Shirt ab, ihr Haar fällt wild, ungeordnet und sexy auf ihre Schultern. Ihre Lippen sind ungeschminkt und geschwollen von meinen Küssen, und ich plane, diesen Küssen noch viele weitere folgen zu lassen. »Ich tue das für dich, Faith. Nicht für Geld.« Ich trete einen Schritt auf sie zu.

Sie weicht zurück und hebt eine Hand. »Halt. Du darfst nicht Sex mit mir haben und dann die Kontrolle über mein Leben übernehmen, Nick. Ich habe dich nicht einmal eingeladen in mein Leben. Ich habe dich für eine einzige Nacht eingeladen. Das ist meine harte Grenze, Nick.«

Ich fasse in Worte, was ich gerade erst selbst begriffen habe: »Ich hatte genug Frauen für eine Nacht, Faith. Du bist keine davon.« Ich gebe meiner Stimme einen festen Klang. »Ich gehe nicht. Du brauchst meine Hilfe, und du wirst meine Hilfe annehmen.«

»Das darfst du nicht einfach so entscheiden. Ich bin nicht irgendein Mädchen, das deinetwegen seinen eigenen Willen verliert, Nick. Ich bin eine erwachsene Frau, die ihr Leben lebt und ihre eigenen Entscheidungen trifft.«

»Und die jetzt Hilfe hat. Es ist nichts daran auszusetzen, Hilfe zu brauchen, eher daran, dass man keine bekommt.«

»Du kannst mich nicht wie ein Bulldozer überrollen, Nick. Ich werde es nicht zulassen.«

»Wenn ich das könnte, würdest du mich nicht interessieren, Faith. Und das tust du. Jetzt noch mehr als in dem Moment, in dem ich dir das erste Mal begegnet bin. Das ist etwas Neues für mich. Für gewöhnlich reicht es mir nach einer Nacht, und ich verliere das Interesse.«

»Siehst du, genau das ist der Grund, warum ich so reagiere. Du hast gerade meine Gedanken im Wesentlichen bestätigt. Du wirst mir helfen, bis dein Interesse erlischt. Ich bezahle nicht mit Geld, sondern indem ich dich unterhalte und mit dir Sex habe, bis mir das Missgeschick widerfährt, deinen Appetit gestillt zu haben. Ich brauche die Gefühle, die du gerade in mir geweckt hast, nicht in meinem Leben, weder jetzt noch jemals wieder. Geh, Nick.« Sie dreht sich auf dem Absatz um und marschiert davon.

Ich stehe da und analysiere im Geiste all die Gründe, warum sie mich gerade hinausgeworfen hat, die zu befolgen ich nicht die Absicht habe. Sie hat etwas zu verbergen. Verlegenheit. Das Etwas, das sie verbirgt, dreht sich vielleicht nicht einmal um ein Verbrechen, sondern um diese Verlegenheit.

Macom. Er war offensichtlich ein Teil ihres Lebens, und zwar ein schlechter. Ich bin in ihr Leben hineingestürmt, ohne ihr Zeit zum Atmen zu geben oder Zeit, mich zurückzuweisen. Aber ich habe keine Wahl. Ich kann das nicht zulassen, nicht unter diesen Umständen. Und wie sich herausstellt, will ich aus meinen eigenen persönlichen Gründen nicht, dass sie mich zurückweist, aus Gründen, die ich untersuchen werde, wenn Faith' berauschender Duft mich nicht verdammt noch mal in den Wahnsinn treibt.

Ich folge ihr abermals und finde sie in der Küche, wo sie mit dem Rücken zu mir steht und auf eine Espresso-Maschine starrt, aus der Kaffee in eine Tasse tropft. Sie weiß, dass ich hier bin. Ich kann es spüren, aber sie geht zum Kühlschrank und holt eine aromatisierte Kaffeesahne heraus.

Ich will um diese Kücheninsel herumstürmen und sie an mich ziehen, sie küssen, bis sie für mich dahinschmilzt. Ich will sie ausziehen und gleich hier auf der massiven Holzinsel vögeln. Aber all das würde ihre Anklage nur bestätigen, dass ich lediglich Sex von ihr will.

Ich unterdrücke diese Triebe und eine verdammte Überdosis Testosteron, gehe zu dem Barhocker ihr gegenüber an der Insel und setze mich. Sie tritt vor die Espresso-Maschine, gibt Sahne in die Tasse und dreht sich dann zu mir um, die Tasse in beiden Händen. »Ich bin nicht dein Spielzeug.«

»Stimmt. Das bist du nicht. Aber ich bin auch nicht deins, Faith. So ist das nicht zwischen uns.«

»Es fühlt sich aber so an.«

»Wie gesagt, was wir haben, ist wahnsinnig heiß. Das ist aber nicht alles zwischen uns.«

»Du kannst nicht einfach in mein Leben spazieren und versuchen, die Verantwortung dafür zu übernehmen«, wiederholt sie.

»Das tue ich nicht.«

»Tust du doch. Es ist deine Art.«

Sie hat recht. Es stimmt. »Im Allgemeinen sind die Leute erleichtert, wenn ich ihnen helfen will.«

»Abgesehen von der lächerlichen Arroganz dieser Bemerkung, die dir diesmal auch nicht weiterhilft, Nick Rogers, hast du diese Leute vorher gevögelt und ihnen Schläge auf den Hintern gegeben?« Sie hebt eine Hand. »Beantworte die Frage nicht. Ich will nicht, dass du mir erzählst, was ich hören möchte.«

»Was möchtest du denn hören, Faith?«, frage ich. Ihre Bemerkung spricht Bände darüber, wo sie mit den Gedanken ist, und sie konzentrieren sich nicht darauf, mich hinauszuwerfen.

»Nichts«, sagt sie. »Ich habe dir erklärt …«

»Lass uns über meine Grenzen bei Frauen reden«, sage ich. »Sie sind tatsächlich ziemlich einfach. Kein morgen. Keine Konversation. Kein Geständnis über meine vielen Nannys, von denen erzähle ich sonst niemandem. Was mich betrifft: Ich will nur vögeln.«

»Warum hast du mir dann von den Nannys erzählt?«

»Weil mir mein Bauchgefühl gesagt hat, dass du es hören wolltest. Verdammt. Vielleicht musste ich es jemandem erzählen, der es hören wollte. Ich weiß nicht, was da zwischen uns ist, Faith, aber es ist nicht das, was du daraus zu machen versuchst.«

»Du hast gesagt, wir sollten nur Sex miteinander haben und einander dann vergessen.«

»Ich weiß, was ich gesagt habe.«

»Und jetzt …«

»Und jetzt will ich mehr. Das ist genau das, was ich mit dir immer denke. Ich will mehr. Was bedeutet das? Verdammt, ich weiß es nicht, aber ich muss es herausfinden, und ich denke, das Gleiche gilt für dich.«

»Schon wieder diese Arroganz?«

»Nicht diesmal, nein. Das sind nur Fakten. Ich kann nicht versprechen, wo es hinführt, aber ich kann dir sagen, dass es für mich nicht nur um Sex geht. Wenn es so wäre, würdest du in diesem Moment nackt auf der Arbeitsplatte liegen, denn genau dort wollte ich dich haben, als ich diesen Raum betreten habe.«

Sie errötet nicht. Sie schaut mir in die Augen. »Du hast gesagt, dass du nicht mehr wolltest.«

»Ich wollte auch nicht mehr, aber ich habe im Leben gelernt, nicht vor dem Unerwarteten davonzulaufen. Und ich laufe nicht vor dem hier davon und erlaube dir ebenfalls nicht, davor davonzulaufen wegen einer Vergangenheit, für die ich nichts kann.«

»Die Vergangenheit ist ein Teil von mir.«

»Aber ich bin es nicht«, sage ich, »und in der Diele hast du auf mich reagiert, als wäre ich es.«

Sie schüttelt den Kopf und ringt offensichtlich mit der Frage, wohin das hier führt. Sekunden verrinnen, bevor sie an ihrem Kaffee nippt und ihn dann auf die Insel stellt und mir in die Augen sieht. »Du bist sehr anmaßend, Nick.«

»Stimmt.« Ich greife nach ihrer Kaffeetasse. »Aber nur bei Dingen, die mir wichtig sind, und es scheint so, als ob du mir wichtig bist.« Ich drehe die Tasse, sodass meine Lippen genau die Stelle treffen, wo vor Sekunden ihre waren, und der Akt verrät ihr, dass wir jetzt verbunden sind. Diese Besitzgier, die ich bei zahlreichen Gelegenheiten mit Faith empfunden habe, ist wieder da.

Ich trinke und nehme einen Schluck von dem schokoladigen Gebräu, das auf ihren Lippen besser schmecken würde. »Ich gewinne langsam den Eindruck, dass du ganz schön gern Süßes magst.«

»Das tu ich«, bestätigt sie. »Und doch hast du nichts Süßes an dir, Nick.«

»Da wärst du vielleicht überrascht. Wenn du mir eine Chance gibst.«

»Du wirst mich nicht wie ein Bulldozer überrollen.«

»Das hast du bereits gesagt«, antworte ich und nippe abermals an ihrem Kaffee, dann stelle ich die Tasse wieder vor sie hin. »Und da du es anscheinend noch einmal hören musst: Wenn es nach mir ginge, wäre mein Interesse an dir längst erloschen.« Ich schlage einen sanfteren Tonfall an. »Lass nicht zu, dass Stolz oder Angst der Lösung eines Problems in die Quere kommen, das du lösen musst.«

Sie greift nach der Kaffeetasse, nimmt einen Schluck und dann noch einen Schluck. Als sie sie wieder wegstellt, ziehe ich eine Braue hoch, da sich darin ihre Nervosität zeigt. Es gefällt mir, dass sie nervös sein und diese Nervosität überwinden kann. Das macht sie stark, was ihre nächste kluge Frage beweist. »Ist es nicht ein ethisches Problem für dich, wenn du mit mir schläfst und mich gleichzeitig vertrittst?«

»Nicht, solange die Beziehung bestanden hat, bevor ich dein Anwalt geworden bin.«

»Ich habe bereits einen Anwalt. Frank vertritt das Unternehmen.«

»Frank ist Immobilienanwalt und steht kurz vor der Rente. Er wird sich die Bank nicht zum Feind machen. Ich schon.« Ich schlage einen sanfteren Tonfall an. »Rede mit mir, Faith. Lass mich helfen, und ich verspreche, dass diese Hilfe nicht an Bedingungen geknüpft sein wird. Was immer mit uns persönlich passiert, ich werde bis zum Ende dieser Angelegenheit an deiner Seite stehen.«

»Ich hasse es, dir meine Schmutzwäsche zu zeigen. Und es geht nicht einmal darum, dass ich dich kaum kenne. Es geht darum, dass ich dich nicht so kennenlernen will.«

Es ist eine ehrliche Antwort. Ich höre es im rauen Klang ihrer Stimme. Ich sehe es in der Qual in ihren Augen. Und jede ehrliche Antwort, die sie mir gibt, stärkt mein Vertrauen in sie. »Wir haben alle unsere schmutzige Wäsche, Faith. Ich habe dir erzählt, dass mein Vater sämtliche meiner zahlreichen Nannys gevögelt hat. Ich rede sonst nicht über meinen Vater. Schon gar nicht über die vielen Nannys.«

»Nein?«

»Nein, Faith, das tue ich nicht.«

»Du dachtest, ich wollte das hören«, sagt sie, aber es ist keine Frage, und sie greift wieder nach der Tasse und zieht sich zurück.

»Warum hast du gerade versucht, dich mir gegenüber zu verschließen?«, frage ich.

Sie stellt die Tasse beiseite, und ein Moment verstreicht, bevor sie aufschaut und mir in die Augen sieht. »Ich weiß es zu schätzen, dass du mir das erzählt hast.«

»Aber du hast dich zurückgezogen.«

»Nein. Es ist nur … ich habe die Wucht deiner Worte aufgenommen. Habe sie in mich einsinken lassen, und meine Reaktion auf … dich, Nick. Und ich will nicht undankbar sein, was dein Angebot betrifft, mir zu helfen. Es tut mir leid. Mir ist die ganze Sache peinlich. Und du bist sehr überraschend.«

»Ich habe dich kennengelernt, als diese beiden Arschlöcher im

Weingut versucht haben, dir Geld abzunehmen. Ich habe gewusst, was du durchmachst, als ich dich umworben habe.«

»Du hast gewusst, dass du mich nackt sehen wolltest«, sagt sie und stößt ein freudloses Lachen aus. »Das ist ein Unterschied.«

»Ich wiederhole. Ich bin hier. Ich gehe nicht weg. Ich helfe dir. Wenn mich das zu einem Tyrannen macht, lass uns darüber streiten und es hinter uns lassen.«

»Ich will mich nicht auch noch mit dir streiten.«

Es ist nicht schwer zu schlussfolgern, dass das »auch« sich auf die Geldeintreiber bezieht, aber mein Bauchgefühl sagt mir, dass mehr dahintersteckt, doch fürs Erste konzentriere ich mich aufs Geschäft und gehe einem emotionalen Anreiz aus dem Weg. »Wenn du Frank nicht loswerden willst, werde ich mich mit Frank arrangieren. Aber zuerst brauche ich Details von dir.«

»Details«, wiederholt sie.

»Ja. Details. Wenn das einfacher ist, kann ich dir sagen, was ich herausgefunden habe, als ich Nachforschungen über dich angestellt habe.«

»Bitte tu das nicht. Ich will es lieber nicht wissen. Die Fakten, ohne das Familiendrama, sind: Mein Vater hat das Weingut meiner Mutter vermacht unter der Bedingung, dass ich es nach ihrem Tod erbe. Sie hatte kein Testament und lag anscheinend mit einem Darlehen vier Monate im Rückstand, das mein Vater vor fünf Jahren aufgenommen hat. Wie sich herausgestellt hat, war sie bei den meisten Dingen im Verzug. Steuern, Zulieferer, die Bank.«

»Läuft das Weingut schlecht?«

»Nein. Das ist es ja. Sie hat es nicht geleitet. Das war ich. Ich habe fast alles gemanagt während der letzten beiden Jahre nach dem Tod meines Vaters, und ich hatte den Überblick über unsere Einnahmen und Ausgaben. Wir haben netto vierzigtausend im Monat eingenommen – tun es noch immer –, bevor ihr Einkommen abging.«

»Aber sie hat den Kredit nicht bedient und offensichtlich auch verschiedene Zulieferer nicht.«

»Einige Monate vor ihrem Tod habe ich die ersten Anrufe von

Geldeintreibern bekommen. Ich habe meine Mutter deswegen zur Rede gestellt, und sie hat gesagt, sie hätte es geregelt.«

»Wie geregelt?«

»Genau das habe ich auch gefragt, aber sie hat dichtgemacht.«

»Und du hast keine Ahnung, wo das Geld ist?«

»Ich habe keinen Einblick in ihre Konten, weil die Bank immer wieder jeden Nachlassverwalter ablehnt, den wir zu benennen versuchen, und einen Interessenskonflikt vorschützt.«

Ich klopfe auf den Tisch, und meine Gedanken überschlagen sich. Wenn ihre Mutter Geld gebraucht hat, ergibt es einen Sinn, dass sie meinen Vater erpresst hat. Aber sie hat es offensichtlich nicht benutzt, um die Rechnungen zu bezahlen. Ist Faith' Mutter genau wie mein Vater erpresst worden? Hatte ihre Mutter vor, das Weingut zu verlassen und mit jemandem durchzubrennen?

»Es ist schlimm, stimmt's?«, fragt Faith, als ich nicht sofort antworte.

»Wir werden Aufschub bei der Bank bekommen«, sage ich. »Und wir werden dir deinen Nachlassverwalter besorgen und dir ein wenig Zeit verschaffen. Ich kann dir nicht versprechen, wie viel Zeit es sein wird, aber es wird auf jeden Fall etwas sein. Hast du die Steuern bezahlt?«

»Ja. Ich habe das benutzt, was ich vom Erbe meines Vaters noch übrig hatte. Und ich bezahle die Zulieferer für laufende Lieferungen und noch ein wenig obendrauf, was für einige von ihnen in Ordnung ist. Nicht für alle. Ich hätte eine Hypothek auf dieses Haus aufgenommen, aber es ist zu wenig wert, und ich kann es nicht mit Profit verkaufen.«

»Wie viel schuldest du der Bank?«

»Sechzigtausend Dollar, und dann noch hunderttausend den Zulieferern.«

Und doch hat mein Vater ihrer Mutter Schecks im Wert von einer Million Dollar ausgestellt. Es ergibt einfach keinen Sinn. Ich betrachte die Darlehenspapiere, die sie mir gegeben hat. »Dieses Darlehen ist nicht mal annähernd so hoch, wie dein Besitz wert ist. Hast du das Weingut schätzen lassen? Ehe ich die Erbsache kläre, hast du bedacht …«

»Nein«, sagt sie, denn sie kann offensichtlich meine Gedanken lesen. »Ich kann das Gut nicht verkaufen. Ich habe meinem Vater versprochen, dass es in der Familie bleiben würde, und ich würde es ohnehin nie verkaufen, bevor die Bank den Kredit aufkündigt.«

»Also hat deine Mutter gewusst, dass du eine Katastrophe erben würdest, wenn du dich nicht um das Weingut kümmerst.«

»Ja. Sie hat es gewusst. Aber es ging für mich nicht um das Erbe. Das hier war nie mein Leben oder mein Traum, aber sie hat gewusst, dass die Wünsche meines Vaters für mich heilig waren und es immer noch sind.«

Und so hat Faith also ihre Kunst und ihr Leben aufgegeben, was für einige ein Motiv gewesen wäre, ihre Mutter zu töten, die Zügel zu ergreifen und einfach zu versuchen, dem höllischen Kreislauf der vergangenen zwei Jahre ein Ende zu machen, aber das klingt für mich einfach nicht plausibel. Doch die Möglichkeiten, wie ich meinen Vater in der Angelegenheit unterbringen könnte, sind zahlreich: beispielsweise dass er herausgefunden hat, wer ihre Mutter umgebracht hat, was allerdings kein Grund für die Schecks darstellt, die er ihrer Mutter ausgestellt hat.

»Auf den Konten meiner Mutter muss Geld sein, an das ich herankommen muss, um das alles zu regeln«, fährt sie fort. »Und selbst wenn da keins ist, was vollkommen unlogisch ist, habe ich einen großartigen Geschäftsführer im Weingut. Wir sind ein tolles Team. Wir verdienen Geld. Solange ich mich reinhänge, habe ich die Möglichkeit, weiter Erfolg zu haben. Ich brauche einfach mehr Zeit, um die Dinge zu klären.«

»Bist du dir sicher, dass du vierzigtausend im Monat verdienst?«

»Ja. Absolut. Vierzigtausend nach Abzug der Kosten, was selbst angesichts der Liebe meiner Mutter zu Männern, Botox und Kleidern bedeutet, dass trotz des Geldes, das sie dafür ausgegeben hat, Ersparnisse da sein müssten.«

»Männer«, wiederhole ich. »Gab es einen jungen Typen, für den sie Geld ausgegeben hat?«

»Es hat immer irgendeinen jungen Typen gegeben, Nick, selbst als mein Vater noch lebte. Zumindest hatte dein Vater seine Affären nicht, solange er mit deiner Mutter verheiratet war.«

»Der einzige Unterschied zwischen dir und mir ist der, dass meine Mutter meinen Vater verlassen hat und dass ich nicht blind oder jung genug war, um nicht zu wissen, warum.«

»Zumindest hatte sie Selbstachtung. Mein Vater hat über die Affären meiner Mutter Bescheid gewusst, aber er wollte nicht gehen. Er hat Ausreden für sie gesucht. Deshalb bin ich in L.A. aufs College gegangen und dort geblieben. Ich habe meinen Vater geliebt, aber es hat mir wehgetan mitanzusehen, wie er wieder und wieder verletzt wurde. Und sein Verhalten passte nicht zu dem, was ich über ihn wusste.«

Mit anderen Worten, ihre Mutter hätte sich mit allen möglichen Männern zusammentun können, um meinen Vater zu erpressen, vielleicht mit einem größeren Plan, aber vielleicht auch nicht. Zum Beispiel um sich mit dem gesamten Geld des Weinguts aus dem Staub zu machen, was Faith leidend zurückgelassen hätte. Was die Frau ironischerweise auch erreicht hat, aber egal.

»Nick«, fleht Faith. »Du schweigst schon so lange, und das macht mich ein wenig unruhig. Was denkst du gerade?«

»Hat es in jüngster Zeit einen Mann gegeben, von dem du gewusst hast?«, frage ich auf der Suche nach einem Verdächtigen, der nicht Faith ist.

»Ihre Aufmerksamkeitsspanne war immer kurz, aber sie wusste auch, dass ich ihr Verhalten nicht gutgeheißen habe. Sie hat ihre Männer nicht mitgebracht, wenn ich da war. Doch im vergangenen Jahr war sie mehrfach länger in San Francisco.«

Um meinen Vater zu besuchen, schlussfolgere ich, und in diesem Moment wünschte ich mir, ich hätte Faith das sagen dürfen, aber das geht nicht. Selbst wenn ich mir sicher wäre, dass sie unschuldig ist – wenn sie die Wahrheit erfahren würde, warum ich nach ihr gesucht habe, würde sie mich davonjagen, bevor ich ihr helfen könnte. »Du hast keine Ahnung, wohin sie gegangen ist oder mit wem sie sich getroffen hat?«

»Nein. Ich habe keinen blassen Schimmer. Ich habe sie danach gefragt, aber sie hat nur geantwortet, sie wolle ›einen Freund‹ besuchen, der dort wohnte. Nick. Was denkst du gerade?«

»Irgendetwas passt da nicht zusammen, Faith. Das musst du doch auch erkennen.«

Sie atmet ein und senkt die Wimpern. »Ja, klar.« Sie sieht mich wieder an. »Ich werde herausfinden, dass sie das Geld irgendeinem heißen, jungen Typen gegeben hat, genau wie du es angedeutet hast, und dann bin ich wütend. Verdammt wütend.« Sie richtet sich auf, einen entschlossenen Ausdruck auf dem Gesicht. »Aber was immer sie getan oder nicht getan hat, ich habe trotzdem vor, das Weingut zu retten. Ich brauche einfach nur Zeit.«

Ich betrachte sie einige Sekunden lang, und es gibt da ein paar kalte, harte Fakten zu dem Thema, wie die Bank diese Angelegenheit geregelt haben möchte, doch ich beschließe, mir das für später aufzuheben. »Ich muss mit Frank reden. Wir müssen beide mit Frank reden, damit er weiß, dass du einverstanden bist.«

Ich schaue auf meine Rolex. »Es ist erst acht, und heute ist Samstag. Im Gegensatz zu den beiden Handlangern, die gerade hier aufgetaucht sind, sollten wir ihm noch ein paar Stunden Zeit zum Schlafen geben. Abgesehen davon, dass mich ein Anruf von North erwartet, auf den ich mich vorbereiten muss.« Ich sehe noch einmal auf meine Armbanduhr. »Ich werde einen Termin für heute Mittag vereinbaren.«

»O Gott«, murmelt sie. »Deine Vorbereitung für das Abschlussplädoyer. Bitte, schieb es einfach beiseite, bis das vorbei ist. Ich habe so lange durchgehalten. Ich schaffe auch noch eine weitere Woche.«

Ich erzähle ihr nicht, dass die Bank versuchen könnte, einen schmutzigen Trick durchzuziehen, weil ich das nicht zulassen werde. »Ich habe meine Arbeit im Wagen. Ich setze mich an deinen Küchentresen, und nachdem ich mit North fertig bin, werden wir Frank anrufen«, schlage ich vor, gehe um die Insel herum und ziehe sie mit all ihren weichen, verführerischen, erotischen Kurven an mich.

Und als sie mir eine Hand auf die Brust legt, ist diese Erektion wieder da. Ich bin hart. Mir ist heiß. Und ich will sie. »Aber ich werde etwas anderes zu essen brauchen als Eis«, füge ich hinzu, »außerdem eine kalte Dusche, da ich im Moment keine Zeit habe, dich ordentlich zu vögeln, und ich möchte dich im Moment wirklich gern vögeln.«

»Weißt du«, antwortet sie und drückt die Hand fester auf meinen nackten Bauch, während ihre Augen verschmitzt blicken und die Sorge und die Wut der vergangenen Minuten zumindest für den Moment unwichtig geworden sind, auch wenn sich die Probleme nicht in Luft aufgelöst haben. »Ich habe überlegt, dir zu sagen, dass wir die Dinge abkühlen lassen sollten. Aber deine Hose ist offen, und dein Schwanz ist …« Sie berührt mit den Fingern die Eichel, »genau hier. Und du musst wirklich Dampf ablassen, wenn du für dich selbst und für mich einen guten Job machen willst. Ich fühle mich verpflichtet zu helfen.«

»Ach ja?«

»Ja«, bestätigt sie, und verdammt, sie lässt sich auf die Knie nieder und hat meinen Schwanz im Nu aus meiner Hose geholt und in die Hand genommen. »Und ich habe das Gefühl, dass das die richtige Methode dafür ist.« Sie streicht mit der Zunge über die Eichel und schaut lächelnd zu mir auf. »Salzig. Du hast das hier wirklich gebraucht, hm? Und nur für den Fall, dass dir Zweifel kommen. Du brauchst nichts zurückzuhalten. Ich habe vor zu schlucken.« Und mit dieser verruchten, verführerischen Bemerkung nimmt sie mich in den Mund.

Und verdammt. Faith ist gut. Sie saugt. Sie leckt. Und als ich eine Hand in ihr Haar kralle und in sie hineinstoße, gibt sie heiße kleine Laute von sich, als brauche sie das hier genauso sehr wie ich. Meine Eier werden hart, während ich voll entbrenne.

Sie legt eine Hand um meinen Oberschenkel, um sich festzuhalten, und ich bin kurz davor. So verdammt kurz davor. »So ist es richtig, Süße«, murmele ich mit leiser, rauer Stimme. »Das ist gut.« Ich schiebe die Hand in ihr Haar, und ein Drängen brandet in mir auf.

Ich stoße fester zu, schiebe meinen Schwanz tiefer in ihren Mund, und sie nimmt mich auf, saugt noch kräftiger an mir, und das reicht für mich. Ich komme, und ein heiseres Stöhnen entschlüpft mir bei der Erleichterung, die folgt. Mein Schwanz zuckt in ihrem Mund, und sie tut genau das, was sie versprochen hat. Sie schluckt, aber sie hat es nicht eilig, das hier zu beenden. Sie streift mit Zunge und Lippen über meinen Schwanz und überlässt mich langsam der Vollendung des verdammt noch mal besten Blowjobs meines Lebens.

Und als ich den Kopf senke und mein Blick den ihren findet, nimmt sie den Mund von mir. Sie erhebt sich, und ich reiße sie an meine Brust. »Du weißt, das war keine …«

»Bezahlung für geleistete Dienste? Da hast du verdammt recht. Das war freiwillig, Nick. Und jetzt werde ich duschen und etwas zu essen besorgen, damit du deine Arbeit erledigen kannst.« Sie stößt sich von mir ab und geht davon.

Verdammt, diese Frau erschüttert meine Welt. Ich hoffe inständig, dass sie unschuldig ist, denn ich stecke jetzt tief in dieser Sache drin. Und werde bald noch tiefer drinstecken, denn sie wird in dieser Dusche nackt sein, genau wie ich.

# Kapitel 15

Tiger

Es ist fast elf, als Faith so weit ist, aufzubrechen, etwas zu essen einzukaufen. Ich begleite sie nach draußen zu meinem BMW, während ihr eigenes Auto auf den Abschleppwagen wartet, den wir vor einigen Minuten angerufen haben.

Wir tragen beide ausgewaschene Jeans und Stiefel, ich habe ein schwarzes T-Shirt mit dem klassischen königsblauen BMW-Logo darauf an, und sie trägt eine Art rosafarbenes langärmeliges Spitzen-T-Shirt, das sich genau richtig um ihre Brüste schmiegt. Ihr langes blondes Haar riecht wieder nach Vanille und Amber und ist auch über ihre Brustwarzen ausgebreitet, die ich erst vor fünfzehn Minuten im Mund hatte.

Sie lässt meine Schlüssel zwischen uns baumeln. »Es macht mich ein wenig nervös, dein Auto zu fahren.«

»Mach es nicht kaputt, dann passiert dir nichts.«

»Danke für diesen tröstlichen Gedanken und dein Vertrauen.«

»Das ist es, was die Leute an mir mögen«, versetze ich. »Ich bin immerzu warm und flauschig.«

Ihr sexy Mund wölbt sich, und verdammt, ich denke schon wieder an diesen Mund um meinen Schwanz. »Wie gesagt, Nick Rogers«, erwidert sie, als hätte sie meine Gedanken gehört. »An dir ist nichts Süßes.«

Ich ziehe sie an mich und gebe ihr einen langen Kuss, und ich kann diesen Duft von Vanille und Amber auf ihren Lippen schmecken. »Ist das süß genug?«, frage ich.

»Deine Küsse sind nicht süß, ebenso wenig wie du ein netter Kerl bist«, antwortet sie. »Aber du hast recht. Nettigkeit wird überbewertet und Süßsein ebenfalls.«

Ich werfe einen Blick auf ihre rosa geschminkten Lippen. »Warum zur Hölle geht dein Lippenstift nie weg?«

Sie lacht. »So aufgebracht wegen Lippenstift. Er soll nicht weggehen. Er wird extra so hergestellt.«

»Mmm. Gut. Ich denke, ich mag Herausforderungen.«

»Deine Herausforderung ist dein Abschlussplädoyer nächste Woche. Lass mich in den Supermarkt fahren und italienisches Essen kaufen, wie ich es dir versprochen habe, damit du deinen Job erledigen kannst.«

»Ich glaube nicht, dass ich je eine Frau hatte, die mich zur Arbeit ermahnt hätte«, bemerke ich. »Es hat etwas überraschend Erregendes. Aber ich muss mich beeilen.« Ich lasse sie los und öffne die Autotür. »Jetzt fahr, bevor ich diesen Anruf auf heute Mittag verschieben muss.«

Sie macht Anstalten einzusteigen, hält dann aber noch einmal inne. »Mach es dir gemütlich. Brenn nur das Haus nicht ab, dann passiert dir nichts.«

Mit einem Lachen darüber, dass sie es schafft, in unserem Spiel jederzeit für Gleichstand zu sorgen, sehe ich zu, wie sie in den BMW steigt. Ich schließe ihre Tür und trete zurück, um sie zu beobachten, wie sie davonfährt. Als sie den Gang einlegt, komme ich zu dem Schluss, dass irgendetwas ganz und gar nicht stimmt, und trotzdem ist es gleichzeitig absolut richtig, dass eine Frau, die ich gevögelt habe, in meinem Spielzeug sitzt, meinem BMW Hurricane.

Es gibt etwas an Faith, das gleichzeitig falsch und richtig ist. Sie verschwindet um eine Kurve, und ich seufze. Ich kann nur fest hoffen, dass sie genauso gut Auto fährt, wie sie mich reitet.

Ich gehe durch die Einfahrt und marschiere die Treppe hinauf. Als ich im Haus bin, schließe ich die Tür und bereite mich darauf vor, eine Durchsuchung zu starten. Aber verdammt, es ist unmöglich, nicht das Gefühl zu haben, damit Faith' Vertrauen zu missbrauchen, was mein Bedürfnis anfacht, ihre Unschuld zu beweisen und nicht ihre Schuld.

Ihre Unschuld muss sich klar erweisen. Es wird ein Schlag für sie sein, herauszufinden, warum ich nach ihr gesucht habe, aber sie wird es verstehen. Mir zu verzeihen könnte auf einem anderen Blatt stehen, aber im Moment muss ich einfach einen Mörder finden, der nicht sie ist.

Ich sehe auf meine Armbanduhr: Viertel nach elf. Ich brauche Zeit, um das Material zu sichten, das North mir gewiss bereits per E-Mail zugeschickt hat, aber das wird nicht passieren, bevor ich meine Durchsuchung nicht gemacht und mit Faith gegessen habe. Ich werde jetzt weder das Plädoyer durchsehen noch North weitere Anweisungen erteilen, deshalb nehme ich mein Telefon aus der Tasche und schreibe ihm: *Es wird vierzehn Uhr.*

Er antwortet so verdammt schnell, dass ich nicht weiß, woher er die Zeit genommen hat zu tippen: *Verstanden, Boss.*

Ich grinse und stopfe mir mein Handy wieder in die Tasche. »Der Junge ist wirklich eifrig«, murmele ich. »Das muss man ihm lassen.«

Um keine Zeit zu verlieren, mache ich mich auf den Weg zu Faith' Schlafzimmer, wo die meisten Menschen ihre Geheimnisse aufbewahren. Sobald ich dort bin, lege ich eine Hand auf eine Kommodenschublade und zögere. Verdammt. Ich hasse es, das zu tun, aber mir bleibt nichts anderes übrig.

Ich ziehe eine wohlgeordnete Schublade nach der anderen heraus und finde nichts Ungewöhnliches. Als Nächstes kommen die Nachttische an die Reihe, und dort ist es das Gleiche. Das Bett ist in ein Podest eingelassen, was bedeutet, dass sich darunter keine Verstecke befinden, aber mein Blick fällt auf ein Gemälde darüber, eins ihrer eigenen Werke. Dieses zeigt einen Weinberg mit einem Spritzer Rot auf einer Rebe.

Sie ist talentiert, unglaublich talentiert, was meine Aufmerksamkeit auf diese Karte von Faith' Vater richtet, die sie nicht öffnen wollte. Warum weiß ich, dass es bei dieser Karte ausschließlich um sein Vertrauen in sie und seinen Stolz auf sie geht, weil sie das Weingut übernimmt, mit einer negativen Bemerkung zu ihrer Kunst, ihrer Leidenschaft?

Und doch möchte sie ihm selbst nach seinem Tod gefallen, weil sie sich nach seiner Liebe sehnt. Das Problem hatte ich mit meinem Vater nicht. Ich habe mir niemals irgendetwas von dem Mann ersehnt. Verdammt, er hat Meredith Winter wahrscheinlich eine Million Dollar gegeben, damit ich eine Million Dollar weniger erbe.

Ich verkneife mir ein Grinsen, wende mich vom Bett ab und gehe ins Bad, durchsuche die Schubladen dort, und dann nehme ich mir Faith' Ankleideraum vor. Dort schaue ich auch in Handtaschen und Schuhe, aber das Ergebnis ist das gleiche. Nichts.

Von da an arbeite ich mich bis zum anderen Ende des Hauses vor, wo ich eine kleine Bibliothek finde, mit einigen Polstersesseln und Regalen voller Kunstbücher. Ich habe keine Zeit, diese Bücher unter die Lupe zu nehmen. Ich muss ein Büro finden. Es muss eins geben, oder einen Raum, wo sie ihre Dokumente aufbewahrt, und das hier ist nicht dieser Raum.

Mit einem Blick auf meine Armbanduhr schätze ich, dass ich noch dreißig Minuten Zeit habe, bevor Faith zurückkehrt, und ich marschiere zur Küche und unterziehe sie ebenfalls einer schnellen Durchsuchung.

Als mir klar wird, dass ich nirgendwo mehr suchen kann, außer in Faith' Atelier, zögere ich. Das fühlt sich wie ein Ort an, an den sie mich führen sollte, aber irgendwo dort oben könnte sich ein Büro befinden, und danach muss ich jetzt suchen.

Doch erst einmal gehe ich ins Esszimmer, wo ich meine Aktentasche gelassen habe, die ich vor Faith' Abfahrt aus dem Wagen geholt habe. Ich setze mich an den rechteckigen Tisch aus dunklem Holz und betrachte die Anrichte, die keine Schubladen hat, bevor ich ein MacBook auspacke und Akten, damit es so aussieht, als hätte ich gearbeitet.

Als Nächstes muss ich einen Telefonanruf tätigen, bevor Faith zurückkehrt, und das ist noch wichtiger, als das Atelier nach Papieren zu durchsuchen. Ich gehe zu einem der bodentiefen Fenster, die die Anrichte umrahmen, und ziehe den Vorhang zurück, um ein Auge auf die Einfahrt zu werfen, bevor ich mein Telefon hervorhole und Beck Luches Nummer wähle.

Luche ist ein tätowierter Ex-CIA-Agent, der jetzt als Privatdetektiv arbeitet, und das zu einem nicht geringen Preis. Er hat außerdem fünf Jahre als abtrünniger US-Hacker bei einer russischen Hacking-Operation mitgemacht. Das ist ein Detail an seiner Vergangenheit, das ich herausgefunden habe, als er für eine mit hunderttausend Dollar bezahlte Aktion eines meiner Hightech-Mandanten in Betracht kam.

Er hat den Job bekommen, und ich habe ihn persönlich vor drei Wochen engagiert, nachdem ich zwei Wochen darauf gewartet hatte, dass er einen anderen Job zu Ende gebracht hat. Aber ich wollte nicht, dass diese Sache schiefläuft.

»Nicolas«, meldet er sich und benutzt diesen Namen, obwohl ich ihn ausdrücklich darum gebeten habe, das nicht zu tun. »Wie läuft es mit der Möchtegern-Schwarzen-Witwe, falls sie je heiraten sollte?«, fragt er.

Ich knirsche mit den Zähnen angesichts der Spitze. »Sie ist entweder unschuldig oder eine verdammt gute Schauspielerin.«

»Die besten Kriminellen sind immer die besten Schauspieler.«

»Macom Maloy. Haben Sie ihn überprüft?«

Er schnaubt. »Wenn Sie gedacht haben, ich sei ein Amateur, warum haben Sie mich dann für so verdammt viel Geld engagiert?« Er wartet nicht auf meine Antwort, die er ohnehin nicht hören wollte, sondern spricht weiter. »Natürlich habe ich den Ex-Freund überprüft. Und dieser Kerl würde sich auf alles einlassen, aber er ist nicht schlau genug, um Erpressung und Mord durchzuziehen, erst recht nicht, da er in einer anderen Stadt lebt.«

»Aber er hat Geld, um jemand anderen dafür zu bezahlen, es zu tun.«

»Dieser Mann denkt nicht über Faith Winter nach, und er hat keinerlei Verbindungen zu Meredith Winter. Dieser Mann denkt an Geld, Kunst und einen privaten Sexclub wie den, der Ihnen gehört. Er ist früher mit Faith dort hingegangen, aber jetzt geht er einfach allein hin, und das mehrfach die Woche.«

Ich hatte keine Ahnung, dass Beck von dem »Zigarrenclub« weiß, der eine Fassade für den Sexclub ist, den ich im vergangenen Jahr von einem Freund und Mandanten gekauft habe, als dieser geheiratet hat. Aber andererseits, wenn er es nicht gewusst hätte, wäre er es nicht wert, ihn zu engagieren.

Und der Club, in den Macom Faith mitgenommen hat und durch den er sie ersetzt hat, erklärt viele von Faith' Hinweisen auf ihre sexuelle Vergangenheit. Es deutet auch auf eine weitere unangenehme Offenbarung über diese Frau an, die ich weder früher noch später hören will.

»Lassen Sie mich berichten, was ich weiß«, sagt Beck. »Dank der Aufnahmen der Videoüberwachung aus dem Haus Ihres Vaters habe ich herausgefunden, dass Meredith Winter Ihren Vater sechs Monate lang einmal die Woche besucht hat, bevor sie gestorben ist. Den ersten der Schecks, die sie bekommen hat, hat er ihr vor vier Monaten ausgestellt.«

Ich schnappe nach Luft. »Also hat sie ihn tatsächlich besucht.«

»Sie ist bei diesen Besuchen zu ihm nach Hause gegangen und stundenlang geblieben. Ich habe einige Aufnahmen, bei denen küssen sie sich an der Tür. Er hat sie gevögelt, aber es ist darüber hinausgegangen. Zwischen ihren Besuchen hatten sie regelmäßige Telefongespräche. Leider keine E-Mails. Aber zusammenfassend gesagt: Eine Beziehung zwischen den beiden lässt eine Erpressung unwahrscheinlich aussehen. Es klingt, als hätte er ihr das Geld freiwillig gegeben. Bezahlter Sex vielleicht.«

»Mein Vater hat gern dreißig Jahre jüngere Frauen in seinem Bett gehabt«, sage ich. »Er hätte keine über fünfzigjährige Frau für Sex bezahlt.«

»Sie war immer noch eine höchst attraktive Frau.«

»Darum geht es nicht. Weiter. Meredith hat die Rechnungen des Weinguts nicht bezahlt. Sie hat sein Geld genommen und Geld aus dem Weingut und irgendetwas damit gemacht.«

»Dazu wollte ich gerade kommen. Ihre Bankkonten waren während dieses viermonatigen Zeitfensters, in dem sie Schecks von Ihrem Vater angenommen hat, leer. Sie hat diese Schecks eingelöst und dann jeden Penny von ihren Konten abgehoben. Ich weiß noch nicht, wohin das Geld gegangen ist, aber ich arbeite daran.«

»Sie hat es jemandem geschenkt«, schlussfolgere ich.

»Oder es gehortet«, gibt er zu bedenken. »Meredith hatte eine Drehtür zu ihrem Schlafzimmer. Sie hatte eine große Zahl von Kandidaten, mit denen sie gemeinsame Sache hätte machen können, oder die ihr hätten böse gesonnen sein können, aber eine Option ragt besonders heraus. Jesse Coates hat sich während der Monate, bevor sie mit Ihrem Vater Kontakt hatte, mit Meredith getroffen. Zwanzig Jahre jünger als sie und ein erfolgreicher Aktienmakler, der aus New York nach San Francisco gezogen ist. Er könnte hinter einem Betrug stecken.«

Ich rieb mir das Kinn. »Mein Vater war zu klug, um sich reinlegen zu lassen. Erpressen ja, aber nicht reinlegen.«

»Erpressung ist ein Betrug.«

»Erpressung ist Erpressung. Sich von einer Frau verführen und bestehlen zu lassen, ist etwas anderes.«

»Sie würden nicht glauben, was für Leute sich haben betrügen lassen, Mann«, sagt Beck. »Es würde Sie umhauen. Und wenn es das ist, was passiert ist, ist es schlau eingefädelt worden. Ich sehe keine Verbindung zwischen Meredith und Jesse in dem sechsmonatigen Zeitfenster, in dem sie sich mit Ihrem Vater getroffen hat, aber das spielt eigentlich keine Rolle. Das könnte ein Teil des Plans gewesen sein.«

»Was denken wir denn, was das große Ziel war?«

»Ich ziehe keine voreiligen Schlüsse, die ich nicht untermauern kann. Und was in meinen Augen keinen Sinn ergibt, ist, dass Meredith die Rechnungen des Weinguts nicht bezahlt hat. Sie hätte das Ding für ein kleines Vermögen verkaufen können.«

»Faith hat erst bei dem Tod ihrer Mutter geerbt – nicht nach dem Tod ihres Vaters. Aber als Bedingung war daran geknüpft, dass ihre Mutter nicht ohne Faith' Zustimmung verkaufen konnte. Und ich kann Ihnen sagen, diese Frau scheint sich an ein sinkendes Schiff zu klammern, weil Ihr Vater es so gewollt hätte.«

»Ja, Faith. Ich arbeite immer noch daran, mir einen Reim auf dieses heiße kleine Weibsstück zu machen.«

Diese Besitzgier flammt wieder in mir auf. »Und?«, frage ich gepresst.

»Im Moment sieht sie sauber aus, aber das ist bei Jesse das Gleiche. Ganz zu schweigen davon, dass du ihr gerade ein Motiv verschafft hast. Sie wollte das Weingut behalten, ihre Mutter nicht. Vielleicht hat ihre Mutter versucht, sie mit Gewalt dazu zu bringen zu verkaufen, indem sie die Rechnungen nicht bezahlt hat. Die Mutter wollte das Gut zu Geld machen. Faith wollte das nicht. Vielleicht sollte Ihr Vater an dem Erlös für das Gut beteiligt werden.«

»Indem es unter Wert verkauft oder aber beschlagnahmt werden würde.«

»Das ist die Theorie, an der ich arbeiten werde.«

»Wenn wir von dieser Theorie ausgehen, hätte Faith eine Verbindung zu meinem Vater gehabt, den sie getötet haben müsste, zusammen mit ihrer Mutter.«

»Was ich erst noch herausfinden muss.«

»Und wenn sie eine Verbindung zu jemandem hatte, der seinerseits mit meinem Vater in Kontakt stand?«

»Fehlanzeige, und ich habe mich durch Unterlagen gewühlt, die so dick sind wie ein Telefonbuch.«

Ich überdenke alles, was er mir erzählt hat. »Für mich ergibt es Sinn, dass Meredith Faith zum Verkauf zwingen und sich mit einem heißen jungen Typen und dem Geld aus dem Staub machen wollte. Was keinen Sinn ergibt, ist die Frage, wie mein Vater da hineinpasst. Warum zur Hölle hat er ihr Schecks ausgestellt? Warten Sie. Scheiße. Er hatte selbst Interesse an dem Weingut.«

»Warum hat er Meredith dann das Geld bezahlt?«

»Ein Vorschuss für den Kauf des Weinguts vielleicht.«

»Aber sie sind beide tot, und das Geld ist weg.«

»Was bedeutet, Sie müssen …«

»… das Geld finden. Das ist meine Absicht.«

»Rufen Sie mich an«, sage ich, aber gerade als ich auflegen will, sagt er: »Nicolas.«

»Ich würde Sie ja bitten, mich nicht mehr so zu nennen, aber das wäre offenbar sinnlos.«

»Seien Sie vorsichtig mit Faith Winter. Sie könnte das Geld haben. Sie könnte selbst verkaufen wollen.«

»Warum geht sie dann durch diese Hölle?«

»Weil es sie schuldig erscheinen lassen würde, wenn sie nicht hindurchgeht. Wie gesagt, Seien Sie vorsichtig.«

Er beendet das Gespräch, und ich stehe da und bin mir bewusst, dass er mich getroffen hat, weil ich nicht will, dass sie schuldig ist. Aber wie oft ich mich auch selbst vor dieser Gefahr warne, es ändert nichts. Ich will es eben nicht. Es ist, was es ist. Ich will, dass sie unschuldig ist. Ich langweile mich selbst mit der Wiederholung dieser Schlussfolgerung. Zu akzeptieren, was ist, erlaubt es mir, mit dem fertig zu werden, was ist.

Ich komme wieder zu dem, was ich gerade herausgefunden habe. Ja. Faith hatte ein Motiv, etwas gegen ihre Mutter zu unternehmen, mit finanziellem Gewinn, aber ich glaube nicht, dass sie das Weingut verkaufen will. Sie wollte es eher vor ihrer Mutter retten, als zu verkaufen, aber das wäre ihr mithilfe der Klausel im Testament des Vaters gelungen. Doch zu der Annahme, sie hätte geplant, meinen Vater und ihre Mutter umzubringen, kann ich mich nicht durchringen.

Ich schaue auf meine Armbanduhr und richte den Blick dann suchend auf den Horizont. Von Faith ist nichts zu sehen. Ich schätze, dass ich noch fünfzehn Minuten habe, bis sie hier sein wird. Gerade Zeit genug, um im oberen Stockwerk herumzustöbern, wenn ich mich beeile.

Mit einem letzten Blick auf den Horizont ziehe ich den Vorhang wieder zu und verschwende keine Zeit, sondern gehe zur Treppe. Ich zögere nicht, als ich einen Fuß auf die erste Stufe setze und dann einen zweiten auf die übernächste. Ich helfe ihr. Sie weiß es nur nicht, und am liebsten wäre mir, wenn sie es nie erfahren würde, aber das ist nicht möglich.

Auf der letzten Stufe wende ich mich unter einem Bogen nach rechts und finde mich in einem Raum mit offenem Dachstuhl wieder, der sich buchstäblich über das gesamte obere Stockwerk des Hauses zieht. Der Holzboden ist irgendwie versiegelt und lässt sich vermutlich leicht sauber halten. Zwei Bogenfenster finden sich an der Wand vor mir, und beide enden am Giebel.

Und im Raum verteilt stehen mehrere Staffeleien, die alle eine Aufmerksamkeit erfordern, die ich ihnen nicht zuteilwerden lassen kann. Mein Blick wandert zu einer Tür links von mir, und ich hoffe, dass sich dahinter ein Büro verbirgt. Ich gehe in diese Richtung, trete ein und knipse das Licht an, und tatsächlich, ich finde einen schweren Schreibtisch aus dunklem Holz vor, einen tiefen Ledersessel in der Ecke und diverse Bilder an der Wand, die die typische

Pinselführung und die Farben von Faith aufweisen. Und verdammt, ihr Talent, wie ich es nie haben werde, ist wirklich sexy.

Hinter dem Stuhl befindet sich ein weiteres giebelhohes Fenster, das Licht in den Raum lässt und es mir erlaubt, um den Schreibtisch herumzugehen und mich hinzusetzen, ohne eine weitere Lampe einzuschalten. Ich entdecke schnell mehrere Dokumente über Finanzen. Ich hole mein Handy hervor, stelle meinen Wecker auf fünf Minuten und beginne zu fotografieren.

Es fängt gleich gut an, als ich das Testament ihres Vaters finde, und ich riskiere die zusätzliche Minute, um Aufnahmen davon zu machen. Als ich keine Zeit mehr habe und nicht mal annähernd fertig bin, stehe ich auf und verlasse das Büro.

Ich habe die feste Absicht, zum Türbogen zu eilen, aber ich bemerke den Tisch und die Farbpalette neben einer Staffelei, was bedeutet, dass dies das Bild sein muss, an dem sie gestern gemalt hat. Ich gehe zwei Schritte in diese Richtung und bremse mich, denn irgendein Instinkt in mir sagt mir, dass es viel unverzeihlicher wäre, mir dieses Gemälde anzusehen, als ihr Haus zu durchsuchen, zumindest jetzt, da ich jede Absicht habe, aus der Hölle zu retten, in der sie sich befindet.

Ich drehe mich wieder zur Tür um und höre im gleichen Moment, wie die Haustür unten geöffnet wird, dann erklingen in der unteren Etage Faith' Schritte. *Scheiße.* Ich fahre mir mit einer Hand durchs Haar und treffe eine Entscheidung. Ich muss zugeben, dass ich hier oben bin, und wenn ich sie umherwandern lasse, um nach mir zu suchen, wird es das hier nur viel schlimmer machen.

Mit einem zittrigen Atemzug gehe ich zu dem Bogen und trete auf den Treppenabsatz. Als hätte sie gespürt, dass ich hier oben bin, steht sie unten an der Treppe und sieht mich an, ihr blondes Haar vom Wind zerzaust, eine Hand auf dem Geländer.

Sie sagt nichts. Eine ganze Weile bewegt sie sich auch nicht. Dann kommt sie plötzlich die Treppe herauf auf mich zu, ihr Tempo ausgeglichen, beherrscht, obwohl sie knisternde Wut verströmt. Sie bleibt vor mir stehen und sieht mir in die Augen, und es ist nicht die Wut, die mir unter die Haut geht. Es ist der verwundete Gesichtsausdruck eines Menschen, der sich verraten fühlt.

»Das hier ist nicht mein Haus. Das hier ist mein privater Arbeitsplatz. Das hier ist meine Zuflucht.« Sie gibt mir keine Zeit zu antworten. »Du hast es gesehen, nicht wahr?«

»Faith …«

»Ich wusste es.« Sie entfernt sich von mir und geht ins Atelier.

*Verdammt.* Was denkt sie, was ich gefunden habe? Was werde ich über diese Frau erfahren, was ich nicht wissen will? Ich folge ihr in den Raum, aber sie geht nicht auf das Büro zu. Sie steht vor dem Gemälde, mit dem sie gestern Nacht angefangen hat, und starrt die Staffelei mit dem Tuch darüber an. »Weißt du, warum ich das hier gemalt habe?«

Ich gehe zu ihr. »Faith«, beginne ich von Neuem. »Ich habe nicht …«

»Du hast dir das hier nicht angesehen?« Sie wedelt mit einer Hand vor dem Gemälde und dreht sich dann wieder zu mir um. »Du bist hier heraufgekommen und hast dir meine Arbeiten nicht angesehen?«

»Deine Arbeiten faszinieren mich, Faith. Etwas hat mich hier heraufgezogen, aber als ich hier war, habe ich begriffen, dass es ein Fehler war. Ich wusste, dass das hier dein ganz privater Raum ist, und ich …«

»Ein Lügner zu sein passt weniger zu dir, als andere Leute in Angst zu versetzen. Nein. Tiger. Aber genau das bist du.« Sie packt die Staffelei und ringt mit der Verhüllung. Ich nähere mich ihr, aber bevor ich sie erreichen kann, wirft sie das Laken hoch, das zwischen uns landet. Mein Blick fällt auf das Gemälde von mir selbst, und ich schnappe nach Luft, eine Reaktion, die ich vermutlich erst ein paarmal in meinem Leben gezeigt habe.

»Weißt du, warum ich das hier gemalt habe, *Tiger?* Weil ich versucht habe, herauszufinden, warum ich dir vertrauen will, es aber nicht kann.«

# Kapitel 16

Tiger

Das Bild von mir steht zwischen uns beiden, und unsere Blicke treffen sich. Faith' Augen brennen noch immer von Zorn und dem Gefühl, verraten worden zu sein. Ich würde ihre Reaktion gern übertrieben nennen, aber sie spürt offensichtlich, dass ich nicht reinen Herzens zu ihr gekommen bin.

»Faith«, hebe ich zu sprechen an, und ausnahmsweise in meinem Leben bin ich mir nicht einmal sicher, wie ich den Satz beenden werde. Aber ich bekomme gar keine Chance dazu.

»Geh«, befiehlt sie, ihre Stimme so stark wie ihr offenkundiger Wille. »Ich will, dass du gehst.«

Ich weise ihre Forderung zurück, nicht mit Worten, die sie nicht hören würde, sondern mit Taten. Ich gehe um das Gemälde herum, bevor sie zweimal blinzeln kann, und ziehe sie an mich, mit all ihren verdammt weichen, perfekten Kurven, die geradezu nach Sex schreien. »Du willst mich kennenlernen? Sieh mir in die Augen, Faith. Schau dir an, was dort ist, nicht was du beschlossen hast zu malen.«

Sie legt mir eine Hand auf die Brust, ihr Ellbogen steif. »Du bist so ein Arschloch, Tiger. Du bist …«

»Ich weiß, was du über mich denkst«, unterbreche ich sie und umfasse mit einer Hand ihren Hinterkopf. »Aber das akzeptiere ich nicht mehr.« Ich senke den Kopf und küsse sie, dringe mit der Zunge in ihren Mund ein, und schmecke den Geschmack des Zorns und des Verrats, den ich in ihren Augen sehe.

Ich verrate sie tatsächlich und weiß weder einen Ausweg, noch kann ich ihr die Wahrheit sagen. »Und mein Name ist nicht Tiger«, füge ich hinzu, nachdem ich meinen Mund von ihrem losgerissen habe. »Für dich bin ich Nick, Faith.«

»Du hattest kein Recht, hier heraufzukommen, Tiger. Du hattest kein Recht …«

»Es stimmt«, unterbreche ich sie abermals. »Es war nicht richtig, Faith, aber ich schwöre dir, ich habe mir keins deiner Gemälde angesehen.«

»Lügner.«

Sie hat recht. Ich bin ein Lügner. Nur nicht in diesem Punkt. »Ich habe sie mir nicht angesehen.«

»Die besten Lügner sind immer die besten Schauspieler.«

Diese Anspielung auf Becks Worte trifft einen wunden Punkt, den ich genauso ignoriere, wie ihren Befehl zu gehen. Stattdessen umfasse ich ihr Gesicht. »Ich habe mir deine Arbeiten nicht angesehen, Faith«, wiederhole ich, und weil ich nicht lügen werde, wo ich nicht lügen muss, füge ich hinzu: »Aber ich hätte es gern getan. Und ich hätte es gern getan, weil ich auch wissen möchte, wer du bist. Ich will deine Geheimnisse kennen. Ich will wissen, was du mit mir machst, was keine andere Frau mit mir gemacht hat.«

»Du kennst mich kaum.«

»Aber ich würde dich gern kennen. Das ist ja der Punkt.«

»Du bist …«

»… besessen von dir«, sage ich, und als sich mein Mund diesmal über ihrem schließt, lasse ich sie diese Worte auf meiner Zunge schmecken. Ich lasse sie meinen Hunger auf sie schmecken. Ich lasse sie schmecken, wie sehr ich sie will und wie sehr ich will, dass sie mich will und dass diese Sucht mich high macht.

Vielleicht ist es das Verbotene. Vielleicht liegt es an ihr. Ich weiß es nicht. Und in diesem Moment interessiert es mich nicht. Und diesmal interessiert es sie auch nicht. Sie beantwortet jedes meiner unausgesprochenen Worte auf meiner Zunge mit Verlangen.

Ich ziehe ihr das Spitzenshirt über den Kopf und mache kurzen Prozess mit ihrem BH, dann berühre ich ihre Brüste, necke ihre Knospen und verschlinge mit meinem Mund ihren. Und ihre Hände, talentierte, begabte Hände drücken sich unter mein Shirt und verbrennen mich, wo sie meine Haut liebkosen. Ich öffne den Kopf ihrer Hose in der vollen Absicht, sie nackt auszuziehen. »Dein Meeting«, stößt sie hervor und greift nach meiner Hand.

Ich ziehe mich ein Stück zurück, um sie ansehen zu können. »Denkst du genau jetzt tatsächlich an mein Meeting?«

»Ja«, murmelt sie. »Aber mit Bedauern.«

»Ich habe es auf zwei Uhr verlegt«, sage ich, hebe sie hoch und trage sie in Richtung Büro, und ich halte nicht inne, bis wir diesen übergroßen Sessel erreichen, wo ich sie hinsetze.

Binnen einer Sekunde habe ich mich vor ihr auf ein Knie niedergelassen, und wir ziehen ihr beide mit eiligen Händen ihre Stiefel aus. Sobald ich dieses Hindernis überwunden habe, ziehe ich sie auf die Füße und öffne den Reißverschluss ihrer Hose. Ich drücke meine Lippen auf ihren Bauch, und das Männliche in mir, das von jedem Zentimeter dieser Frau besessen ist, ergötzt sich an dem Zittern, das sie durchläuft.

Ich streife ihr ihre Hose mitsamt Slip herunter und umfasse ihre Taille, bevor ich beides wegreiße. Dann greife ich nach ihrer Hüfte, während ich die andere Hand in die Mitte lege und zwei Finger in ihre feuchte Hitze gleiten lasse. Ich presse sie hinein, ein Necken, das ich schnell beende. Sie stöhnt ihren Protest heraus, und ich stehe auf, umfasse erneut ihr Gesicht, lege meine Lippen auf ihre und nehme diesen gequälten, köstlichen Laut in mich auf.

»Schnell«, fleht sie und streckt die Hände nach meiner Hose aus. »Ich brauche …«

Ich küsse sie abermals. »Ich brauche«, murmele ich und greife nach dem letzten Kondom in meiner Tasche, finde aber nichts. Ich suche in der anderen Tasche. Ich habe nichts, und ihre Hand hat gerade ihren Weg in meine Jeans und meine Boxershorts gefunden, um meinen Schwanz aufregend fest zu umfassen.

Ich beuge mich vor und lege meine Hand auf ihre. »Das letzte Kondom, das ich noch hatte, ist irgendwo rausgefallen.«

Sie tritt einen Schritt zurück, um mich anzusehen. »Oh«, sagt sie und löst sich bedauerlicherweise von mir.

Ich umfasse ihre Taille mit beiden Händen und unterziehe ihre nackten Brüste einer genauen Betrachtung, bevor ich verspreche: »Wir werden improvisieren.«

»Ich habe eins«, sagt sie. »Ich habe ein Kondom. Ein Geburtstagsstreich bei der Arbeit. Sie sagten, ich … es spielt keine Rolle. Es ist hier.« Sie schlüpft um mich herum, eilt zum Schreibtisch, nackt und schön, und plötzlich holt sie die Papiere, die ich fotografiert habe, aus einer Schublade und wirft sie auf den Schreibtisch.

Und so heiß und hart ich bin, kann ich in diesem Moment nur an eins denken. Sie hat keinerlei Sorge, irgendetwas in diesen Akten könne ein Geheimnis oder eine Lüge bloßlegen. Ich empfinde ihr Tun als Erleichterung, gleichzeitig jedoch lässt es meine Schuldgefühle aufwallen.

»Ich kann es nicht finden«, verkündet sie und drückt die Hände auf den Schreibtisch. Sie senkt den Kopf, und ihr langes blondes Haar drapiert sich um ihre Schultern. Dann wölbt sie den Rücken und streckt den Hintern in die Luft. Ihr wunderschöner Leib ist entblößt, aber in diesem Moment zeigt sie mir so viel mehr von sich selbst, als sie weiß. »Hier stimmt irgendwie alles nicht.«

Ich gehe zu ihr hinüber, drehe sie zu mir um und umfasse sie fest um die Taille. »Zurück zur Improvisation.«

»Ich nehme die Pille«, verkündet sie. »Ich habe sie nicht abgesetzt, nach der Sache mit Macom. Warum habe ich gerade seinen verdammten Namen gesagt?« Sie drückt den Kopf an meine Schulter und hebt ihn dann wieder. »Ich weiß, du willst wahrscheinlich nicht ohne Kondom, und ich sollte das auch nicht tun, aber es ist einfach …«

Ich küsse sie, und nein, ich habe keinen Sex ohne Kondom. Niemals. Aber in dem, was sie mir gerade angeboten hat, liegt ein Vertrauen, das ich ihr nicht entgegengebracht habe.

Und der süße Geschmack ihrer Zunge ist jetzt ein Teil meiner neuen Obsession, genau wie ihr Körper, der sich an meinen presst, und für sie – nur für sie – für sie vergesse ich das Kondom. Ich vergesse alles andere, um sie zu berühren, sie zu küssen, und dann ist da dieser Moment, in dem ich in dem Sessel lande. Aber sie kniet sich zu meinen Füßen.

»Ich bin an der Reihe«, erklärt sie und reißt mir die Stiefel herunter, und wenn die Frau mir die Stiefel ausziehen will, haben sie keine Chance.

Ich beuge mich vor und kümmere mich um den anderen Stiefel,

bevor sie die Hände erneut in meine Hose gleiten lässt. »Ich will, dass wir nackt sind«, sagt sie.

»Okay, ganz nackt«, bestätige ich und küsse sie hart und schnell, bevor ich mich entkleide und sie auf meinen Schoß ziehe, ihre langen, sexy Beine rechts und links neben meinen. Sie reitet meinen nackten Schwanz, und die feuchte Hitze ihres nackten Körpers, die mich empfängt, ist pure verdammte Glückseligkeit.

Aber noch mehr gilt das für den Moment, in dem ich sie küsse. Und dann atmen wir einfach zusammen. Ich spüre diese Frau auf eine Weise, wie ich es nicht für möglich gehalten hätte, eine Frau zu spüren, und dabei habe ich sie gerade erst kennengelernt. Ich spüre sie überall, wie sie mich bei lebendigem Leib verbrennt.

Und vielleicht mache ich mit ihr den größten Fehler meines Lebens, aber wenn ich sterbe, werde ich glücklich sterben. Und als wir uns noch einmal küssen, sind es langsame, sexy Küsse. Und unsere Haut gleitet langsam und aufreizend übereinander, und unser Atem, unsere Zungen und unsere Körper schmelzen dahin, bis wir beide im Moment der Erlösung erzittern und ich mich in sie ergieße, wie ich das bei keiner Frau mehr gemacht habe, seitdem ich nicht mehr jung und naiv bin. Ich vergrabe das Gesicht in ihrem nach Vanille und Amber riechenden Haar.

Und ich halte sie in den Armen.

Obwohl ich Frauen niemals in den Armen halte.

Es übermittelt die falsche Botschaft. Und doch halte ich Faith jetzt in den Armen. Ich atme den Duft ihres Haares ein.

»Sag mir, dass du das nicht bereust«, murmelt sie dicht an meinem Hals.

Ich lehne mich zurück, um sie anzusehen. »Was sollte ich bereuen?«

»Dass du kein Kondom benutzt hast.«

»Kein Mann und keine Frau verspüren Bedauern wegen eines fehlenden Kondoms, es sei denn, das Ergebnis ist später bedauerlich, aber da ich normalerweise nicht ohne Kondom vögele, bist du sicher.«

»Ich tue das auch nicht, Nick. Auch nicht mit Macom. Ich … er wollte es … ich nicht.«

Ich will, dass sie sich das von der Seele redet, aber ich spüre, dass dies ein weiterer Moment ist, in dem es die falsche Entscheidung wäre, sie zu drängen. »Wir sind in jeder Weise nackt und sicher«, sage ich leise. »Nur dass du jetzt von mir herunterklettern und deinen Sessel vor unserer Schweinerei schützen musst.«

»Kleenex ist auf dem Tisch«, sagt sie, und ohne Vorwarnung lehnt sie sich hinüber und verliert das Gleichgewicht. Ich fange sie ab, aber lasse uns dann auf den Boden gleiten, ich auf ihr, und wir müssen beide lachen.

Und als unser Lachen verebbt, bewegen wir uns nicht. Wir sehen einander an, und ich habe das Gefühl, dass wir beide versuchen, den anderen zu durchschauen, ich tue das auf jeden Fall. Dass wir beide versuchen zu verstehen, was das zwischen uns ist. Sex? Wirklich verdammt guter Sex? Oder … was?

Ich weiß nicht, was das hier ist, aber da ist eine gewaltige, magnetische Anziehungskraft zwischen uns, der man nicht entkommen kann. Sekunden verrinnen, dann stehe ich auf und ziehe sie auf die Füße. Unsere Blicke treffen sich, bevor wir uns beide ankleiden. Und während wir das tun, spüre ich den Grund für die Explosion zwischen uns, warum wir überhaupt unsere Kleider ausgezogen haben. Der Kreis schließt sich. Sobald wir angezogen sind, nehme ich sie in die Arme. »Faith.«

»Ich habe wahrscheinlich überreagiert«, sagt sie, denn sie ahnt, was ich ansprechen will.

»Nein, hast du nicht«, antworte ich. »Ich hatte kein Recht, hier heraufzukommen. Und ich wiederhole, ich habe mir das Gemälde nicht angesehen. Ich bin jedoch von deiner Kunst genauso fasziniert wie von dir. Das bist ganz du. Es ist eine Gabe, die du ganz allein besitzt.«

Sie senkt die Wimpern, ein Ausdruck von Qual in ihren Gesichtszügen, bevor sie mich wieder ansieht. »Danke, dass du das gesagt hast.« Sie legt ihre Hand auf meine. »Lass uns unser Mittagessen aufwärmen.«

Sie hat die Mauer wieder hochgezogen, ein Beweis dafür, dass ich einen Nerv getroffen habe. Und so gern ich in sie dringen und diese Frau kennenlernen möchte, aus richtigen und falschen Gründen, lasse ich es dabei bewenden. Aber ich habe meine Entscheidung getroffen. Ich werde sie nicht gehen lassen. Ob schuldig oder unschuldig, sie gehört jetzt mir, auch wenn sie es nicht weiß – wohin auch immer das führt.

# Kapitel 17

Tiger

Sobald wir unten sind, schiebt Faith unsere Mahlzeit in die Mikrowelle, während ich die Lebensmittel auspacke, die sie gekauft hat, darunter Milch, Eier und …

»Eine Pfannkuchenbackmischung?«, frage ich und halte das Päckchen mit der Backmischung hoch. »Ich bekomme deine berühmten Pfannkuchen doch nicht?«

»Dass sie berühmt sind, habe ich nicht gesagt, allerdings sind sie das Einzige, was ich jemals selbst zubereite.«

Ich lache. »Das hast du nicht erwähnt.« Ich gehe zur Speisekammer und verstaue dort die Mischung, bevor ich mich wieder zu Faith umdrehe. »Dann werde vielleicht ich dir Pfannkuchen machen müssen.«

»Du kannst kochen?«, fragt sie, während sie Wasserflaschen auf die Insel stellt, wo wir essen werden.

»Ich habe von einer meiner zahlreichen Nannys, die für Kochwettbewerbe geschwärmt hat, einige Tricks gelernt.«

Sie öffnet die Mikrowelle. »Das Essen sollte fertig sein«, meint sie, inspiziert es unter dem Deckel. »Wir können essen.«

Sie stellt unsere verschlossenen Behälter auf den Tisch, und ich gehe zu der Stelle ihr gegenüber, dann nehmen wir beide Platz, bevor wir zu unserem früheren Gesprächsthema zurückkehren.

»Was das Kochen betrifft«, beginnt sie. »Ich kann nicht kochen. Keiner meiner Eltern hat gekocht, und ich brauchte es nicht zu lernen. In meiner Kindheit und Jugend auf dem Weingut gehörten zum Personal zwei Köche. Einer für das Restaurant und ein anderer für das Personal.« Sie hebt den Deckel ihres Behälters an, und Spaghetti und Fleischbällchen kommen zum Vorschein. Ich tue das Gleiche.

»Das sieht toll aus und riecht auch toll«, bemerke ich anerkennend. Der Duft von süßer, würziger Tomatensoße ist in diesem Moment fast so gut wie ihr Duft nach Amber und Vanille.

»Das schmeckt auch toll«, versichert sie mir. »Das Restaurant gehört einer italienischen Familie. Und ich würde dir ein Glas Wein anbieten, aber ich habe keinen hier.«

Ich ziehe eine Braue hoch. »Trinkst du etwa nicht gern Wein?«

»Ich mag Wein«, antwortet sie. »Aber wenn ich hier bin, will ich einfach allem entfliehen, was mit dem Weinbau zu tun hat.« Sie greift nach ihrer Gabel und macht offensichtlich Anstalten, das Thema zu wechseln, denn sie fügt hinzu: »Ich bin völlig ausgehungert, und habe vor, alles auf meinem Teller möglichst schnell zu essen.«

»Süße«, erwidere ich, während ich Pasta um meine Gabel wickele, »du hältst in allen Dingen mit mir Schritt. Ich wäre enttäuscht, wenn es hierbei anders wäre.« Ich nehme einen Bissen.

Faith beobachtet mich aufmerksam aus ihren grünen Augen. »Und?«

»Richtig gut«, bestätige ich. »Und ich habe in Rom ziemlich viel Pasta gegessen.«

Sie seufzt. »Oh, wie gern würde ich nach Italien reisen. Meine Eltern waren ein gutes halbes Dutzend Male da, um ›Weinrecherchen anzustellen‹, wie sie es genannt haben. Mein Vater hat diese Reisen geliebt. Dann hat meine Mutter ihm ganz allein gehört. Ich kann mir nicht vorstellen, jemanden so sehr zu wollen, dass man sich von ihm so behandeln lässt. Das habe ich nie verstanden.«

Das ist nach allem, was ich von ihr weiß, der Grund, warum sie Macom nach nur einem Jahr an die Luft gesetzt hat. »Es gibt nur eine feine Linie zwischen Liebe und Hass«, versichere ich ihr. »Aus Liebenden werden Feinde. Ich sehe es bei meiner Arbeit ständig.«

»Aber du arbeitest im Wirtschaftsrecht, oder?«

»Persönliche Beziehungen sind weit verbreitete Störfaktoren im Geschäft. Die schlimmsten, denn durch sie wird es emotional und unangenehm.« Ich konzentriere mich weiter auf ihre Vergangenheit. »Wer hat auf dich aufgepasst, während deine Eltern auf Reisen waren?«

»Eine Freundin meiner Eltern, die vor einigen Jahren gestorben ist. Und Kasey, der Geschäftsführer des Weinguts, er ist seit zwanzig Jahren hier.«

Ich mustere sie für einen Moment. »Warum kannst du, wenn er gut in seinem Job ist, nicht malen, Faith?«

Ihre Antwort kommt ohne jedes Zögern. »Kasey und mein Vater waren ein Team. Bis vor einigen Jahren sind wir gerade eben so durchgekommen, aber sie haben unseren Einzelhandelsabsatz im Jahr vor dem Tod meines Vaters stark gesteigert. Deshalb war ich in der Lage, von meinem Erbe dieses Haus zu kaufen.«

»Und deine Mutter hat ebenfalls geerbt, nehme ich an?«

»Er hatte eine Lebensversicherung, und ihr flossen die Gewinne aus dem Weingut zu. Deshalb brauche ich ja Zugang zu ihren Bankkonten.«

Von denen Beck mir erzählt hat, dass sie leer sind, denke ich.

»Als mein Vater starb«, fährt sie fort, »hat meine Mutter darauf bestanden, die Rolle zu übernehmen, die vorher mein Vater gespielt hat, aber das war wie erwartet ein Desaster. Meine Mutter hat Kunden verärgert und voreilige Entscheidungen getroffen.«

»Euch sind Geschäfte durch die Lappen gegangen«, schlussfolgere ich.

»Tonnenweise.« Sie spießt ein Fleischbällchen auf. »Das war der Moment, in dem ich die Zügel übernommen und versucht habe, die Geschäftspartner zurückzugewinnen. Aber ehe es besser werden konnte, wurde es noch schlimmer. Wir haben einen Teil unserer Ernte an einen schlimmen Frost verloren, weil meine Mutter den Schutz der Reben als zu teuer abgelehnt hat. Kasey wollte gehen, aber ich habe ihn überredet zu bleiben. Dass wir trotz dieses Frosts«, sagt sie und spießt das nächste Fleischbällchen auf, »vierzigtausend im Monat einnehmen, ist eine echte Leistung.«

»Hassen Künstler normalerweise nicht die wirtschaftliche Seite der Dinge?«

»Ich kenne dieses Weingut«, antwortet sie. »Ich bringe Wissen und den Namen ein.« Sie macht eine wegwerfende Handbewegung. »Genug über den Weinbau. Wolltest du schon immer Anwalt werden?«

»Ja. Mein Vater war Rechtsanwalt, und ich wollte besser sein als er. Und ich wollte, dass er weiß, dass ich besser bin als er.«

»Bist du's?«

»Ja«, bestätige ich und sage sonst nichts. Ich habe nie irgendetwas für diesen Mann empfunden.

»Woran ist er gestorben?«

»Herzinfarkt.«

»Meine Mutter auch, und ich würde gern sagen, es ist eine Ironie des Schicksals, aber es ist eine sehr alltägliche Todesart.«

»Das ist es tatsächlich«, antworte ich und füge im Stillen hinzu: und perfekt zur Vertuschung eines Mords. Oder zwei.

Sie legt ihre Gabel beiseite. »Richtig. Und das ist ein blödes Thema. Ich denke, ich bin fertig mit dem Essen.«

»Du hast kaum etwas zu dir genommen, Faith.«

»Es ist nur … wie gesagt. Es ist ein blödes Thema.« Sie macht Anstalten aufzustehen, aber ich halte sie an der Hand fest.

»Bleib bei mir sitzen.«

Sie zögert, nickt jedoch und lässt sich wieder auf ihren Platz sinken. Ich betrachte zuerst ihren Teller, dann sie und lasse sie die Hitze in den Tiefen meiner Augen sehen. »Ich werde dich dazu bringen, dass du dir wünschst, du hättest das da gegessen.«

Sie erwidert meine Musterung einen Moment lang, dann greift sie nach ihrer Gabel. »Ich werde essen, und ich werde es tun, weil mein knurrender Magen mich ablenken wird, wenn ich male. Und dann werde ich malen, während du dich auf dein Telefonat vorbereitest.«

»Du willst nicht zugeben, dass es dabei um mich geht, oder?«, frage ich herausfordernd, aber ich gebe ihr keine Zeit zurückzufeuern. »Wirst du das Gemälde von mir vollenden?«

»Vielleicht«, sagt sie, ihre Augen blicken schelmisch. »Wir werden sehen, ob du mich noch einmal inspirierst.«

Ich erinnere mich daran, wie sie dieses Bild enthüllt hat, wie sie mich angeschrien hat. »Wenn du mit inspirieren meinst, dich auf den Gedanken zu bringen, du könntest mir nicht vertrauen, dann würde ich das lieber nicht tun.«

»Es gibt noch andere Wege, um mich zu inspirieren«, antwortet sie und nimmt einen Bissen von ihrer Mahlzeit.

»Wie sollte ich dich denn inspirieren, Faith?«

»Ich werde es in Erwägung ziehen, es dich wissen zu lassen, wenn es so weit ist.«

»Also gut. Wann bist du das erste Mal inspiriert worden zu malen?«

»Ich wollte schon immer malen. Angefangen von Wachsmalstiften bis hin zum Pinsel mit fünf Jahren. Und Sonoma ist voller Kunstwerke, die einer Liebe Nahrung geben.« Jetzt sagt sie Liebe, aber als wir über Wein gesprochen haben, hat sie das Wort »mögen« benutzt. »Und du bist mit dem Plan, daraus einen Beruf zu machen, zum College gegangen.«

»Das stimmt.«

»Deine Eltern müssen stolz auf dich gewesen sein.«

»Sie haben mich durchaus unterstützt, aber als angehende Künstlerin bin ich genau wie die Hälfte der Bewohner von L.A., die versuchen, es auf die große oder die kleine Filmleinwand zu schaffen. Niemand nimmt sie ernst, bis sie es schaffen.«

»Und Macom? Hat er deine Kunst ernst genommen?«

»Er ist selber Künstler.«

»Also hat er die Kämpfe verstanden.«

»Ja«, bestätigt sie und greift nach der Wasserflasche. »Ich nehme an, das könnte man sagen.« Aber etwas daran, wie sie diese Worte betont, sagt, dass hinter der Geschichte mehr steckt, als man auf den ersten Blick erkennen kann.

Ich öffne den Mund, um einen Weg zu dieser Geschichte zu finden, als ihr Handy klingelt. Ich beende meine Mahlzeit, während sie aufsteht und zur Anrichte geht, wo ihre Handtasche liegt, die aussieht, als hätte sie schon bessere Tage erlebt. Sie holt ihr Telefon hervor und schaut auf das Display. »Die Autowerkstatt.« Sie nimmt den Anruf entgegen.

Ich stehe auf und werfe meinen Essbehälter in den Müll, und Faith verschließt ihren mit einem Deckel und geht zum Kühlschrank, während sie zuhört. »Okay. Ja. Nein. Schleppen Sie den

Wagen bitte einfach zum Weingut. Vielen Dank.« Sie beendet das Gespräch und steckt ihr Handy in ihre Jeans.

»Das klang aber gar nicht gut.«

»Alles, was ich gehört habe, war der Preis, und ich gebe nicht so viel Geld ohne eine weitere Meinung und etwas Zeit aus. Ich habe auf dem Gut noch ein anderes Auto. Ich werde dich bitten müssen, mich hinzufahren, um den Wagen abzuholen, wenn du aufbrichst.«

»Und wann werde ich aufbrechen, Faith?«

»Gemäß meiner Grenze, bevor wir heute Nacht schlafen gehen.«

»Dann gibt es eben keinen Schlaf«, entscheide ich. »So machen wir es.« Ich lasse ihr keine Zeit für einen Widerspruch. »Lass uns Frank anrufen.«

»Meine Unterlagen, die mit dem Weingut zu tun haben, befinden sich allesamt oben. Wir sollten anrufen, wenn du sie vor dir hast. Und wenn du willst, kannst du einfach dort oben arbeiten, während ich male. Oder auch nicht. Du darfst gern hier unten bleiben.«

»Ich gehe nach oben.« Mir entgeht nicht, dass sie, nachdem sie mich zuerst nicht dort oben haben wollte, mich jetzt doch dorthin einlädt. Ebenso wenig wie die Tatsache, dass sie mich gerade eingeladen hat, an diesem Schreibtisch zu sitzen, wo ich in allem herumstöbern kann, was mich interessiert. Das muss ihr klar sein.

Ich hole mir meine Arbeit, und wir gehen ins Atelier. Faith räumt den Schreibtisch auf, legt aber einen Stapel Akten an den Rand. »Steuern. Das Testament meines Vaters. Briefe von Geldeintreibern. Alle möglichen anderen Sachen. Wenn du etwas Spezielles brauchst, was nicht da ist, frag mich einfach.«

Ich greife nach einer Akte, die meine Aufmerksamkeit erregt, klappe sie auf und sehe vor mir eine Schätzung des Weinguts auf Fünfundvierzig-Millionen-Dollar, mit einen Darlehen über fünfunddreißig. »Faith, du könntest für zehn Millionen verkaufen.«

»Diese Schätzung ist vor dem Frost gemacht worden und vor den riesigen Verlusten, die ihm gefolgt sind. Ich glaube immer noch, dass man das Gut mit Gewinn verkaufen könnte, aber nicht annähernd in dieser Größenordnung. Doch ich verkaufe nicht, Nick. Das ist mein Familienunternehmen.«

»War deiner Mutter bewusst, dass der Wert gesunken war?«

»Ich habe versucht, ihr das zu erklären, aber es war ihr nicht wichtig genug, um zuzuhören.«

Oder sie hatte zugehört und daran gedacht, dass der Frost den Preis gesenkt und das Weingut zu einem gefundenen Fressen für jemanden wie meinen Vater gemacht hatte, der es wieder aufgebaut hätte. Es ergibt einen Sinn, bis auf die Tatsache, dass mein Vater kein Geld in etwas gesteckt hätte, das Meredith Winter zu verkaufen kein recht hatte. So dumm war er nicht. Ganz zu schweigen davon, dass beide jetzt tot sind. »Lass uns Frank anrufen.«

Sie holt ihr Handy aus ihrer Tasche und wählt bei eingeschaltetem Lautsprecher. Frank hebt ab. »Faith. Alles in Ordnung? Sitzt dir wieder die Bank im Nacken?«

»Nick Rogers ist hier bei mir.«

»Ah, ja. Nick. Ich wusste, dass dieser Anruf kommen würde, als du seinen Namen genannt hast. Ich mag alt sein, aber ich habe immer noch Instinkte. Willst du mich feuern?«

»Nein«, beteuert Faith schnell und sieht mir in die Augen, ein stummes Flehen, ich möge jetzt das Richtige sagen.

»Ich werde lediglich zuarbeiten«, sage ich. »Aber Sie müssen mich auf den neuesten Stand bringen.«

Frank zögert nicht. »Nun, zum einen haben wir kein Testament, und die Bank betrachtet das als eine Chance, davon zu profitieren, denn sie haben ein großes Interesse daran, Anspruch auf das Gut zu erheben.«

An Frank gewandt sage ich: »Was idiotisch ist, weil es vor Gericht niemals Bestand haben wird. Ich kann bis Sonntag fünf Punkte aufzählen, wie die Bank ungesetzlich handelt.«

»Ich bin vollkommen Ihrer Meinung.«

»Haben wir der Bank gegenüber klargestellt, dass Sie zum Gegenangriff übergehen werden?«

Er gibt mir eine lange, weitschweifige Antwort, die auf ein »Nein« hinausläuft und mir nicht gefällt. »Wir müssen eine weitere Schätzung des Weinguts veranlassen«, stelle ich fest.

»Es gehört Faith nicht, bis wir die Nachlassfrage geklärt haben«, wendet er ein.

»Die Bank hat hier ein Ziel«, sage ich. »Wie ich es sehe, hat sie entweder einen Käufer an der Hand, der sich für den Erwerb dieses Guts interessiert, von dem wir noch nichts wissen, und deshalb wollen sie Faith zum Verkauf zwingen. Oder offen gesagt, Frank, die Leute bei der Bank hoffen, dass Sie schwach sind, was ihnen freie Bahn verschaffen würde, Faith das Weingut wegzunehmen, ehe sie es für eine große Summe verkaufen kann.«

Faith reißt die Augen auf, und ich hebe eine Hand, während Frank sagt: »Ich will Faith nicht im Stich lassen.«

Faith senkt die Lider, dann sagt sie: »Das wirst du auch nicht, Frank. Das wirst du nicht.«

»Wir müssen die Nachlassangelegenheit klären. Dann kannst du eine Hypothek auf dein Weingut aufnehmen und die Schulden bezahlen, die deine Mutter dir hinterlassen hat.«

»Aber das wird die Bank nicht zulassen«, gibt Faith zu bedenken.

»Oh, doch, das werden sie«, versichere ich ihr. »Ich kümmere mich darum.« Sie sieht mir in die Augen, und in ihren erkenne ich Schatten und Sorge, und ich wiederhole: »Ich kümmere mich darum.«

Sie nickt kaum merklich. »Ich werde euch zwei jetzt allein lassen.« Sie zupft an ihrem Shirt und flüstert: »Ich gehe mich umziehen.«

Diesmal nicke ich und beobachte, wie sie davongeht, bevor ich den Lautsprecher ausschalte und das Telefon an mein Ohr hebe. »Nennen Sie mir die Spieler in diesem Spiel.«

Frank beginnt mit einem detaillierten Überblick darüber, wer worin involviert ist und was passiert ist, was vor allem demonstriert, wie schlecht seine Arbeit ist. Er hat kein Feuer mehr in sich, und Faith braucht im Moment Feuer auf ihrer Seite. Eine Viertelstunde später beenden Frank und ich das Gespräch, kurz bevor Faith in der Tür auftaucht, jetzt bekleidet mit farbbespritzten Jeans und einem T-Shirt. »Nun?«

»Er hat nicht genug unternommen. Ich werde es tun. Wir werden über einen Plan sprechen, bevor ich abfahre.«

Sie mustert mich einen Moment. »Danke, Nick.«

»Der Tiger hat sich in diese Sache eingeklinkt. Das ist ein Versprechen.«

»Tiger«, wiederholt sie. »In der Ecke steht eine Kaffeekanne. Und wir haben hier einen Minikühlschrank mit verschiedenen Sorten Kaffeesahne, die das Verfallsdatum noch nicht überschritten haben sollten, denn sie halten Furcht einflößend lange, wenn man so darüber nachdenkt.«

»Danke, Süße«, sage ich. »Willst du malen?«

»Ja.«

»Werde ich das Resultat zu sehen bekommen?«

Sie schenkt mir ein kokettes Lächeln. »Vielleicht.« Dann schlüpft sie davon, und ich schaue auf die Unterlagen vor mir hinab und sehne mich nach Zeit, die ich nicht habe, um sie genauer zu studieren.

Ich hebe meine Aktentasche vom Boden neben mir auf, hole mein MacBook hervor und sehe mir an, was North mir geschickt hat. Das ist der Moment, in dem Mozart die Luft erfüllt, ein Zeichen, dass Faith sich daran erinnert, dass ich bei klassischer Musik arbeite. Und das Verrückte ist, dass keine andere Frau das je über mich gewusst hat.

Ich habe Faith gerade erst kennengelernt, und ich habe ihr Einblicke gewährt, die ich sonst niemandem gewährt habe. Ich stehe auf und gehe zur Tür. Faith steht im Nebenzimmer an der Staffelei. Sie hat das Bild von mir darauf stehen, und es bettelt förmlich um ihre Pinselstriche. Ich frage mich, ob sie immer noch nach den Lügen sucht, von denen ich geschworen habe, ich würde sie verabscheuen, die ihr zu erzählen ich aber nicht aufhören kann.

# Kapitel 18

Faith

Nick und ich verbringen den Rest des Samstagnachmittags bis in den Abend hinein in meinem Atelier, er in meinem Büro und ich auf einem Hocker vor einer einst leeren Leinwand mit einem Pinsel in der Hand. Und ich tue, was ich liebe, was ich mir viel zu lange verwehrt habe.

Ich male und zögere nicht dabei.

Ich male ohne das, wovon ich jetzt glaube, dass es die Angst der vergangenen Monate war. Angst vor Versagen. Angst vor Enttäuschung. Angst davor, mich selbst durch meinen Pinsel zu sehen, während mir nicht gefiel, zu wem und zu was die vergangenen Monate mich gemacht haben.

Ich male Nick.

Sein eindrucksvolles Gesicht.

Seine durchdringenden Augen.

Seine Tattoos. Den Tiger. Die Worte: *Auge um Auge.*

Und ich tue all das, während ich versuche, einen Mann zu verstehen, der mich zu gut zu verstehen scheint. Ich finde es außerdem ziemlich unterhaltsam, wie er in meinem Büro auf und ab geht, zerknüllte Papierbälle in einen Abfalleimer wirft, mit sich selbst redet. *Sein* kreativer Prozess. Und was mir daran gefällt, ist, dass die harte Arbeit dahinter mir zeigt, was seiner Arroganz zugrunde liegt.

Ich finde es auch erstaunlich, dass ich, wenn ich von meiner Leinwand aufschaue, ihn immer wieder an der Bürotür stehen sehe, eine seiner breiten Schultern an den Türrahmen gelehnt. Er nimmt mit einer Macht den Raum ein, während er mich konzentriert bei der Arbeit beobachtet.

Doch ich ziehe mich nicht zurück. Es ist in Ordnung für mich, dass er hier ist. Es ist in Ordnung für mich, dass er meinen kreativen

Prozess beobachtet, obwohl ich niemals jemandem erlaubt habe, mich bei der Arbeit zu beobachten, auch Macom nicht. Aber Macom war auch immer kritisch bei jeder kreativen Entscheidung, die ich getroffen habe, und Nick … ist das nicht.

Aber andererseits sind Nick und ich noch neu füreinander, und die Zeit verändert Menschen. Ich habe mich oft gefragt, wann meine Mutter aufgehört hat, meinen Vater ernst zu nehmen, ihn nicht mehr als ihren Ehemann zu sehen. Ist es in einem Augenblick geschehen? Hat es sich über einen Monat hingezogen? Ein Jahr? Zehn Jahre?

Jede Frage führt mich zurück zu der Farbe an meinem Pinsel und dem Mann in meinem Büro. Das ist das Tolle an der Grenze einer einzigen Nacht: Die Beziehung hat keine Zeit, eingefahren zu werden. Die Person kann niemals zu viel sehen oder zu viel wissen. Und doch scheinen Nick und ich in diesem Moment zu einer Zweisamkeit zu finden.

Es sei denn, ich schicke ihn weg.

Als spüre er die Richtung, in die meine Gedanken sich bewegen, kann ich eher fühlen als sehen, wie er in die Tür zu meinem Büro zurücktritt. Und nach Stunden von diesem wortlosen Energiefluss zwischen uns brauche ich ihn nicht anzusehen, um zu wissen, dass er mit einer seiner breiten Schultern am Türrahmen lehnt. Oder dass der Blick seiner durchdringenden blauen Augen auf mich gerichtet ist, nicht auf die Sonne, die im Sinken begriffen ist und das Grün aus den Bergen wäscht, um bald zu verschwinden und die Landschaft schwarz zurückzulassen. Aber diesmal erlaube ich ihm nicht, mich bei der Arbeit zu beobachten.

Stattdessen reinige ich meinen Pinsel und ziehe meinen Kittel aus. Dann und erst dann sehe ich ihn an. Er spricht nicht, aber der Ausdruck in seinen blauen Augen ist jetzt sanfter, immer noch warm. So warm. Keine Wärme, die besagt, dass er mich gleich nackt ausziehen und mich daran erinnern wird, warum ich ihm nicht widerstehen kann. Es ist vielmehr eine Wärme der Zuneigung. Eine solche Wärme und die Tatsache, dass er zu viel sieht und zu viel weiß, sind genau der Grund, warum ich ihn wegschicken sollte.

Meine harte Grenze: *eine einzige Nacht.*

Ich atme ein und sage mir, dass Grenzen nicht aufgestellt werden, um sie zu brechen. Meine Grenze sollte mich beschützen.

Ich mache einen Schritt auf ihn zu und weiß sofort, warum ich diesen Schritt brauche. Weil er auf jeder denkbaren Ebene eine Wirkung auf mich hat, innerlich und äußerlich. Weil seine warmen Augen jeden meiner Schritte verfolgen und ich seine Aufmerksamkeit wie eine Berührung spüre, obwohl sie gar keine ist. Ich spüre diesen Mann so sehr, innerlich und äußerlich, wie ich es noch nie bei jemand anderem erlebt habe. Und ich habe ihn gerade erst kennengelernt.

Welche Wirkung könnte er auf mich haben, welche Dinge könnte er in mir sehen, die ich niemandem zeigen will, wenn er über meine Grenze hinaus bei mir bliebe?

Ich habe kaum Zeit, diese Frage zu beantworten, da mein Weg zu ihm kurz ist, und als ich vor ihm stehen bleibe, berührt er mich nicht. *Freiwillig.* Die Entscheidung über die heutige Nacht liegt in der Luft.

»Fertig mit dem Malen?«, fragt er.

»Im Moment schon«, bestätige ich.

»Das ist eine gute Antwort. Es bedeutet, dass du vorhast, morgen wieder nach diesem Pinsel zu greifen. Bekomme ich die heutige Arbeit zu sehen?«

»Nein«, sage ich, ohne zu zögern. »Du hast das Bild bereits gesehen, bevor es fertig war.«

»Und was, Faith, macht dein Bild von mir ›fertig‹?«

»Ich werde es wissen, wenn es so weit ist.«

»Aber wir haben festgestellt, dass das nicht heute Abend sein wird.«

»Nein«, bestätige ich. »Nicht heute Abend.«

Es liegt eine Anspielung in diesen Worten, dass er noch einen weiteren Tag oder eine weitere Nacht da sein wird, um es sich anzusehen, aber wie es einzigartig für Nick ist, bedrängt er mich nicht. Stattdessen schaut er hinter mich und betrachtet das, wovon ich weiß, dass es der jetzt im Dunkeln liegende Horizont ist. »Wie friedlich es hier ist«, bemerkt er. »Ich verstehe, warum du dich zu diesem Ort hingezogen fühlst.«

»Es ist leicht, sich hier allein zu fühlen.«

»Und das ist etwas Gutes?«

»Ja«, antworte ich und sehe ihm weiter fest in die Augen. Meine Erwiderung ist die Wahrheit, aus so vielen Gründen, die ich niemals jemandem erklären werde.

Sein Blick hält meinen fest, und die Wärme, die ich zuvor in seinen Augen gesehen habe, dehnt sich zwischen uns aus. »Heute Nacht auch, Faith?«

»Nein«, sage ich leise, denn obwohl Alleinsein sich gut anfühlt, fühlt er sich noch besser an. »Nicht heute Nacht.«

Er legt mir seine kräftigen Hände um die Taille und zieht mich an sich. Als sein Blick sich zu meinem Mund herabsenkt und dort verweilt, weiß ich, dass er daran denkt, mich zu küssen, und ich wünsche mir verzweifelt, dass er es tut. Aber er küsst mich nicht. Stattdessen fragt er: »Was ist mit diesen Gourmet-Pfannkuchen?«

»Meinen oder deinen?«, frage ich und stelle fest, dass es gar nicht so schwierig ist, mit diesem Mann zu lächeln, wie ich anfangs gedacht habe.

»Ich denke, wir sollten uns lieber für meine entscheiden«, sagt er. »Aber wir werden noch schnell in den Laden fahren müssen.«

In den Laden.

Mit Nick.

Grenze Nummer zwei: *nur Sex. Nichts Persönliches.*

Ich muss alles andere bis auf den Sex abwehren.

Ich sollte ihm das sagen, aber er hat seine Finger zwischen meine geschoben und führt mich zur Treppe.

Ich wiederhole mir während der nächsten Stunde meine Grenze sehr oft. Im Geiste und nicht ihm gegenüber, ich tue das aus einem Grund, den ich für logisch halte. Er mag Herausforderungen. Ich werde ihm keinen Anlass für eine geben, die ich ihn nicht meistern lassen kann. Also wiederhole ich mir im Geiste ein ums andere Mal meine Grenze Nummer zwei: *nur Sex. Nichts Persönliches.*

Das erste Hindernis, diese Grenze aufrechtzuerhalten, ist die Einkaufsfahrt mit Nick. Ich hätte sie ablehnen sollen, aber die Tatsache, dass er dabei absolut anstrengend, anmaßend und arrogant sein würde, hätte es leicht machen sollen, meine Grenze Nummer zwei trotzdem zu befolgen.

Doch wie sich herausstellt, ist es das genaue Gegenteil. Ich lerne kleine Dinge über ihn, und er lernt kleine Dinge über mich, wie, dass ich Pilze und er Oliven hasst. Er liebt Orangensaft, ich auch. Müsli ist lebensnotwendig, je mehr Marshmallows, umso besser.

Mit anderen Worten: Die Grenze Nummer zwei einzuhalten erweist sich als Fehlschlag. Wenn es um Nick Rogers geht, ist Widerstand zwecklos.

Der Mann findet Möglichkeiten, mich während der ganzen Zeit, die wir im Laden sind, zu berühren, und lenkt Aufmerksamkeit auf uns, was er zu genießen scheint, während mir vor dem Klatsch und Tratsch graut, der gewiss folgen wird.

Und ich weiß die ganze Zeit, dass ich ihn wegschicken sollte, aber ich tue es nicht. Stattdessen helfe ich ihm, Einkaufstüten mit Nüssen, Erdbeeren, Sahne und verschiedenen anderen Dingen zu füllen. Wenig später sind wir zurück in meiner Küche und arbeiten beide an seiner Pfannkuchenspezialität. Und wir reden viel zu viel. Wir haben zu viele Kleider an.

Das ist nicht das, was ich im Sinn hatte, aber ich verhindere es nicht. Irgendwie landen wir beide voll bekleidet, aber ohne Schuhe auf meinem Bett und essen Pfannkuchen – und reden wieder.

Es wird so viel – zu viel – geredet. Und doch übernehme ich einen großen Teil des Redens. Was ist los mit mir?

»Erzähl mir von deinen denkwürdigsten Erlebnissen bei Gericht«, fordere ich ihn auf, um ihn anzustacheln. Ich will die Geschichte, die seine Augen erzählen, ergründen, um mein Gemälde beenden zu können.

Nick lacht. »Wo soll ich anfangen?« Er überlegt sekundenlang. »Okay. Du willst etwas Denkwürdiges – wie wäre es damit? Ich halte das größte Schlussplädoyer meiner sehr jungen Karriere, und durch mich pumpt massenhaft Adrenalin hindurch. Ich befinde mich mittendrin, und es läuft gut. Wirklich verdammt gut.«

»Und du hast es richtig gut beendet.«

Er lacht abermals, dieses tiefe, sexy Lachen, das an meiner Wirbelsäule auf und ab zu gleiten scheint, bevor es in meinen Bauch dringt. »Nein. Das hätte ich, oder jedenfalls rede ich mir das bis zum heutigen Tag ein, aber der Richter hat ein so lautes Rülpsen von sich gegeben, dass der gesamte Gerichtssaal verstummt ist und dann in ein Gelächter ausgebrochen ist, das ewig angedauert hat.«

»O mein Gott. Hast du … Was hast du getan?«

»Ich musste es zu Ende bringen, aber niemand hat mir zugehört. Glücklicherweise hat auch dem gegnerischen Anwalt niemand zugehört.«

»Hast du gewonnen?«

»Ja«, sagt er, stellt unsere leeren Teller hinter sich auf den Nachttisch und fügt hinzu: »Und ich war damals stolz auf diesen Sieg, aber rückblickend war der Fall eine bombensichere Sache, die jeder hätte gewinnen können.«

Ich mustere ihn, betört von diesem Mann, der mir etwas zum Lachen geliefert hat statt der Großartigkeit, die ich erwartet hatte. »Nick Rogers backt kleine Brötchen? Wirklich?«

Da ist sie wieder, diese Wärme in seinen Augen. »Es gibt vieles an mir, was dich vielleicht überraschen würde, Faith.«

»So scheint es«, sage ich, aber ich führe das Schicksal nicht in Versuchung oder ihn, Fragen zu stellen, indem ich ihm sage, dass das Gleiche für mich gelte.

Ich habe auch gar keine Chance, mich zu diesem Fehltritt verleiten zu lassen. Er streckt die Hand nach mir aus und zieht mich auf die Matratze, und sein kräftiger Körper ist über meinem, einer seiner mächtigen Schenkel zwischen meine gedrückt. »Es gibt vieles an dir, was mich überrascht hat, Faith Winter, und ich sollte dir mitteilen, dass ich weit davon entfernt bin, dich vergessen zu können, nicht mal ansatzweise.«

Er lässt mir keine Zeit zu reagieren, geschweige denn zu sprechen, bevor seine Lippen auf meinen sind und er mich küsst. Es ist ein betäubender, langsamer Kuss. Jetzt kommt es mir so vor, als würde ich jeden neuen Kuss, den er verlangt, in jeder nur erdenklichen Weise tiefer empfinden.

Er ist die Flucht, auf die ich gehofft habe, aber er ist noch so viel mehr. Und am Ende sind wir wieder nackt, aber es gibt keine Schläge auf den Hintern und schmutzige Worte. Es ist überhaupt nicht *nur Sex.* Es ist leidenschaftlich und intensiv, aber es ist auch sanfter und behutsamer als zuvor, auf eine Weise, die ich nicht verstehe, aber fühle.

Und jetzt, in diesem Moment ist das Licht aus, und im Fernseher läuft ein Film mit kaum hörbarem Ton. Nicks Herz pocht unter meinem Ohr und verrät mir, dass er ebenfalls immer noch wach ist.

Ich fülle meine Lunge mit Luft und atme seinen holzigen Duft ein, frage mich, wie eine einzige Person sich gleichzeitig so richtig und so falsch anfühlen kann. Macom hatte sich zuerst richtig und dann falsch angefühlt, obwohl ich länger, als ich zugeben sollte, das Falsche gesehen habe, aber er war niemals beides gleichzeitig. Merkwürdigerweise glaube ich, dass, wenn ich Nick in die Augen sehe, er genauso empfindet, was mich betrifft.

Ich habe Nick gesagt, es sei einfach, mich hier in diesem Haus allein zu fühlen, aber ich habe ihm nicht erzählt, wie gut mir das normalerweise tut. Ich habe ihm nicht erzählt, dass Alleinsein sicher ist. Ich habe ihm nicht erzählt, dass das Alleinsein es mir erlaubt, ich selbst zu sein, ohne die Furcht vor dem, was irgendjemand sehen oder verurteilen wird. Alleinsein ist ein Zustand, in dem ich Zuflucht suche und wieder atmen kann.

Aber so notwendig sich das Alleinsein jetzt anfühlt, Nick hat etwas in mir geweckt, und nicht nur die Weiblichkeit. Ich male wieder, und plötzlich wird mir klar, dass ich durch Malen lerne, wachse, zurechtkomme.

Mein Geist reist zurück in die Vergangenheit, als Einsamkeit zu meiner Zuflucht wurde, und ich kuschele mich enger an Nick und höre mich irgendwie fragen: »Hast du dich oft mit deinem Vater unterhalten?«

»Nein«, antwortet er schlicht.

»Fühlst du dich deswegen schuldig?«

»Nein«, sagt er, ohne zu zögern. Einfach rundheraus. Einfach so. Es ist, wie es ist.

»Hast du um ihn geweint?«

»Nein«, sagt er abermals. »Habe ich nicht.«

»Ich um meine Mutter auch nicht«, erwidere ich, und ich will nichts mehr hinzufügen, aber in der Sicherheit der Dunkelheit, meine Augen verborgen und mein Gesichtsausdruck mit ihnen, spreche ich trotzdem weiter. »Und es fühlt sich schlimm an«, füge ich hinzu. »Als sollte ich eigentlich um sie weinen.«

»Wenn eine Person im Leben deine Liebe nicht verdient hat«, entgegnet er, »verdient sie im Tod auch nicht deine Tränen.«

Ich weiß, dass er recht hat. Meine Mutter verdient meine Tränen nicht, aber der Tod ist ihr Freund und mein Feind. Der Tod ist das klaffende Loch in der Seele, das dich in die Schwärze hineinzieht, weiter und immer weiter. »Hast du Geschwister, Nick?«

»Nein.«

»Andere Verwandte?«

»Nein.«

»Dann bist du jetzt ebenfalls allein.«

»Ich war auch allein, wenn dieser Mann im Raum war.«

So ist es mir mit meiner Mutter ergangen, denke ich, und Erinnerungen kommen hoch, Erinnerungen, an die ich nicht noch einmal denken will. Ich schließe die Augen, atme Nicks holzigen Duft ein und verliere mich in ihm, bis in den Schlaf, hoffe ich.

Und sein Schatten senkt sich auf mich herab, die Dunkelheit ebenfalls. Aber dann rieche ich Nick plötzlich nicht mehr. Dieser holzige Duft wird ersetzt durch Blumen. So viele Blumen. Tausendschön. Rosen. Flieder. Der Duft des Reid'schen Wintergartens. Der Duft meiner Mutter, der fast täglich meinem Haar und meinen Kleidern anhaftet. Ich versuche, nicht daran zu denken. Ich fechte in Gedanken einen Kampf aus, den ich verliere. Ich bin wieder in der Zeit meines zehnten Geburtstags gelandet.

*Mein Vater hat mich gerade von der Schule abgeholt, und wir sind ins Herrenhaus zurückgekehrt, und ich kann es kaum erwarten, meine Mutter zu finden. Ich halte eine Zeichnung in der Hand, ein Geschenk für sie, während mein Vater mir verspricht, dass ich auch bald eins bekommen werde.*

*Ich trete durch die Türen, die in den Garten führen. Ich lasse meine Zeichnung fallen und schnappe nach Luft, als sie wegweht. Ich laufe hinterher und fange sie ein, hebe sie auf und schaue auf die Farben hinab. So viele Farben. So viele Blumen. Ich habe den Garten meiner Mutter gezeichnet, und ich weiß, dass sie stolz auf mich sein wird.*

*Mit meiner Beute wieder in der Hand eile ich zum Aussichtspavillon, wo ich sie immer finde, bleibe aber jäh stehen, als ich einen großen, dunkelhaarigen Mann bei ihr sehe. »Ich habe dir verboten, hierherzukommen«, sagt meine Mutter.*

*»Wenn du auf meine Anrufe reagierst, Meredith, werde ich es nicht mehr tun.«*

*»Dir ist doch klar, dass ich verheiratet bin, oder?«*

*Er greift nach dem Arm meiner Mutter und zieht sie an sich. »Mir ist auch klar, dass du mich willst«, sagt er, und dann küsst er sie, und ich öffne den Mund, um zu schreien, aber es kommt kein Laut heraus.*

*Ich drehe mich um und will wegrennen, und gerade als ich die Tür zum Herrenhaus erreiche, wird sie geöffnet, und mein Vater tritt heraus. Und er ist groß und hochgewachsen wie ein Teddybär, der liebt und liebt, und ich will ihn beschützen, so wie er mich beschützt.*

*»Daddy!«, rufe ich, stürze mich auf ihn und umarme ihn.*

*»Hallo, meine Kleine. Hast du deine Mutter gefunden?«*

*»Sie muss drinnen sein«, antworte ich. »Wir müssen sie finden. Ich will Kuchen haben.«*

*Er lacht, greift nach meiner Hand und führt mich ins Haus. »Dann lass uns nach ihr suchen und Kuchen essen.«*

Ich hebe die Wimpern und blinzle. Sonnenlicht dringt in meine Augen. Mir wird plötzlich klar, dass Nick nicht mehr neben mir liegt. Ich fahre hoch, setze mich aufrecht hin und ziehe die Decke über meinen nackten Körper, einen Knoten von Gefühlen in der Brust, die zu benennen ich mich weigere. Natürlich ist er fort. Warum sollte er nicht fort sein? Dieser Knoten in meiner Brust dehnt sich aus.

Bei einem Blick auf die Uhr stelle ich entsetzt fest, dass es schon nach neun ist. Ich habe den Rest des Tages Zeit, bevor ich ins Herrenhaus zurückkehren muss, und ich habe diese Zeit im Bett verschwendet, was zugegebenermaßen reizvoller war, als Nick noch daringelegen hat. Trotzdem werde ich mir den heutigen Tag nicht vermiesen lassen, nur weil er fortgegangen ist, ohne ein Wort zu sagen.

Ich werfe die Decke zurück, gehe ins Bad, ziehe meinen rosa

Morgenmantel an und meine rosa Plüschpantoffeln. Gewohnheitsmäßig putze ich mir die Zähne, bürste mein Haar und bemerke die Mascaraflecken unter meinen Augen.

»Kein Wunder, dass er gegangen ist«, murmele ich. Ich sehe aus wie diese Furcht einflößende Frau aus dem Horrorfilm *The Grudge*. Nur dass sie dunkles Haar hatte, um düsterer zu wirken.

Ich beschließe, dass es mir egal ist. Es ist niemand außer mir hier, der sich dafür interessieren könnte, und ich will nur einen Kaffee. Ich überlege, vielleicht ein paar Gourmet-Pfannkuchen zu machen, auf meine Weise. Ich muss mich daran halten, Dinge auf meine Weise zu tun. Und Schuldeneintreiber hin oder her, ich sollte nicht ins Herrenhaus zurückziehen. Ich brauche Raum. Ich schätze, das ist das Geschenk, das Nick Rogers mir hinterlassen hat.

Wieder ich zu sein.

Vielleicht wird sich das als ein Fluch erweisen, und ich werde meinerseits in den folgenden Monaten ihn verfluchen.

Ich kehre ins Schlafzimmer zurück und bemerke, dass er tatsächlich höflich ist. Er hat vor seinem Weggang unsere Teller in die Küche gebracht. Aus irgendeinem Grund ärgert mich das furchtbar. Ich gehe ins Wohnzimmer, und meine Gedanken kehren zu dem Traum zurück, zu meinem zehnten Geburtstag, und ohne eine bewusste Entscheidung, das zu tun, durchquere ich das Wohnzimmer und betrete die Bibliothek.

Dort gehe ich zum Bücherregal, nehme ein abgegriffenes braunes Tagebuch heraus, setze mich auf den Sessel daneben und öffne es, um ein altes, zerfleddertes Blatt Papier herauszuholen, das einst zerknüllt war wie eins der Blätter, die Nick am vergangenen Tag in meinem Büro als Papierbasketball benutzt hat.

»Faith.«

Ich zucke beim Klang von Nicks Stimme zusammen, und als ich aufschaue, steht er in der Tür.

»Du hat mir einen Mordsschrecken eingejagt, Nick«, murmele ich, meine Hand auf der Brust, während sich um seine Brust ein eng anliegendes schwarzes T-Shirt schmiegt, das er mit schwarzen Jeans und Biker-Stiefeln kombiniert hat. Die vielen Facetten dieses Mannes sind beeindruckend sexy.

Er lacht, und sein Kinn zeigt dichte Bartstoppeln, während sein Haar feucht ist, denn er hat anscheinend geduscht, und ich habe es nicht bemerkt.

»Das ist nicht komisch«, tadele ich ihn.

»Nein.« Er durchquert den Raum und setzt sich auf den Hocker vor mir. »Es ist nicht komisch, aber ich hasse es, dir das zu sagen, Faith, so schön du bist, im Moment siehst du aus wie das Mädchen aus …«

»… *The Grudge*«, beende ich seinen Satz bei der Erinnerung an mein Make-up. »Das ist mir aufgefallen, aber ich dachte …«

Er kneift diese allzu blauen Augen zusammen. »Du hast gedacht, ich wäre fort?«

Ich könnte die Wahrheit abstreiten, aber er kennt sie bereits, und Spielchen sind besser, wenn man nackt ist oder vorhat, sich auszuziehen. »Ja. Das habe ich geglaubt.«

Seine Augen blicken schelmisch. »Und mir die Chance entgehen lasse herauszufinden, wie du heute Morgen aussiehst?«

Ich runzele finster die Stirn, und er beugt sich vor, um mich zu küssen, bevor er sagt: »Minze. Ich finde es interessant, dass du dir die Zähne geputzt und deine Mascara gelassen hast, wie sie ist.«

»Vielleicht wollte ich dich verschrecken«, sage ich. »Und nur so als Warnung. Ich bin übellaunig ohne Kaffee.«

»Das können wir in ungefähr zwei Minuten korrigieren.« Sein Blick fällt auf die Zeichnung. »Was ist das?«

Dass ich vergessen habe, was ich in der Hand halte, ist ein Zeugnis dafür, wie sehr dieser Mann mich ablenkt und beansprucht. »Die Vergangenheit«, antworte ich, und als ich das Blatt Papier falten will, hält Nick meine Hand fest.

»Ist das ein Kinderbild von dir?«

»Ja«, sage ich. »So ist es.«

»Damals hast du Dinge in Farbe wiedergegeben. Wann hat sich das geändert?«

An jenem Tag, denke ich, aber stattdessen konzentriere ich mich auf das nächste Mal, als ich etwas geschaffen habe. »Mit sechzehn.«

»Was hat dazu geführt, dass du dich verändert hast?«

»Das Leben«, sage ich, und weil ich nicht die Absicht habe, es zu erklären, füge ich hinzu: »Ich brauche diesen Kaffee wirklich. Ehrlich gesagt brauche ich auch wirklich eine Dusche.«

Er mustert mich sekundenlang, dann lässt er meine Hand los. »Ich werde in der Küche mit Kaffee auf dich warten.« Ich klappe das Tagebuch zu, und Nick wirft einen Blick darauf. »Du bist Tagebuchschreiberin?«

»Nein«, sage ich. »Ich male. Ich schreibe nicht. Das Tagebuch hat meinem Vater gehört.«

Er legt den Kopf schräg. »Hast du es gelesen?«

Ich antworte, kaum dass er die Frage ausgesprochen hat. »Jede Seite viele Male, und ich verstehe ihn jetzt noch weniger, als ich es je für möglich gehalten hätte.« Ich erhebe mich und stecke das Tagebuch zurück in das Regal, während ich mit schneidender Klarheit an die Worte darin denke. »Er hat sie so verdammt bedingungslos geliebt.« Ich sehe Nick an, der auf dem Hocker sitzen geblieben ist. »Und meine Zuneigung ist, wie du bemerkt hast, mit Tränen verbunden. Zuneigung muss man sich verdienen.«

»So sollte es sein«, stimmt er mir zu, und das macht mich neugierig auf diesen Mann, aber ich sage mir, dass es an der Zeit ist, Neugier Neugier sein zu lassen, aufzuhören zu reden.

Ich gehe auf die Tür zu, aber die Neugier gewinnt. Bevor ich den Raum verlasse, halte ich noch einmal inne. »Hat sich irgendjemand deine Zuneigung verdient, Nick?«, frage ich und drehe mich um. Jetzt steht er neben dem Hocker und ist mir zugewandt.

»Es hat einige Bemühungen gegeben. Ich habe versucht, daraus etwas Ernsthaftes werden zu lassen, aber es hat nie geklappt.«

»Warum?«

»Vielleicht, weil ich nicht an ein ›glücklich bis ans Ende aller Zeiten‹ glaube«, erwidert er. »Das kommt bei den meisten Frauen nicht gut an.«

Und einfach so liefert er mir einen akzeptablen Grund, weiter meine Grenze von einer einzigen Nacht zu umgehen. »Da ich daran auch nicht glaube«, sage ich, »sind wir wirklich die perfekte Ablenkung füreinander, nicht wahr? Es ist tatsächlich irgendwie befreiend. Ich brauche mir keine Sorgen zu machen, dass du dich in mich verliebst, und du brauchst dir keine Sorgen zu machen, dass ich mich in dich verliebe.«

Ich warte nicht auf eine Antwort, sondern verlasse die Bibliothek.

# Kapitel 19

Faith

Keine Liebe.

Kein Glücklich bis ans Ende aller Zeiten.

In diesen Dingen sind Nick und ich verwandte Seelen, aber das wirft die Frage auf: Kann eine Seele eine andere kennen, bevor die beiden Menschen begreifen, dass es so ist?

Das geht mir im Kopf herum, während ich dusche und dann verwaschene Jeans und ein T-Shirt anziehe. Schließlich komme ich zu dem Schluss, dass das bei Nick und mir der Fall sein muss. Es ist die einzige Erklärung für das gleichzeitige Gefühl von richtig und falsch bei uns.

Bei uns geht es nicht so sehr um dunkle Lust, wie ich zu Anfang gedacht habe. Zwei Verletzte ziehen sich an. Er ist verletzt worden. Ich auch. Wir sehen einander. Wir erkennen einander. Das Verständnis zwischen uns und füreinander existiert jenseits der kurzen Zeit, die wir uns kennen.

Aber verletzen verletzte Menschen einander noch tiefer? Oder heilen sie einander, wenn niemand sonst das vermag? Ich kenne die Antwort darauf nicht, aber ich weiß, dass Nick mich in kurzer Zeit verändert hat. Vielleicht weil er mir einfach die Augen geöffnet hat.

Als sei es nicht genug, so zu empfinden, starre ich auf die Aufschrift auf meinem T-Shirt: *Los Angeles Art Museum.* Mein früherer Arbeitgeber, wo ich tagsüber von Kunst umgeben war und abends nach Hause gegangen bin und sie erneut willkommen geheißen habe, mit einem Pinsel in der Hand.

Ich habe zugelassen, dass die Vergangenheit in die Gegenwart eingedrungen ist. Nein. Ich habe mir gestattet, ich zu sein. Ich würde sagen, das sei etwas Gutes, aber es entblößt Dinge, die zu entblößen ich mir nicht leisten kann. Ich denke genau wie Nick, dass das schlecht ist, aber ebenso wie er finde ich, dass es sich gut anfühlt. Aber schlecht ist schlecht. Warum kann ich mich bei diesem Mann nicht daran halten?

Dieser Gedanke verweilt in meinem Kopf, während ich mit einem Glätteisen mein Haar zähme und leichtes Make-up auftrage, ein Hauch von Rosa hier und da, mehr nicht. Zufrieden damit, dass ich nicht mehr einem Mädchen aus einem Horrorfilm ähnele, gehe ich zum Schrank, schlüpfe in die schwarzen UGG-Sneakers und wende mich dann in Richtung Schlafzimmer, nur um wie angewurzelt stehen zu bleiben.

Auf dem weiß gefliesten Sims, der meine gleichermaßen weiße Badewanne umrahmt, steht Nicks Tasche. Ich habe nicht danach gesucht. Eigentlich will ich sie nicht sehen. Vielleicht will ich nicht, dass er das Arschloch ist, als das ich ihn bezeichnet habe, denn das wäre einfach. Aber er ist nicht einfach, und ich habe nicht das Gefühl, dass das mit uns auch nur im Geringsten einfach ist.

Ich mag Einfachheit, alles ist leicht erklärlich und beherrschbar. Und doch gehe ich ins Wohnzimmer und suche nach Nick. Zum ersten Mal in meinem Leben finde ich, dass einfache Gefühle überbewertet sind.

Ich weiß, dass er Forderungen stellen wird. Ich weiß, dass er zu viel wollen wird. Ich weiß, dass mir im Moment alles zu viel sein sollte. Und es ist mir egal. Ich will ihn nur wiederfinden und seinen Duft einatmen, der für mich eine absolute Droge darstellt. Gott, ich liebe diesen Duft.

Auf dem Weg durchs Schlafzimmer lockt mich das leise Dröhnen von Nicks selbstbewusster Stimme in den offenen Wohnbereich. Ich trete ein und sehe ihn an der Insel sitzen. Sein orange-schwarzes Tiger-Tattoo ist ganz sichtbar, während er sich das Telefon ans Ohr hält. Die Tätowierung ist detailliert, tatsächlich sogar filigran, aber irgendwie auch simpel und unerbittlich, und Nick Rogers ist zwar ebenfalls unerbittlich, aber an ihm oder den Gefühlen, die er in mir weckt, ist nichts Simples.

»Verdammt, North«, raunt er ins Telefon und schaut in meine Richtung. Ein warmer Ausdruck tritt in seine Augen, als er mich entdeckt, und obwohl ich vielleicht erwartet habe, dass er aus diesem

Moment irgendwie etwas Sexuelles macht, tut er das nicht. Er hebt seine Tasse, um mir seinen Kaffee anzubieten, eine intime Geste, die ganz seltsame Dinge mit meinem Bauch anstellt.

Ich gehe in seine Richtung, und er runzelt wegen irgendetwas, was North gesagt hat, die Stirn. »Denken Sie wie der Feind«, tadelt er den anderen Mann. »Ich hätte meinen Mandanten auf jede Frage vorbereitet, die Sie mir für diesen Zeugen vorgelegt haben.«

Ich erreiche die Insel und greife nach Nicks Tasse, und unsere Blicke treffen sich, als ich meine Lippen auf die Stelle des Porzellans drücke, wo noch Sekunden zuvor vielleicht seine waren. Aber sobald das heiße Getränk meinen Mund berührt, lässt mich der scharfe Geschmack von ungesüßtem, schwarzem Kaffee finster dreinschauen.

Nick lacht, und anscheinend ist North verwirrt, denn Nick sagt: »Nein. Das war nicht witzig, und der gegnerische Anwalt wird Ihnen Ihren Arsch auf Grundeis setzen, und dann werde ich das Gleiche tun.«

Oje. Ich beschließe, Nick in Ruhe zu lassen, damit er sich konzentrieren kann. Ich stelle seine Tasse wieder auf die Arbeitsplatte, gehe zur Espressomaschine und brühe mir eine frische Tasse auf, und die ganze Zeit höre ich zu, wie er mit North diskutiert. Mein Kaffee ist fertig, und ich gieße gerade Sahne mit dem Geschmack von weißer Schokolade in meine dampfende Tasse, als Nick sagt: »Treffen wir uns bei mir um fünf Uhr. Wir werden das bis morgen früh erledigt haben, wenn wir die Nacht durcharbeiten.« Er beendet das Telefonat.

Und ich spüre das Ende des Wochenendes wie einen Hieb in die Brust.

Ich stehe an der Anrichte mit dem Rücken zu ihm und habe nicht die Absicht, mich umzudrehen, bis ich herausfinde, was es mit meiner Reaktion auf sich hat, was ich fühle. Das ist meiner Vermutung nach ein weiterer Fluch und ein Geschenk, das Nick mir gemacht hat. Seinetwegen fühle ich wieder Dinge, aber er steht im Begriff zu gehen. Und natürlich geht er.

Heute ist Sonntag. Und gemietetes Haus hin oder her, er lebt und arbeitet in einer anderen Stadt, und ich hatte ohnehin vor, ihn wegzuschicken. Oder nicht? Nein. Ich hatte es nicht vor. Ich versuche nur, dass alles wieder einfach und beherrschbar wird. Wie es mir entspricht. Das hier ist eine Affäre. Das hier ist eine *Wochenendaffäre.* Es sollte nur eine einzige Nacht sein. Es ist nur eine …

Nick tritt hinter mich, seine Hände auf meiner Taille, und seine Berührung durchströmt mich mit mehr Macht, als ich das irgendeinem Mann jemals gestatten sollte, vor allem da dies das letzte Mal ist, das ich ihn vielleicht berühre. Und es fühlt sich mit dieser Aussicht viel schlimmer an, als ich erwartet hatte.

Er beugt sich vor, drückt die Lippen auf mein Haar und saugt Luft in seine Lunge, als würde er mich einatmen. Und Gott, ich liebe es wirklich, wenn er das tut. »Komm mit mir in die Stadt«, sagt er.

Eine Welle des Schocks rollt durch mich hindurch, und ich drehe mich zu ihm um. Meine Hände landen hart auf seiner Brust. »Was?«

»Komm mit mir, Faith. Ich muss zurück nach San Francisco. Wenn du bei mir bist, dann können wir uns zusammen um die Bank kümmern. Und du brauchst Abstand von alldem hier. Wir kommen nächstes Wochenende hierher zurück.«

»Ich muss das Weingut leiten, Nick.«

Seine Augen verdunkeln sich, und nicht Enttäuschung ist der Grund, sondern vielmehr eine Erkenntnis, die mir noch nicht bewusst geworden ist: »Zumindest hast du nicht beschlossen, dass deine neue Grenze einschließt, dass ich fortgehe und dich nie wiedersehe.«

Er hat recht. Das habe ich nicht getan. Dieser Mann löst jeden vorsichtig geschmiedeten Plan auf, den ich hatte, und irgendwie ist es mir gleichgültig. Es sollte mir allerdings nicht gleichgültig sein. Das hier riecht nach Schwierigkeiten. Es wird definitiv Schwierigkeiten nach sich ziehen. »Was tun wir hier, Nick? Was ist das mit uns?«

Er legt die Hände links und rechts von mir auf die Anrichte und bedrängt mich mit seinem kräftigen Körper, ohne mich zu berühren. »Ich weiß es nicht, Faith«, antwortet er, »aber lass es uns herausfinden.«

»Du hast nicht … Wir haben nicht …«

»Ich könnte eine Anzahl von Worten ergänzen, um diesen Satz zu beenden, aber es wären Worte. Nur Worte. Ich bin noch nicht fertig mit dir, und ich hoffe inständig, dass du noch nicht mit mir fertig bist, Faith.«

»Ich wünschte, ich wäre es«, sage ich, wütend auf ihn, weil er mein Leben verkompliziert, gleichzeitig glücklich darüber, dass er es getan hat. Denn ja, ich bin immer noch verkorkst.

»Dito, Süße. So ist es eben mit uns. Einverstanden?«

»Ja«, stimme ich ihm zu. »Einverstanden.«

»Dann lass uns eine neue Grenze aufstellen. Die einzige Grenze, die existiert, bis wir zusammen etwas anderes beschließen, ist die: Wir gehen diese Sache immer einen Tag nach dem anderen an.«

*Bis wir zusammen etwas anderes beschließen.* Anhand dieser Worte begreife ich einen Teil von Nicks Reiz. Er ist dieses Alphatier. Er ist sexy. Er ist anspruchsvoll. Aber er weiß irgendwie, wann er sich zurückhalten muss, wann er bitten muss. Das hier ist etwas Neues für mich. Das hier ist richtig, nicht falsch. »Immer einen Tag nach dem anderen«, pflichte ich ihm bei.

»Komm mit mir nach San Francisco.«

Ich will es tun, begreife ich. Ich will wissen, wer er in seiner eigenen Umgebung ist, aber notwendig ist etwas anderes. Ich muss hier sein. »Ich kann das Weingut nicht einfach sich selbst überlassen.«

»Du hast einen Geschäftsführer. Einen guten, wie du gesagt hast.«

»Kasey ist großartig«, bestätige ich, »aber ich tue mein Bestes, ihn und das Personal vor den Geldeintreibern zu beschützen, die uns während der Woche bedrängen. Ich kann nicht weg, Nick. Ich werde nicht von hier fortgehen. Nicht jetzt.«

Es klingelt an der Tür. »Scheiße«, murmelt er. »Das macht es nicht besser.« Er macht Anstalten wegzugehen, aber ich halte ihn am Arm fest.

»Verdammt, Nick. Nur weil wir übereingekommen sind, das hier immer einen Tag nach dem anderen anzugehen, ist das keine Einladung für dich, mein Leben zu übernehmen. Ich kümmere mich selbst um mein Leben.«

»Ich weiß das, und ich verstehe es. Aber ich muss dir auch sagen, dass ich es ziemlich heiß finde. Es weckt in mir den Wunsch, dich über die Kücheninsel zu legen. Aber ich muss noch etwas klarstellen: Ich bin jetzt dein Anwalt, Faith. Und sofern wir von diesem Plan nicht abgerückt sind, öffne ich jetzt die Tür.«

Ich schürze die Lippen und lasse ihn los, nur um erleben zu müssen, dass er sich über mich beugt und mich küsst, und dann ist er in genau zwei Sekunden auf dem Weg. »Zumindest hat er diesmal keine offene Hose«, murmele ich und gehe hinter ihm her, überwältigt von Nicks Verlangen, mich zu beschützen. Ich sage mir, dass ich klug genug sein sollte, das zu akzeptieren, aber auch stark genug, um mich nicht darauf zu verlassen, weder jetzt noch sonst jemals.

Ich gehe Richtung Flur und betrete ihn im selben Moment, in dem Josh, bekleidet mit Khaki-Hose und einem Hemd, eintritt, aber er scheint mich nicht zu bemerken. Er schließt die Tür und wendet sich Nick zu, und zwischen den beiden Männern knistert gegnerische männliche Energie.

»Ihr Name war Nick Rogers, nicht wahr?«, fragt Josh, und ich bin mir nicht sicher, ob er sich aufspielt oder versucht, höflich zu sein, wenn man bedenkt, dass er Nicks Namen in der Kunstgalerie sofort kannte.

Nick reagiert nicht. Sekunden verrinnen und dann weitere, und ich halte es nicht mehr aus. Ich muss die Spannung durchbrechen, bevor Josh es tut und die Sache ein schlimmes Ende für ihn nimmt. »Josh.« Ich eile auf ihn zu. Jetzt erinnere ich mich auch wieder. »Ich habe vergessen, dass du vorbeikommen wolltest.«

»Offensichtlich«, sagt er in schneidendem Ton. »Und offensichtlich ist das nicht der Zeitpunkt für ein ernstes geschäftliches Gespräch. Ruf mich am Montag an, dann reden wir über die Entscheidungen, die getroffen werden müssen und die vielleicht in Vergessenheit geraten sind.« Er dreht sich um und geht zur Tür hinaus.

Ich bin überzeugt, dass es dabei um Macom geht, dass dies etwas Persönliches ist, nicht etwas Berufliches. Wütend renne ich hinter ihm her, ohne mir die Mühe zu machen, die Tür hinter mir zu schließen. »Bleib stehen«, rufe ich ihm nach, und ein kalter Morgenwind bläst mir entgegen, aber ich bin zu erhitzt, um mich darum zu kümmern.

Glücklicherweise gehorcht er meinem Befehl, als er auf halbem

Weg die Treppe hinunter ist, und dreht sich zu mir um. »Jetzt ist ganz offensichtlich nicht die Zeit dafür, Faith.«

»Weil ich es wage, wieder ein Leben zu haben?«, frage ich scharf und gehe an den Rand der Veranda.

»Dieser Mann dort drin geht mich nichts an«, sagt er. »Aber du gehst mich etwas an.«

»Meine Arbeit geht dich etwas an«, blaffe ich zurück.

»Genau. Und wenn ich erfahre, dass du endlich wieder angefangen hast zu malen, ist das etwas Gutes. Eine Ablenkung jedoch nicht.« Er deutet auf mein Shirt. »Du trägst dein Kunstmuseumsshirt. Das macht mir Hoffnung, dass wir wieder auf Kurs sind. Du musst dich konzentrieren und deine Karriere weiterverfolgen.«

»Ich habe Nick gemalt«, blaffe ich, bevor ich mich beherrschen kann. »Er hat mich dazu inspiriert zu malen. Wieder ein Leben zu haben, hat mich inspiriert zu malen.«

Er steht reglos da. »Du hast ein Porträt gemalt?«

»Ja. Habe ich. Und ich werde vielleicht weitere malen. Ich werde vielleicht eine Menge Dinge tun, aber nicht jetzt. Jetzt muss ich das Weingut retten. Und weißt du was, Josh? Mir ist klar, dass du Leute brauchst, die Geld für dich verdienen. Ich verstehe es, wenn du nicht auf mich warten kannst.«

»Ich muss tatsächlich Geld verdienen, Faith. Aber mehr als alles andere brauche ich Klienten, die aktiv an der Karriere arbeiten, wegen der ich sie vertrete. Du musst malen. Ich muss deine Werke unterbringen. Nach der Ausstellung hat mich jemand vom L.A. Art Forum angerufen. Sie interessieren sich dort für deine Werke für die Ausstellung im nächsten Monat.«

Bei der Erwähnung eines der angesehensten Events in der Kunstwelt reiße ich die Augen auf. »Sie interessieren sich für mich? Sie haben nie …«

»Jetzt tun sie es, weil du endlich in Erscheinung getreten bist und etwas für deine Kunst getan hast. Aber ich sage nicht zu, wenn du mir erzählst, jetzt sei nicht die richtige Zeit dafür. Also, denk darüber nach, Faith. Wie viel kannst du im Moment in deinem Leben unterbringen? Streiche, was zu viel ist, und wenn das deine Kunst und ich sind, muss ich es wissen, und zwar schnell.« Er dreht sich um und geht davon.

Und ich stehe da und beobachte, wie er die Entfernung bis zu seinem weißen Porsche zurücklegt. Warum sollte mein Agent nicht einen Porsche fahren wie mein Ex, dessen bester Freund er ist. Immer noch sauer und wirklich irritiert über das, was gerade passiert ist, warte ich nicht, bis er abgefahren ist. Ich gehe zurück ins Haus. Sobald ich durch die Tür getreten bin, schließt Nick sie und zieht mich an sich.

»Das hatte nichts mit deiner Kunst zu tun«, sagt er, seine Hände auf meiner Taille. »Das weißt du, oder?«

»Ich habe nicht die geringste Ahnung, was das gerade war.«

»Er will dich vögeln. Er ist wahrscheinlich in dich verliebt.«

Ich erbleiche. »Was? Nein. Nein. Nein. Er und mein Ex sind beste Freunde.«

»Ich bitte dich, Faith. Du weißt, dass dieser Mann dich will. Und du brauchst einen neuen Agenten.«

»Weil du denkst, dass er mich vögeln will?«, frage ich scharf. Ich bin wütend auf diese Männer, die versuchen, mein Leben zu regeln. Ich stoße ihn weg und renne in den Wohnbereich, wo ich einen Kaffee bekommen und mich noch mehr über den Rest der Welt aufregen kann.

Nick ist mir dicht auf den Fersen. Ich kann ihn fühlen, eine gewaltige Wucht von Alpha-Männchen, was zwar bisweilen höllisch sexy sein kann, es aber in dieser Sekunde nicht ist. Ich betrete die Küche und umrunde die Insel, in der festen Absicht, sie als Barriere zwischen uns zu haben, aber er hat andere Vorstellungen. Ich drehe mich um, und er steht bereits neben mir und drückt mich gegen die Insel, bedrängt mich mit seinem kräftigen, aufregenden Körper.

»Er will dich vögeln, Faith. Er denkt mit seinem Schwanz, nicht mit seinem Kopf. Das ist nicht gut für dich.«

»Und was tust du, Nick?«

»Süße, ich habe kein Problem damit, dir zu sagen, dass ich dich vögeln will, und dann noch einmal. Aber hier geht es nicht um mich und dich und Sex. Hier geht es um deine Karriere.«

»Du kennst mich nicht gut genug, um dich darum zu sorgen.«

»Wann darf ich mich denn darum sorgen, Faith? Nach einer Woche? Einem Monat? Zwei? Sag es mir. Denn das hier ist verdammtes Neuland für mich.«

»Du kannst nicht …«

»Ich kann es, und das Einzige, worin dein Arschloch von Agent und ich einer Meinung sind, ist die Tatsache, dass du malen musst. Und ich werde dich dazu bringen zu malen. Und wenn du es tust, brauchst du einen Agenten, der nicht daran denkt, dich zu vögeln, statt dich zu verkaufen.«

»Er ist der beste Freund von meinem Ex«, sage ich und kehre zu der Erklärung zurück, die ich mir selbst jedes Mal vor Augen gehalten habe, wenn ich mich mit Josh unwohl gefühlt habe.

»Das hast du bereits gesagt, und es ändert immer noch nichts.«

»Du willst, dass ich den Agenten wechsele, weil er mich vögeln will genau wie du.«

»Süße, ich werde dafür sorgen, dass du genügend Sex hast, sodass er niemals eine Chance bekommt. Und das wird ihn nur umso wütender machen. Stell dich darauf ein. Sag ihm, er soll diese Ausstellung festmachen, von der er gesprochen hat.«

»So einfach ist das nicht«, wende ich ein. »Das verstehst du nicht.«

»Ich verstehe, dass ich eine Künstlerin vögeln will. Also wirst du eine Künstlerin sein.«

Ich blinzele angesichts der Lächerlichkeit dieser Bemerkung. »Also muss ich Künstlerin sein, weil du eine Künstlerin vögeln willst?«

»Du *bist* eine Künstlerin, Faith. Ende der Geschichte, und alles andere, was du tust, ist lediglich eine Ablenkung.«

»Dich eingeschlossen?«

Er streicht mir eine Haarsträhne hinters Ohr. »Ich bin zufrieden damit, die zweite Geige nach deiner Kunst zu spielen.«

Wieder einmal überrascht mich Nick mit einer Antwort, die ganz anders ist als das, was ich erwartet habe, und genau das, wovon ich nicht einmal wusste, dass ich es mir gewünscht habe.

»Die zweite Geige nach deiner Kunst«, fügt er hinzu. »Aber nicht nach einem anderen Mann. Eine neue Grenze.« Er umfasst mein

Gesicht. »Was immer das hier ist, es ist exklusiv. Du vögelst mit sonst niemandem, bis wir beschließen, dass es vorbei ist.«

»Und du, Nick?«, hake ich nach. »Wirst du jemand anderen vögeln?«

»Du hast meine volle Aufmerksamkeit, und ich will niemanden sonst, ich will dich mit Haut und Haar, und ich werde mich mit nichts Geringerem begnügen.«

Ich bin mir nicht sicher, was er damit meint. *Mich mit Haut und Haar.* Und ich frage nicht nach, weil er mich nicht mit Haut und Haar haben kann. Was der Grund ist, warum dies hier enden sollte. Aber wenn er mich küsst, bin ich lebendig. Wenn er mich berührt, bin ich entflammt. Wenn er bei mir ist, bin ich nicht allein, obwohl ich es mit jedem anderen wäre.

Als er also wiederholt: »Harte Grenze, Faith. Nur wir beide«, stoße ich ihn nicht weg und weiche auch nicht zurück. Ich lebe gefährlich.

Ich bestätige: »Harte Grenze. Nur wir beide.«

Und einfach so hat Nick bewiesen, dass ich von Anfang an recht hatte, was ihn betrifft. Er verkörpert dunkle Lust. Er ist alles verzehrend. Er ist eine Flucht, die ich mir ersehne, vielleicht sogar eine Obsession. Aber mehr als das, ist er gefährlich. Ich spüre es. Ich fühle es, so wie ich diesen Mann in jedem Teil von mir fühle, innerlich und äußerlich.

Aber andererseits bin ich das auch.

# Kapitel 20

Faith

Nick packt seine Arbeit und den größten Teil meiner Dokumente zusammen, und wir fahren zum Weingut, in der Absicht, dort zu Mittag zu essen und seine Strategie für den Umgang mit der Bank noch einmal durchzusprechen. Und jetzt, als ich auf dem Beifahrersitz seines Wagens sitze, bin ich mir dieses Mannes neben mir auf eine Weise bewusst, wie ich mir noch nie eines Mannes bewusst war.

Es geht nicht darum, ihn anzusehen und erregt zu sein. Oder ihn anzusehen und darüber nachzudenken, wie sexy er ist. Es geht darum, dass ich ihn innerlich und äußerlich spüre. Um die Weise, wie ich ihn kenne, jenseits von Logik und Vernunft. Und vielleicht bedeutet das, dass die Dinge sich zu schnell entwickeln. Aber wohin?

Wir waren uns einig. Keine Liebe. Kein für immer. Dies ist nur »wir«, und »wir« lässt mich etwas fühlen, das nicht Schuld und Schmerz ist. Ich brauche das. Vermutlich bedeutet es, dass ich ihn brauche, und es ist ein Furcht einflößender Gedanke, jemand anderen zu brauchen. Mein Vater hat meine Mutter gebraucht, und das hat ihn zum Narren gemacht.

»Was wirst du gegen Josh unternehmen?«, fragt Nick.

Ich atme aus. »Ein intensives Gespräch mit ihm führen.«

»Du kannst einem Mann, der mit seinem Schwanz denkt, nicht mit Logik beikommen.«

»Ich hoffe wirklich, dass du dich in Bezug auf seine Gefühle für mich irrst, aber selbst wenn nicht, hat er an mir festgehalten, obwohl Macom ihn gebeten hat, mich fallen zu lassen, und er hat meine Arbeit platziert, als ich nichts getan habe, um sie selbst zu unterstützen. Kein Agent hätte das getan.«

Er schaut zu mir herüber. »Macom hat ihn gebeten, dich fallen zu lassen?«

»Ja«, antworte ich. »Ich habe herausgefunden, dass er ein großer Fan von Auge um Auge ist. Ich habe ihn verlassen. Das hat sein Ego verletzt. Er hat um sich geschlagen. Und obwohl er Josh viel Geld einbringt, hatte Josh den Mut, ihm zu sagen, dass berufliche und persönliche Belange zwei verschiedene Dinge seien. Das führt mich zu der Annahme, dass es um meine Arbeit geht, nicht um eine persönliche Agenda.«

»Deine Arbeit ist herausragend, Faith«, sagt Nick. »Und ich wollte keinesfalls sagen, dass er nicht deswegen an dir interessiert ist. Außerdem kenne ich seinen Ruf. Er ist ein guter Agent, aber er ist ein guter Agent, der sich schlecht benimmt. Er hat dir heute indirekt gedroht, als er gesagt hat, er würde den Leuten vom Forum absagen, und er hat es getan, weil ich in deinem Haus war.«

»Du hast recht. Das hat er getan, aber er verdient es, dass ich mit ihm rede, statt ihn fallen zu lassen. Denn wenn ich im Moment ein wenig Erfolg habe, dann hat das mit ihm zu tun. Er hat dabei geholfen. Wie gesagt, und das ist wichtig: Dieser Mann hat an mir festgehalten und meine Werke platziert, als ich nichts unternommen habe, um diese Arbeit zu unterstützen.«

Er biegt auf den Hof des Weinguts ein und schaut noch einmal zu mir herüber. »Loyal zu sein ist eine gute Eigenschaft, aber wenn ein Mann Interesse an einer Frau zeigt, dann gibt es keinen Raum mehr für Feinfühligkeit. Ein Rat, um den du mich nicht gebeten hast: Sei ehrlich.«

»Du sagst das, als würdest du aus Erfahrung sprechen.«

»Ich bin niemals einer Frau zu nahe getreten oder habe meine Grundsätze verraten. Niemals. Aber denk an meine Worte, Liebe und Hass trennt eine feine Linie, und ich habe vor Gericht viele Schlachten wegen dieser Linie ausgefochten.«

»Ist vermerkt, Herr Anwalt«, erwidere ich. »Direkt sein. Ich habe wirklich kein Problem mit Direktheit.«

Er schenkt mir ein schwaches sexy Lächeln. »Und doch bist du verdammt gut darin, dich umständlich auszudrücken. Du wärest vor Gericht eine höllische Gegnerin.«

»O nein«, widerspreche ich. »Ich verabscheue das Rampenlicht. Ich würde es hassen, wie die Leute mich anstarren und an meinen Lippen hängen.«

»Und doch zieht deine Kunst dich ins Rampenlicht.«

»Meine Kunst ist im Rampenlicht«, widerspreche ich. »Und so will ich es haben.« Er biegt in die Einfahrt zum Herrenhaus ein. »Apropos Rampenlicht. Ich habe noch nie einen Mann hierher mitgenommen, deshalb werden alle über uns beide reden.«

»Nicht einmal Macom?«

»Nein«, antworte ich schlicht, und mehr bleibt mir erspart, weil wir in dem Moment vor dem Herrenhaus anhalten.

Aber Nick versucht es trotzdem. »Einfach nur nein?«

»Einfach nur nein«, bestätige ich, als der Parkwächter unserer beider Autotüren öffnet. In Gedanken bin ich bereits bei meinem Vater und wie er es gehasst hat, dass ich mit einem Künstler zusammen war, und dass ich mir sicher war, dass es meiner Mutter ein wenig zu gut gefiel. Nicht zum ersten Mal frage ich mich, wie mein Vater es fertiggebracht hat, das zu akzeptieren.

Ich mache Small Talk mit den Leuten vom Empfang, und Nick umrundet den Wagen, um sich zu mir zu gesellen, und er legt mir eine Hand auf den Rücken. Unter den Blicken der Männer versteife ich mich.

»Sie werden sich an mich gewöhnen«, verspricht Nick mir, und die Tatsache, dass er weiß, was ich empfinde, und klargemacht hat, dass er diese Bürde zusammen mit mir trägt, ist für mich gewichtiger als alles andere, was er bisher getan hat. Es geht nicht um Sex. Es geht nicht um juristische Belange. Es geht darum, dass er erkannt hat, was mir wichtig ist.

Wir gehen die Vortreppe hinauf, und als wir oben ankommen, werden die Türen für uns geöffnet, und direkt dahinter, im Foyer, begrüßt Kasey uns. Hochgewachsen und mit silbergrauem Haar ist er mit seinen fünfzig Jahren immer noch ein gut aussehender Mann, der freundlich und beliebt ist und in seinem Privatleben zurückhaltend. »Eine kleine Vorwarnung«, sagt er. »Wir haben eine Brautzilla im Haus. Ich würde empfehlen, dass Sie sich verstecken.«

Ich lache. »Sie sind ein Brautzilla-Experte«, sage ich, und als er mit überraschtem Blick zu Nick hinüberschaut, hält der ihm die Hand hin.

»Nick Rogers.«

»Kasey Gilligan.« Die beiden Männer schütteln sich die Hände und tauschen ein wenig Small Talk aus, aber nur kurz. Kaseys Walkie-Talkie, der an seinem Gürtel hängt, knistert. »Probleme im Garten«, erklingt eine Stimme.

»Dabei muss es um Brautzilla gehen«, bemerkt er. »Ich muss dafür sorgen, dass sie sich auf ihre Gelübde konzentriert.«

Gewissensbisse wegen seines Dilemmas und des vergangenen Wochenendes, an dem ich nicht hier war, branden in mir auf. »Brauchen Sie —«

»Nein«, unterbricht er mich. »Ich brauche Ihre Hilfe nicht. Ich bin durchaus imstande, das Weingut zu führen.«

»Das weiß ich.«

»Dieses Wochenende hat mich mit der Hoffnung erfüllt, dass Sie diese Bemerkung vielleicht ernst meinen.«

Er lässt mir keinen Raum für Widerspruch. Im nächsten Augenblick ist er verschwunden, und Nick schaut auf mich herab und zieht eine Braue hoch. »Es geht nicht darum, wie er das Weingut leitet. Es geht um das, was meine Mutter ihm zugemutet hat, und um die Bank.«

»Dann lass uns darüber reden, wie wir diese Sache aus der Welt schaffen können«, schlägt er vor. »Denn ich habe meine harte Grenze mit einer Künstlerin vereinbart.« Er drängt mich vorwärts, und ich führe ihn zum Treppenhaus und zu einem Gang dahinter mit einem zweiten Treppenhaus, über das man nach unten gelangt. Wie er mich zum Malen drängt, hat auf mich eine Wirkung, die ich später analysieren werde, allein.

Sobald wir im Souterrain sind, wo sich ein Geschenkeladen und ein Restaurant befinden, gehen wir zu einem der wenigen freien Tische von den insgesamt fünfzehn. Die geblümten Tischdecken und die Deko in der Mitte des Raums waren die Idee meiner Mutter.

»Was empfiehlst du mir?«, fragt Nick und schnappt sich die Speisekarte, und ich überlege, ob er weiß, wie er den Raum ausfüllt oder wie Männer ihn voller Neid ansehen und Frauen voller Verlangen.

»Jede der fünf verschiedenen Quiches«, antworte ich. »Die Köchin hat ihre Ausbildung in Frankreich gemacht, und dort ist das anscheinend eine große Sache. Sie kennt sich aus mit Quiche.«

»Also gut, eine Quiche«, entscheidet er genau in dem Moment, als Samantha auftaucht, unsere Kellnerin.

Nick richtet seine Aufmerksamkeit auf sie, und ich beobachte ihn, warte darauf, dass die zauberhafte brünette Erscheinung eine Wirkung auf ihn hat. Aber wenn er ihre Schönheit wahrnimmt, lässt er es sich nicht im Mindesten anmerken. Stattdessen findet seine Hand unter dem Tisch mein Knie, und er schaut meistens in meine Richtung.

Und nur Momente, nachdem wir unser Essen bestellt haben, werden wir von einem zweiten Kellner begrüßt, der uns Kaffee bringt. Mir fällt auf, dass Nick seine blauen Augen auf mich gerichtet hat. »Ich kann nicht glauben, dass du nie in Paris warst, wenn man die dortige Weinkultur bedenkt.«

»Meine Eltern waren dort. Ich bin zu Hause geblieben.«

Unglauben flackert in seinen Augen auf. »Sie haben dich aber eingeladen. Du wolltest nicht nach Frankreich, oder?«

»Doch, wollte ich«, widerspreche ich. »Nur nicht mit ihnen.«

»Wie schlecht war deine Beziehung zu deiner Mutter?«

»Ich würde sagen, ungefähr so schlecht wie deine Beziehung zu deinem Vater.«

»Und alle hier haben das gewusst?«

»Nein«, antworte ich. »Wir haben ihnen eine gute Show geliefert.«

»Aber Kasey hat es gewusst.«

»Kasey hat erst nach dem Tod meines Vaters davon erfahren, als ich gezwungen war, zwischen den beiden zu vermitteln. Ehrlich gesagt hat es Kasey und mich einander näher gebracht. Er hat meinen Vater gemocht und war ebenfalls irritiert über dessen Beziehung zu meiner Mutter. Ich meine, mein Vater war ein erfolgreicher Geschäftsmann, charismatisch. Seine Bereitschaft, sich von meiner Mutter verletzen zu lassen, passte nicht zu ihm.«

»Liebe ist blind«, bemerkt Nick trocken. »Es scheint jedenfalls so.« Er wechselt das Thema. »Ich mag Kasey übrigens.«

»Er ist ein guter Mann«, pflichte ich ihm bei. »Und ein Freund.«

»Wie hast du ihm die Geldeintreiber erklärt?«

»Er weiß von den Problemen mit dem Nachlass, was ihn nicht überrascht, da er meine Mutter gekannt hat.«

»Also wirst du ihn nicht verlieren?«

»Nein. Nicht jetzt. Aber ich bin nervös, dass die Sache sich zu lange dahinschleppen und er doch irgendwann genug haben könnte.«

»Ich würde nächste Woche gern mit ihm reden, wenn du damit einverstanden bist.«

»Warum?«

»Ich suche nach Einblicken in die Aktivitäten deiner Mutter, die er mir sicherlich verschaffen könnte, und wobei mir als Außenseiter vielleicht Dinge auffallen, die du nicht wahrnehmen würdest.«

»Natürlich«, sage ich. »Das klingt nachvollziehbar. Ich werde ihn darauf vorbereiten, dass du ihn anrufst, aber du hast dein Plädoyer. Darauf musst du dich konzentrieren.«

»Ich kann gleichzeitig gehen und Kaugummi kauen. Ich tue es ständig.«

Unsere Mahlzeit wird vor uns hingestellt, und kurz darauf haben wir beide Gabeln in der Hand, und Nick nimmt einen Bissen.

»Und?«, frage ich.

»Exzellent«, antwortet er lobend. »Kein Wunder, dass du nie kochen gelernt hast, wenn du hier essen konntest.«

Wir unterhalten uns ein Weilchen, und ich bin erstaunt über die entspannte Konversation, die ich in jeder Umgebung mit diesem Mann habe. Das ist etwas, was ich mit anderen Menschen nicht kennengelernt habe. Ich habe oft gedacht, dass ich nur deshalb so lange bei Macom geblieben bin, weil ich eine Verbindung mit einem anderen menschlichen Wesen gebraucht habe. Nicht weil ich *ihn* gebraucht habe.

»Erzähl mir etwas von der Ausstellung, die Josh erwähnt hat«, drängt Nick nach einigen Bissen.

Wieder die Ausstellung. Er hat schon zweimal davon gesprochen, und ich habe noch nicht einmal die Möglichkeit in mich aufgenommen, daran teilzunehmen, und erst recht will ich nicht darüber reden. »Du hast das ganze Gespräch zwischen mir und Josh belauscht, nicht wahr?«

»Und es tut mir nicht leid«, sagt er, eine Herausforderung in seinen Augen, meine Missbilligung darüber kundzutun.

Aber ich missbillige sein Verhalten nicht. Stattdessen empfinde ich Neid auf seine Fähigkeit, in so ziemlich allem ehrlich und freimütig zu sein. Darüber, was er ist, wie er zu seinem Vater stand. So frei zu sein. Der Mann zu sein, der er ist. Was für ein Gefühl wäre das?

»Du hast ihm erzählt, dass du mich gemalt hast«, sagt Nick.

»Das hätte ich nicht tun sollen«, antworte ich, ohne zu zögern.

»Warum nicht?«

»Weil ich es benutzt habe, um zu rechtfertigen, dass ich mit dir zusammen war.«

Überraschung flackert in seinen Augen auf. »Das war mir bewusst«, erwidert er. »Ich war mir nur nicht sicher, ob es dir auch bewusst war.«

»Davon abgesehen tut es mir nicht leid, dass ich es ihm erzählt habe. Du hast mich dazu inspiriert zu malen, Nick.«

»Indem ich ein arrogantes Arschloch war, von dem du dir nicht sicher bist, ob du ihm vertrauen kannst?«

Er hat recht. Genau so war es, aber irgendwie belastet mich dieses Gefühl nicht mehr, das er in mir geweckt hat. »Es fällt mir nicht leicht, jemandem zu vertrauen.«

»Menschen, die zu leicht vertrauen, verbrennen sich daran«, sagt er, und da ist etwas in seinen Augen, in seiner Stimme, was ich nicht benennen kann, aber ich wünschte, ich könnte es. Die Chance dazu bekomme ich jedoch nicht. Er kehrt zum Ausgangspunkt zurück. »Die Ausstellung, Faith.«

»Die Ausstellung«, wiederhole ich, und meine Gedanken schweifen zurück zu jenen Jahren in L.A. »Es war immer ein Traum für mich, dafür ausgewählt zu werden. Jahrelang habe ich den Entscheidern meine Arbeiten präsentiert. Jahrelang haben sie mich abgelehnt.«

»Und diesmal sind sie zu dir gekommen«, bemerkt er.

Diese Hoffnung und dieser Traum melden sich mit schmerzhafter Beharrlichkeit, und ich stoße sie zurück. »Eine Anfrage bedeutet nichts.«

»Hast du schon früher Anfragen von den Ausstellungsmachern bekommen?«

»Nein, aber sie könnten mich immer noch aussortieren.«

»Aber wenn sie dich wollen, wirst du nicht Nein sagen.«

Es ist keine Frage. Es ist ein Befehl, und obwohl ich nicht gut auf Befehle reagiere, ist dieser gut gemeint, aber auch ineffektiv aus Gründen, die sich seiner Kontrolle entziehen. »Sie werden mich nicht nehmen. Die Ausstellung findet in einem Monat statt.«

»Tu das nicht, Faith.« Sein Ton ist absolut.

»Was soll ich nicht tun?«

»Herunterspielen, was das für eine große Sache für dich ist. Suche keinen Weg, dich herauszuwinden.«

Ich sehe ihn an und versuche zu verstehen, wie dieser Mann, den ich kaum kenne, mich so unterstützen kann. Ist das ernst gemeint? Ist es einfach ein Teil seiner vorübergehenden Obsession, was mich betrifft?

Er zieht bei meiner stummen Musterung eine Braue hoch, aber mir bleibt eine Antwort erspart, weil der nächste Gang serviert wird. Doch es ist nur ein Aufschub. Sobald wir wieder allein sind, kehrt Nick zu dem Thema zurück. »Was bedeutet die Ausstellung für dich?«

»Wenn man ins Rampenlicht gerät, hat man es geschafft. Dann ist man jemand, dessen Bilder die Leute in ihren Galerien und an ihren Wänden haben wollen.«

Ungeheißen schweifen meine Gedanken zurück zu dem Tag, an dem ich meinem Vater erzählt habe, dass ich ein volles Stipendium für die University of California erhalten hatte. Es hatte Umarmungen gegeben. Aufregung. Lächeln.

Dann hatte er gesagt: »Ich kann es vor mir sehen. Unser Wein wird in jeder Galerie im Land serviert werden, weil du weißt, welcher Wein zu der Kunst passt.« Und ich war am Boden zerstört. Meine Kunst würde für ihn nie mehr als ein Hobby sein.

Nicks Knie berühren unter dem Tisch meine, und ich reiße den Blick zu seinen Augen hoch. »Was ist da gerade passiert, Süße?«, fragt er, und diese zärtliche Wärme ist wieder in seinen Augen. Mir schnürt sich die Kehle zu.

»Wenn ich bei der Ausstellung dabei sein kann, kann ich meine Arbeiten verkaufen und das Weingut retten.«

Nick mustert mich mit schmalen Augen, und in diesem Moment fühlt es sich an, als würde er tief in meine Seele eintauchen und wieder einmal zu viel sehen. »Wenn du zu der Ausstellung eingeladen wirst, geht es um dich, nicht um das Weingut.«

»Aber das Geld …«

»Lass uns über das Weingut und Geld sprechen, wenn ich meinen Anwaltshut aufhabe.«

Ich schiebe meinen Teller beiseite, und Nick tut das Gleiche. »Okay. Es gefällt mir nicht, wie sich das anhört.«

»Geld ist nicht dein Problem«, sagt er. »Wenn das der Fall wäre, würde ich eine gute Investition erkennen, dir einen Scheck ausstellen und eine Gegenleistung dafür bekommen, und damit wäre der Fall erledigt.«

»Ich bin nicht so dumm, dass mir entgeht, wie du das formuliert hast, auf eine Weise, von der du denkst, ich würde sie akzeptabel finden. Aber es ist nicht das, worauf du hinauswillst. Mir Geld zu geben, das ich ohnehin nicht annehmen würde, ganz gleich, wie du es anstellen würdest.«

»Du hast recht. Offensichtlich hat Frank dafür gesorgt, dass du der Meinung bist, Geld sei deine Rettung, auch wenn das gar nicht stimmt.«

»Du wolltest selbst mehr über die finanzielle Situation des Weinguts erfahren«, bemerke ich.

»Weil es keinen Grund gäbe, es zu retten, wenn es ein sinkendes Schiff wäre. Das ist aber nicht der Fall, daher wenden wir uns deinem primären Problem zu: dem Fehlen eines Testaments.«

»Ich habe das Testament meines Vaters, das besagt, dass meine Mutter ihn beerbt, unter der Bedingung, dass ich als Nächste erbe.«

»Aber wir haben keine Ahnung, welche Dokumente danach aufgetaucht sind und etwas anderes besagen. Es gibt vielleicht gar keine.

Die Bank hofft vermutlich einfach, dass sie dich so lange unter Druck setzen kann, bis du gehst. Vielleicht hat sie sogar einen Investor, der das Gut kaufen und dich dazu bringen möchte, billig zu verkaufen.«

»Können sie dabei mitmachen? Dürften sie das?«

»Es gibt eine Menge Dinge, die nicht getan werden sollten, die aber getan werden. Und ich lasse jemanden aus meinem Recherche-Team die Geldspur untersuchen und das Mysterium des leeren Bankkontos deiner Mutter.«

Wieder überwältigen mich Schuldgefühle, und das ist etwas, was mir nicht gefällt. Sie sind tief und stechend und gemein. »Bitte, gib kein Geld für mich aus.«

»Ich habe Leute, die ich ohnehin bezahle«, erwidert er. »Ich verspreche dir, die Bank weiß garantiert etwas, was wir nicht wissen. Und weder werden wir das hinnehmen, noch werde ich zulassen, dass wir mit diesem Nachteil zurechtkommen müssen.« Er schiebt meinen Teller vor mich hin. »Ich habe alles unter Kontrolle. Hör auf, dir Sorgen zu machen.«

»Faith.«

Als ich meinen Namen höre, schaue ich auf und sehe Sheila, die Restaurantchefin, neben uns stehen. Der beunruhigte Ausdruck auf ihrem Gesicht lässt mich den Rücken durchdrücken. »Was gibt es, Sheila?«

»Da ist ein Mann an der Tür, der darum bittet, dass Sie ihn empfangen, und er sieht aus wie … er sieht aus wie …«

Mir gefriert das Blut in den Adern. »… mein Vater«, ergänze ich, ohne auch nur zur Tür blicken zu müssen. »Ich komme gleich.«

Sie nickt und geht davon, und Nick schaut zu dem Mann an der Tür hinüber, von dem ich weiß, dass er hochgewachsen und durchtrainiert ist und weißes Haar hat, das früher einmal rot war. »Bill Winter«, sagt er. »Dein Onkel, der Zwillingsbruder deines Vaters und der CEO des Pier 111, einer Social-Media-Plattform, die Facebook ziemlich nervös macht. Außerdem hat er sich acht Jahre vor dem Tod deines Vaters von ihm entfremdet und distanziert.«

»Es ist im Moment kein guter Moment, mich daran zu erinnern, dass du Informationen über mich in Erfahrung gebracht hast, als würdest du einen Kühlschrank aussuchen, Nick.«

»Ich habe Nachforschungen über dich angestellt, wie über eine Frau, die mich fasziniert«, ruft er mir ins Gedächtnis. »Und ich werde keine Naivität vorschützen, die ich nicht habe. Außerdem kenne ich dich gut genug, um zu wissen, dass es nicht das ist, was du willst.«

»Nein. Das würde ich tatsächlich nicht wollen«, räume ich ein. »Ich muss zu ihm gehen und mir anhören, was er will. Und das wird nicht lange dauern.«

Er betrachtet mich einen Moment, bevor er meine Knie loslässt, die er immer noch festgehalten hat. »Ich bin hier, falls du mich brauchst.«

Hat irgendjemand, von dem ich diese Worte hören wollte, sie je zu mir gesagt? »Danke.«

Ich stehe auf und wende mich der Tür zu, und tatsächlich, dort entdecke ich Bill Winter, und bei seinem Anblick, seiner Ähnlichkeit mit meinem Vater, werden mir die Knie weich. Aber ich bin auch verärgert. Ich drücke den Rücken durch, setze mich in Bewegung und durchquere den kleinen Raum bis zu dem Bogen, wo er steht und der Eingang zum Restaurant ist. »Was machst du hier, Bill?«, frage ich, meine Stimme scharf, obwohl ich leise spreche.

Er überragt mich um gute dreißig Zentimeter und starrt auf mich herab, seine blauen Augen denen meines Vaters so ähnlich, dass es wehtut, ihn anzusehen. »Wie geht es dir, Faith?«

»Was machst du hier, Bill?«, wiederhole ich.

»Ich bin dein einziger lebender Verwandter. Ich sehe nach meiner Nichte.«

»Wir sind verwandt, aber du gehörst nicht zu meiner Familie. Mein Vater hätte dich nicht hier haben wollen.«

»Dein Vater und ich haben vor seinem Tod Frieden geschlossen.«

»Nein, habt ihr nicht.« Ich weise zurück, was auf die Liste der irrationalen persönlichen Entscheidungen meines Vaters einen weiteren Punkt setzen würde.

»Doch, wir haben uns versöhnt, aber wie dem auch sei«, sagt er.

»Ich stehe in seiner Schuld. Und das bedeutet, dass ich dich beschütze. Die Bank hat mich angerufen. Wie ich höre, gibt es finanzielle Probleme. Lass mich helfen.«

Ich bin entsetzt und schockiert darüber, dass dic Bank sich an Bill gewandt hat. »Ich will und brauche deine Hilfe nicht, und selbst wenn dem so wäre, würde mein Vater sich im Grab umdrehen, wenn ich sie annehmen würde.«

»Wie gesagt. Wir haben uns vor seinem Tod ausgesöhnt.«

»Ich glaube dir nicht, aber es spielt keine Rolle. Es ist mir gleichgültig.«

Nick tritt neben mich und legt mir besitzergreifend eine Hand auf den Rücken. Sein Erscheinen erregt sofort Bills Aufmerksamkeit. »Bill Winter«, stellt mein Onkel sich vor. »Und Sie sind?«

»Faith' loyaler Diener«, versichert Nick ihm. »Und für alle anderen der fleischgewordene Albtraum. Mein Name ist Nick Rogers.« Er streckt die Hand nicht aus, und Bill tut es ebenfalls nicht.

Bei dem Namen werden Bills Augen schmal. »Ich habe gehört, dass Sie ein echter Mistkerl sind.«

»Und da dachte ich, ich sei meinen Ruf als netter Typ losgeworden. Wie ich höre, wollen Sie gerade gehen. Wir werden Sie nach draußen begleiten.«

Bill reagiert mit einem Grinsen, das ihn beinahe erheitert aussehen lässt, dann blickt er zu mir. »Ich wohne im Cottage. Ich bin in der Nähe, falls du mich brauchst.« Er dreht sich um und geht davon.

Nick winkt Sheila heran. »Sorgen Sie dafür, dass er das Grundstück verlässt, und wenn er es nicht tut, verständigen Sie Faith.«

Ich nicke Sheila zustimmend zu, und Nick dreht sich zu mir um. »Wo können wir reden?«

»Hier entlang«, sage ich und deute in den Flur, der nirgendwo hinführt, außer zu einer Tür nach draußen, und sobald wir dort sind, sind Nicks Hände auf meinen Hüften.

»Was für ein Cottage?«

»Er hat ein Haus oben an der Straße, aber er hält sich selten hier auf, und wenn doch, sehe ich ihn nicht. Er sagt, die Bank habe ihn wegen der versäumten Zahlungen angerufen. Dürfen sie das?«

»Kontext ist alles, und er trägt den Familiennamen. Will er das Weingut haben?«

»Er ist Milliardär, Nick. Er will das Gut nicht, er braucht es auch nicht.«

»Warum ist er dann hier?«

»Um zu helfen, hat er gesagt. Im Wesentlichen, um Buße für seine Sünden zu tun.«

Nick strafft sich. »Welche Sünden, Faith?«

»Er ist der Grund, warum ich nach meinem Abschluss in L.A. geblieben bin. Er ist auch einer der Gründe, warum ich nicht an Happy Ends glaube und deshalb so gut für reine Sex-Geschichten bin. Er hat mit meiner Mutter geschlafen. Sie hat sich über ihn geärgert, und um sich an ihm zu rächen, hat sie es meinem Vater erzählt, der voraussehbarerweise ihr verziehen hat, aber nicht seinem Bruder. Und da hat es mir gereicht. Ich bin weg von hier.«

Ich blinzele, und Nick umfasst mein Gesicht und drückt mich mit seinem kräftigen Körper an die Wand. »Tu das nicht«, sagt er zum zweiten Mal seit unserer Ankunft hier. »Entscheide nicht, was wir sind oder nicht sind wegen dieses Mannes oder irgendjemand anders. Wir entscheiden uns selbst, sonst gewinnen sie, und wir sind schwach. Wir sind nicht schwach.«

Gefühle, von denen ich schwören könnte, dass ich sie empfinden will, aber nicht empfinden kann, steigen in meiner Brust auf. »Nick, du …«

»Ich bin nicht mein Vater, und du bist nicht deine Mutter. Wir entscheiden selbst, wer wir sind, Faith. Nicht sie. Sag es.«

»Wir entscheiden«, flüstere ich.

»Wir entscheiden«, wiederholt er und streichelt kurz meine Wange, bevor seine Lippen meine streifen. »Verdammt, ich hasse es, dass ich heute wegfahren muss. Komm mit mir.«

»Du weißt, dass ich das nicht kann. Das musst du einsehen.«

Er schaut zum Himmel und scheint mit dem Wunsch zu ringen, mich zu überreden, bevor er sagt: »Lass uns dafür sorgen, dass dein heißgeliebter Onkel verschwindet, bevor ich aufbreche.«

Eine volle Stunde später habe ich Nick endlich davon überzeugt, dass er fahren muss. Mein Onkel ist fort. Nicks Nummer ist in meinem Handy gespeichert. Er hat ein Abschlussplädoyer, das er vorbereiten muss.

Ich begleite ihn zu seinem Wagen, und trotz der zahlreichen Personen, die uns gewiss beobachten, zieht er mich an sich und küsst mich auf die Lippen. »Ich werde dich höllisch vermissen, und ich weiß nicht einmal, wie ich damit umgehen soll.« Einen Moment später sitzt er in seinem Wagen, als hätte er Angst, dass er nicht wegfahren würde.

Kurz darauf stehe ich auf der Treppe des Herrenhauses und beobachte, wie er davonfährt. Ein Sturm braut sich in mir zusammen, während ich mir noch einmal seine Worte ins Gedächtnis rufe: *Ich bin nicht mein Vater, und du bist nicht deine Mutter.*

Das Problem ist, ich habe erheblich mehr von meiner Mutter in mir, als Nick Rogers weiß.

# Kapitel 21

Tiger

Was zur Hölle macht diese Frau mit mir?

Das ist einer der vielen Gedanken, die mir durch den Kopf gehen, als ich das Weingut Reid Winter hinter mir lasse und Faith mit ihm. Es bringt mich um, sie zu verlassen, und ich habe bei all den vielen One-Night-Stands, die ich hatte, nie am Morgen danach noch einen Gedanken an die Frau verschwendet, erst recht nicht am zweiten Morgen danach. Und was mache ich jetzt? Ich entscheide mich für Faith, eine Frau, die ich aufgesucht habe, um sie zu vernichten.

Sie ist nicht die Mörderin, für die ich sie gehalten habe, aber sie könnte es werden, wenn sie erfährt, wer mein Vater ist und warum ich nach ihr gesucht habe. Und sie wird wissen, dass sie das nicht ignorieren kann.

Ich habe Faith gesagt, ich sei nicht wie mein Vater, aber Frauen zu verschleißen, ohne sich einen Scheißdreck um sie zu scheren, ist etwas, was er gut gekonnt hat und was ich noch besser kann. Wie zynisch, dass die eine Frau, die mir etwas bedeutet, mich hassen wird, wie sie noch nie zuvor gehasst hat.

Ich biege auf den Highway ein, und Rücklichter begrüßen mich. »Scheiße«, knurre ich. Ich bin gezwungen am Ende eines Staus anzuhalten, während ich über das Pro und Kontra nachdenke, umzukehren, mir Faith über die Schulter zu werfen und sie mit nach Hause zu nehmen. Irgendetwas mit ihrem Onkel fühlt sich falsch an. Irgendetwas fühlt sich ganz im Allgemeinen nicht richtig an, und es ist nicht Faith.

Auf der Suche nach Antworten angele ich mein Handy aus der Tasche und benutze Siri, um die Werkstatt zu finden, in der Faith' Wagen steht. Ich verabrede, dass ich die Reparatur bezahle und wir den Wagen am Wochenende abholen, wenn ich vorhabe, bei ihr zu sein. Als ich das Gespräch beende, hat sich die Autoschlange immer noch nicht bewegt, und ich rufe Beck an. »Nicolas«, begrüßt er mich.

»Der Onkel«, sage ich.

»Stinkreich und hinterhältig«, antwortet er. Er weiß offensichtlich genau, von wem ich rede.

»Er hat Faith' Mom gevögelt.«

»Wer hat das nicht?«

»Der Onkel«, wiederhole ich.

»Er hatte im Laufe der Jahre immer wieder mal Kontakt zu Meredith Winter, aber nichts Bemerkenswertes nach dem offensichtlichen Zerwürfnis zwischen ihm und ihrem Mann. Und Sie wissen sicher, dass er jetzt mit einer der Milliardenerbinnen des Warren-Hotels verheiratet ist.«

»Ja, das wusste ich«, bestätige ich, denn ich habe selbst jede Menge Recherchen angestellt. »Daher hat er das Geld für sein Start-up. Hat es irgendwelche Kontakte zwischen ihm und Faith gegeben?«

»Abgesehen davon, dass er sowohl bei der Beerdigung ihrer Mutter als auch bei der ihres Vaters zugegen war, nichts.«

»Finden Sie heraus, ob er oder irgendjemand sonst, Interesse an dem Grund und Boden hat, auf dem sich das Weingut befindet«, sage ich, bevor ich das Thema wechsele. »Josh …«

»Der Agent«, sagt er. »Was ist mit ihm?«

»Könnte Macom ihn benutzt haben, um sich mit Faith' Mutter oder meinem Vater in Verbindung zu setzen?«

»Interessanter Aspekt, ich habe ebenfalls daran gedacht«, sagt Beck, »aber ich habe Telefonverbindungen und E-Mails gecheckt. Da ist nichts.«

Mit einer Grimasse lenke ich das Gespräch wieder auf die Bank und verwickele Beck in eine Debatte über ihre Motive, bevor ich auf einen Sachverhalt zurückkomme, an den ich eigentlich nicht denken will. Nicht solange Faith in Sonoma ist und ich in San Francisco. »Was ist, wenn Faith keine Mörderin ist, aber sie jetzt diejenige ist, die dem Mörder, wer immer er sein mag, im Weg steht?«

»Wann immer mehr als eine Million Dollar verschwindet und

zwei Menschen innerhalb von zwei Monaten an genau dem Gleichen sterben, besteht die Möglichkeit, dass noch jemand den Tod findet. Aber im Gegensatz zu Ihnen, wie es scheint, komme ich nicht zu dem Schluss, dass ein Mord begangen wurde oder mehrere Morde, bis Sie mir die Autopsieberichte von Ihrem Vater und Meredith Winter beschafft haben. Und um das klarzustellen, ich bin weit davon entfernt, Faith Winter für unschuldig zu halten. Sie und ihre Mutter hätten leicht ein Team sein können. Denken Sie immer daran, dass es, wenn Beweise fehlen, jemanden gibt, der dafür sorgt, dass sie nicht zu finden sind. Ich warne Sie noch einmal. Geben Sie gut Acht auf sich. Sie müssen noch meine immens hohe Rechnung bezahlen.«

Mit der Warnung, von der ich den Eindruck habe, dass er sich dazu verpflichtet fühlt, legt er auf, aber ich bin kein Narr. Ich durchschaue Menschen, mit deren Leben ich mich erheblich weniger beschäftigt habe als mit dem von Faith.

Als Nächstes wähle ich die Nummer von Abel Baldwin, meinem engsten Freund und einem der besten Strafrechtsanwälte auf der ganzen Welt. »Ich dachte schon langsam, du bist vielleicht auch tot«, sagte er, als er sich meldet. »Was ist mit Faith Winter passiert?«

Ich schaue auf die Uhr auf meinem Armaturenbrett. »Kannst du gegen vier zu mir nach Hause kommen?«

»Jetzt bin ich wirklich neugierig. Ich komme.«

Ich habe ihn gebeten, mir dabei zu helfen, sie zu vernichten. Jetzt muss ich ihn um Hilfe dabei bitten, sie zu retten. Und ich kehre zu der Frage zurück: *Was zur Hölle macht diese Frau mit mir?*

Kurz nach vier sitzen Abel und ich im Wohnzimmer meines Hauses, er auf dem Sofa, das den größten Teil des Raums beansprucht, ich in einem Sessel ihm gegenüber. In unseren Gläsern ist einer seiner vielen geliebten irischen Whiskys, die er mir allwöchentlich mitbringt. Das Sofa, das er in Beschlag genommen hat, ist hellgrau, meine Stimmung entschieden düsterer.

»Gutes Zeug, hm?«, fragt Abel, als er sich sein Glas wieder auffüllt.

»Eine deiner besseren Sorten«, antworte ich, aber als er die Flasche in meine Richtung hält, winke ich ab. »Ich muss einen klaren Kopf behalten. Auf mich wartet noch Arbeit.«

»Ich werde hier rumhängen und mich besaufen und dumme Fragen stellen, um dich zu nerven. Wofür hat man schließlich Freunde?«

»Du bist ein toller Freund, Abel. Und ein raffinierter dazu.«

Er kippt seinen Whisky herunter. »Ich liebe es zuzugucken, wie North sich verbeißt und lediglich Fakten herunterrattert.«

»Der Junge ist die reinste Enzyklopädie«, antworte ich und deute auf sein kurz geschorenes, blondes Haar. »Trägst du dich mit dem Gedanken, wieder zur Armee zu gehen, oder was?«

»Nächste Woche fängt eine neue Verhandlung für mich an«, berichtet er. »Der Richter ist ein Ex-SEAL.«

»Und du hast die Absicht, ihn daran zu erinnern, dass du auch einer bist.«

Seine Lippen zucken. »Man muss einsetzen, was man zu bieten hat.« Er mustert mich mit schmalen Augen. »Und du hast mich, Nick. Lass mich an der Sache arbeiten. Was ist der Elefant im Raum, über den du reden möchtest, über den du aber noch nicht geredet hast?«

»Was wird es mich kosten, an diese Autopsieergebnisse heranzukommen, ohne noch drei Wochen darauf warten zu müssen?«

»Wir haben gerade den Antrag eingereicht«, sagt er. »Man kann sich keinen Weg vorbei an einer medizinischen Prozedur erkaufen. Das hier ist keine Fernsehserie über Verbrechen, das weißt du. Ergebnisse solcher toxikologischen Untersuchungen werden erst in Wochen und sogar Monaten vorliegen.«

»Verstanden. Aber wir wissen beide, dass wir gewisse Aspekte dieser Angelegenheit vorziehen können, statt sie länger hinauszuzögern. Was immer es kostet, sorg dafür, dass es passiert.«

Er kneift die Augen zusammen, und nach einem Jahrzehnt der Freundschaft mit ihm überrascht es mich nicht, was als Nächstes kommt. »Du hast sie gevögelt.«

»Ich habe eine Menge Frauen gevögelt.«

»Diese ist dir unter die Haut gegangen. Nick, verdammt. Du hast mich wegen eines einzigen Wortes damit reingezogen: Mord. Lass uns noch einmal zusammenfassen. Du findest Schecks im Wert einer Million Dollar, ausgestellt von deinem Vater für die tote Mutter dieser Frau, die auf die gleiche Weise gestorben ist wie dein Vater, was Faith Winter zur Hauptverdächtigen macht, und du beschließt, sie zu vögeln.«

»Die Details sind mir klar. Und Mord ist noch nicht vom Tisch. Ich glaube nur nicht, dass sie es getan hat.«

Es klingelt an der Tür, und ich fluche. »Typisch North, zu früh zu kommen.«

Ich reibe mir das Kinn und will gerade aufstehen, als Abel sagt: »Nick. Mann. Viele gute Kerle sind durch eine Frau zu Fall gekommen, und ich bin mir verdammt sicher, dass man das Gleiche auch umgekehrt sagen kann. Pass auf, wohin du deinen Schwanz steckst.«

»Spricht der Mann, der nicht aufhören kann, mit seiner Ex zu schlafen«, rufe ich ihm ins Gedächtnis, erhebe mich und gehe zur Tür.

Meine Füße, die immer noch in Stiefeln stecken, dröhnen dumpf auf dem Holz des Wohnzimmerbodens, als er ruft: »Sie hat wundervolle Brüste.«

Ich lache. Das muss wohl der Fall sein, denn es ist nicht das erste Mal, dass ich das gehört habe. Aber seine Warnung, dass ich lieber nicht mit Faith schlafen sollte, hat einen Nerv getroffen, und ich denke daran, wie ich mich selbst davor gewarnt habe, es nicht noch einmal so weit kommen zu lassen. Man findet Schuld nicht, wenn man auf der Suche nach Unschuld ist.

Ich öffne die Tür, und North steht vor mir und sieht aus wie Clark Kent, nur magerer und schlaksig. Aber so ist das mit North. Es steckt mehr in ihm, als man mit bloßem Auge erkennen kann. Er erschlägt die Leute mit Fakten. Wie Superman streckt er dich nieder, wenn du es nicht erwartest.

Und verdammt, auch in Faith steckt mehr, als man auf den ersten Blick erkennt. Ich weiß es. Ich fühle es. Und ich muss herausfinden, was das ist, und zwar sofort, bevor eine Überraschung mich Schachmatt setzt.

Es ist elf, als ich endlich mein Haus wieder für mich allein habe, und ich gehe in mein Büro, vorbei an dem rustikalen Kiefernschreibtisch, der das Herzstück des Raums darstellt.

Stattdessen begebe ich mich zu dem übergroßen Sessel aus braunem Leder in der Ecke, der neben dem giebelhohen Fenster steht, und setze mich. Neben dem Sessel befindet sich ein Stapel von Unterlagen aus dem Büro meines Vaters und ein weiterer aus seinem Haus, Papiere, die mich überhaupt erst zu Meredith Winter geführt haben. Ich bin alles zehnmal durchgegangen, und da ist nichts, was mir die Antworten liefert, die ich brauche. Wer hat ihn getötet?

Ich habe mir eingeredet, es sei lediglich mein Verlangen nach einem Abschluss, aber die Wahrheit ist, dass die Vorstellung, dem Mann könne irgendjemand anderer als ich etwas angetan haben, an mir nagt. Auch wenn mich das zu einem schlechten Menschen macht, ich wollte den Mann lebendig, um ihm zu zeigen, dass sein Sohn immer besser sein würde als er. Irgendjemand hat mir das genommen. Und mein Geschenk an mich selbst ist es, diese Person zu finden. Das ist meine Form von Trauer. Es stecken keine Schuldgefühle dahinter.

*Schuldgefühle.*

Das ist es, was ich immer bei Faith wahrnehme, aber meine Gedanken kehren zu den Stunden zurück, in denen ich gestern Nacht mit ihr im Bett gelegen habe. Als sie gefragt hat, ob ich um meinen Vater geweint hätte. Als sie das Gefühl hatte, sie hätte um ihre Mutter weinen sollen.

*Schuldgefühle.*

Schuldgefühle, mit denen ich leben kann, und ich kann ihr helfen, ebenfalls damit zu leben. Mehr steckt nicht dahinter. Ich lasse diesen Gedanken mehrere Minuten lang auf mich wirken, mit räumlichem Abstand zu Faith, und ich empfinde immer noch genauso. Sie hat meinen Vater nicht getötet, ebenso wenig wie ihre Mutter.

Ich nehme mein Handy und wähle ihre Nummer. Sie geht beim zweiten Klingeln an den Apparat. »Nick«, sagt sie. Verdammt, wie kommt es, dass mein Name auf den Lippen dieser Frau meinen Schwanz hart und mein Herz weich machen kann?

»Hey, Süße.«

»Bist du mit deinen Vorbereitungen fertig geworden?«, fragt sie und zeigt erneut eine Sorge meine Arbeit betreffend, die zu äußern ich noch nie einer anderen Frau eine Chance gegeben habe. Vielleicht hätten sie Anteil genommen. Vielleicht nicht. Es war mir einfach nicht wichtig, es sie versuchen zu lassen.

»Wir sind bereit«, antworte ich.

»Das freut mich«, sagt sie. »Ich habe mir Sorgen gemacht, dass ich dich vielleicht abgelenkt habe.«

»Natürlich lenkst du mich ab, Faith, aber auf genau die richtige Weise. Wo bist du?«

»Bei mir zu Hause«, erwidert sie.

»Ich dachte, du wolltest auf dem Weingut bleiben?«

»Ich war inspiriert zu malen.«

Ich lehne mich in dem Sessel zurück, schließe die Augen und stelle sie mir vor ihrer Leinwand vor, wunderschön, talentiert und konzentriert. »Malst du mich, Faith?«

»Ja«, bestätigt sie. »Das tue ich wirklich. Ich versuche immer noch, dich zu verstehen. Jetzt, da du fort bist …«

»Jetzt, da ich fort bin, passiert was?«

»Ich weiß es nicht. Irgendetwas.«

»Irgendetwas«, wiederhole ich, öffne die Augen, stehe auf und wende mich dem Fenster zu, vor mir die Lichter der Golden Gate Bridge. »Da ist irgendetwas, Faith«, füge ich hinzu und will von ihr hören, was ich spüre. »Was ist es?«

Sie schweigt kurz. »Reden wir jetzt von mir oder von dir?«

»Von dir«, sage ich. »Ich bin dein Anwalt und der Mann in deinem Bett und in deinem Leben. Was hast du mir nicht erzählt?«

»Wir kennen uns noch nicht lange, Nick. Es gibt eine Menge Dinge, die ich dir nicht erzählt habe.«

Ich fühle diese Worte wie eine weitere Kralle um mein Herz, und jede Warnung, die mir in den vergangenen paar Stunden entgegengeschleudert worden ist, gräbt sich tiefer in meinen Geist. Ich war niemals ein Narr, der mit dem Schwanz denkt. Ich fange jetzt nicht damit an, einer zu sein. »Ich will, dass du es mir erzählst, aber du weißt, dass ich es auch so herausfinden werde.«

»Natürlich wirst du es herausfinden. Du liebst Herausforderungen. Gute Nacht, Nick.« Sie legt auf.

# Kapitel 22

Tiger

Dieses Gespräch mit Faith verfolgt mich in der Nacht, und um sieben Uhr morgens sitze ich an meinem Schreibtisch im fünften Stock des zweithöchsten Gebäudes in San Francisco und arbeite.

Um acht habe ich drei Mandanten aufgeweckt und einen Vertrag entworfen. Und das alles bekleidet mit einem schwarzen Anzug samt einer königsblauen Krawatte, die mich an Faith' verdammtes Kleid erinnert. Ihr zerfetztes Kleid. Und sie erinnert mich an den Moment im Auto, als ich mich vorgebeugt und sie gekostet habe. Der Bleistift in meiner Hand zerbricht.

Das ist der Moment, in dem North den Kopf durch die Tür streckt. »Können wir —«

»Nein«, unterbreche ich ihn. »Wenn Sie jetzt nicht bereit sind, werden Sie es niemals sein. Sie haben drei Stunden, bevor die Leute eintreffen, und Sie brauchen Eier in der Hose. Gehen Sie, und suchen Sie sich welche.«

Er schiebt seine Brille auf seiner Nase nach oben. »Natürlich weiß ich, wo meine Eier sind. Die Benutzung besagter ...«

»Ich werde Ihnen nicht beibringen, wie Sie Ihre Eier halten müssen«, stoße ich hervor. »Gehen Sie und spielen Sie allein mit ihnen.«

Er ist klug genug, sich zurückzuziehen. Unglücklicherweise erscheint meine Assistentin an der Stelle, die er gerade freigemacht hat. »Ich habe Kaffee«, eröffnet sie mir.

»Sie bringen mir niemals Kaffee«, erwidere ich, aber trotzdem taucht eine Tasse vor mir auf, inmitten wippender brauner Locken und eines süß duftenden Parfums.

Ich betrachte zuerst die Tasse, dann die Frau. »Wenn ich um einen Kaffee bitte, sagen Sie normalerweise ›Machen Sie sich selbst einen‹. Was ist hier los?«

»Heute ist mein zwanzigster Hochzeitstag«, sagt sie und wedelt mit den Fingern. »Als ich heute Morgen aufgewacht bin, war da dieser Saphir. Mit fünfzig bin ich offensichtlich immer noch eine Menge wert.«

Und mit fünfzig ist sie wunderschön und einem einzigen Mann ergeben, während Meredith Winter vielen ergeben war. »Alles Gute zu Ihrem Hochzeitstag. Benutzen Sie meine Karte, und gehen Sie in ein teures Restaurant zum Abendessen. Und ich brauche zwei Dinge von Ihnen.«

»Punkt Nummer eins«, hakt sie nach.

»Ich brauche ein Kleid.«

Sie zieht eine Braue hoch. »Wollen Sie mir etwas erzählen, Boss?«

»Königsblau. Mit einem Schlitz an der Vorderseite. Teuer.«

»Ich muss mehr wissen als das, angefangen von der Größe.«

»Zierlich.«

Sie verzieht das Gesicht. »Ich bin gut, sonst würde ich nicht für Sie arbeiten, aber das reicht nicht.«

»Googeln Sie die Malerin Faith Winter. Das Kleid ist für sie. Raten Sie, so gut Sie können.«

»Schicke ich es an die Frau?«

»An das Weingut Reid Winter in Sonoma«, antworte ich und reiche ihr einen versiegelten Brief. »Legen Sie das dazu und lassen Sie das Kleid bis morgen liefern. Und ich brauche ein Geschenk, um den Erfolg einer Künstlerin zu feiern, ein Geschenk, das künstlerisch ist. Eine Halskette. Einen Farbpinsel. Beides. Ich brauche Optionen. Jede Menge Optionen. Ich werde es wissen, wenn ich es sehe.«

Sie reißt die Augen auf. »Darf ich es wagen zu glauben, dass endlich eine Frau Ihre Aufmerksamkeit erregt hat?«

»Meine Aufmerksamkeit gilt der Frau, die vor mir steht.« Ich erhebe mich. »Ich muss wissen, wo Montgomery Williams von der SA National Bank ist, bis ich im Auto sitze.«

»Sie müssen in drei Stunden Ihr Plädoyer halten.«

»Dann ist es ja gut, dass diese Sache keine drei Stunden beanspruchen wird.« Ich umrunde den Schreibtisch und gehe zur Tür, mit der Mission, einen Mann aufzusuchen, den ich verabscheue, und mich zu bemühen, nicht an die Frau zu denken, an die zu denken ich nicht aufhören kann.

Da ich im Finanzdistrikt einige Häuserblocks von der SA National Bank entfernt arbeite, ist Montgomery Williams nicht schwer zu finden. Er sitzt in einem Café einen Häuserblock von meinem Büro entfernt. Er ist klein, untersetzt und hat eine Glatze, und eine gut zwanzigjährige Frau sitzt neben ihm, eine Hand auf seinem dicken Oberschenkel. Ich habe keinerlei Probleme damit, die beiden zu stören.

Ich gehe zu ihrem Tisch und setze mich ihnen gegenüber auf einen Stuhl. »Wie geht's der Ehefrau?«, frage ich. Montgomery läuft rot an. Die Frau richtet sich auf und blickt peinlich berührt drein. Ich ziehe lediglich eine Braue hoch.

Sie schürzt ihre rot geschminkten Lippen. »Wir sehen uns heute Abend, Schatz.« Dann schlüpft sie um den Tisch herum und geht.

»Hat sie mit mir gesprochen oder mit Ihnen?«, frage ich.

»Was wollen Sie, Rogers?«

»Faith Winter«, antworte ich, und obwohl ich es im buchstäblichen Sinne meine, tut das hier nichts zur Sache.

»Warum interessieren Sie sich für Faith Winter?«

Abgesehen davon, dass sie mir den besten Blowjob meines Lebens gegeben hat, ist sie ebenso talentiert und intelligent, wie sie gut im Bett ist. Aber diese Details behalte ich für mich. »Ich vertrete sie.«

»Sie arbeiten für eine der größten Firmen auf der Welt. Sie beschäftigen sich nicht mit Nachlassproblemen.«

»Ich werde Ihnen einen Scheck über einhundertzwanzigtausend Dollar ausstellen, was ihre säumigen Zahlungen sowie weitere sechs Monate abdeckt. Als Gegenleistung will ich, dass Sie aufhören, die Nachlassregelung in die Länge zu ziehen und alle Forderungen fallen lassen, abgesehen von dem Darlehen des Weinguts.«

»Wir wollen eine Neuschätzung des Unternehmens, bevor wir irgendetwas zustimmen.«

»Mit welchem Ziel?«

»Das werden wir entscheiden, wenn wir die Neuschätzung haben.«

»Und Sie fragen mich, warum ich involviert bin«, sage ich. »Ich bin involviert, weil wir beide wissen, dass dies nicht einfach eine Nachlassverwaltung ist.« Ich beuge mich dichter zu ihm. »Und wir wissen beide, dass Sie sich in die Hose machen, nicht nur weil ich weiß, dass Sie Ihre Frau verarschen, sondern weil ich jetzt involviert bin.«

Ich stehe auf und gehe zur Tür, und mein Bauchgefühl sagt mir, dass das Weingut mit Mord in Verbindung steht. Und der Mord steht mit Faith in Verbindung. Ich verlasse das Café und wähle Becks Nummer, der sich beim ersten Klingeln meldet. »Die Bank will das Weingut, was bedeutet, dass jemand Mächtiges das Weingut will. Sie müssen herausfinden, wer das ist, und zwar sofort. Und besorgen Sie jemanden, der Faith rund um die Uhr bewacht.« Ich hätte das schon früher in Auftrag geben sollen. »Heute noch.«

»Ich nehme an, wir wollen nicht, dass Faith bemerkt, dass sie bewacht wird?«

»Nein. Das wollen wir nicht.«

»Dann vertrauen Sie ihr nicht.«

Ich atme tief ein, und kühle Luft strömt durch mich hindurch bei seinen Worten, die er benutzt, um mich zu ködern. Er will von mir eine Begründung. Aber ich liefere niemandem die Mittel, mich zu analysieren, und sein Gehaltsscheck ist alles an Rechtfertigung, was er verdient.

»Tun Sie es einfach«, sage ich. »Ich bin auf dem Weg zum Gericht. Schicken Sie mir eine Nachricht, wenn es erledigt ist.« Ich beende das Telefonat.

# Kapitel 23

Faith

Ich bin auf dem harten Boden meines Ateliers aufgewacht, einen Kittel über meinen Kleidern, und ich habe keine Ahnung, wie ich das habe geschehen lassen können. Oder vielleicht habe ich doch eine Ahnung.

Nick war auf meiner Leinwand und in meinem Kopf, aber er war nicht unten in meinem Bett, wo ich wieder allein sein würde. Und diese Worte: *Du weißt, dass ich es auch so herausfinden werde.* Sie haben mich verfolgt und tun es auch jetzt, als ich an meinem Schreibtisch in meinem winzigen Büro im Weingut sitze. Diese Worte haben in mir die erneute Frage aufgeworfen: Sind wir Freunde oder Feinde?

Ich bin verwirrt und ärgerlich, dass ich heute irgendwie bei einem schwarzen Rock und einer königsblauen Bluse gelandet bin, deren Farbe mich an das verdammte Kleid erinnert, das er zerrissen hat. An diesen Moment, in dem er sich vorgebeugt und mich geleckt und dann versprochen hat: *Nächstes Mal werde ich nicht aufhören.*

»Warum sind Sie so rot im Gesicht?«

Ich schaue auf und sehe Kasey in meiner Tür stehen, sein grauer Anzug und seine Krawatte so perfekt wie die Arbeit, die er hier im Weingut leistet. »Zu viel Koffein. Können Sie die Tür schließen, wenn Sie hereinkommen?«

»Natürlich«, sagt er und tut wie geheißen, dann schaut er sich in meinem Schuhkarton von einem Büro um. »Warum bleiben Sie hier in diesem Loch? Es gibt drei größere Büros, meins eingeschlossen.«

»Sie haben das Eckbüro«, erwidere ich, während er Platz nimmt. »Sie sind der Boss. Ich bin nur Ihre Assistentin.«

»Sie wollten nie hier sein. Es tut mir in der Seele weh, dass Sie das Gefühl haben, es zu müssen. Ich komme mit dem Weingut klar, Faith.«

Zum ersten Mal seit langer Zeit nehme ich mir diese Worte zu Herzen, und ich weiß, dass sie der Wahrheit entsprechen. »Sie können das Gut leiten. Sie *leiten* es. Aber da war meine Mutter. Niemand außer mir konnte mit ihr umgehen.«

»Ja, nun«, antwortet er. »Darüber sollten wir tatsächlich sprechen, Faith. Sie ist tot. Ich hasse es, das zu sagen, aber das ändert die Lage. Sie sind Künstlerin. Sie haben eine Karriere vor sich. Sie haben wieder eine Ausstellung, und ich finde es übrigens immer noch schrecklich, dass ich keine Eintrittskarte für die Vernissage bekommen konnte. Wie ist es gelaufen?«

»Wunderbar«, flüstere ich, weil ich mich nicht bremsen kann. »Die Ausstellung ist wirklich wunderbar.«

»Schön«, sagt er, seine Augen warm von einem Stolz, den ich in den Augen meines Vaters nie gesehen habe. Nicht in Bezug auf meine Kunst. »Es gibt keinen Grund, warum Sie diese Tätigkeit nicht wiederaufnehmen sollten.«

»Im Moment müssen wir über juristische Probleme sprechen.«

»Und über die Geldeintreiber«, sagt er. »Wir haben zu lange einen Bogen um einen heiklen Punkt gemacht. Warum hat Ihre Mutter die Rechnungen nicht bezahlt? Was weiß ich nicht?«

Nicks Worte hallen noch einmal in meinem Kopf wider: *Was hast du mir nicht erzählt?* Und ich schiebe sie beiseite. »Ich weiß es nicht. Wir verdienen Geld. Nicht so viel wie vor dem Frostschaden, aber wir verdienen Geld. Und wir haben die ganze Zeit Geld verdient. Im Moment und ohne eine Nachlassregelung habe ich keinen Zugang zu ihren Konten, und es gibt juristische Schritte, die ich unternehmen muss, um uns zu schützen. Nick Rogers, den Sie gestern kennengelernt haben, wird uns helfen.«

»Ich habe ihn gegoogelt und habe von ganzem Herzen gehofft, dass Sie das sagen würden.«

Ich atme auf und bin Nick dankbar für die Erleichterung, die ich in diesem Moment in Kaseys Augen sehe. »Er will Sie anrufen. Er bringt Ordnung in dieses Chaos und braucht Informationen.«

»Ich weiß zwar nicht, wie ich helfen kann, aber natürlich«, sagt er. »Alles, um diesen Schlamassel hinter uns zu lassen und Sie aus diesem Büro herauszuholen.« Er mustert mich mit schmalen Augen. »Es gibt mindestens drei Personen in unserem Personal, die mehr Verantwortung übernehmen könnten, damit Sie wieder Sie selbst sein können.«

»Sie wissen, dass mein Vater …«

»… besessen von der Idee war, dass Sie das Weingut leiten sollen. Das wissen wir alle. Aber, Faith, das Leben ist kurz. Dieses Weingut ist mein Leben. Es ist der Grund, warum ich morgens aufstehe und das voller Aufregung tue. Können Sie das auch nur für einen einzigen Tag Ihres Lebens sagen, den Sie hier verbracht haben?«

Das habe ich am vergangenen Freitag verspürt, als ich gewusst habe, dass ich eine Ausstellung haben würde und dass ich in meinem Haus bleiben konnte.

»Ich glaube, nicht«, fügt er hinzu, als ich nicht schnell genug reagiere. »Sie bezahlen mich gut, Kleines. Ich habe sogar Bonuszahlungen bekommen, bevor wir die Reben verloren haben. Das hier ist nicht Ihr Traum. Gehen Sie, und jagen Sie Ihrem Traum hinterher.«

»Die Geldeintreiber …«

»Sie müssen mich für sehr zerbrechlich halten«, unterbricht er mich. »Das bin ich nicht. Sie haben jetzt Nick Rogers. Sie werden Zugang zu den Bankkonten Ihrer Mutter erhalten und alles auf Vordermann bringen.«

Ich bete, dass er recht hat. Und so verwirrt ich im Moment über Nick bin, bin ich froh, dass er an der Sache beteiligt ist.

»Ihre Mutter hat gedroht, mich zu feuern«, fügt er hinzu, »und ich habe geglaubt, dass sie es tun würde. Das ist der Grund, warum Sie eingreifen mussten. Die Geldeintreiber können mich nicht feuern. Nur Sie können das, und ehrlich gesagt, wenn Sie da sind, fühle ich mich sicher in meinem Job.«

Sein Walkie-Talkie summt. »Ich brauche Sie, Kasey«, erklingt eine Frauenstimme.

»Komme gleich, Shannon«, antwortet er unserer Gartenmanagerin, bevor er sich wieder auf mich konzentriert. »Bleiben Sie zu Hause, wie Sie es an diesem Wochenende getan haben. Es ist ein Anfang.

Und ich rede mit Nick und jedem, der Ihnen helfen kann, das Problem mit dem Nachlass zu lösen.« Sein Walkie-Talkie piept abermals. »Ah. Ich muss gehen.« Er steht auf und ist an der Tür und verschwunden, bevor ich das Wort »danke« aussprechen kann.

Ich stoße den Atem aus und richte meine Aufmerksamkeit auf meinen Computer, um zu tun, was ich bis jetzt nicht getan habe. Ich googele Nick Rogers. Sobald sein Foto auf meinem Bildschirm erscheint, flattert mein Magen, und ich weiß, dass ich ein Problem habe. Er hat eine unberechenbare Wirkung auf mich. Er schält die Schichten weg, die besser bleiben sollten, wo sie sind. Das wäre sicherer. Und er vertraut mir nicht, was bedeutet, dass er weiter Schicht um Schicht ablösen wird. Und warum will ich mit einem Mann zusammen sein, der mir nicht vertraut?

Mein Telefon summt. »Faith, hier ist ein Anruf für Sie«, teilt mir die Empfangsdame mit. »Bill …«

»Winter«, ergänze ich, und ein Stich des Zorns durchzuckt mich. »Ich stehe nicht zur Verfügung.«

»Verstanden.«

Ich atme tief durch. Mein Vater hat ihm nicht verziehen. Das glaube ich keine Minute. Ich rufe meine E-Mails auf, und mein Herz setzt einen Schlag aus, als ich Nicks Namen sehe, obwohl ich ihm meine E-Mail-Adresse gar nicht gegeben habe. Ich klicke auf den Button, um sie zu öffnen, und lese:

*Faith,*
*was zur Hölle machst du mit mir?*
*Nick*
*P.S.: Hör nicht damit auf.*

Ich lehne mich auf meinem Stuhl zurück und stoße einen Atemzug aus, und im Moment empfinde ich so viel. Empfinde zu viel. Ich bin ein einziges großes Gefühl und kann es nicht einmal benennen.

Vielleicht weil ich aufgehört habe, irgendetwas anderes als Schuldgefühle überhaupt zu erkennen. Schuldgefühle, weil ich das Weingut nicht leiten will. Schuldgefühle wegen der Antwort, die ich meinem Vater gegeben habe. Schuldgefühle wegen so vieler Dinge im Zusammenhang mit meiner Mutter, obwohl sie es nicht verdient, dass ich so empfinde. Das weiß ich. Aber ich empfinde trotzdem so.

Doch diese Gefühle, die Nick in mir weckt … das sind keine Schuldgefühle. Aber ich denke, es ist Furcht dabei. Ja. Furcht. Ich hasse Furcht. Sie ist eine Schwäche. Ich habe Angst vor Nick, und doch ist diese Furcht beinahe ein Rausch. Alles an diesem Mann ist ein Rausch, nach dem ich mich verzehre. Vielleicht bin ich besessen von ihm, weil er in diesem Moment auf meinem Computerbildschirm ist und weil ich ihn wieder neben mir fühlen will. Ich will ihn anrufen und seine Stimme hören.

Und doch tue ich es nicht.

Ich kann nicht.

Warum bin ich so dumm?

Er wird herausfinden, wer ich wirklich bin. Ganz sicher.

Ich starre auf die E-Mail und frage mich, wie sein Plädoyer wohl läuft. Ich stelle mir vor, dass er in einem großen Konferenzsaal sitzt, sein Anzug so perfekt wie sein Körper, während der Blick dieser scharfen Augen eine Person nach der anderen zu Tode erschreckt. Ich stelle mir diese Augen vor, die eine Geschichte erzählen, die ich noch nicht verstehe.

Wieder summt mein Telefon. »Ein weiterer Anruf«, sagt die Empfangsdame. »Diesmal ist es ein Mann namens Chris Merit.«

»Was? Chris … Merit? Der Künstler?«

»Das weiß ich nicht. Soll ich fragen?«

»Nein. Nein, stellen Sie ihn durch.« Es piept in der Leitung, und ich melde mich. »Hier ist Faith.«

»Faith. Chris Merit.«

»Chris. Hallo. Ich … bin Ihnen so dankbar, dass Sie mich am vergangenen Wochenende bei der Ausstellung haben mitmachen lassen.«

»Ich danke Ihnen, dass Sie uns Ihre Werke zur Verfügung gestellt haben, Faith. Wie ich höre, haben wir Angebote für Ihre Arbeit.«

»Wirklich?«

»Ja, aber Ihr Agent hat sie zu billig angeboten. Ich werde Ihre Preise anpassen, es sei denn, Sie haben ein Problem damit.«

Ich zögere, aber ich sage, was ich sagen muss. »Ich brauche das Geld aus dem Verkauf.«

»Sie werden Ihr Geld bekommen, für diese Werke und noch etliche weitere, und zwar für die Summe, die sie wert sind. Vertrauen Sie mir, Faith.«

Wenn Chris Merit einen bittet, ihm zu vertrauen, und es sich um Kunst dreht, vertraut man ihm. »Warum tun Sie das?«

»Meine Frau hat beschlossen, eine Mischung von neuen Künstlern und etablierten Künstlern in ihrer Galerie in San Francisco auszustellen. Sie und ich haben beide Gefallen an Ihrer Arbeit gefunden. Ehrlich gesagt würden wir Sie gern bei unserer großen Eröffnung in der Galerie ausstellen.«

»Sie … ich …« Oh Gott. Ich bin niemals sprachlos. »Danke.«

»Ich würde Sie gern mit mindestens vier Werken präsentieren. Sie entscheiden, aber ich werde die Werke in vier Wochen in der Galerie benötigen.«

»Natürlich. Das ist überhaupt kein Problem.«

»Hervorragend. Wir veranstalten an diesem Wochenende eine kleine VIP-Party in der Galerie, am Samstagabend, der zufällig Saras Geburtstag ist. Wir würden uns unglaublich freuen, wenn Sie kommen könnten. Und Sie können natürlich eine Begleitung mitbringen.«

»Das wäre wunderbar. Vielen Dank.«

»Sie haben Talent, Faith Winter. Glauben Sie an sich selbst. Wir tun es auf jeden Fall.« Er beendet das Gespräch.

Ich lege mein Telefon beiseite. Ich weine nicht oft, überhaupt nicht. Aber jetzt brennen meine Augen. Meine Brust ist eng. Das hier ist mein Traum. Das ist alles.

Ich schnappe mir mein Handy, um Nick anzurufen. Das ist mein erster Instinkt. Aber dann wähle ich seine Nummer doch nicht. Er ist bei Gericht. Ich kann nicht glauben, dass er der eine Mensch ist, den ich anrufen wollte. Aber ich will es immer noch.

Stattdessen wähle ich Joshs Nummer, und er geht beim ersten Klingeln an den Apparat. »Er hat dich angerufen«, sagt er.

»Du weißt bereits Bescheid«, erwidere ich, und meine Stimme bricht.

»Ja, ich weiß es. Also, bist du dabei oder nicht?«

»Ich bin dabei«, sage ich. »Wie könnte es auch anders sein?«

»Greif nach dem Pinsel, und mach dich an die Arbeit.«

»Josh …«

»Ich bin zu weit gegangen. Ich habe es verbockt, Faith. Ich wollte dich beschützen. Das ist etwas Persönliches, und dafür ist hier kein Platz. Ich bin dein Agent, weil du gut in dem bist, was du tust. Und Schluss.«

»Danke, Josh. Ich bin froh darüber, dass du an meiner Seite stehst.«

»Nachdem das ausgesprochen ist, komme ich vom Professionellen zu etwas Persönlichen. Macom ist mein bester Freund, aber kreative Menschen sind von Natur aus unsicher. Er hat deine Arbeiten wegen seiner Unsicherheit abgelehnt. Das hatte eine bestimmte Wirkung auf dich, und ich glaube, das ist der Grund, warum du alles andere als Vorwand benutzt hast, um nicht zu malen. Sieh zu, dass es mit Nick Rogers so ist, wie du gesagt hast. Er inspiriert dich zu malen. Wenn es so ist, werde ich mich zurückhalten. Wenn nicht, werde ich nicht noch mal zwei untätige Jahre mitmachen. Ist das fair?«

»Ja, das ist es«, antworte ich und weiß die Tatsache zu schätzen, dass er keine Reaktion von mir erwartet, was Macom betrifft. Macom hat mich in vielerlei Hinsicht beeinflusst. Das ist immer noch so.

»Es wird bald Neuigkeiten über diese Verkäufe und die Ausstellung geben. Dann melde ich mich.« Er beendet das Gespräch.

Ich lege mein Telefon auf den Tisch und senke die Wimpern. Ich bin im Moment so verwirrt. Und zornig. Wenn meine Mutter diesen Schlamassel nicht angerichtet hätte, könnte ich Kasey einfach die Leitung des Weinguts überlassen. Dieser Mann vertraut mir, und er lebt für das Gut, und ich werde es vielleicht verlieren. Er wird es vielleicht verlieren. Und Chris Merit hat mich angerufen. Chris Merit! Und ich male wieder, und das liegt an Nick.

Ich lese noch einmal die E-Mail.

*Faith,*

*was zur Hölle machst du mit mir?*
*Nick*
*P.S.: Hör nicht damit auf.*

Es gibt so vieles, was ich ihm sagen will, und ich komme zu dem Schluss, dass in dem Meer von Lügen, das derzeit mein Leben ist, Ehrlichkeit nottut, daher tippe ich:

*Nick,*
*ich hasse die Gefühle, die du gestern Abend in mir geweckt hast. Und doch habe ich, als Chris Merit mich heute angerufen hat, um mich zu einem Event an diesem Wochenende einzuladen, nur an eine einzige Person gedacht: an dich.*
Faith
P.S.: Hör auf, ein Arschloch zu sein wie gestern Abend.

Ich lehne mich auf meinem Stuhl zurück und sehe mich in meinem Büro um, wo an den Wänden Fotos vom Weingut hängen. Keins davon ist etwas Persönliches. Nichts in diesem Büro gehört mir, und doch wird mir alles gehören, wenn ich den Betrieb erbe.

Mein Handy klingelt, und als ich hinabschaue, sehe ich Nicks Telefonnummer. Adrenalin wogt mit verrückter Wildheit durch mich hindurch, und ich sehe auf die Uhr. Es ist zwölf.

»Nick. Musst du nicht ein Plädoyer halten?«

»Wir haben gerade Mittagspause. Welche Gefühle habe ich denn in dir geweckt, Faith?«

»Als wärst du wieder mein Feind.«

»Ich bin nicht dein Feind.«

»Wirklich nicht?«

»Warum sollte ich dein Feind sein?«

Ich atme ein und stoße die Luft wieder aus. »Du weckst in mir das Gefühl, als wäre das mit uns aus und vorbei, sobald du irgendeinen Fehler entdeckst, den ich im Leben gemacht habe. Du gibst mir das Gefühl, als dürfe ich dich niemals eine Schwachstelle sehen lassen, und davon habe ich viele.«

»Das ist nicht meine Absicht, Süße. Für mich bist du perfekt. Viel zu perfekt für mein eigenes Wohl.«

»Verstehe. Ich weiß, du meinst das als Kompliment, aber darin schwingt mit, dass du eine Schwachstelle finden willst. Hör auf, ein Arschloch zu sein, Nick Rogers.«

»Stimmt. Aufhören, ein Arschloch zu sein. Das ist Neuland für mich, Faith.«

»Das hast du bereits gesagt. Ich verstehe es. Es ist auch für mich Neuland, und ich weiß nicht einmal, was das hier ist, aber anscheinend will ich es wissen.«

»Dann wären wir schon zu zweit, Süße. Erzähl mir von Chris' Anruf.«

»Du musst arbeiten.«

»Erzähl mir davon.«

»Er will meine Arbeiten ausstellen. Ich werde es dir später genauer erzählen, aber anscheinend brauche ich eine Begleitung für Samstagabend in San Francisco. Willst du mein Begleiter sein, Nick?«

»Du wirst mit niemand anderem da hingehen. Ja, Faith. Ich werde dein Begleiter sein. Ich werde veranlassen, dass dich ein Privatjet abholt und zu mir bringt.«

»Das ist nicht notwendig.«

»Kannst du Donnerstagabend herkommen?«

»Freitagabend.«

»Dann rufe ich dich heute Abend mit Details an. Faith?«

»Ja?«

»Du bist Künstlerin. Meine Künstlerin.« Er legt auf.

Ich lächele. Ich glaube, es ist mein erstes echtes Lächeln seit dem Tod meiner Mutter. Und zum ersten Mal seit Jahren bin ich voller Elan: Für meine Kunst und für diesen Mann, der mein Leben im Sturm erobert hat.

Und die Aussichten sind unglaublich.

# Kapitel 24

Faith

Der Freitagnachmittag kommt schnell, aber nicht schnell genug, und ich bin zu Hause, um zu packen. Ich habe die ganze Woche in meinem Haus gewohnt. Ich bin hiergeblieben, obwohl auf dem Weingut der Teufel los war, wenn auch kein Anruf von irgendeiner Inkassofirma kam.

Nick hat mir versichert, er habe alles unter Kontrolle und ich solle ihm vertrauen, bis er mich persönlich umfassend auf den neuesten Stand bringen kann. Und das tue ich. Ich sage mir, dass ich ihm vertraue, weil er ein herausragender Anwalt ist, und das ist er, aber nachdem wir jeden Abend stundenlang telefoniert haben, ist er für mich der Mann, dem ich nahe bin, nicht der Rechtsanwalt.

Und obwohl sich unsere Gespräche mehr um unsere Jugend gedreht haben, seine Schule und meine, legen wir den Grundstein. Es ist der Beginn von mehr. Jedenfalls füllt es meine Leinwand. Ich beginne mit einem neuen Bild. Der Garten. Der Garten meiner Mutter. Es ist irgendwie therapeutisch.

Aber das Bild bleibt hier, und ich reise nach San Francisco und hoffe, dort vielleicht Neuigkeiten über diese Verkäufe zu bekommen, von denen ich immer noch höre, dass sie anstehen, aber ich habe keine Bestätigung.

Ich würde auch wirklich gern mehr über die Ausstellung in L.A. erfahren, aber Josh schwört, dass ich noch im Rennen bin. Und mehr noch, ich werde zu dem Event von Chris Merit gehen, mit Nick an meiner Seite.

Voller Nervosität und Aufregung packe ich meine Reisetasche und grüble darüber nach, was ich heute Abend anziehen soll: Nick will in seinem Haus bleiben, damit wir ungestört zusammen sein können, daher sollten Jeans ausreichen. Aber Jeans fühlen sich so reizlos an.

Ich habe mich endlich für eine schwarze Stoffhose und eine rosafarbene Seidenbluse entschieden, als es an meiner Tür klingelt. Grauen erfüllt mich, dass die Geldeintreiber zurück sein könnten, doch als ich zur Tür gehe, steht ein Lieferant vor mir.

Stirnrunzelnd, weil ich nichts bestellt habe, öffne ich.

»Faith Winter?«

»Ja.«

»Das ist für Sie.«

Er reicht mir einen großen Karton, und mein Magen flattert, weil ich weiß, dass er von Nick kommt. »Danke.« Ich unterschreibe für die Sendung und trage den Karton in den Küchenbereich, wo ich ihn auf die Insel lege.

Mit lächerlicher Nervosität, wenn man bedenkt, dass es nur ein Päckchen ist, schneide ich das Klebeband und das Papier auf und finde darin eine wunderschöne silberne Schachtel. Als ich sie öffne, sehe ich eine Karte obenauf liegen, und darauf steht mit adretter, maskuliner Handschrift: *Faith.*

Ich öffne die Karte.

*Ich wollte dir das hier schon vor einigen Tagen schicken, aber ich bin zu dem Schluss gekommen, dass ich dich, falls es dich verärgert, in einigen Stunden sehen werde, um diesen Kampf persönlich auszufechten. Doch eins sollst du wissen. Ich werde auch diesen mit Freuden zerfetzen, solange du ihn in dem Moment trägst. Außerdem war ich dir ohnehin einen Slip schuldig.*
*Ich hoffe ehrlich gesagt, dass du dir wünschst, dass ich ihn dir noch einmal vom Leib reiße.*
*Dass ich dir alles vom Leib reiße.*
*Ich freue mich darauf und auf dich,*
*Nick*

Ich lege die Karte beiseite und ziehe das Papier zurück, und als Erstes entdecke ich einen wunderschönen königsblauen Spitzen-Slip, von dem ich *nicht* will, dass er ihn zerreißt. Er ist zu schön.

Darunter liegt ein Kleid. Ich nehme es aus der Schachtel, und obwohl es keine genaue Kopie des Kleides ist, das zerrissen ist, kommt es dem doch sehr nah. Ich atme tief durch. Ich warte auf dieses Gefühl, gekauft worden zu sein, aber selbst mit diesen Geschenken und dem Flugzeug, das mich zu Nick nach San Francisco bringt, habe ich dieses Gefühl ganz und gar nicht.

Vielleicht, weil er all das grundlos getan hat. Nicht um etwas wiedergutzumachen. Und das Kleid, er hat es in etwas verwandelt, was wir geteilt haben und was wir wieder teilen werden. Er hat es zu etwas Besonderem gemacht.

Ich sammele alles ein und gehe ins Schlafzimmer. Und unmittelbar bevor ich den Slip einpacke, fotografiere ich ihn und schicke das Bild lachend an Nick, mit den Worten: *Neue Herausforderung. Und ich liebe das Kleid. Vielen Dank, Nick.*

Er ruft mich an. »Du bist nicht sauer.«

»Nein. Weil du … es für uns gemacht hast.«

»An diesem Wochenende wird es eine Menge ›für uns‹ geben, Süße. Das Flugzeug wartet auf dich. Beeil dich. Der Pilot wird mich anrufen, wenn ihr startet.«

»Ich breche in fünfzehn Minuten hier auf.«

»Bis bald, Faith Winter.«

Unter seiner Stimme liegt etwas Raues, was ich von Kopf bis Fuß fühlen kann. »Bis bald, Nick Rogers.«

Er beendet das Telefonat.

Mit einem Grinsen auf dem Gesicht packe ich den Rest meiner Sachen. Ich will gerade gehen, als ich den Nachttisch neben meinem Bett öffne und die Karte von meinem Vater vorfinde. Ich habe sie immer noch nicht gelesen. Ich starre auf die Handschrift und schüttele mich, bevor ich sie in meine Tasche stopfe.

Ich muss sie lesen, und ich brauche dafür vielleicht Schläge auf den Hintern. Ich weiß jedoch nicht, ob ich an diesem Wochenende Nicks Hände auf mir spüren möchte, um irgendetwas zu vergessen. Ich denke, ich würde sie lieber einfach nur so dort spüren. Trotzdem beschließe ich, die Karte in meiner Handtasche zu lassen.

Mein Handy klingelt, und ich fische es unter der Karte heraus. Als ich Joshs Nummer sehe, beginnt mein Herz zu rasen. Mit zittrigen Händen drücke ich auf den Annehmen-Button. »Josh?«

»Du bist drin! Du hast es in die Ausstellung geschafft.«

»Was? Nein. Ja. Nein?«

»Ja. Ja. Ja. Du bist drin. Ich bin auf dem Weg zu einem Meeting, aber ich werde dir Einzelheiten schicken. Sie lieben dich. Sie sagen, du seiest die nächste ›It-Künstlerin‹. Also, trink ein Glas Wein, und freu dich darüber. Ich muss auflegen. Herzlichen Glückwunsch!«

Er beendet das Gespräch, und ich wähle Nicks Nummer. »Du kannst unmöglich schon am Flughafen sein.«

»Ich habe es in die Ausstellung geschafft. Ich bin drin.«

»Die Ausstellung in L.A.?«

»Die Ausstellung in L.A. Ich bin drin.«

»Warum bist du dann nicht bereits hier, damit wir feiern können? Beweg deinen süßen Hintern, der so sehr zu einem kleinen Schlag hier und da einlädt, zum Flughafen.«

»Ich breche jetzt auf.«

»Faith.«

»Ja?«

»Herzlichen Glückwunsch.«

»Danke.« Wir legen auf, und erfasst von einem Adrenalinrausch eile ich zur Tür, trete auf die Veranda hinaus, schließe das Haus ab und belade dann meinen Wagen. Nein. Den Wagen meiner Mutter. Ich hasse es, dieses Ding zu fahren.

Ich steige ein, und ich schwöre, dass ich Blumen rieche. Ich kann dem Duft niemals entfliehen, aber ich versuche es auch nicht mehr. Ich male sie. Ich stelle mich ihnen und jedem anderen Dämon, der mit meiner Mutter verbunden ist.

Ich lasse den Wagen an und schaue noch einmal zurück zum Haus. Ich mag es. Ich habe es immer gemocht. Wenn ich hier leben und malen kann und einfach in der Nähe des Weinguts bin, ist das vielleicht, nur vielleicht der Weg, um einen Kompromiss zwischen den Wünschen meines Vaters und meinen eigenen zu finden.

Ich will gerade den Gang einlegen, als die mittlerweile untergehende Sonne auf etwas im Garten scheint. Stirnrunzelnd komme ich zu dem Schluss, dass ich etwas fallen gelassen habe. Ich lege den Parkgang ein und steige aus dem Wagen. Als ich die Stelle erreiche, an der ich es blinken gesehen habe, bücke ich mich und hebe etwas auf, bei dem es sich um einen Geldklammer zu handeln scheint, in die eine amerikanische Flagge eingraviert ist.

Die Klammer muss Nick gehören, aber ich kann mir diesen Mann nicht recht mit einer leeren Geldklammer vorstellen. Vielleicht gehört sie auch dem Lieferanten. Ich nehme sie an mich, steige wieder in den Wagen und stecke sie in meine Handtasche. Wenn die Klammer nicht Nick gehört, werde ich nächste Woche die Firma des Lieferanten anrufen.

Eine Viertelstunde später biege ich in den Flughafenbereich für Privatjets ein, und eine weitere Viertelstunde später bin ich der einzige Passagier in einem kleinen Luxusjet mit Ledersitzen.

Es steht sogar eine eisgekühlte Flasche Champagner bereit. Ich schenke mir ein Glas ein, das ich genießen will, während der Pilot seine Checkliste abarbeitet und verspricht, Nick anzurufen.

Ich habe gerade meinen ersten Schluck genommen, als mein Handy klingelt. Davon überzeugt, dass es Nick ist, krame ich es aus meiner Handtasche und erstarre beim Anblick der Nummer. Macom.

Er hat von der Ausstellung gehört. Und wahrscheinlich nicht einmal von Josh. Er hat einen Namen in der Branche, während ich noch ein Niemand bin. Aber zumindest kann ich sagen, noch. Nicht für immer und ewig. Und obwohl es unvermeidlich ist, dass ich ihn bei der Ausstellung in L.A. und bei anderen Gelegenheiten sehe, brauche ich nicht mit ihm zu sprechen. Ich klicke auf ablehnen.

Und ich hasse es, dass er, als das Flugzeug über die Startbahn rollt, mit mir in der Kabine ist. Alte Zeiten. Alte Dämonen. Eine Vergangenheit, von der ich nicht will, dass es sie gibt. Von einem Ich, von dem ich nicht will, dass es das gibt. Von einer Person, von der ich will, dass Nick Rogers sie niemals kennenlernt.

Ich fühle mich daran erinnert, dass er irgendwie weiß, dass es diese Person gibt. *Was hast du mir nicht erzählt?*, hat er mich gefragt. *Du weißt, dass ich es auch so herausfinden werde.*

Und das wird er. Ich weiß es. Vielleicht ist er versöhnlicher als ich, wenn es um mich selbst geht. Andererseits gibt es einen Grund dafür, dass er der Tiger ist. Er ist grimmig. Er ist kalt. Er ist ganz und gar nicht versöhnlich. Aber ich habe mich nicht an ihm versündigt.

# Kapitel 25

Tiger

Ich habe gerade von dem Piloten gehört, dass Faith in dem Flugzeug in Sonoma sitzt, als Rita in mein Büro kommt und mir einen Stapel Papiere auf den Schreibtisch legt. »Wie verlangt. Es ist alles ein Haufen Unfug, dazu gedacht, die Nachlassregelung zu verschleppen. Die Bank will dieses Gut wirklich unbedingt behalten, hm?«

Ich blättere den Stapel, den sie als »Unfug« bezeichnet hat, durch, und er ist genau das.

»Was soll ich tun?«

»Ich werde Ihnen Bescheid geben.«

»Hat sie das Kleid bekommen?«

»Ja. Sie hat das Kleid bekommen.«

»Und?«

»Und es ist in Ordnung.«

»Und sind Sie glücklich mit dem anderen Geschenk?«

»Ja. Ich bin glücklich.«

»Aber nicht über diesen Stapel Unterlagen. Kapiert. Ich geh aus der Schusslinie.« Sie dreht sich um und entfernt sich, und ich trommele mit den Fingern auf den Schreibtisch.

Die Bank will sie drankriegen. Ich weiß nicht, warum, aber es ist mir egal. Die Leute dort setzen auf die Tatsache, dass ich ihr raten werde, nicht zu bezahlen, bis ich mir sicher bin, dass sie das Gut nicht verlieren wird. Und ohne all die verborgenen Tatsachen, die sie zu kennen scheinen und wir nicht, werde ich ihr genau das raten.

Ich stehe auf und gehe zum Fenster, und der fünfte Stock des Gebäudes erlaubt mir, auf eine Stadt mit Millionen Menschen hinabzublicken, und bei genau dieser Beschäftigung finde ich gewöhnlich Antworten. Und heute ist es nicht anders. Faith kann dieses Geld nicht bezahlen, aber ich kann es.

Ich wähle die Nummer meines Bankers. »Charlie. Ich brauche hundertzwanzigtausend Dollar, die heute noch eingehend auf das Darlehenskonto des Weinguts Reid Winter an die SA National Bank gezahlt werden. Sie müssen persönlich mit den Leuten dort reden und sich davon überzeugen, dass die Schulden damit getilgt werden.«

»Geht klar«, verspricht er mir. »Was sonst noch?«

»Vermerken Sie, dass es sich dabei um ausstehende Raten, Gebühren und sechs Monate Zahlung im Voraus handelt. Und schicken Sie Rita eine E-Mail mit den Belegen und mir eine Textnachricht, wenn die Transaktion abgeschlossen ist.«

Ich beende das Telefonat und gehe zu meinem Schreibtisch. »Rita.«

Sie erscheint in meiner Tür. »Ja, Boss?«

»Sie werden Belege dafür erhalten, dass die Schulden des Weinguts Reid Winter bezahlt und der Kredit sechs Monate im Voraus bedient worden ist. Ich werde am Montagmorgen einen Berg von Dokumenten ausfüllen.«

»Mit anderen Worten, ich bin um sechs hier.«

»Das wird genügen.«

»Geht in Ordnung. Was noch?«

»Fahren Sie nach Hause, und tun Sie, was immer Menschen tun, die seit einer Ewigkeit verheiratet sind.«

Sie lächelt. »Wir tun die gleichen Dinge wie Sie, Nick Rogers, nur besser, weil wir geübt haben. Viel Spaß mit Faith an diesem Wochenende.« Sie verschwindet, und ich stehe bereits wieder am Fenster und rufe Beck an.

»Ich habe gerade Faith' Kreditschulden bei der Bank und sechs Monate im Voraus bezahlt«, berichte ich ihm. »Ich kenne meine Feinde gern, wenn ich sie mir zu Feinden mache. Und ich bezahle Ihnen eine Menge Geld dafür, mir zu sagen, wer sie sind.«

»Ich habe eine Sekretärin bei der Bank gefunden, die bei einer Party zu Gast war, die Ihr Vater drei Monate vor seinem Tod ebenfalls besucht hat. Dieselbe Sekretärin war ein Jahr vor Meredith Winters Tod auf dem Weingut Reid Winter. Das Interessante daran ist, dass Faith' Agent und ihr Ex-Freund in der Galerie waren, in der sie gerade diese Ausstellung hatte, an diesem Wochenende.«

»Mit Faith?«

»Faith war in L.A.«

»Das ist seltsam.«

»Ja. Das ist es.«

»Es wird noch merkwürdiger. Ihr Onkel war an jenem Wochenende in Sonoma, in seinem Cottage, ohne seine Ehefrau.«

»Sie denken, er hat immer noch Meredith Winter gevögelt?«

»Das würde ich auf gar keinen Fall ausschließen.«

Faith wird am Boden zerstört sein. »In welcher Beziehung steht die Sekretärin zu diesem Montgomery, mit dem ich es zu tun habe?«

»Sie ist die Sekretärin des Chefs seines Chefs. Ich weiß nicht, worin Ihr Vater verwickelt war, aber es ist äußerst unschön. Ich setze darauf, dass es da eine Verbindung zum Mord gibt. Und ich werde dahinterkommen, aber Sie brauchen jeden noch so kleinen Beweis, wenn ich damit zur Polizei gehen soll. Sie halten Faith Winter immer noch für unschuldig.«

»Ich erinnere mich nicht daran, etwas darüber gesagt zu haben.«

»Nun, lassen Sie sich von ihr sagen, ob sie unschuldig oder schuldig ist. Wir brauchen die Autopsien beider Toter. Wenn sie unschuldig ist, wird sie eine Autopsie bei ihrer Mutter durchführen lassen wollen. Wenn sie es nicht ist, wird sie das ablehnen.«

»Arbeiten Sie einfach weiter an der Sache«, sage ich, beende den Anruf und stütze mich mit einer Hand am Fenster ab.

Faith *ist* unschuldig. Das Problem ist, dass ich es nicht bin. Ich habe gelogen. Ich habe sie getäuscht. Und irgendwann muss ich es ihr sagen. Und wenn ich das tue, riskiere ich, sie zu verlieren, und ich habe in meinem ganzen Leben niemals etwas verloren, was ich wollte. Und ich wollte niemals etwas so sehr, wie ich Faith Winter will.

Ich stehe in dem privaten Hangar, als Faith' Flugzeug zum Halten kommt, und sobald die Tür sich öffnet und sie erscheint, brandet Adrenalin in mir auf. Unsere Blicke treffen sich, und ich spüre diese

Frau, wie ich keine andere je gespürt habe. Ich bin besessen von ihr, während ich nie von etwas anderem besessen war als von Erfolg.

Besessen davon, wie sie aussieht. Besessen davon, wie sie sich anfühlt. Wie sie schmeckt. Wie sie mir vertraut, wenn ich ihr vertraue. Wie sie an mir zweifelt, wenn ich an ihr zweifle. Ich habe schon andere Menschen so gut durchschaut, wie ich Faith durchschaue, aber niemand hat mich je so durchschaut wie sie.

Und unvermittelt denke ich: Ich bin im Begriff, mich in sie zu verlieben. Was Wahnsinn ist. Ich glaube nicht an Liebe, genauso wenig wie sie, und ich kenne sie nicht. Sie kennt mich nicht. Aber wann weiß jemand, dass er verliebt ist? Nach einem Tag? Einer Woche? Einem Jahr?

Es spielt keine Rolle. Es ist keine Liebe. Doch was das hier auch sein mag, Faith empfindet es ebenfalls. Ich sehe es in ihren Augen. Sie senkt die Wimpern, als kämpfe sie denselben Kampf wie ich.

Ich beobachte, wie sie tief durchatmet, bevor sie die Lider hebt und die Treppe herunterkommt, den Blick auf meine Augen gerichtet, und in ihren sehe ich ein Echo dessen, was ich denke. Wir müssen uns das aus dem Sinn vögeln. Sex macht alles besser.

Ich empfange sie auf der untersten Treppenstufe, und in der Stille des privaten Hangars tue ich genau das, was ich tun will. Ich presse sie an mich und küsse sie wie der Verhungernde, der ich bin. Und sie schmeckt wie alles, was ich je gewollt habe und wovon ich nicht einmal wusste, dass ich es wollte.

»Lass uns von hier verschwinden«, sage ich, als ich meinen Mund von ihrem losreiße.

»Ja«, flüstert sie, und die Stimme dieser Frau macht mich hart und heiß. Ich will ihren Mund überall, vor allem auf meinem Schwanz, und das ist ihre Schuld.

Ich schnappe mir ihre Tasche von der Flugbegleiterin und verschwende keine Zeit, Faith zum Parkplatz zu führen. Sobald ihre Tasche auf meiner Rückbank liegt, gehe ich mit ihr zur Beifahrerseite des Wagens, und gerade als sie einsteigen will, ziehe ich sie noch einmal an mich und küsse sie. »Ich bin wirklich verdammt froh darüber, dass du hier bist.«

»Das ist der Moment, an dem du sagst, du bist verdammt froh?«

»Das ist der Moment, an dem ich dich nach Hause bringe und nackt ausziehe, bevor ich dich noch verärgere und es niemals passiert.«

Sie lacht, leise und sexy, und lässt sich in den Wagen gleiten. Wenige Augenblicke später sitze ich neben ihr, und bevor ich den Wagen anlasse, sagt sie: »Kann ich die schlimmen Sachen ganz schnell hinter mich bringen?«

Ich beuge mich zu ihr vor. »Was für schlimme Sachen?«

»Ist irgendetwas mit der Bank?«

»Ich habe Unterlagen eingereicht. Die Bank hat Unterlagen zurückgeschickt. Ich schicke weitere Unterlagen. Alles in allem sind wir einen großen Schritt weiter, und am Montag werde ich mehr darüber wissen, wie sich das entwickelt.«

»Was für einen großen Schritt?«

»Juristisches Zeug«, antworte ich, denn ich habe nicht die Absicht, ihr von dem Geld zu erzählen. Nicht jetzt. Ich werde das erst alles hinter mich bringen. »Und ich bitte dich, mir genug zu vertrauen, um es bis Montag ruhen zu lassen. Okay?«

»Ja. Okay.«

»Gut.« Ich beuge mich noch einmal zu ihr hinüber und küsse sie, denn ich kann nicht anders. Dann fahre ich los.

»Wie war dein Flug?«, frage ich.

»Kurz und unruhig«, antwortet sie. »Aber es war toll. Ich liebe Fliegen.«

»Aber du bist noch nie auf einen anderen Kontinent geflogen«, erwidere ich. »Das müssen wir korrigieren. In Paris dreht sich alles um Kunst und Wein. Wir sollten hinfliegen.«

»Das wäre unglaublich, aber im Moment kann ich nicht weg.«

»Wir werden es in Ordnung bringen, und zwar bald«, verspreche ich ihr. »Erzähl mir alles, was du über die Ausstellung in L.A. weißt.«

»Josh hat mir lediglich mitgeteilt, dass ich daran teilnehmen werde«, antworte ich. »Am Montag weiß ich bestimmt Genaueres.«

»Und weißt du schon, welche Werke ausgewählt worden sind?«

»Nick. Sei nicht sauer, aber …«

Ich sehe zu ihr hinüber und lache. »Du hast mich dafür ausgesucht, stimmt's?«

»Ja. Es ist mein erstes Porträt, und es war aus einer Laune heraus, als ich die Formulare ausgefüllt habe und Fotos einreichen musste. Du bist nicht sauer, oder?«

»Es ist mir egal, ob du mein Bild bei der Ausstellung zeigst, solange es um dich geht.«

»Vielleicht bist du ein ganz klein wenig süß, Nick Rogers.«

»Ich werde dich vom Gegenteil überzeugen, bevor das Wochenende vorüber ist, das verspreche ich dir. Das bedeutet übrigens, dass du es mir zeigen musst.«

»Das werde ich. Wenn es fertig ist. Mir bleiben noch zwei Wochen dafür. Ich denke, dieses Wochenende genügt vielleicht, um mit deinen Augen fertig zu werden.«

Und mit diesen Worten leiste ich den stummen Schwur, dafür zu sorgen, dass sie, wann immer sie mich an diesem Wochenende ansieht, all die richtigen Dinge sieht und nichts von den falschen.

Eine Viertelstunde später fahren wir in die Garage meines Hauses, das nur wenige Minuten von meinem Büro entfernt liegt. Faith steigt aus dem Wagen, bevor ich um den BMW herumgehen kann, um ihr zu helfen, und starrt auf den dunkelgrauen Sportwagen neben uns. Dann beißt sie sich auf die Unterlippe und sieht mich an. »Du bist echt ein reicher Typ, Nick Rogers. Was ist das?«

»Ein Audi R8 5.2 V10«, erkläre ich. »Und danke. Ich gebe mir Mühe, um so ein reicher Typ zu sein, und das schon lange, bevor ich das Geld meines Vaters geerbt habe.«

»Wie hast du deine erste Million gemacht?«

»Über eine Arzneimittelfirma, deren Anwalt – der Beste der Besten – doch nicht so gut war, wie sie dachten.« Er war außerdem mein Vater, aber das erzähle ich ihr nicht. Nicht jetzt. Eines Tages, wenn es keine Geheimnisse mehr gibt. »Lass uns hineingehen, Faith.«

»Ja. Lass uns sehen, was ein Mann wie du sein Zuhause nennt.«

»Ein Mann wie ich«, wiederhole ich. »Das kannst du später erklären. Nackt.«

Sie schenkt mir ein für sie so typisches sexy, selbstbewusstes Lächeln. »Das werde ich.«

Ich öffne die hintere Autotür. »Ich nehme deine Tasche. Die Tür ist unverschlossen. Fühl dich wie zu Hause.«

Sie zögert nicht. Sie fährt sich mit ihren zierlichen Fingern durch ihr blondes Haar und geht die wenigen Stufen zur Tür hinauf, die in meine Diele führt. Ich beeile mich nicht, ihr zu folgen, gebe ihr Zeit zu entscheiden, was sie tun und wo sie hingehen will. Ich bin neugierig darauf, wohin uns das beide führt.

Ganz von Neuem fasziniert von dieser Frau, geselle ich mich zu ihr und lasse ihre Reisetasche neben der Tür stehen. Sie durchquert langsam den rechteckigen Wohnraum, und ich sehe mich darin um und nehme auf, was sie sieht. Helle Holzböden, eine graue Couchgarnitur.

Parallel zum Wohnbereich findet sich eine weiß glänzende Theke mit vier Barhockern, und der Theke gegenüber sind zwei moderne Treppen aus Stahl und Glas, die in zwei verschiedene Richtungen emporsteigen.

Sie dreht sich zu mir um, und ich halte weiter den Abstand zwischen uns. »Klare, künstlerische Linien. Ein Haus für einen Mann, der Kontrolle mag.«

»Ich habe in der Tat gern die Kontrolle«, antworte ich und verringere den Abstand zwischen uns um einen Schritt. »Denke ich jedenfalls.«

Sie antwortet, als hätte ich gar nichts gesagt. »Es ist ein wunderschönes Haus, Nick. Es riecht nach dir.«

»Und wie rieche ich, Faith?«

»Nach Kontrolle. Nach Sex. Holzig und sexy.«

»Und du, Süße, riechst nach …«

»Amber und Vanille.«

»Ja, das stimmt. Und ich bin besessen von deinem Duft. Ich bin besessen von dir.«

»Besessen«, wiederholt sie. »Das klingt gefährlich.«

»Es ist gefährlich.«

Und ihre Antwort ist alles, was sich irgendein Mann wünschen könnte. »Wo ist dein Schlafzimmer, Nick?«

»Die Treppe direkt hinter dir hinauf.«

Sie dreht sich um und geht die Treppe hinauf, langsam, verführerisch, berechnend. Sie weiß, dass jeder Schwung ihrer Hüften mich entbrennen lässt. Und verdammt, ich liebe es. Ich warte, bis sie oben ist, außer Sichtweite, und dann folge ich ihr, mit durch meine Adern pumpendem Adrenalin.

Ich sehe sie an einem Ende meines Doppelbettes sitzen, des Herzstücks meines Zimmers, das graue Kopfbrett hinter ihr und diese Karte von ihrem Vater auf ihrem Schoß.

»Ich muss das lesen. Und du weißt, dass das bedeutet, dass ich dich brauche.«

Ich sauge die Luft ein, als mir eine Erkenntnis kommt. Faith benutzt erneut Sex als Mauer. Und ich hätte es fast zugelassen. Mir ist das Wort »Liebe« durch den Kopf geschossen, und ich wollte deshalb Sex mit ihr. Aber sie will einfach nur Sex.

Aber ich erlaube ihr nicht, sich vor mir zu verstecken. Selbst wenn es bedeutet, dass ich diesem unbekannten Gefühl, was zum Teufel es sein mag, das ich für diese Frau empfinde, nicht entfliehen kann.

Ich gehe zum Bett und stelle mich vor sie hin. Sie berührt mich nicht. Ich will nicht, dass sie es tut. Und sie weiß es. Es gefällt mir, dass sie es weiß. Ich schlüpfe aus meinem Jackett, nehme mir die Krawatte ab und werfe beides mitten aufs Bett. Dann lege ich die Karte beiseite und tue, wovon ich weiß, dass sie es nicht von mir erwartet.

Ich ziehe sie mit mir auf die Matratze hinab und rolle sie zu mir herum. »Ich werde dir nicht den Hintern versohlen, Faith«, verkünde ich und lasse mein Bein zwischen ihre gleiten. »Nicht jetzt. Vielleicht überhaupt nicht an diesem Wochenende. Ich will, dass du mich siehst und fühlst. Ich will, dass du dich an dieses Wochenende erinnerst, nicht an meine Hand.«

»Nick«, flüstert sie, und als ich sie küsse, macht sie etwas für sie Typisches. Sie atmet aus, als habe sie meinen Kuss gebraucht, als sei das der Grund, warum sie existiert. Und im Moment ist diese Frau der Grund, warum ich existiere.

Ich küsse sie. Ich berühre sie. Ich ziehe sie nackt aus und auf mich. Ich lecke ihre Brustwarzen. Ich lecke ihre Klitoris. Ich lecke jeden Zentimeter von ihr, bis sie darum bettelt, mich in sich zu haben und ich dort sein muss. Und sobald ich in ihr bin und wir einander ansehen und uns im selben Rhythmus wiegen, liebe ich sie nicht. Ich mache keine Liebe, aber verdammt, ich ficke sie ganz sicher auch nicht. Und als es vorbei ist, halte ich sie lange Minuten in den Armen, bevor ich ihr mein Hemd umlege und ihr helfe, die Ärmel aufzukrempeln.

Wir bestellen uns etwas vom Chinesen und essen in meinem Bett, ich in meiner Hose und sie in meinem Hemd, und mir gefällt diese Frau in meinen Kleidern und in meinem Bett. Erst nach dem Essen bin ich bereit, ihr eins der Geschenke zu geben, die ich an diesem Wochenende für sie habe. Ich greife nach ihrer Hand. »Komm mit. Ich will dir etwas zeigen.«

»Jetzt machst du mich neugierig.«

»Gut«, sage ich und führe sie durch den Flur. »Das ist der Sinn der Sache.«

Wir bleiben vor einem Raum mit verschlossener Tür stehen, und ich öffne die Tür und bedeute Faith einzutreten. Sie lächelt und geht hinein und schnappt nach Luft. »Nick. Was hast du getan?«

Ich trete durch die Tür und sehe Faith mitten in dem riesigen dreieckigen Raum stehen, neben der Leinwand, die ich für sie aufgestellt habe, einen Vorrat an Pinseln und Farben in der Nähe. »Man hat mir versichert, dass man den Boden gut reinigen kann. Ich habe ihn diese Woche verlegen lassen.«

»Warum hast du das getan?«

»Ich wollte dich nicht zu weit von deinem Pinsel entfernen.«

»Das hier ist unglaublich. Es ist so ein cooler, verrückt geformter Raum. Wozu hat er bisher gedient?«

»Zu gar nichts. Ich hatte keine Idee, was ich damit machen soll.«

Sie atmet ein, und ihre Brust hebt und senkt sich. »Was passiert, wenn ich nicht hier bin?«

Ich trete vor sie hin und umfasse ihr Gesicht. »Hier zeigt sich unser Unterschied, Faith. Ich denke an jeden Moment, den ich mit dir habe, und du denkst an ein Lebewohl.« Dann küsse ich sie, und verdammt, ich bin besessen von ihr. So schrecklich besessen. Und wie sie gesagt hat, Besessenheit ist gefährlich.

# Kapitel 26

Tiger

Ich sehe Faith stundenlang beim Malen zu, eine schwierige Akte neben mir, die ich kaum anrühre. Ich beobachte sie nur bei der Arbeit, während meine Gedanken dem Rätsel nachjagen, was ihre Mutter und mein Vater miteinander zu tun hatten.

Mord hat uns zusammengebracht. Lügen könnten uns auseinanderreißen. Ich weiß nicht, wann ich sie zu Bett bringe oder wie lange ich sie wachhalte, sobald ich sie dort habe. Aber als ich aufwache, liegt Faith an meine Seite gedrückt da, und ich habe nur einen einzigen Gedanken. Mögen die Dinge auch richtig und falsch sein, nichts ist falsch an dieser Frau in meinem Bett.

Der Tag ist verhangen, draußen regnet es, und wir trinken auf meinem Balkon Kaffee, reden und lachen, beide bekleidet mit Jogginghosen und T-Shirts und ohne irgendwelche Pläne, vor heute Abend irgendwo hinzugehen. »Trägst du heute Abend das blaue Kleid?«, frage ich und nippe an meinem Kaffee, während ich an den blauen Slip denke.

»Ich weiß noch nicht«, antwortet sie. »Ich wünschte, ich hätte nach dem Dresscode gefragt. Ich habe mehrere Alternativen mitgenommen.«

Ich stelle meine Tasse beiseite und greife mir mein Handy. »Lass es uns herausfinden. Ich werde Chris anrufen.« Ich tippe auf eine Kurzwahltaste.

»Nein«, sagt sie schnell und stellt ihre Tasse ebenfalls weg. »Nein, tu das nicht …«

»Es klingelt bereits«, sage ich, und Chris geht sofort an den Apparat, während ich gleich zur Sache komme. »Wie sieht der Dresscode heute Abend aus?«

»Verstehe. Du bist heute Abend Faith' Begleitung, und sie weiß nicht, was sie anziehen soll. Lass sie mit Sara telefonieren.«

»Guter Plan.« Ich reiche Faith das Telefon. »Sara.«

Sie erbleicht, funkelt mich an und greift nach dem Handy. »Sara. Ja. Nein. Wunderbar. Freut mich auch, Sie kennenzulernen. Ja. Bis später.« Sie gibt mir das Handy zurück. »Chris.«

»Ich bin wieder dran«, sage ich und halte mir den Hörer wieder ans Ohr. »Und ich brauche noch etwas.«

»Mir soll's recht sein«, sagt Chris, wir legen auf, und ich konzentriere mich auf Faith.

»Das blaue Kleid?«

»Du hättest sie nicht anrufen sollen, und wie ich angenommen hatte, ist das blaue Kleid zu elegant. Ich werde es mir für das Event in L.A. aufheben. Es hat mir beim ersten Mal Glück gebracht.«

»Glück ist gut«, sage ich. »Aber du musst etwas anziehen, oder?«

»Ja. Ich habe ein rosa Kleid, und du brauchst kein Geld für mich auszugeben.«

»Du wirst über diese Geldsache hinwegkommen müssen, Süße. Ich habe es. Ich gebe es aus. Wenn ich es für dich ausgeben will, werde ich das tun, und das macht mich nicht zu einem Arschloch, es sei denn, ich benutze es auf irgendeine Weise gegen dich, was ich nicht tun werde.« Und das sind die Worte, die ich laut werde wiederholen müssen, wenn sie herausfindet, dass ich ihre Bankschulden beglichen habe.

»Weiter im Text«, sage ich. »Dein Kleid ist rosa. Trägst du den königsblauen Slip darunter?«

»Der Slip ist rosa, und ich will nicht, dass du Geld für mich ausgibst.«

»Ich gebe gern Geld für dich aus, und ich mag Rosa.«

»Zerreiß den Slip diesmal nicht, dann hast du zweimal was davon.«

»Zweimal ist gut. Mehr ist besser.«

»Weißt du schon, was du anziehen wirst?«

»Warum? Denkst du darüber nach, welches Messer du brauchen wirst, um mich auszuziehen?«

Sie grinst. »Ich denke, das ist ein Moment, den ich auf der Leinwand festhalten muss. Dieser Moment, in dem du zum ersten Mal das Messer in meiner Hand gesehen hast. Das war unbezahlbar. Ich fühle mich plötzlich inspiriert zu malen.«

»Dann geh, und male ein Meisterwerk. Auf mich wartet Arbeit, mit der ich mich in meinem Büro beschäftigen kann. Ich werde dich zum Mittagessen holen.«

»Kochst du?«

»Wenn es zählt, dass ich etwas bestelle, dann ja. Zu Ihren Diensten, Ms Winter.«

Sie lacht und macht Anstalten aufzustehen, setzt sich dann aber wieder hin. »Ich habe gar nicht gefragt, um wie viel Uhr der Empfang ist. Das hat Chris nicht gesagt.«

»Ich werde es in Erfahrung bringen«, verspreche ich. »Geh du malen.«

Ihre Augen leuchten auf. »Ehrlich gesagt kann ich es kaum erwarten, wieder nach einem Pinsel zu greifen.«

»Ich habe dich lieber mit einem Pinsel in der Hand als mit einem Messer.«

Sie lacht, springt auf und eilt durchs Haus, und ich lehne mich zurück und genieße diesen Augenblick. Ich könnte mich daran gewöhnen, diese Frau um mich zu haben.

Der Tag verstreicht zu schnell, denn Faith will morgen abreisen, es sei denn, ich kann sie zum Bleiben überreden.

Es ist fast sieben, und ich stehe auf dem Balkon vor meinem Schlafzimmer, bekleidet mit einem blauen Anzug und einer blauen Krawatte, während ich darauf warte, dass Faith mit dem Anziehen fertig wird. In der Hand halte ich ein Glas von dem Whisky, den Abel zurückgelassen hat. Draußen ziehen Sturm und Regen ab, Sterne sprenkeln die Skyline vor mir, während der Sturm, der aus den Lügen gewoben ist, die ich Faith erzählt habe, in mir wütet wie nie zuvor.

»Nick.«

Beim Klang von Faith' Stimme kippe ich meinen Drink hinunter, stelle das Glas auf einen kleinen Tisch vor dem Geländer und gehe wieder hinein. »Und?«, fragt sie und streckt die Hände zur Seite. »Wie sehe ich aus? Ist es zu viel? Zu wenig?«

»Süße, ich lasse keine Frauen in mein Haus, und erst recht lade ich sie nicht dazu ein, sich hier umzuziehen. Niemand hat mich je gefragt, ob ein Kleid zu viel oder zu wenig sei.« Ich überwinde den Abstand zwischen uns und lege die Hände auf ihre schmale Taille. »Aber du siehst wunderschön aus.«

Und das stimmt. Das Kleid ist aus rosa Spitze und knielang, was für mich den Vorteil hat, dass ich mühelosen Zugang zu ihren zauberhaften Beinen habe. Ihre Schultern sind nackt, ihr blondes Haar liebkost die Haut, so wie mein Mund es später tun wird. Das Kleid ist hochgeschlossen, aber trotzdem irgendwie sexy. Doch wie könnte es auch anders sein? Sie ist diejenige, die das Kleid trägt.

Sie legt mir die Hände auf die Brust und sieht mir forschend ins Gesicht. »Du nimmst keine Frauen hierher mit?«

»Niemals«, antworte ich. »In den fünf Jahren seit dem Kauf dieses Hauses kein einziges Mal. Nur dich.«

»Warum ich, Nick?«, fragt sie ernst.

»Weil du du bist, Faith. Eine andere Antwort gibt es nicht.« Und obwohl es die Wahrheit ist, quält es mich, dass sie es als eine meiner Lügen betrachten wird, eher früher als später vermutlich.

»Wohin seid ihr denn dann gegangen?«, fragt sie. »Zu den Frauen?«

»Irgendwohin, nur nicht hierhin«, antworte ich, obwohl ich in Wahrheit in meinen jetzigen Club gehe, einen Ort, der für mich keine Rolle spielt, für sie sicherlich schon. »Du bist nervös wegen heute Abend. Warum?«

»Chris Merit ist extrem bekannt und einflussreich in der Kunstwelt. Seine Unterstützung könnte mein Leben verändern.«

»Du bewunderst ihn.«

»Ja. Er ist talentiert und erfolgreich. Und obwohl er nicht wirklich aus Sonoma stammt, hat es sich immer so angefühlt, als sei er von hier, und wenn einer aus Sonoma es schaffen konnte, kann es auch ein weiterer tun.«

»Hast du Macom bewundert? War das Teil des Sogs, der dich zu ihm hingezogen hat?«

»Ich habe Macom kennengelernt, bevor er seinen Durchbruch hatte. Wir haben beide Kunst und den kreativen Prozess geliebt. Und ja, er ist talentiert, aber es war anders. Ich bewundere ihn nicht.« Sie legt ihre Hände auf meine, die auf ihren Hüften ruhen. »Er hat mich gestern angerufen, und ich habe einfach das Gefühl, dass ich es dir erzählen sollte.«

Ich erstarre, und dieser Drang, Faith zu besitzen, steigt in mir auf. »Und?«

»Ich habe den Anruf nicht entgegengenommen. Ich kann mir denken, worum es ging. Er hat wahrscheinlich schon vor mir gehört, dass ich bei der Ausstellung sein werde.«

»Und er wollte dir gratulieren?«

»Wohl eher Häme versprühen. Er hat dort auch einmal ausgestellt, und natürlich hätte er es als Kompliment maskiert. Das kann ich im Moment nicht in meinem Leben gebrauchen, und ich wollte es dir nur erzählen, Nick.« Sie hält inne, dann fügt sie hinzu: »Danke. Ich kenne dich erst seit so kurzer Zeit, und doch hast du meine Kunst mehr unterstützt als irgendjemand sonst in meinem Leben.«

»Es ist der pure Eigennutz«, antworte ich und beuge mich vor, um ihre Lippen mit meinen zu streifen. »Ich will eine wunderschöne Malerin in meinem Bett, und wenn wir nicht auf der Stelle gehen, werde ich vielleicht auch dieses Kleid zerreißen.« Ich drehe sie zur Tür um.

Wir treffen um halb acht in der Galerie ein, und es dauert nicht lange, bis wir in einen Raum geführt werden, in dem sich mindestens fünfzig Menschen befinden. Unter unseren Füßen ist ein glänzend weißer Boden, und an beliebigen Stellen finden sich wellenartige Ausstellungswände.

Faith und ich arbeiten uns durch die Menge, und als man uns ein Glas Champagner für einen Trinkspruch zu einem Geburtstag anbietet, nehmen wir das Glas beide an.

»Mein bevorzugtes Getränk«, erzählt sie mir, während sie an ihrem Champagner nippt. »Er ist süß, und wir stellen keinen her. Er hat außerdem wenig Alkohol, und ich vertrage nicht viel.«

»Du magst das Weingut wirklich nicht, hm?«

»Nein. Ich mag es nicht«, bestätigt sie. »Aber das habe ich noch nie jemand anderem gegenüber zugegeben. Außer gerade eben.«

Ich lege ihr eine Hand auf die Hüfte. »Es ist unser Geheimnis.«

Sie sieht mich an, Schatten in ihren Augen. »Es ist Vertrauen, Nick. Für den Fall, dass du das nicht gewusst hast.«

Vertrauen.

Das ich bereits gebrochen habe.

»Herzlich willkommen, alle zusammen!«

Bei den gerufenen Grußworten schaue ich auf und sehe Chris Merit vorn im Raum stehen, die einzige Person hier in Jeans, aber es ist ziemlich passend. Er ist ein Rockstar in dieser Welt, mit seinem relativ langen blonden Haar und einer leuchtend bunten Drachentätowierung an einem Arm.

»Ich will nur meiner Frau zum Geburtstag gratulieren«, verkündet er, »und ihr sagen, wie stolz ich auf sie bin, auf sie und auf diese Galerie. Genießen Sie die Kunstwerke und den Schokoladenkuchen, weil das ihr Lieblingskuchen ist.«

Alle applaudieren und rufen »happy birthday«. Chris sucht über die Menge hinweg meinen Blick, und genau in dem Moment erklingt leise Musik. Er winkt uns heran, und ich hebe eine Hand zum Zeichen, dass ich verstanden habe.

»Trink dein Glas aus«, fordere ich Faith auf.

Ihre Augen weiten sich. »Ich kann den Champagner nicht einfach herunterkippen.«

»Chris hat dich zu sich gerufen.«

Sie kippt den Champagner hinunter, und ich mache das Gleiche mit meinem, bevor ich einem Kellner unsere Gläser übergebe. Dann fädele ich meine Finger zwischen die von Faith und führe sie durch die Menge, während auf Tabletts Kuchenstücke die Runde machen. Chris wird jedoch von Fans umringt, und Sara erscheint vor uns. »Faith!«, begrüßt sie sie und umarmt Faith, und ihr braunes Haar stellt einen Kontrast zu Faith' blondem dar. Dann winkt sie mir über ihre Schulter zu.

Ich begrüße sie mit einem Nicken, und sie ist ganz auf Faith konzentriert, wie es sein sollte. »Ich mag Ihre Arbeiten«, verkündet Sara und lehnt sich zurück, um Faith anzusehen. »Chris und ich mögen Ihre Arbeiten beide. Lassen Sie uns gehen und reden.« Sie bedeutet uns, ihr zu folgen. »Kommt. Chris wird sich später zu uns gesellen.«

Sie setzt sich in Bewegung, und wir folgen ihr durch die Galerie, bis zu zwei Glastüren, die uns in einen beheizten Außensitzbereich führen mit mindestens einem Dutzend Plätzen. Rosenbüsche umrahmen den Bereich.

»Das hier ist unser jüngster Anbau«, sagt Sara und setzt sich auf einen der vier Sessel, die ein Quadrat bilden, bevor sie sittsam den Rock ihres smaragdgrünen Kleides zurechtzupft. »Ich will, dass die Leute hierherkommen und über Kunst reden, um dann Werke von Künstlern wie Ihnen zu kaufen, Faith.«

»Ich fühle mich unglaublich geehrt, dass Sie mich in die Ausstellung aufnehmen wollen«, erwidert Faith und setzt sich Sara gegenüber hin, während ich neben Faith Platz nehme.

»Es wäre uns eine Ehre, Ihre Arbeiten zu zeigen«, erwidert Sara. »Nur um sicherzugehen, dass Sie sich dessen bewusst sind. Alles, was wir tun, hat eine wohltätige Komponente, aber wir werden dafür sorgen, dass es sich für Sie lohnt.«

»Sichtbarkeit ist alles«, sagt Faith. »Ich mache mir keine Sorgen wegen des Geldes.«

»Deshalb bin ich ihr Anwalt«, werfe ich ein. »Denn ich mache mir Sorgen wegen ihres Geldes.«

Faith funkelt mich an, und Sara lacht. »Er ist in Ordnung, Faith. Er sollte sich Sorgen um Sie machen. Chris würde das Gleiche tun.« Sie konzentriert sich wieder aufs Geschäft. »Ich weiß nicht, was Chris Ihnen gesagt hat, daher werde ich bei den grundlegenden Dingen anfangen. Die Galerie wird offiziell in sechs Wochen eröffnet, aber wir versorgen heute Abend einige Personen mit VIP-Karten, mit denen sie eine Woche früher Einlass erhalten. Ich möchte Ihre Arbeiten gern eine Woche davor hier haben.«

»Das wäre unglaublich«, sagt Faith. »Und Chris meinte, Sie brauchen vier Werke, um das möglich zu machen?«

»Ja, bitte«, bestätigt sie. »Ich muss bis nächste Woche wissen, ob Sie verlässlich mitmachen werden. Und wenn Sie wünschen, kann ich mit Ihrem Agenten reden.« Sie lacht und sieht Nick an. »Oder mit Ihrem Anwalt.«

In dem Moment gesellt sich Chris zu uns und begrüßt alle, während er Platz nimmt und sofort seine Hand auf Saras legt. »Wo seid ihr gerade?«

»Ich habe ihr soeben die Einzelheiten über die Galerieeröffnung mitgeteilt«, antwortet Sara.

Chris winkt einen Kellner herbei, der sofort an seine Seite eilt. »Ich weiß, dass Sie wissen, was ich will.«

Der Kellner greift in seine Schürzentasche, holt ein Bier heraus und reicht es Chris. »Stets zu Diensten.«

»Danke, David«, sagt Chris und betrachtet Sara, die den Kopf schüttelt, aber seinen Kuss willig empfängt.

»Möchte jemand ein Bier?«, fragt Chris, während der Kellner zwei weitere Flaschen hochhält.

»Ich hätte nichts dagegen einzuwenden«, sage ich und nehme ein Glas entgegen, während Faith und Sara abwinken.

»Zur Erklärung«, bemerkt Sara, als der Kellner geht. »Chris hasst Wein und Champagner.«

»Sie hassen Wein?«, fragt Faith. »Aber Ihre Pateneltern besitzen ein Weingut.«

»Und ich bitte trotzdem um ein Bier, wenn ich dort bin«, antwortet Chris.

Mit anderen Worten, er lässt sich von niemandem etwas vorschreiben. Ich drücke Faith' Hand und teile ihr stumm mit, dass es keinen Grund für sie gibt, weinbegeistert zu sein als Künstlerin. Sie schaut auf unsere Hände hinab, und die winzige Geste verrät mir, dass sie mich versteht, noch bevor sie den Druck meiner Hand erwidert.

Im Folgenden knüpfen wir zu viert ein Gespräch an, und ich nehme diese Welt der Kunst in mich auf, die Faith verkörpert, höre, was angesagt ist und was nicht. Das Ganze interessiert mich auf eine Weise, wie mich das vor meiner Begegnung mit Faith niemals interessiert hätte. Es dauert nicht lange, und wir essen Kuchen, und Sara und Faith verstehen sich so gut miteinander, dass sie die Köpfe zusammenstecken und Chris und mich uns selbst überlassen.

»Sie bedeutet dir etwas«, bemerkt er leise, und die Frauen sind zu versunken in ihr Gespräch über Kunst, um uns zu hören.

»Sie ist mir wichtig«, bestätige ich, ohne zu zögern. »Ja.« Und das einer anderen Person gegenüber zuzugeben, es laut auszusprechen und es ernst zu meinen, verrät mir, wie tief meine Gefühle für Faith sind.

Er beugt sich vor und stützt die Ellbogen auf die Knie, und ich tue das Gleiche. »Weiß sie über den Club Bescheid?«

»Nein«, sage ich, und obwohl ich dieses Thema beiseitegeschoben habe, da wir uns größeren Problemen stellen müssen, kann ich ihm nicht für immer ausweichen. »Jetzt ist nicht der richtige Zeitpunkt dafür.«

»Es ist niemals der richtige Zeitpunkt dafür«, erwidert er. »Und es war hart, mit Sara darüber zu sprechen, aber nötig, um dahin zu kommen, wo wir jetzt sind. Ein einziges kleines Geheimnis wird im Laufe der Zeit größer. Je größer das Geheimnis und je länger es du es für dich behältst, umso größer wird das Problem.«

Je größer das Geheimnis.

Er hat keinen verdammten Schimmer, wie viel größer meine Geheimnisse sind als dieser elende Sexclub. Es gibt erheblich mehr, was ich Faith gestehen muss, und irgendwann werde ich entscheiden müssen, ob ich mit alldem gleichzeitig herausrücke, schnell und hart, oder nach und nach.

Chris hat sich gerade in seinem Sessel zurückgelehnt, als die Musik wechselt und ein alter Song aus den Siebzigern erklingt: *Sara Smile*, eine sanfte, schwebende, erotische Melodie. Chris stellt sein Bier auf den kleinen Tisch zwischen uns, steht auf, geht zu Sara und greift nach ihrer Hand. »Ich muss mir meine Frau für einen Moment ausborgen«, sagt er, aber er sieht nicht uns an, als er spricht. Er sieht sie an. Und sie sieht nicht uns an, sondern ihn.

Chris zieht sie auf die Füße und führt sie in die Galerie, und die Worte des Songs erfüllen die Luft.

Faith steht auf, und ich greife nach ihrer Hand. »Wohin willst du?«

»Zu den Toiletten«, antwortet sie, aber sie will mich nicht ansehen.

»Faith.«

»Ich brauche einen Moment für mich allein, Nick.«

Sie zieht ihre Hand aus meiner, und ich lasse sie los, aber widerwillig. Ich beobachte, wie sie zurück in die Galerie geht. Ich kenne diese Frau auf eine Weise, wie ich noch nicht in der Lage sein sollte, sie zu kennen. Chris und Sara haben so eine Art, Liebe zu verströmen. Man fühlt es. Man glaubt beinahe an ein Happy End. Und da hat sie plötzlich das Gefühl, als sei das mit uns nichts als Sex und Lebewohl.

Ich bin im Nu auf den Beinen und folge ihr, folge einem Schild, das den Weg zu den Toiletten weist. Ich erspähe Faith, und kurz bevor sie um eine Ecke geht, hält sie an und drückt sich flach an die Wand.

Mit wenigen langen Schritten stehe ich vor ihr und lege ihr die Hände um die Taille. Sie reißt erschrocken die Augen auf, und ich beuge mich vor und sehe, wie Chris und Sara sich küssen, und es ist ein intensiver, leidenschaftlicher Kuss.

Ich konzentriere mich wieder auf Faith und umfasse ihr Gesicht. »Wir sind, was immer wir zu sein entscheiden, Faith.« Und ich küsse sie genauso leidenschaftlich, wie Chris Sara küsst. Ich küsse sie auf meine Weise. Ich küsse sie und lasse sie meine Worte schmecken: *Wir sind, was immer wir zu sein entscheiden.* Und als ich meine Lippen von ihren losreiße, sage ich: »Anstelle einer harten Grenze haben wir eine neue Regel: *Möglichkeiten*, Faith. Wir haben sie. Sag es.«

»Neue Regel«, flüstert sie. »Möglichkeiten.«

»Lass uns zurückgehen und auf die beiden warten, bis wir uns verabschieden und von hier verschwinden können.«

Sie nickt. »Ja. Bitte.«

Und mit ihrer Hand in meiner führe ich sie zur Terrasse, doch hinter uns erklingen Schritte, und als Faith und ich uns umdrehen, sehen wir, dass Chris und Sara uns folgen. »Ihr wollt gehen«, sagt Sara, die anscheinend unsere Körpersprache richtig deutet. Sie sieht Faith an. »Sie haben meine E-Mail-Adresse und meine Telefonnummer, nicht wahr?«

»Ja«, sagt Faith. »Und ich kann es gar nicht erwarten, in der Galerie ausgestellt zu werden. Oh, und alles Gute zum Geburtstag.«

»Danke«, antwortet sie. »Eigentlich wollte ich, dass Sie heute Abend herkommen, um *Ihnen* ein Geschenk zu machen, Faith.«

»Mir?«, fragt Faith. »Ich verstehe nicht.«

Chris greift in die Tasche seiner Jeans und holt einen Scheck hervor. »Ich habe wie versprochen Ihren Preis für die Ausstellung vom vergangenen Wochenende ausgehandelt, Faith. Sie bekommen jetzt zwanzigtausend pro Gemälde und akzeptieren nicht weniger, sonst komme ich persönlich zu Ihnen und trete Ihnen in den Hintern.« Er sieht mich an. »Zwanzigtausend. Lassen Sie nicht zu, dass jemand Sie über den Tisch zieht.« Er reicht Faith den Scheck. »Sechzigtausend. Sie haben drei Gemälde verkauft.«

Faith beginnt zu zittern, und ich lege einen Arm um ihre Taille und drücke meine Hüfte an ihre. Ihre Hand bebt, als sie den Scheck entgegennimmt und ihn betrachtet. »Ich glaube … ich … mir kommen die Tränen, und ich weine nie.«

»Weinen Sie nicht«, erwidert Chris. »Feiern Sie.«

Faith schaut zu ihm auf. »Ich muss Sie umarmen«, stellt sie fest, tritt einen Schritt auf ihn zu und zieht dann stattdessen Sara an sich.

Sara lacht und erwidert ihre Umarmung. »Das beste Geburtstagsgeschenk aller Zeiten«, sagt sie, und als Faith sie loslässt, fügt sie hinzu: »Sie dürfen Chris ebenfalls umarmen.«

Faith lacht unter Tränen. »Nein. Nein, ich … danke, Chris. Und ich danke auch Ihnen, Sara.«

Chris packt sie und umarmt sie, und er wirft mir über seine Schulter einen Blick zu, der voller Bewunderung ist, die Faith jedoch als nicht existent abtun würde. »Sie ist talentiert«, bemerkt Chris. »Pass gut auf sie und ihre Gabe auf.«

Ich nicke. Verdammt, ich will auf diese Frau aufpassen.

Wir verabschieden uns und durchqueren die Galerie, um auf die Straße hinauszutreten. Als wir einige Schritte von der Tür entfernt sind, dreht Faith sich zu mir um und hält den Scheck hoch. »Ich kann nicht glauben, dass das einfach so passiert ist.«

»Es ist nicht *einfach so* passiert«, korrigiere ich sie. »Du hast im Alter von fünf Jahren angefangen zu malen.«

»Ich weiß, aber es fühlt sich … Ich weiß nicht, was ich fühle. Aber jetzt ist da das Weingut …«

Ich umfasse ihr Gesicht. »Lass nicht zu, dass sich das hier um das Weingut dreht. Das ist dein Geld. Das ist dein erster großer Erfolg.«

»Aber Nick …«

Ich küsse sie. »Kein aber. Wir werden uns um das Weingut kümmern. Das hier ist für dich. Okay?«

»Ja. Okay.«

»Gut. Also lass uns nach Hause gehen.«

»Es ist dein Zuhause.«

»Mein Zuhause«, wiederhole ich. »Das mit dir darin viel besser ist.« Ich drehe sie zum Wagen um, und sie zittert immer noch. Und die Tiefe ihrer emotionalen Reaktion berührt mich. Alles an Faith berührt mich.

Dreißig Minuten später stehen Faith und ich vor meinem Bett. Sie hat die Schuhe abgestreift und kommt, nachdem sie wie berauscht war, endlich wieder zu sich und zur Ruhe. »Ich bin fix und fertig«, verkündet sie. »Ich glaube, du wirst dir heute Nacht wünschen, ich wäre jemand anderer.«

Ich umfasse ihren Kopf und ziehe sie zu mir herüber. »Was hast du gesagt?« Ich gebe ihr keine Zeit für eine Antwort. »Das kommt mir so vor, als erinnerst du dich an die Zeit mit Macom. Ich bin nicht er. Und wir sind mehr als die Summe, wie oft es uns gelingt, miteinander zu vögeln. Damit das klar ist. Um zu wiederholen, was ich bereits gesagt habe: Ich will niemand anderen.«

Sie senkt die Wimpern. »Ich denke, das war möglicherweise das Perfekteste, was du gerade jetzt zu mir sagen konntest.«

In diesem Moment erinnere ich mich an ihre Bemerkung, dass Macom mit ihr konkurriert habe, und ich komme zu dem Schluss, dass Faith denkt, ihr Erfolg sei an eine Bestrafung geknüpft. Ein Problem, das ich beheben muss.

Fürs Erste küsse ich sie, ein sanftes Streichen von Lippen über Lippen, bevor ich sie umdrehe und den Reißverschluss ihres Kleides öffne und es ihr an den Schultern herabziehe. Ihr BH kommt als

Nächstes. Dann ihre Strümpfe, aber den Slip lasse ich in Ruhe. Sosehr es mich auch förmlich umbringt, ich halte die Decke hoch und dränge sie, darunterzuklettern. Sie dreht sich zu mir um und drückt sich an mich.

»Du fühlst dich gut an, Süße, aber du wirst dich noch besser anfühlen, wenn du ausgeruht bist. Leg dich hin. Ich werde gleich nachkommen, nachdem ich mich davon überzeugt habe, dass ich alles abgeschlossen habe.«

»Nick, du bist ganz anders, als ich es erwartet habe.«

»Faith, *du* bist ganz anders, als ich es erwartet habe.«

Sie küsst mich auf die Wange, kein richtiger Kuss, sondern eher ein Küsschen und vielleicht der beste Kuss, den diese Frau mir je gegeben hat, und ich habe keinen blassen Schimmer, warum das so ist. Es ist nur ein Küsschen, aber es ist süß. Es ist auf eine undefinierbare Weise emotional, und es gefällt mir.

Sie legt sich ins Bett. In mein Bett. Und verdammt, ich mag sie jetzt noch mehr dort als heute Morgen. Sie kuschelt sich in die Decke, und ich gehe zur Tür, ertappe mich dabei, dass ich Faith nur anstarre und beobachte, wie ihr Atem sich verlangsamt und gleichmäßig wird. Sie schläft. Sie vertraut mir. Verflucht. Ich muss dieses Rätsel lösen, damit ich ihr alles erzählen und die Konsequenzen tragen kann.

Ich verlasse das Schlafzimmer und gehe die Treppe hinunter in mein Büro und zu einem Sessel in der Ecke, wo ich eine Schachtel hervorhole, die ich daruntergeschoben habe. Stapelweise Papiere meines Vaters. Ich schlüpfe aus meinem Jackett, ziehe mir die Krawatte vom Hals und mache mich daran, sie noch einmal durchzugehen. Irgendwo hier drin ist meine Antwort. Ich muss sie nur finden.

Zeit vergeht. Dokumente werden gelesen. Meine Augen trüben sich. Endlich beschließe ich, dass ich ins Bett gehen muss.

Ich stopfe die Papiere zurück in den Karton, als ein kleines Büchlein über juristische Ethik zu Boden fällt und ein Stück Papier hervorlugt. Ich greife danach und falte es auseinander, um zu lesen: *Faith Winter ist das Problem. Sie ist gefährlich. Viel gefährlicher als ihre Mutter. Sie muss aufgehalten werden.*

Ich starre lange Minuten auf dieses Stück Papier und versuche, es zu begreifen. Dann schiebe ich den Karton zurück an seinen Platz unter dem Sessel, mit diesem Blatt Papier darin. Anschließend gehe ich nach oben und bleibe wieder an der Tür stehen, vor der nackten Frau in meinem Bett, während ich mich frage, wer von uns jetzt entblößt ist. Und ich weiß, dass es an der Zeit ist, es herauszufinden.

*Vorläufiges Ende.*